디 마이너스
D⁻

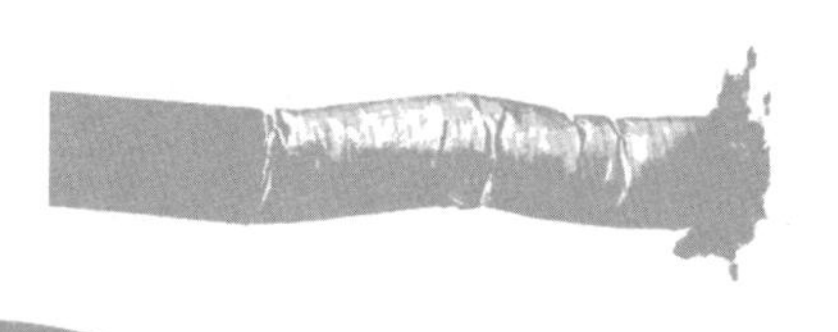

디 마이너스

손아람
장편소설

자음과모음

차례

담배 1

여자들은 운다. 남자들은 웃는다. 아무 일 아니라는 듯 짐짓 상스러운 입담을 늘어놓기도 한다. “사람 되어서 돌아와, 병신아!” 훈련소 근처에서 점심 식사를 마치고 반드시 마지막 담배를 피운다. 사실 결코 마지막 담배가 아니다. 다들 그렇게 느낄 뿐. 혹은 누군가에게는 첫 담배이다. 첫 담배와 마지막 담배. 중간은 없다. 어쩔 수 없는 일이다. 차양 아래로 햇살이 허릴 숙여 기어드는 오후, 단층 상가에 나란히 들어선 식당마다 담배 연기가 굴뚝 연기처럼 피어오른다. 그 굴뚝은 논산의 경제를 돌린다.

그러나 진우를 논산까지 배웅한 대학 친구는 단 한 명도 없었다. 단 한 명도. 꽤 오랜 시간이 지났고 많은 것이 가물가물하지만 존재한 적도 없는 사건을 잊을 순 없는 노릇이니까. 진우는 군대에 가지 않았나.

다시 그의 소식을 들은 건 몇 년 전이다. 청첩장을 받았다. 인쇄된 편지 아래 손 글씨로 또박또박 적혀 있었다. '태의야, 보고 싶다. 진심으로. 꼭 와줘.' 바로 결정을 내리지 못했다. 청첩장은 현관 앞 협탁 위에 잘 보이게 두었다. 매일 집을 나서거나 돌아올 때마다 망설였다. 가야 할까? 갈 수 있을까?

그러다 결혼식 날짜가 훌쩍 지나가버렸다. 그렇게 되기를 내심 바랐는지도. 진우가 보낸 청첩장은 그대로 올려져 있었다. 그 후로도 오랫동안. 하얀 청첩장 위에 노란 가스 요금 고지서를 올려두었고, 가스 요금 고지서 위에 하드커버 책 한 권을 던져두었다. 그 위로는 돌탑처럼 삐뚤빼뚤 다른 책이 쌓였다. 습관이다. 어느 날 그 책들을 묶어 이삿짐을 싸고, 새집에 이삿짐을 풀고, 나도 결혼하고, 더 큰 집으로 또 이사하고, 아내와 내 짐이 한 덩어리로 뒤섞이고, 자라나는 아이의 짐이 빠른 속도로 불어났다. 모든 삶에는 이자가 붙는다. 보잘것없는 삶에도 보잘것없는 이자가. 은행 잔고와 똑같다. 줄어든 짐은 몇 개 안 된다. 총각 때 쓰던 일 인용 밥솥, 좌식 밥상, 플라스틱 접시, 진우의 청첩장.

나는 용인에 서른두 평 집을 전세로 얻어, 아내 그리고 다섯 살 된 딸과 함께 살고 있다. 테라스에서 공업용 저수지가 내려다보이는 고층 아파트다. 불그스름하게 여명이 밝아오는 시각이면 저수지는 뿌옇게 습기 찬 안개를 사방으로 뿜어낸다. 행군하는 군대처럼 민둥산을 타고 오르던 안개는 곧 제풀에 지쳐 멈춰 선다. 지도의 등고선처럼 산허리를 빙글빙글 감아 돌다 차츰 옅어지며 소멸하는 안개의 풍경을 내려다보며 나도 입으로 연기를 내뿜는다. 담배는 그 테라스에서만 피운다. 하루의 첫 담배. 그렇게 출근할 시간이 돌아온다.

아내는 내가 테라스에서 담배 피우는 것에 진저리를 친다. 아내는 딸아이의 건강을 생각한다. 딸아이는 내 건강을 생각한다. 나는 담배를 생각한다. 그러나 직장에선 절대로 피우지 않는다. 입사 면접에서 질문을 받았다. "담배를 피우나요?" 나는 망설임 없이 대답했다. 아니요.

그런데 혹시 이 집 구석 어딘가에 여전히 진우의 청첩장이 남아 있지 않을까? 창고에 들어간 살 빠진 우산들 사이에 누렇게 바랜 채 끼어 있다든지. 분명히 내 손으로 버리진 않았는데. 아예 잊고 지냈다. 기억은 버릴 수 없는 것이니까. 사진처럼 편리하게 구겨버리거나 도려낼 수도 없다. 기억은 스스로 사라진다. 파괴는 불가능하고 분실이 최선이다. 왜 잊으려 애쓰는가? 잊지 못했기 때문이다. 어떻게 잊었음을 깨닫는가? 되찾을 때가 왔기 때문이다. 기억의 종말은 앞뒤가 맞지 않는 우스개와 같다. 나는 진우의 결혼식에 가지 않았다. 내 결혼식에는 진우를 초청하지 않았다. 그리고 드디어 진우를 만난다. 오늘 밤 진우를 만난다. 바로 오늘 밤이다.

그는 훌륭한 사람이었다. 무엇보다 좋은 친구였다. 우리가 이어져 있을 때는. 무너진 다리를 같은 자리에 다시 올려야 할 이유는 없다. 더러 시간이 해결해주는 일이 있지만 굳이 해결할 필요가 없는 일이 훨씬 많은 법이다. 나는 약속 장소인 이자카야에 먼저 도착해 구석 자리를 찾아 앉았고 담배를 서너 개비 연달아 피웠다. 입으로 내뿜은 연기를 조용히 눈으로 좇으며 한참을 고민했다. 나는 두려웠다. 진우에게 건넬 첫인사조차 고를 수가 없었다. 오랜만이야. 반가워. 잘 지냈어? 무슨 일이야? 결혼 생활은 어때? 수리도 별일 없지? 나도 결혼한 거 알아?

다 연기처럼 공허한 말이다. 10년은 충분한 시간인지. 나는 진우에게 용서받을 수 있는지. 죄는 미워해도 사람은 미워하지 말라는 격언이 있다. 어쩌면 그래서 죄는 용서해도 사람은 용서할 수 없는 것인지도 모른다.

재회의 인사는 필요 없었다. 나는 진우의 얼굴을 보자마자 스스로도 이해하지 못할 웃음을 터뜨렸다. 어두운 실내까지 쓰고 들어온 알이 주먹만 한 선글라스……. 그는 마지막으로 봤을 때와 똑같은 모습이었다. 진우는 나를 발견하고 한 손을 번쩍 들어 올렸다.

"이런! 태의야, 아직 담배 못 끊은 거야?"

나는 즉각적으로 어떤 시간과 장소를 떠올려냈다. 기억은 무덤처럼 어둡고 멀며 침침했다. PC방. 그곳은 PC방이었다. 나는 PC방에서 담배를 배웠다. 진우에게. 그런데 진우는 몇 년 전에 담배를 끊었다고 한다. 하지만 어떻게? 그러고 보니 담배를 끊는 방법을 그에게 배운 기억은 없다. 전혀.

"세상을 말로 배울 수는 없어."

하나같이 줄담배를 피우던 대학 선배들은 종종 역설의 정수와 같은 설교를 늘어놓곤 했다. 세상을 말로 배울 수 없다는 말. 그것은 말로 배운 말이었다. 말을 부정하는 말이었다. 그들에게 배운 말로 나도 후배를 타일렀던 적이 있다. 그런데 세상을 말로 배울 수 없다는 건 사실인가? 아마 그럴 것이다. 어쩌면 아닐 것이다. 경험보다 말을 많이 가진 건 누구나 마찬가지다. 그리하여 끝없는 말들. 세상보다 커다랗게 부풀어 오른 이야기. 아마도 세상은 언어가 소멸하는 날에 종말을 맞을 모양이다. 이제 선배들도 솔직하게 말해줬으면 좋겠다. 우리는 말과 함께 나이 들었고 나이와 함께 거짓말의 비중을 늘려왔지만 다 지나간 일을 굳이 거짓으로 덮을 필요는 없을 테니까.

자, 묻습니다. 혹시 끊을 날이 올 걸 알면서도 담배를 피우기 시작했습니까?

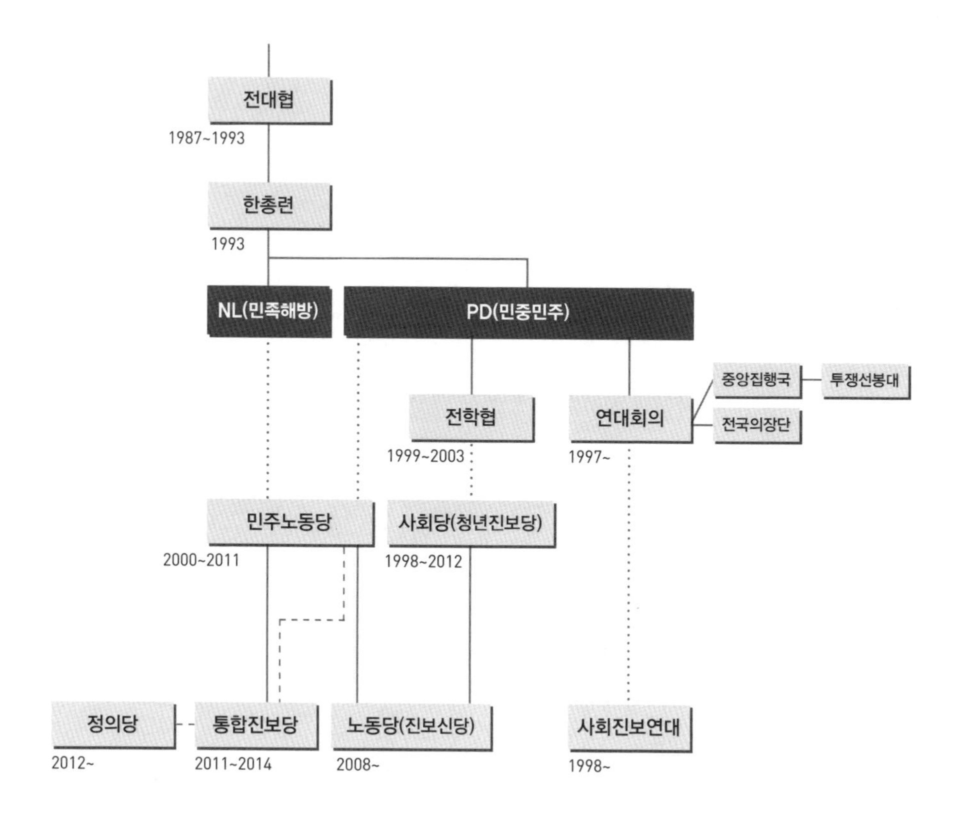

전대협
1987~1993
한총련
1993
NL(민족해방)
PD(민중민주)
전학협
1999~2003
연대회의
1997~
중앙집행국
투쟁선봉대
전국의장단
민주노동당
2000~2011
사회당(청년진보당)
1998~2012
정의당
2012~
통합진보당
2011~2014
노동당(진보신당)
2008~
사회진보연대
1998~

J, T, Y, W, M, H, L, D, O, 그리고 A에게 각각 바친다

너희가 만들고자 꿈꿨던 세상에서 살게 되기를

아름다움의 학문 1

서울대학교.

내가 입학하고 졸업한 학교다. 으스댈 뜻은 없다. 굳이 그 이름을 피하고 싶지 않을 뿐. 이 이야기의 아름다운 면과 지저분한 면을 모두 이해시키려면 반드시 그 괴물 같은 고유명사와 맞닥뜨려야만 한다. P대학. ㅈ대학. OO대학이라 바꿔 부를 수도 있다. 그러지 않으려 한다. 무슨 의미가 있는가? 겸허는 삶을 선택하는 것이어야 하지, 단어를 선택하며 발휘하는 게 아니다. 나는 삶을 선택할 용기를 내지 못했다. 단어는 선택하려 한다. 이 이야기에서 나는 가급적 고유명사를 피하지 않을 것이다. 사실 앞으로 내가 할 이야기는 특정한 이름들이 환기하는 우리의 기억과 감정에 절대적으로 의존한다. 그 첫번째로, 나는 서울대학교에 입학했다. 미학과였다.

미학(美學)이 뭐 하는 학문입니까? 종종 사람들이 물었다. 신입생도 선배에게 똑같이 물었다. 선배는 선배의 선배에게 물었을 것이다.

아름다움의 학문. 그럴싸했다. 그런 학문이 존재한다는 게 신기할 지경으로. 나는 뭘 배우는지 알기 위해 입학했다. 진심으로. 믿을 수 없겠지만 꽤 많은 학생이 그렇게 미학을 전공으로 선택한다. 불나방처럼 아름다움을 좇아서. 아름다운 것은 훌륭하니까.

과에는 외모가 수려하고 지적으로 세련된 여학생이 많았다. 새 학기가 시작하면 타과생들이 교양 수업을 들으려 몰려들었다. 가끔 남학생들이 점지해놓은 여학생을 좇아 과방으로 찾아왔다. 두 손에는 풍성한 꽃다발을 들고. 주로 남자들이 우글거리는 자연대, 공대, 의대 학생들이다. 되지 않을 일이었다. 그들이 꽃다발을 들고 왔기 때문이다. 붉은 장미 한 다발로 아름다운 캠퍼스 커플이 탄생했다는 이야기는 들어본 적이 없다. 여학생들은 꽃 몇 송이로 여자를 유혹할 수 있을 거라 기대하는 남학생들의 참혹할 만큼 부족한 상상력에 실망했다.

맙소사, 아름다움이 겨우 그런 것일 리 없잖아!

아름다움을 전공하는 학생이라 속으로 확신하고 있었던 것이다. 비록 아직 학위는 못 받았어도. 그녀들은 부드러운 미소를 지어 보이고 나긋한 목소리로 고마워요, 라고 응답한 뒤 고개를 가로저어 남학생을 돌려보냈다. 그녀들은 글을 잘 쓰는 남자, 말재간이 뛰어난 남자, 악기를 연주하는 남자를 좋아했다. 가끔은 귀밑머리에 새치가 희끗하게 돋아난 원로 예술가에게 눈과 마음을 빼앗긴 앞서 간 아이들도 있었다. 주인을 잃은 꽃다발은 과방 구석에 버려져 차곡차곡 쌓여갔다. 꽃잎이 갈색으로 말라붙고 떨어질 때까지. 과방에 드나드는 발에 밟혀 바스러진 꽃잎의 잔해가 모래처럼 바닥을 뒹굴었다. 남학생들이 연말까지 살아남은 마른 꽃가지를 이어 붙여 거대한 크리스마스트리를 만들어냈다. 전구를 엮어 불을 켜니 아주 근사해 보였다. 봉인도 뜯지 않은 구애 편지가 트리 사이에서 발견됐다. 한 학년 아래 후배인 민효가 편지를 개봉하고 창틀 위로 올라가 낮게 깐 목소리로 읽어나갔다.

부끄럽지만 이 편지를 끝까지 읽어주길 바란다…….

그는 고개를 절레절레 젓더니, 편지를 도로 접어 봉투에 집어넣고 검지와 중지 사이에 끼우고 창밖으로 휙 날려버렸다. 끝까지 읽히지 않은 편지는 빙글빙글 돌며 눈 쌓인 화단에 푹 꽂혀 영원히 읽히지 않은 편지가 되고 말았다. 누군가 외쳤다. 메리 크리스마스! 과방은 밤새도록 떠들썩했다.

마르크스에 대한 생각 1

인문대학과 사범대학 위쪽에 구릉을 낀 공터가 트여 있었다. 버드나무가 빽빽하게 둘러싸고 있어 그곳은 버들골이라 불렸다. 햇살이 따스한 날이면 인문대생들은 버들골 여기저기에 모여 앉아 담소를 나누거나 캐치볼을 주고받았고, 나무 잎사귀가 드리운 서늘한 그늘 아래서 연애를 막 시작한 연인들이 최초의 손장난을 벌였다. 항공우주공학과 학생 한 명이 그 평화로운 골짜기를 침범한 적이 있다. 제1차 세계대전 때 출격했던 복엽기 모양의 연을 손에 들고서. 폭이 2미터는 되어 보이는 비닐 재질의 양쪽 날개에 각각 네 개의 끈이 단단하게 묶여 있었고 끈이 만나는 곳에는 플라스틱 핸들이 달려 있었다. 공대생은 평평한 바닥에 연을 넓게 펼쳐놓고 주먹으로 잔디를 한 줌 뜯어 날렸다. 잔디는 허공에서 풀럭이며 흩어졌다. 풍향을 가늠하려는 것이었다. 그는 숨을 크게 한 번 몰아쉬었다. 그리고 연을 등진 채 핸들을 잡고 부드러운 구릉을 전력으로 달려 내려갔다. 연에 매인 끈이 팽팽해지자 맞바람을 받은 연의 날개가 풍선처럼 부풀어 오르며 하늘 높이 치솟았다. 연은 투명한 바탕에 좌우의 둥근 가장자리가 검은색으로 칠해져 있어 잠자리의 날개를 빼닮았다. 아름다운 광경이었다. 그런데 공대생의 목적은 연을 띄우는 게 아니었다. 그는 연에 매달린 채로 땅을 박차 언덕 아래 사범대를 향해 몸을 던졌다.

그는 하늘을 날았다. 라이트 형제가 그랬듯이.

담소가, 캐치볼이, 최초의 손장난이 모두 멈췄다. 시선이 온통 하늘을 나는 남자에게로 쏠렸다. 그날 한가롭게 노닐던 인문학도들은 인간의 세상을 내려다보는 공학의 높이를 마침내 실감했을 것이다. 그들은 넋을 잃은 표정으로 이 위대한 실험의 결과를 기다렸다. 오래 걸리지는 않았다. 몇 초. 사범대 건물 2층 벽에 몸을 부닥뜨린 공대생은 수명을 다한 모기처럼 땅으로 툭 곤두박질쳤다. 그 후로는 쓰러진 동상처럼 스스로 일어서지 못했다. 그는 얼마간 두 손으로 왼쪽 발목을 부여잡고 끓는 소리를 냈고, 결국 날카로운 비명을 내질렀다. 지켜보던 인문대생들이 달려가 그를 붙잡고 부드러운 목소리로 진정시켰다. 구급차가 도착할 때까지. 언제나 인문학의 역할이다, 공학이 저지른 사태에 뒤따르는.

새내기 환영회도 이 버들골에서 열렸다. 잔디밭에 원형으로 빙 둘러앉은 선배들은 새내기가 한 명씩 가운데로 나가 자기소개를 하면 "노래! 노래!"를 연호했다. 선곡은 뻔했다. 조용필. 김광석. 김현식. 세상의 가치 있는 문화는 모두 1980년대와 함께 사라진 것처럼.

차례가 돌아왔을 때 나는 노래를 부르고 싶지 않다고 말했다. 여자 선배 한 명이 손을 확성기 모양으로 말고 우우, 야유를 보냈다. 여우처럼 턱이 뾰족하고 눈꼬리가 예쁘게 치켜 올라간 2학년생. 그녀의 이름은 미주였다. 부모 양쪽 성을 함께 쓰는 여성주의자였는데, 남성과 여성이 표기 순서에서조차 평등하다는 걸 보여주려고 한 번은 자기 이름을 정-유 미주라고 썼다가 그다음 번에는 자기 이름을 유-정 미주라고 썼다. 그러므로 나 역시 두 번 말해둘 수밖에 없다. 어머니의 성이 무엇이고 아버지의 성이 무엇인지는 모른다. 아버지의 성이 무엇이고 어머니의 성이 무엇인지는 모른다. 그러나 그녀를 어떻게 불러야 할지 고민할 필요는 없었다. 선배나 후배나 성을 생략한 채 호의와 애정을 듬뿍 담아 언제나 이렇게만 불렀기 때문이다. 미쥬!

예쁘장한 얼굴로 거침없는 입담을 쏟아내고 밑 빠진 독처럼 술을 마셔대는 미쥬를 누구나 좋아했다. 그녀는 인문대학 전체에서 절대적으로 사랑받는 존재였다. 미쥬는 내게 단호한 명령조로 말했다.

"노래 부를래, 엉덩이로 이름 쓸래?"

그 말을 듣자마자 나는 엉덩이를 허공에 비벼 건성으로 이름 석 자를 갈겨쓰고 자리로 터벅터벅 돌아갔다. 선배들은 차갑게 침묵했고 미쥬는 내게 흰자를 한껏 드러낸 눈깔을 부라렸다. 그날의 적대적인 반응을 이해한 건 2학년이 되어서다. 되바라진 새내기가 꼭 한 명씩 들어온다. 빳빳이 쳐든 고개, 반항적인 입매, 경멸을 숨기지 못하는 눈빛. 스스로 특별하다고 믿는 아이들이다. '아이들'이다. 복수형이다. 복수형이라 사실 특별할 게 없는 것이다. 달력이 한 바퀴 돌아 입학식 때가 되면 어김없이 그런 아이들이 나타난다. 내가 그랬고, 내가 2학년이 되었을 때는 나를 꼭 닮은 후배 하나가 그랬다. 내 전에는 미쥬가 그랬다고 한다. 적어도 한 가지는 배웠기에 나는 대학에서 시간을 헛먹지 않고 조금은 인격적으로 성숙했다고 말할 수 있다 — 정말로 특별하다면 해마다 반복되지는 않는다는 것.

새내기들이 자기소개를 모두 마친 뒤, 선배와 후배가 한 명씩 짝지어 짧은 대화를 나누는 시간이 주어졌다. 그때 현승 선배를 처음 만났다. 그는 한때 무력 투쟁을 불사하는 고전적인 학생운동 선봉대의 존경받는 지휘관이었으나 젊은 나이에 퇴역했다. 그리고 대한민국 육군에 사병으로 끌려갔다. 그가 이끌었던 선봉대에는 건장한 남학생들이 많았고 신체 조건을 따져 신병을 뽑는다는 소문이 돌았다. 이제 그는 나이가 들었고, 투실투실하게 살이 오른 몸을 잘 가누지 못했다. 허벅지가 끝까지 벌어지지 않아서 양반다리를 못 하는 그는 제자의 발을 씻기는 예수처럼 내 앞에 두 무릎을 꿇고 엉거주춤하게 앉았다.

"마르크스에 대해 어떻게 생각해?"

그는 물었다. 독일의 차기 총리 후보에 대한 의견을 묻듯이. 나를 응시하는 현승 선배의 눈빛은 맑게 빛났다. 나는 망설인 끝에 질문과 우열을 가리기 힘든 우스꽝스러운 대답을 내놓고 말았다.

"글쎄요, 꽤 훌륭한 사람이었다고 생각해요."

현승 선배는 고개를 끄덕이더니 엉거주춤 자리에서 일어섰다. 내 앞에는 다른 선배가 걸어와 앉았고, 그를 이어 또 다른 선배가 왔다. 여러 가지 질문을 받았다. 어느 지역 출신인지, 우리 과에 왜 들어왔는지, 입학하면 가장 먼저 하고 싶은 게 뭔지, 좋아하는 음식은? 따뜻한 사람들이었다. 나는 알고 있었다. 결국 그들을 좋아하게 될 것이었다.

내 앞에 앉았을 때 미쥬는 딱 세 가지를 물었다. “여자친구 있어?”, “사귀어본 적은?”, “몇 번?” 그녀는 모든 남자 새내기에게 똑같이 물었다고 한다. 내가 미쥬에게 연애 경력을 고하는 동안 현승 선배는 내 옆의 새내기에게 묻고 있었다. 그 역시 모든 새내기를 붙들고 똑같은 질문을 한 번씩 던졌다. 마르크스에 대해 어떻게 생각해?

웅덩이 1

현승 선배는 고학번 선배보다는 멸종이 임박한 천연기념물로서 대접받았고, 자주 후배들의 살아 있는 장난감이 되곤 했다. 더러 후배들의 장난이 도가 지나쳐도 그는 성미를 부리는 법이 없었다. 다들 그가 좋은 사람이란 걸 알았다. 나이 차이가 너무 컸고, 사고방식의 차이는 그보다 훨씬 컸다. 마음을 열고 기꺼이 받아들이지는 못했지만 미워할 수는 없었다. 그는 이른 봄의 낙엽과도 같은 존재였다. 눈에 거슬리긴 해도 탓할 수는 없는 일.

새내기 환영회가 있던 밤, 막걸릿집 안은 담배 연기로 시야가 흐릴 정도였다. 자리를 차지한 사람들은 대부분 한 손에 담배를, 다른 한 손에 술잔을 들었다. 이 공해의 피해자가 되느니 공범이 되고 말겠다는 듯이. 현승 선배는 후배들을 앞질러 취했다. 이미 얼굴이 벌겠다. 그는 술버릇이 있었다. 갑자기 자리에서 벌떡 일어나 낮게 깐 목소리와 일정한 호흡으로 읊조렸다. 무엇을? 그의 입에서 흘러나오는 소리는 랩처럼, 노래처럼, 혹은 방언처럼, 그것도 아니면 그냥 물이 흐르는 소리처럼 들렸다. 우리 모두 알지만 우리 모두 처음 듣는 언어.

시였다.

아직 우리 행성에 남아 있었던 것이다, 술에 취하면 시를 읊는 사람이! 이제는 진짜 시인조차 잃어버린 습관이 아닌가. 새내기들은 기겁한 눈으로 현승 선배를 지켜보았다. 자주 있는 일인지 다른 선배들은 신경조차 쓰지 않는 눈치였다.

"자작시일걸. 저 사람이 싸움질 다음으로 좋아하는 일이야."

미쥬가 말했다. 현승 선배의 꿈은 위대한 시인이라는 것이다. 한때 황지우가 그랬고, 김지하가 그랬듯이. 미쥬는 코웃음을 쳤다.

"위대한 시인? 이 시대에? 현실감각이 없는 거지."

공정한 평가라고는 생각되지 않았다. 이 시대에 아름다움에 관한 학문을 공부하는 사람들에게 서로의 현실감각을 탓할 자격이 있는 것인가?

군사정권이 막을 내리고, 문민정부가 들어서고, 우루과이 라운드 협상이 타결되고, 노동자와 농민에 대한 공권력의 진압이 재개되고, 서울 시가에 다시 화염병이 날아다니고, 김일성이 사망하고, 주사파 척결 파동에 한총련 지도부가 와해되었던 격동의 1990년대를, 현승 선배는 용병처럼 떠돌아다니며 싸웠다. 용암과 같은 투쟁심과 세상의 아름다움을 추구하는 시심(詩心)에 사로잡힌 그는 남의 파업을 찾아다니며 돕느라 자기 수업에 들어갈 짬을 못 냈다. 왼쪽 눈썹 위에 길다란 흉터가 훈장으로 남았다. 전투경찰의 곤봉에 맞아 열두 바늘을 꿰맨 자리였다. 그는 지금까지 세 차례나 구속되어 이미 누구도 범접할 수 없는 학생운동 경력의 금자탑을 쌓아 올렸다. 그렇게 투쟁에 모든 것을 다 바친 전쟁 영웅이었지만, 퇴역 군인이 대개 그렇듯이 자기 시대가 지나가버리자 그는 외톨이가 되고 말았다. 공룡 같은 그의 육체적 남성성과, 셰익스피어의 희곡에서 튀어나온 듯한 대책 없이 낭만적인 감수성을 부담스러워한 어린 여학생들은 그와 거리를 뒀다. 군에 입대하기 전에는 그래도 여자를 사귀어봤다고 한다. 딱 한 번. 삶을 통틀어 딱 한 번이다. 억수같이 소나기가 내리던 여름날이었다.

현승 선배는 음대 앞 언덕을 걸어 내려가다 빗물이 고인 웅덩이를 밟고 크게 넘어졌다. 그는 바로 일어나지 않았다. 태어나 처음 보는 풍경이 눈앞에 펼쳐졌다. 하늘에 매달린 샹들리에처럼 빗방울이 허공에 멈춰 있는 것처럼 보였다. 아니, 너무 진부한 표현이다. 내 재능으로는 어림도 없으므로 이 대목은 현승 선배의 묘사를 그대로 옮긴다.

"너희는 비의 단면을 본 적이 있니?"

때마침 길을 지나던 연상의 음대생이 비를 과음한 취객처럼 웅덩이에 몸 담근 채 드러누운 남자를 발견했다. 설명하기 어려운 풍경. 그녀는 판단하기도 전에 그만 반하고 말았다. 음대생은 현승 선배의 머리맡으로 다가가 얼굴 위로 우산을 드리워주었다. 따뜻한 시선이 빗물처럼 흘러내려 현승 선배의 눈동자에 고였다. 여자는 물에 젖은 하얀 손을 말없이 내밀었다. 그는 손을 잡고 일어났다. 그날 이후로, 인문대와 음대 사이를 시와 음악이 매일같이 오갔다. 철 지난 낭만의 형식을 갖춘 아름답고 기이한 연애담. 그의 러브스토리는 캠퍼스의 전설로 남았다. "세상에 다시 없을 한 쌍이었겠지." 미쥬의 논평에는 사실과 조롱이 한데 뭉뚱그려져 있었다.

옛 연인은 벌써 변호사에게 시집을 갔지만 현승 선배는 아직 시집을 못 냈다. 그가 술안주처럼 쉽게 시를 만들어내는 점을 생각하면 몹시 의아한 일이었다.

"아끼는 시들을 죄다 흘렸기 때문이야."

현승 선배는 말했다. 처음에는 이해하지 못했다. 그 뜻을 알게 된 곳 역시 학교 근처 막걸릿집이었다. 역시 현승 선배는 취해 있었고, 으레 그렇듯이 자작시를 읊었다. 하이쿠처럼 문장 하나로 쓰인 단순한 시. 제목은 '웅덩이'였다. 그에게는 말하지 않았지만, 그것은 내가 아는 가장 아름다운 시 가운데 하나다.

장마가 지나간 여름
웅덩이에 빠뜨린 시들을
끝내 건져내지 못하고 말았네

B-

비가 오면 떠오르는 사람이 한 명 더 있다. 강정환 교수다.

수강 신청을 하기 전에 선배들에게 조언을 구했다. 어떤 교수를 만나야 하는가. 어떤 수업을 들어야 하는가. 인기 있는 수업은 수강 신청 사이트가 열린 지 1분도 채 지나지 않아 마감되었다. 강정환 교수의 강의 역시 그런 수업 중 하나였다. 미쥬는 졸업하기 전에 반드시 들어야 하는 강의라며 내게 수강을 권했고, 나뿐만 아니라 대부분의 새내기가 강정환 교수 아래로 모여들었다.

김대중이 대통령에 당선되고, 역사상 처음으로 선거에 의한 정권 교체가 일어났던 겨울이었다. 강정환 교수는 학기 마지막 시간에 대통령 당선자가 지을 법한 함박웃음을 지으며 말했다고 한다.

"여러분에게 새 시대에 어울리는 새해 선물을 주고 싶군요."

그리고 그는 모든 수강생에게 A+를 뿌렸다. 학사행정실로 전화가 빗발쳤다. 정치적 항의가 아니라 불공평에 대한 항의였다. 강정환에게 성적을 받을 기회를 놓친 다른 수업의 학생들이었다. 항의 전화에 시달리다 못한 행정실에서 강정환 교수에게 다시 전화를 걸었다.

“간곡히 부탁드리겠습니다. 학사 행정의 질서를 어지럽히지 말아 주세요. 교수님이 주신 것은 성적이지 세뱃돈이 아니란 말입니다.”

“하지만 물릴 수는 없습니다. 본디 선물이란 건넨 순간부터 준 사람의 물건이 아니니까요. 선물(善物)이 선물(先物)이 되는 것이지요.”

교수는 수화기 너머에서 자신을 향하는 문책에 품위를 잃지 않고 정중하게 화답했다. 한 발짝도 물러서진 않은 채로. 다음 학기 수강 신청 기간이 되자, 항의 전화를 걸었던 학생들이 강정환의 강의를 듣기 위해 벌 떼처럼 몰려들었다.

내가 들은 수업 첫날에는 봄비가 부슬부슬 내렸다. 강정환 교수는 강의실에 들어온 뒤 입 밖으로 한마디도 내지 않고 창밖을 바라보고만 있었다. 학생들은 어쩔 줄 몰라 하는 표정이었다. 강의실을 향해 돌아섰을 때 교수는 정중한 존댓말을 썼다.

“빗줄기라는 표현은 틀렸어요. 빗방울이라고 불러야 합니다. 한 줄기처럼 보여도 띄엄띄엄 내리지요. 실은 세상 모든 게 띄엄띄엄 존재합니다.”

그의 설명에 따르면, 비가 띄엄띄엄 내리듯이 디지털 역시 띄엄띄엄의 기술이다. 양자 에너지도 띄엄띄엄하다. 사랑도 띄엄띄엄 찾아오고, 소변도 띄엄띄엄 마려운데, 그 이유는 심지어 시간조차 띄엄띄엄 흐르기 때문이다. 그리하여 세상 만물이 띄엄띄엄하다! 그는 자기 철학에 이름까지 붙였다. 띄엄띄엄의 철학.

예상할 수 있듯이 동료 학자들 사이에서 그의 평판은 형편없었다. 비주류인 동양미학의 연구자인데다, 철학의 이름을 빌려 헛소리를 일삼았기 때문이다. 매번은 아니지만 종종. 그러니까 띄엄띄엄하게 말이다. 학생들에게야 강정환보다 훌륭한 교수가 있을 수 없었다. 언제나 수강생을 어른으로 대했고, 후하게 성적을 주었을 뿐 아니라, 무엇보다 출석을 부르지 않았으니까. 나로 말하자면 시험을 보는 날에만 그의 강의에 출석할 정도였다. 기말고사일, 시험지의 여백을 그저 떠오르는 문자로 메우고 있을 뿐인 나에게 다가와 그는 물었다.

"박태의 학생은 무슨 일이 있나요? 거의 출석하지 않는 것 같던데."

"아닙니다. 띄엄띄엄하게 출석하고 있을 뿐입니다!"

수강생들은 웃음을 터뜨렸다. 말한 나도 웃었다. 교수는 웃지 않았다. 그의 얼굴은 붉게 달아올랐다.

"인간에 대한 최소한의 예의조차 갖추지 못했군요. 박태의 학생에겐 최악의 점수를 줄 수밖에 없겠어요."

시험이 끝난 뒤 친구들은 내 농담이 지나치게 무례했다고 비난했다. 자기들도 소리 내 웃었으면서. 반박은 못 했다. 출석을 하지 않았으니 낙제를 받아도 할 말이 없었다. 그다음 달 받은 성적표에는 예고했던 대로 강정환 교수가 줄 수 있는 최악의 점수가 적혀 있었다.

B-였다.

이 이야기를 들려줬을 때 미쥬는 몸이 휘도록 웃었다.

"교수의 기억조차 띄엄띄임한가 보네. 그래서 내가 꼭 그 수업을 들으라고 했잖니."

그러나 강정환 교수의 기억은 결코 띄엄띄엄하지 않았다. 오히려 그는 기억력이 아주 뛰어난 사람이다. 그 이야기는 마지막에 다시 할 생각이다.

양면 패딩 점퍼 1

미쥬는 철학연구학회에 몸담았다. 기계처럼 책을 읽어대는 똑똑한 선배들이 우글거리는 곳이었다. 회원은 대부분 여자 선배들이었고 몇 안 되는 남자 선배들은 화분의 식물처럼 얌전한 느낌을 주었다. 학회에는 이름이 없었다. 그냥 철학연구학회였고 줄여서 '철회'라고 불렀다. 회원들의 자의식이 너무 강해서 학회에 붙일 이름을 합의할 수 없었기 때문이라고 한다. 학회의 창립자들은 각자의 작명 권한을 공평하게 버리고 새내기들의 제안 가운데서 이름을 고르기로 결정했다. 전쟁을 피하기 위해서. 그때 새내기였던 미쥬도 이름을 하나 제안했다. 어떤 새내기의 제안이 더 매력적인가? 선배들의 자의식이 다시 충돌했고, 서로 고집을 부리기 시작했다. 결국 전쟁이 일어났다. 이름이 정해질 때까지 임시로 모임을 철학연구학회로 부르기로 결정했다. 시간이 지나자 철학연구학회가 정식 명칭으로 자리 삽았다. 휴전선이 국경선으로 자리 잡았듯이. 전쟁의 클래식한 결말이다.

수업이 끝난 오후 등나무 쉼터에서 학회원들이 모여 앉아 독서하는 모습을 처음으로 보았을 때, 내 머릿속에 그 모임에 대한 경이로운 이미지가 확고부동하게 자리 잡았다. 선배들의 손에 들린 얇은 책은 독일어로 쓰인 것이었다. 커피에서 김이 모락모락 솟아오르는 소리마저 요란하게 들릴 듯한, 완벽하게 지성적인 고요가 깃든 풍경. 내가 거기 가입한 이유다. 학회에서 공부하는 내용이 주로 '전국학생연대회의'라는 학생운동 정파의 이론이라는 사실을 나는 알지 못했다. 학회는 실질적으로 학생운동의 관문이었고, 나도 그 관문을 통과해 학생운동가가 되었다.

"그런데 그건 대체 언제까지 입을 거야? 이제 봄이잖아."

학회에 가입하던 날 미쥬는 물었다. 입학한 이래 하루도 빠짐없이 입었던 빨간색 겨울 점퍼. 속은 폭신한 오리털로 두툼하게 채워져 있고, 둥그런 후드의 재봉선을 따라 부들거리는 여우 털이 사람의 치아 모양으로 가지런히 박힌 옷. 나는 별생각 없이 대답했다.

"색깔이 마음에 들어서."

"빨간색이?"

"응."

"가진 물건 중에 빨간색이 많아?"

나는 떠올려보았다. 가방, 양말, 스웨터, 스니커즈……. 일단 가진 물건이 많지 않았는데, 그러고 보니 내 소유물 중에는 빨간색은커녕 불그스름한 색이 섞인 것조차 거의 없었다. 미쥬가 말했다.

"사람들은 좋아하는 색깔을 생각만큼 좋아하지 않는다는 계량심

리학의 연구 결과가 있대. 하지만 애초에 소유한 물건들의 색깔로 감정을 계량할 수 있을까? 너는 빨간색이 좋아서 그 옷만 입는 걸까? 그 옷을 입다 보니까 빨간색이 좋게 느껴지는 걸까?"

"사실 이 옷은 양면 점퍼야. 뒤집어 입을 수 있는. 안감은 검정색이고. 그런데 내가 빨간 면만 입는다는 게 우연은 아니겠지?"

"무언가를 입는다는 건 무언가를 입는다는 뜻이야. 무언가를 좋아하는 것만이 무언가를 좋아한다는 뜻이지."

"참 나, 대체 왜 선배들은 하나같이 말을 이런 식으로 하는 거야?"

"내 선배들도 다 그랬거든. 결국 너도 이렇게 망가지고 말 거다."

미쥬는 껄껄 웃었다.

하지만 나는 그런 미쥬를 숭배했다.

줄자처럼 정확하고 유연한 그녀의 언어. 세계의 빈틈을 예리하게 포착해내는 그녀의 농담. 목젖을 흔들며 기분 좋은 공기의 떨림을 만들어내는 그녀의 웃음. 나는 그녀를 베끼고 싶었다. 그녀의 모든 것을 내 것으로 만들고 싶었다. 그리고 결국 나는 그녀를 소유함으로써 그녀가 했던 말의 뜻을 깨우쳤다.

무언가를 좋아하는 것만이 무언가를 좋아한다는 뜻이다.

인간은 가진 것을 내버리고 갖지 못한 것을 좇기도 한다.

나는 미쥬에게 사랑한다고 속삭였다. 미쥬도 나에게 같은 말을 돌려주었다. 우리는 의미의 빈틈을 말로 메우는 미장이와 같았다. 언어의 진공이 생기면 감정의 진공이 드러날까 봐 불안했던 것이다. 우리의 사랑은 거짓이었을까? 모르겠다. 남김이 없는 것 말고는 다른 연애의 양식을 상상하는 건 어려운 일이다. 그 후로 만난 여자들에게는 사랑한다고 잘 표현하지 않았다. 마음속에만 꾹 담아둔 말은 검증할 필요가 없다는 걸 알게 되었기 때문이다.

검증을 통과하지 못한 언어는 이내 부패한다. 하지만 신선한 발화의 순간에 괜찮게 느껴지지 않는 문장은 세상에 없다. 사람들이 끊임없이 지키지 못할 말을 내뱉는 이유가 뭐겠는가?

거목 1

어느 날 선배들이 공대 새내기 세 명을 데려왔다. 모두 남자였다. 공대에는 연대회의의 조직이 제대로 자리 잡지 못했으므로, 선배들은 세 명의 공대생을 붙들어놓기 위해 연대회의의 정치적 중심인 우리 과의 학회에 나누어 배치시켰다. 두 명은 분위기에 적응하지 못했는지 그 주가 지나자 얼굴을 비추지 않았고, 전자공학부의 새내기 한 명만이 끝까지 남았다. 그는 내가 있는 철학연구학회로 들어왔다. 키가 크고 홀쭉하게 마른 몸에 곱상한 얼굴을 한 남자애였다. 콧등에는 도수 높은 금테 안경이 까치 둥지처럼 비스듬하게 걸려 있었다. 그의 이름은 진우였다.

진우는 메뉴를 고르듯이 오래 생각하고 밥을 씹듯이 천천히 말했다. 과묵하고 지루했다. 솔직한 감정 표현, 뚜렷한 개성, 적극적인 자기주장을 미덕으로 삼는 우리 문화와는 조금도 어울리지 않아 보였다. 나는 그에게 아무런 호기심을 느끼지 못했다. 반면 선배들은 그를 한 톨의 씨앗처럼 소중히 여겼다. 사실 그는 문자 그대로 한 톨의 씨앗이었다. 미쥬는 진우에 대한 내 부정적인 평가를 이렇게 반박했다.

"진우가 공대 전체를 집어삼킬 거목으로 자라날지 어떻게 알아? 우리의 미래가 개한테 달려 있는 거야."

미쥬는 다른 두 명의 공대생처럼 언젠가 진우도 흥미를 잃고 우리를 훌쩍 떠날까 봐 걱정했다. 진우는 알고 있었을까? 내가 공강 시간마다 그에게 전화를 걸고, 점심시간마다 그와 함께 밥을 먹었던 이유를. 미쥬가 명령했기 때문이었다.

하루는 김이 오르는 식판을 앞에 두고 두 손 모아 기도를 올리는 내 모습을 테이블 맞은편에서 묵묵히 지켜보던 진우가 물었다.

"교회 다녀?"

"아니."

"그런데 왜 기도해?"

"습관이라서."

"무슨 그런 습관이 있어?"

"어려서부터 부모님의 손에 끌려 억지로 교회에 다녔거든. 어머니는 기도를 마쳐야 식사를 허락했어. 수천 번 반복하니까 기도와 식사의 상관관계가 몸에 새겨져버린 거야."

"파블로프의 개처럼?"

"맞아. 이제 교회에 다니지 않지만 식사 전에 손을 맞잡는 건 일종의 흉터로 남은 거지. 식사의 일부가 된 거야."

"고치려고 시도는 해봤어?"

"병원에 가봤지. 의사가 별것 아닌 강박증은 누구한테나 하나쯤 있으니까 굳이 고치려고 애쓰지 말라고 하더라. 그때 이런 생각이 들었어. 이게 바로 종교의 본질이라고. 인간은 신을 믿는 게 아냐. 부정할 결단력이 없을 뿐이야."

진우는 수긍한다는 듯이 고개를 끄덕였다. 나는 언성을 조금 높였다.

"하지만 내 아이는 다르게 키우고 싶어. 그 애만큼은 절대로 교회에 보내지 않을 거야!"

진우는 입에 집어넣으려던 숟가락을 허공에서 멈춘 채로 잠시 생각에 잠겼다.

"신자인 부모님이 너를 강제로 교회에 보냈다면서. 무신론자인 너는 아이가 교회에 나가지 못하게 강제로 막겠다고? 그게 뭐가 다르지? 종교를 종교의 방식으로 부정하는 거잖아."

반박할 수가 없었다. 그는 벌써 선배들이 즐겨 구사하는 징그럽게 우아한 논법을 완벽하게 익혔던 것이다. 지루하기는커녕 이미 선배들과 똑같은 놈이었다. 진우는 숟가락을 입에 넣고 우물우물 밥알을 씹으면서 말을 끝맺었다.

"아이에게 신을 선택할 자유를 주는 편이 나을 거야. 정말로 교회에 복수하고 싶다면."

본질적인 차이

띄엄띄엄의 철학자 강정환 교수처럼, 공대에도 전설적인 교수가 한 명 있었다. 재료공학부의 구민용 교수다. 그를 직접 본 적은 없다. 그의 일화는 모두 공대생인 진우를 통해 들었다.

새 시대의 새해 선물로 모든 수강생에게 A+를 돌린 강정환 교수와는 반대로, 구민용 교수는 인간의 가치를 알파벳순으로 정렬하는 데 희열을 느끼는 사람이었다. 고분자화학의 전문가인 구 교수는 안정적인 피라미드 구조를 선호했기에 수강생의 절반을 거리낌없이 재수강에 몰아넣었다. 수업 중간에 수강생이 자리에서 일어나 문 쪽으로 걸어갔을 때 교수는 표정을 구기며 물었다고 한다.

"지금 어디 가는 거냐?"

"잠깐 화장실에 다녀오려고요."

"지난 학기 성적 평점이 얼마였지?"

뜬금없는 질문이었다. 불길한 기분을 느낀 학생은 쭈뼛거리며 대답했다.

"3.3이었는데요."

"화장실 다녀와. 3분 18초 주겠어."

교수는 손목시계의 스톱워치를 작동했다. 3분 18초. 10진법으로 환산하면 3.3분이다.

교수뿐만 아니라, 학생들의 사고방식에도 꽤 큰 차이가 있었다. 시청각 매체로 사용하던 아날로그 영사기는 고장이 잦았다. 나는 인문대 교양 수업에서 영상 자료로 본 조비의 뮤직비디오를 틀려던 강사가, 영사기가 작동하지 않자 마이크를 들고 목청껏 본 조비의 노래를 부르는 광경을 본 적이 있다. 노래가 끝났을 때 수강생들은 휘파람을 불고 기립 박수를 보냈다. 비슷한 일이 학점을 채우려고 수강했던 자연대 교양 수업에서도 일어났다. 강의 주제는 '인류의 진화'였고 강사는 유인원부터 현생인류까지의 두개골 용적 차이를 보여주기 위해 X선 촬영 사진 여러 장을 준비해 왔다. 영사기가 또 말을 듣지 않아 스크린에는 X선 촬영 사진 대신 백색 화면만이 떴다. 강사는 영사기 정면으로 걸어가 섰다. 하얀 화면에 드리운 자신의 그림자를 손가락으로 가리키며 말했다.

"호모 사피엔스입니다. 보시다시피 두뇌 용적이 매우 큽니다."

꽤 창의적인 농담이라고 감탄했는데 자연대생들은 짧게 피식거릴 뿐이었다. 인문대였다면 박장대소가 쏟아졌을 것이다. 내 옆에는 머리를 붉게 염색한 물리학과 여학생이 돌처럼 표정 없는 얼굴로 앉아 있었다. 나는 물었다.

"기발하지 않아?"

"창의적이네. 다만 엄밀히 말하면 X선 대신 영사기의 광선을 사영 매체로 이용한 것일 뿐이니까 본질적인 차이는 없겠지."

X선과 광선이라. 그런 식으로는 생각해보지 못했다. 나는 그녀에게 물었다.

"혹시 남자친구 있는지 물어봐도 돼?"

"미안. 이미 있어."

"그렇구나. 그런데 네 아버지와 남자친구 사이에는 본질적인 차이가 있다고 생각해?"

그것은 내가 배워가고 있는 인문대식 농담이었다. 물리학이 정직하게 구축한 세계의 반대편에서 자라난 문화. 그녀는 여전히 무표정했다. 그 후로 두 번 다시 그녀에게 말을 걸지 않았다. 방사선 차폐벽처럼 두껍고 단단한 입술 안에 미소를 가두고 살아가고 싶다면, 그건 그녀의 자유다. 안녕히!

체 게바라

미쥬의 남자친구인 대석 형은 법대 4학년이었다. 나는 미쥬와 함께 그와 자주 어울렸고, 마침 같은 기숙사동까지 배정받았기에 금방 친해졌다. 대석 형은 기숙사에 조금 늦게 입소했는데 가져온 소지품은 표면이 울퉁불퉁하게 깎여 나간 낡은 나무 야구방망이와 라면 박스 다섯 개가 전부였다. 가장 큰 박스에는 옷가지가 엉망으로 뒤섞여 있었다. 그는 박스를 뒤집고 흔들어 침대 위에 쏟아내는 것으로 옷 정리를 금방 끝내고, 나머지 라면 박스의 테이프를 북북 뜯어냈다. 안에는 사회과학 서적만이 들어 있었다. 이사의 마지막 순서로 그는 둘둘 말아둔 전지 크기의 브로마이드를 책상 앞 벽에 붙였다. 록 스타처럼 잘생긴 젊은 남자의 사진. 남자의 입가에는 아기처럼 천진난만한 미소가, 어깨에는 무시무시한 자동소총이 걸려 있었다. 체 게바라였다.

대석 형은 전국학생회협의회, 약칭으로 '전학협'이라 불리는 학생운동 정파에 속했다. 전학협은 미쥬와 내가 속한 연대회의와 경쟁하는 정파였는데, 혁명 조직 노선을 지향해서 그런지 전투적인 기강으로 무장한 정예 활동가가 대거 포진되어 있었다. 전학협은 학생회를 전략적 요충지로 생각했다. 그래서 조직이 제대로 뿌리내리지 못한 단과대학에도 꼭 한 명씩을 학생회장 후보로 내보냈다. 대석 형이 바로 그중 하나였다. 법대는 우리 연대회의의 텃밭이었고 전학협 조직은 아무런 기반이 없었는데도 대석 형은 작년 법대 학생회장 선거에 느닷없이 출마했다. 그리고 손가락으로 셀 만한 수의 낯간지러운 득표를 한 뒤 떨어졌다. 그는 동급생들보다 나이가 두 살 많았다. 항간에는 그가 입시 프락치라는 소문이 돌았다. 원래 그는 서울대학교 내 전학협의 한 축이었던 의대에 다녔는데, 수능을 다시 쳐서 법대에 입학했다는 것이다. 조용히 숨어 지내다 학생회장 선거에 전학협 후보로 출마하여 연대회의가 장악한 법대를 전복시키라는 지령을 수행하기 위해서.

도무지 말이 안 되는 이야기였지만 사실이냐고 물어도 빙긋 웃을 뿐 그는 긍정도 부정도 하지 않았다. 아마 무간도와 같은 정치적 전설의 주인공이 된 흡족한 기분을 오래도록 만끽하고 싶었던 것 같다. 어쨌든 그가 믿을 수 없이 영악하고 두려울 만큼 전투적인 사람인 것만은 틀림없었다. 그의 소유물이 증명하고 있었다.

"이건 내가 지켜야 할 유물 같은 거야. 몇 년 전 졸업한 존경하는 선배한테 물려받았거든."

그는 낡은 야구방망이를 소중하게 어루만지며 말했다. 대석 형은 그 방망이를 들고 시합에서 야구공을 담장 바깥으로 숱하게 넘겼고 시위 현장에서도 전경을 상대로 똑같은 일을 했다. 대석 형의 선배 역시 같은 용도로 방망이를 사용했을 것이다. 그는 방망이 머리에 '투신'이라는 자기 별명을 칼로 파서 새겨놓았는데, 나는 한참 시간이 흐른 뒤에야 그게 '투쟁 머신'의 준말이라는 사실을 알게 됐다. 그는 광화문 이순신 장군 동상의 머리를 밟고 올라가본 몇 안 되는 사람 중 하나였다. 종로경찰서에 끌려가 이순신 장군 위에 왜 올라갔냐는 질문을 받았을 때, 그는 이렇게 중얼거렸다고 한다. "강감찬인 줄 알았는데……" 그런데 형사는 그에게 학생이냐고 묻고, 서울대학교 법과대학의 학생증을 넘겨받아 유심히 살펴본 다음, 무죄가 입증되었다는 듯이 그를 방생시켰다. 체포된 노동자들이 나오는 절차는 달랐다. 훨씬 길고 복잡했다. 더러 유치장에서 나오지 못하고 교도소로 바로 이감되는 경우도 있었다. 무엇이 다른가? 관점에 따라 단지 '학생과 노동자'의 차이거나 혹은 '서울대 학생과 노동자'의 차이로 볼 수 있었다. 전자라면 대석 형은 술래잡기의 깍두기로 무시당한 것이고, 후자라면 장래가 창창한 명문대 학생으로 특별 대우를 받은 것이다. 그는 후자를 택했다. "씨발놈의 계급사회, 멸망해버려라!" 나는 그에게 학생증을 내밀지 않았으면 구속당할 수 있지 않았냐고 묻고 싶었는데 너무 치사한 질문 같아서 그만두었다. 어쨌거나 대석 형이 체 게바라를 숭배하게 된 건 당연한 일이다. 그는 야구방망이를 다루는 방법과 함께 확실하게 배웠던 것이다. 부조리한 폭력에 맞서는 체 게바라적인 방식을. 바로 조리 있는 폭력 말이다.

전학협과 연대회의는 비슷한 책을 읽고 비슷한 이론을 공부했지만 바로 그 이유로 자주 또 격렬하게 다퉜다. 누가 더 세계를 깊고 정교하게 이해하는지 담판을 지어야 했다. 논쟁의 힘은 무시무시했다. 일단 그것이 시작되면 발밑의 세계보다 머릿속의 세계가 훨씬 중요하게 느껴지고, 이론이 규정하는 적보다 이론을 공유하는 논쟁 상대가 더 사악해 보이는 것이었다. 대석 형의 마음속 깊숙한 곳에서도 우리를 향한 정치적 적의가 도사렸다. 그리고 그보다 더 깊은 곳에서는 미쥬를 향한 절대적인 사랑이 불타올랐다. 그의 적의와 그의 애정이 모두 진심이었다.

형이상학과 형이하학 사이의 딜레마.

둘 다 진심일 수는 있지만 둘 다 진실일 수는 없는 것.

그래서 미쥬와 대석 형은 소소한 일상을 공유했고 별것 아닌 문제로 매일같이 티격태격했지만, 정치적인 문제를 두고 다툰 것은 훗날 딱 한 차례뿐이었다. 그때 그들은 헤어졌다. 나는 두 사람의 연애를 지켜보면서 정치가 무성성을 띠는 이유를 배웠다. 인간이 성적 욕망을 긍정하면 정치적 욕망을 부정할 필요가 발생한다는 것. 이 명제는 반대 방향으로도 성립한다.

대석 형의 영웅이었던 체 게바라도 마찬가지였다. 체 게바라는 남미 전역을 돌아다니며 싸우고 또 연애했다. 각기 다른 곳의 전쟁이 모든 곳의 인민을 위한 것이었지만, 박애에 가까운 여성 편력은 각각의 여인에게 상처를 입혔을 뿐이었다.

길고양이 1

인문대에 '사람'이 살았다. 사람이는 회색이 감도는 털을 가진 늙은 잡종 진돗개였다. 누가 개에게 사람이란 이름을 내렸는지는 모른다. "그런 게 바로 인문학의 과잉이지." 대석 형은 비웃었다.

신림동 고시촌을 몇 년째 배회하는 유기 동물이었던 사람이는 어느 날 갑자기 학교에 나타났는데, 학생들이 던져준 급식 잔반으로 몇 차례 포식을 하더니 학교에 나타나는 횟수가 점점 잦아졌다. 그러다 어느 날부터 아예 학교 안에서 살게 됐다. 사람이의 주인이 누구였는지 또 나이가 몇 살인지는 아무도 알지 못했다. 94학번 윤정 선배의 개라는 말도 있고, 91학번 민호 선배의 개라는 말도 있었는데, 나는 94학번 윤정 선배와 91학번 민호 선배가 누구인지도 몰랐다. 인문대 학생회에서 개에게 집을 만들어주었다. 슬레이트 지붕의 개집은 감나무 아래 세워졌다. 나무에서 감은 내가 졸업할 때까지 한 번도 열리지 않았다. 아마 날씨 때문일 것이다.

사람이는 어떤 사람을 보아도 꼬리를 흔들며 앞발을 높이 들었다. 짖는 법이 없었다. 미쥬는 사람이를 열렬하게 보살폈다. 꼬박꼬박 사료를 내주었고, 일주일에 한 번씩 목욕을 시켜주었다. 미쥬가 솔로 등을 문질러 거품 내는 동안 사람이는 배를 바닥에 깔고 반항하지 않았다. 기분이 좋아 보였다.

"약자에 대한 미쥬의 헌신과 집착은 거의 병적인 수준이지."

데이트를 개에게 빼앗긴 대석 형은 투덜거렸다. 나는 물었다.

"약자에 대한 헌신이 나쁜 거야?"

"나쁘다고는 하지 않았어. 그냥 병적이라고."

늦봄부터 인문대학 주변에서 목이 비틀리고 피범벅이 된 고양이 사체가 종종 발견됐다. 갈기갈기 찢겨 죽은 고양이를 발견할 때마다 여학생들이 비명을 내질렀다. 학생회에 불만이 쏟아졌다. 관악산 기슭에 야생 늑대가 서식하는 게 아니라면 사람이가 저지른 짓이 틀림없었다. 나쁜 새 취미가 생긴 것이었다. 학생회에서 사람이의 처분을 두고 회의가 열렸다.

그 일로 인해 나는 대석 형이 했던 말의 뜻을 이해하게 됐다. 약자에 대한 병적인 헌신과 집착. 미쥬는 사람이를 돌보는 일을 그만뒀다. 대신 길고양이들을 돌보기 시작했다.

차별적인 규칙

과 동기인 경수는 멀리서도 쉽게 눈에 띄었다. 키가 190센티미터에 체중은 90킬로그램이 넘었고, 턱 밑부터 발목까지 굵은 근육을 찰흙처럼 몸에 두르고 있었기 때문이다. 공부를 잘했지만 축구는 더 잘했다. 그는 초등학교 2학년때 시작해 고등학교 2학년 때 그만두기 전까지 축구부 주전 골키퍼로 활약했다. 새내기 환영회에서 자기소개를 할 때, 그는 선배들 앞에서 시건방지다 못해 당당하기까지 한 태도로 자신은 사실 체대에 가고 싶었다고 말했다. 아버지가 체대에 진학하는 걸 너무 심하게 반대하는 바람에 어쩔 수 없이 미학과로 왔다는 것이다. 누가 보아도 경수의 재능은 아름다움보다는 힘에 있었는데도. 현승 선배는 경수를 환영한다면서 덧붙였다.

"훌륭한 아버지를 둬서 부럽다. 우리 아버지는 내가 인문대에 들어가는 걸 반대했었는데."

경수의 아버지는 지방의 작은 관리사무소 직원으로 일한다는데, 얼마 뒤 그의 아버지를 만나보고 나서야 나는 정말로 경수에게 어떤 일이 벌어졌는지를 머릿속으로 그려볼 수 있었다.

한편 미쥬와 경수는 사사건건 삐걱거렸다. 태생적으로 상극이었다. 미쥬는 모든 문제에서 상대적인 약자의 편에 섰고, 경수는 무쇠처럼 강하고 우월한 힘을 추구했으니 그럴 수밖에 없었다. 두 사람이 처음으로 드러내고 충돌한 건 미쥬가 새내기들을 모아놓고 과내 자치 규약의 내용을 설명할 때였다.

"여성의 참여가 원천적으로 배제되거나, 여성이 주변부로 밀려날 수밖에 없는 운동은 공식적인 과 행사가 될 수 없다는 걸 미리 알아뒀으면 해."

경수가 미쥬의 말을 듣고 퉁명스럽게 물었다.

"공식적인 과 행사가 될 수 없는 운동이 구체적으로 뭐야?"

미쥬는 사례를 열거해나갔다. 축구, 야구, 농구……. 구기 종목 대부분이 명단에 속했다.

"고무줄놀이는 어때? 내가 훨씬 잘할 텐데?"

"너는 술래만 하면 되지. 술래는 고무줄을 손으로 붙들고 서 있기만 하면 되니까. 골키퍼가 원래 그런 일을 하는 거 아니었어?"

경수가 발끈 화를 터뜨렸다.

"축구가 여성의 참여를 원천적으로 배제하는 것이라고 어떻게 단정할 수 있지? 여자 축구 선수들의 성정체성을 순식간에 박탈하는 거잖아. 그런 발상이야말로 차별이 아닐까?"

그의 말은 꽤 옳게 들렸지만, 상대만큼 옳은 것만으로는 결코 논쟁에서 이길 수 없는 법이다. 미쥬가 차갑게 되물었다.

"그게 차별이라고?"

"당연하지."

"90분 내내 너만 손으로 공을 잡을 수 있는 것만큼 차별적인 규칙은 세상 그 어디에도 없어."

칸트가 쓴 세 줄

미학원론 시험이 코앞이었다. 과목은 50대 중반인 안민이라는 교수가 담당하고 있었다. 안민은 학문적 성취보다 "프랑크푸르트 학파인 내가 보기에는……"이라는 말버릇으로 유명해진 사람이다. 그는 독일 프랑크푸르트에서 유학했다. 프랑크푸르트 학파는 제2차 세계대전 후 거의 반세기 가까이 인류의 정신적 사조를 이끌어온 뛰어난 학자들이 몸담았던 진보적 연구 그룹이다. 프랑크푸르트 학파 출신으로는 아도르노, 벤야민, 프롬, 하버마스 등이 있다. 정치학, 사회학, 미학, 철학 분야의 연구자치고 이들의 이름을 스무 번 이상 언급해보지 않은 사람은 없다. 그런데 이상한 일이지만, 프랑크푸르트 학파에 관한 어떤 연구 논문에도 안민이라는 이름은 등장하지 않았다.

수업 첫날, 안민 교수는 자신이 독일어를 다 깨우치는 데는 3개월이 걸렸지만 칸트를 다 깨우치는 데는 30년이 필요했다고 말했다.

"칸트가 쓴 글의 첫 세 줄만 이해할 수 있다면, 미학을 다 배웠다고 생각해도 된다."

칸트를 펴보기 전에는 농담인 줄 알았다. 칸트의 『순수이성비판』의 제1편 제1항의 첫 세 줄은 이렇다.

> 어떤 방식으로 그리고 어떤 수단에 의해 언제나 인식이 대상들과 관계를 맺든지 간에, 그로써 인식이 직접적으로 대상들과 관계를 맺는 것은, 그리고 모든 사고가 수단으로 목표하는 것은, 직관이다. 그런데 직관은 오로지 우리에게 대상이 주어질 때만 생기며, 다시금 그러나 이런 일은 적어도 우리 인간에게 있어서는 오로지 대상이 마음을 어떤 방식으로든 촉발함으로써만 가능하다. 우리가 대상들에 의해 촉발되는 방식으로 표상들을 얻는 능력, 곧 수용성을 일컬어 감성이라고 한다.

30년을 붙들고 있기에 충분해 보이는가? 안민은 내게 30년이나 주지 않았다. 기말고사까지 딱 사흘이 남아 있었다. 나는 기숙사 방에서 칸트를 붙들고 내 사고 능력이 수단으로 목표한다는 직관이라는 것을 시험해보는 중이었다.

대석 형은 아침이 다 된 시각에 몸을 가누지 못할 만큼 취해서 내 방에 들어왔다.

"휴게실 가서 같이 야구 보자."

너무 취한 나머지 스탠드를 켜놓고 시험을 준비하는 내 모습이 보이지 않는다는 듯이. 지금 생각해보면 그가 진정으로 섬긴 것은 학생운동이 아니라 야구였다는 생각도 든다. 그는 야구 시합에 정치적 신념을 끌어들이지는 않았지만 정치적 신념을 이루기 위한 싸움에 타자로서의 재능을 끌어들인 사람이었다.

"박찬호가 지금 지구의 자전 속도가 못 따라갈 것 같은 공을 뿌려대고 있어! 공부가 되냐!"

결국 나는 책을 덮어두고 휴게실로 따라나갔다. 휴게실에는 학생 세 명이 텔레비전 앞에 앉아 있었다. 흘러나오는 방송은 박찬호의 경기가 아니라 긴급 뉴스였다. 학생들은 시끄럽게 욕설을 쏟아냈고, 대석 형도 곧 동참했다. 그날 우리는 야구가 아닌 전혀 다른 시합을 구경했다. 아웃 카운트 세 개가 아닌 목숨 하나로 결정되는 삶의 경기.

경찰이 롯데호텔 노동조합의 파업 농성을 기습적으로 진압했다. 노조의 시위자들은 호텔 고층의 레스토랑에 들어가 문을 걸어 잠그고 버텼다. 투입된 건 경찰특공대였다. 진압 영상은 뉴스보다는 영화에 가까웠다. 경찰특공대는 병력을 반으로 나눴다. 일부는 옥상에서 줄을 타고 내려와 유리창을 깨고 연막탄을 던지며 몸을 날렸고, 동시에 나머지는 객실 문을 발로 걷어차 부수고 곤봉을 쳐들었다. 곧 희뿌연 연막 사이로 사악한 농성자들의 실루엣이 드러났다. 응징받아 마땅한 이들. 어떤 사람들이었는가? 젊은 여자들이었다. 방긋 웃으며 "안녕하세요, 무엇을 도와드릴까요?"라고 인사하던 여자들. 특공대는 그들의 팔과 다리를 꽁꽁 묶어 냉동 참치처럼 거칠게 바닥에 패대기쳤고, 곤봉으로 땅에 쓰러진 여자들의 머리를 내리치고 발로 배를 걷어찼다. 지켜보던 학생들은 끊임없이 신음처럼 들리는 욕을 내뱉었다. 대석 형은 혀 꼬인 소리로 버럭 외쳤다.

"싸워! 일어나서 같이 싸우라고! 병신같이 처맞기만 하는 이유가 뭐야!"

"팔다리가 묶여 있기 때문이겠지."

취하지 않아서 나는 흥분하지도 않았다. 눈이 보는 장면을 머리로 이해하려고 애썼다. 그 장면은 칸트가 쓴 세 줄과 같은 것이었다. 그 세 줄만 이해할 수 있다면. 온 세상을 통틀어 그 세 줄만.

지금까지도 나는 미학원론 시험을 제대로 볼 수 없었던 게 절반은 경찰특공대의 탓이고 절반은 칸트의 탓이라 믿고 있다.

시험 공부를 포기하고 휴게실에서 맥주를 마시며 대석 형과 대화를 나눴다. 뉴스를 보다가 술이 다 깨버린 그는 차분한 목소리로 자신이 시위에서 몇 차례 마주쳤던 경찰특공대에 대한 이야기를 들려주었다.

"내가 진압당해본 적은 없어. 앞으로도 그럴 일이 없으면 좋겠고. 걔들이 현장에 도착했다는 건, 협상의 시간이 끝났다는 소리야. 그러면 시위도 끝난 거지. 특공대는 대화를 하지 않아. 뒷걸음질 치지도 않아. 경찰의 목표는 치안을 유지하는 거고, 특공대의 목표는 교전에 승리하는 거야. 어떤 대가를 치르더라도 이기고 돌아가는 놈들이지. 대통령 훈령 47호란 법이 있어. 이 조항에 따라 테러 진압 부대로 만들어진 게 경찰특공대거든. 웃긴 건 테러를 진압해본 적이 없다는 거야. 국내에서는 테러가 발생하질 않아서."

그는 코웃음을 치고 나서 창밖이 밝아올 때까지 긴 이야기를 이어나갔다. 이미 만든 군대를 놀릴 수는 없었으므로 특공대는 파업 진압을 전담하는 부대로 용도 변경되었다. 주로 고층 건물 등에서 벌어지는 파업 농성을 고공 진압하는 게 이들의 일이었다. 진압 작전은 딱 하나이고, 지난 수십 년 동안 진화하지 않았다. 이들은 병력을 반으로 나눠 일부는 공중에서 진입하고, 나머지는 지상에서 문을 부수고 돌진하는 작전을 썼다.

영원히 운이 좋을 수도 없는 것이다. 약 10년 뒤, 이 부대는 철거민들이 농성을 벌이던 용산 재개발 지역의 건물 옥상 망루에 똑같은 수법으로 진입했다. 취약한 구조의 망루 내부가 무너지며 보일러 연료통들이 굴러떨어졌다. 연료통에서 새어 나온 발화성 세녹스 가스가 망루 안을 가득 채웠다. 옷의 보풀에서 일어나는 정전기만으로도 점화가 일어날 수 있었다. 경찰특공대는 상부에 위험 상황을 보고했지만 퇴각 명령이 내려오지 않았다. 전술 목록에 퇴각이 없었던 탓이다. 목표는 언제나 교전에서 승리하는 것이니까. 어떤 대가를 치르더라도. 특공대는 끝을 내거나 끝이 날 때까지 앞으로 나아가는 수밖에 없었다.

정해진 각본처럼 가스가 점화되어 폭발했다. 민간인 다섯 명과 경찰 한 명이 죽었다. 이름하여 용산참사다. 한국전쟁 종전 이후 60여 년 만에 처음으로, 경찰특공대는 역사에 이름을 남긴 소대급 병력이 되었다. 비록 민간인을 섬멸하여 쌓아 올린 공적이지만.

물론 이 특공대가 모든 농성의 진압에 투입된 건 아니다. 특공대가 롯데호텔 노조를 진압했던 해에는 다섯 차례 넘게 의사들의 파업이 일어났는데, 진압할 농성이 없어 놀고 있던 특공대는 단 한 차례도 투입되시 않았다. 대신 여기에는 김대중 정부가 숙고 끝에 승인한 새로운 협상 전략이 적용되었다.

정부는 의사들의 요구 사항을 즉각 수용하는 것으로 사태를 신속하게 해결했다. 역시 칸트가 쓴 세 줄 같은 것이다.

무관심성 이론

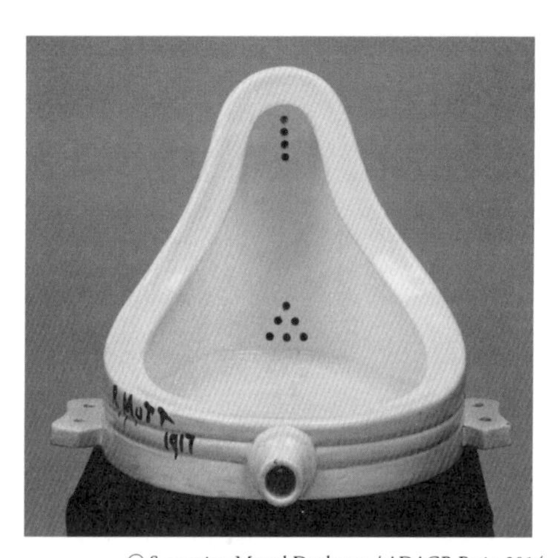

이 변기를 예술로 볼 수 있는가? 예술로 볼 수 있다면 그 이유는 무엇인가? 칸트의 무관심성 이론에 따라 설명하시오. (40점)

미학원론 시험의 첫번째 문제였다. 나는 볼펜을 손에 쥔 채 한동안 멍하게 앉아 있었다. 내 앞자리에는 현승 선배가 앉았다. 그는 1학년 때 들었던 미학원론 수업을 이번 학기에 재수강했고, 재수강을 하면서도 강의에 단 한 번도 출석하지 않았다. 하지만 그는 시험지를 받자마자 빠른 손놀림으로 답안을 써 내려갔고 결국 8절 시험지 두 장을 앞뒤로 꽉꽉 채워 냈다. 아마 시험지의 대부분을 과목 성격에 맞는 말장난으로 채워 넣었을 것이었다. 올바른 태도라고는 할 수 없어도 우리 분야의 재능은 그런 일을 능숙히 수행하는 것과 명백한 관련이 있다. 확신은 할 수 없지만 어쩌면 칸트 스스로도 조금은. 그는 시험이 끝날 때쯤 등을 돌리고 내게 소리 죽여 물었다.

"담당 교수가 누구야?"

그가 부딪힌 난관은 시험지 윗줄에 휑뎅그렁하게 비어 있는 담당 교수 이름 칸이었다. 출석을 하지 않아서 담당 교수가 누구인지도 몰랐다. 그 빈칸의 문제는 인문학 너머에 있었다. 답은 하나였고 정해져 있었다. 재능으로 채워 넣을 수가 없었다. 안민. 나는 두 글자의 정답을 말해주었다.

시험이 끝난 뒤 순대볶음집에서 수강생들끼리 쫑파티를 벌였다. 순대볶음이 철판 위에서 지글거리며 익어가는 동안 나는 옆자리에 앉은 현승 선배에게 물었다.

"출석하지도 않았으면서 시험 문제를 풀 수 있는 비결이 뭐예요?"

"설명하기 어려운데……. 일단 이거 먹어."

그는 내 앞접시에 순대볶음을 덜어주었다. 나는 젓가락으로 순대 하나를 집고 입에 넣어 씹었다.

"맛있어?"

"네."

"정확히 어떤 맛인데?"

"매운맛이죠, 뭐."

그는 고개를 설레설레 저었다.

"아냐, 그렇게 하는 게 아니지. 이 순대볶음의 맛을 칸트의 무관심성 이론에 따라 설명하려고 노력해봐. 그게 바로 내 비결이다."

금기

진우는 철학연구학회 모임에 한 번도 빠진 적이 없었다. 그런데 학기가 끝나자 한 주 내내 보이지 않았다. 미쥬와 내가 전화를 수십 통씩 걸었지만 연결되지 않았다. 미쥬는 불안에 떨었다. 싫증을 느낀 진우가 우리 곁을 훌쩍 떠났을까 봐 걱정하고 있었다.

"찾아. 끌고 와."

미쥬는 단호한 명령조로 말했다. 나는 아무런 단서도 없이 공대를 헤맸다. 강의가 끝나고 우르르 몰려 나오는 학생들을 마구잡이로 붙잡고 물었다. 전자공학부 1학년 양진우를 아세요? 몇 시간을 소득 없이 허비한 끝에, 떼를 지어 걸어가던 여학생 무리의 한 명이 연극 대사를 읊는 듯한 목소리로 대답했다.

"내가 진우예요."

"네? 제가 찾는 진우는 다른 사람인데요. 이름이 진우세요?"

"진우란 사람을 제대로 기억하시는지 궁금해서. 제가 아까 모른다고 이미 대답한 건 기억을 못 하시길래."

여학생들은 깔깔 웃음을 쏟아내고 지나갔다. 나는 진우를 찾는 것을 포기하고 인문대학 쪽으로 터벅터벅 되돌아갔다. 민족해방계열, 이른바 'NL'로 불리는 정파가 몇 년째 장악하고 있는 공대 학생회실을 지날 때였다. 학생회실 앞에 산더미처럼 쌓여 있는 제본된 책들이 눈에 띄었다. 가까이 다가가 보았다. 표지는 푸른색이 감도는 빳빳한 마분지로 입혀졌고, 그 위에는 선명한 명조체로 호기심을 강렬하게 자극하는 제목이 박혀 있었다.

『주체사상에 기초한 사회주의 교육리론』. 그 아랫줄에는 구절 하나가 덧붙었다. 작은 글씨였지만 제목보다 훨씬 눈길을 끌었다

조선로동당 창건 30년 기념

두 눈을 의심했다. 그 책의 존재와 그 책의 독자층은 내 관심사가 아니었고, 그 책이 대담하게 차지하고 있는 공간 때문이었다. 하루 수천 명의 학생들이 수업을 들으러 바삐 오가는 밝은 대낮의 거리. 책은 거기에 자리하는 것만으로 이미 남침을 범하고 있었다. 사진 한 장만 찍어 국가정보원에 보내면 공대 학생회 간부 전원이 대공분실에 끌려갈 터였다. 물론 그런 짓은 하지 않았다. 나는 주변을 두리번거린 뒤 쌓인 책 더미에서 한 권을 몰래 훔쳐 옷섶에 숨긴 채로 기숙사 방에 돌아왔다. 갓 찍어냈는지 책에서 온기가 느껴졌다. 내가 저지른 짓은 엄연한 절도였지만, 정확히 말하자면 국가보안법을 중대 위반한 대역죄인들의 물건을 훔친 절도였다. 아주 작고 사소한 범죄였다. 내가 그것을 읽기 전까지는. 그리고 나는 그날이 가기 전에 다

읽었다.

『주체사상에 기초한 사회주의 교육리론』은 사람의 손을 타지 않고 조용히 나이를 먹은 원시림과 같았다. 이국적으로 우거진 기묘한 활자체. 답답하고 고지식한 문장의 틈으로 햇살처럼 비껴 들어오는 하얀 여백. 내용이 아니라 모양에 대해 이야기하는 중이다. 책이 남긴 인상은 그게 전부였다. 다음 날 과방에서 철학연구학회 모임이 열렸다. 미쥬는 성급하게 진우를 찾았냐고 물었고, 나는 조심스럽게 금서에 대해 생각해본 적이 있냐고 물었다.

"금서에 대해 생각해봤냐니? 나는 늘 금서만 생각하는걸. 우리가 여기서 읽는 책의 대부분이 금서야. 마르크스, 엥겔스, 알튀세르. 전부 다. 왜 묻는 거야?"

"그냥. 금서의 기준이 궁금해서."

"금서라는 기준 자체가 모순이지. 어떤 책을 금서로 지정하기 위해서는 그 책을 읽어봐야만 하잖아, 안 그래?"

나는 고개를 끄덕였다. 미쥬는 말을 이었다.

"그리고 정말로 읽히지 않게 하고 싶으면 금서 목록에 올려서는 안 되는 거야. 국방부 권장도서 목록에 올려야지. 탁월한 효과가 이미 증명된 방법이니까."

나는 책가방에서 『주체사상에 기초한 사회주의 교육리론』을 꺼내 앞으로 내밀었다. 미쥬는 자리에서 벌떡 일어섰다.

"어디서 났어?"

"공대 학생회실 앞에 잔뜩 쌓여 있었어."

"걔들도 미쳤네. 그래 놓고 잡혀가면 국가보안법 탓만 하지. 훔쳐 왔어?"

"응. 정말로 이런 걸 읽는지 처음 알았어. 소문처럼 NL에서는 김정일의 지령을 받는 걸까?"

"그 순진한 김정일이가 걔들에게 지령을 내린다고? 내 생각에는 김정일이 걔들의 사악한 지령을 받고 있는 거 같은데. 너는 이런 거 읽지 마."

"왜 읽으면 안 돼?"

"주체사상을 잘못 접하면 묘한 정서적 호소력에 중독될 수가 있어. 그렇게 NL이 탄생하는 거야."

"정서적 호소력에 중독되면 안 되는 거야?"

미쥬는 잠시 고민에 빠졌지만 재빨리 더욱 설득력 있는 논거를 찾아내 들이밀었다.

"우리가 아무리 많이 읽어도, 반드시 읽어야 할 책을 다 읽을 수는 없잖아? 그렇다면 독서의 우선순위를 정해야겠지. 이 책의 순서는 아마 네가 평생 동안 읽을 수 있는 책보다도 한참 뒤일 거야."

"그러니까 내가 다른 금서를 열심히 읽기 위해서는, 이 책이 나한테 금서가 되어야 한다는 소리네. 금서라는 기준 자체가 모순이라는 선배의 말이 이제야 어렴풋이 이해가 되는 것 같아."

미쥬는 나를 날카롭게 째려보았다. 그녀와의 설전에서 우위를 점한 것이 처음이었으므로 나는 짜릿한 쾌감을 느꼈다.

"그래서 그거 어떡할 거야?"

"버릴게."

나는 그녀가 보는 앞에서 책을 과방 쓰레기통에 집어넣었다. 이미 읽은 책이었고 다시 읽을 것 같지도 않았다. 미쥬는 버럭 고함을 질렀다. "누구 엿 먹이려고 그걸 거기다 버려?"

한편 사라진 진우는 그날 저녁 학교 앞 PC방에서 발견됐다. 모니터의 차가운 불빛만이 지하의 어둠을 밝히는 곳. 창문도 시계도 없는 곳. 그는 현실을 지하실 바깥으로 몰아냈다. 내가 찾아갔을 때 재떨이 안에는 담배가 무덤을 이뤘고 그 옆으로 빈 음료수병이 일렬로 죽 늘어서 있었다. 잔디처럼 자라난 턱수염이 그가 파묻은 시간을 짐작케 했다. 그는 스타크래프트에 빠져 있었다. 내가 끌어내려 하자 그는 완강하게 저항했다.

"딱 세 시간만 더 할게."

그는 어린아이처럼 손가락을 걸어 약속했고, 나는 진우 옆자리에 주저앉아 기다리기로 했다.

금기들의 기준은 참으로 모순적이다.

나는 주체사상의 정서적 호소력이란 것에는 중독되지 않았지만 스타크래프트에는 단박에 중독됐다. 주체사상은 머릿속에서 부스러기 한 점 없이 밀려났다. 그날 밤 나는 일꾼을 착취해 무지막지한 해병대를 만들었고 전투 중에 마약을 주입하며 적을 피떡으로 으깨 물리쳤다. 12세 이상 '이용가'이며 국방부에서는 프로게이머를 특채로 뽑아가는 게임이다. 진우와 내가 기진맥진한 몸을 끌고 나왔을 때는 세 시간하고도 스무 시간이 더 지난 뒤였다. 다섯 통 넘게 울렸을 때부터 전화는 꺼두었다. 모두 미쥬에게 걸려 온 것이었다. 게다가. 나는 거기서 담배를 처음으로 피워보았다. PC방 안의 모든 사람이 담배를 입에 물고 있었기 때문이다. 처음 입에 댄 순간부터 15년이 지난 지금까지 하루 한 갑씩 담배를 피운다. 담배는 국가의 전매 상품이다. 나는 재작년에 갑상선 종양 제거 수술을 받았고 지금도 담배를 피우고 있다. 담배에 대해서는 이 정도면 된 것 같다.

우승

여름과 함께 첫 학기 성적표가 날아들었다. 인문대학에서 성적 날리기 대회가 열렸다. 성적표로 종이비행기를 접어서 가장 멀리 날리는 사람이 우승하는 시합이었다. 종이는 반드시 성적표만을 사용하되 공작 방식은 자유였다. 공대생인 진우는 완전히 신이 나서 한나절 동안 비행기를 만들었다. 그는 먼저 성적표에 풀을 먹이고 정오의 햇볕에 말렸다.

"풀을 왜 먹이는 거야?"

내가 묻자 그는 으스대며 대답했다.

"강성을 높여서 뒤틀리지 않게 기체를 고정해야 공기저항계수를 일정하게 유지할 수 있어. 공기저항계수가 급변하면 고꾸라질 위험이 커지거든."

성적표가 빳빳하게 굳자 진우는 가위로 잘라 이등변삼각형 하나와 직각삼각형 두 개로 나눴다. 몸통과 두 날개였다. 그는 두 날개를 구부려 물고기 허리 모양의 곡면을 만들고 테이프로 고정시킨 후 아래로 비스듬히 기울여 몸통에 풀로 붙였다. 날개 끝은 살짝 자르고 깃을 세워 바람 길도 냈다. 이제 묻지 않아도 이유를 먼저 설명해주었다.

"자동차 리어윙의 원리를 거꾸로 뒤집어놓은 거야. 유속 차와 양력을 최대화해서 공중에 오래 뜨도록."

진우의 비행기에는 고전 유체역학 이론인 베르누이의 원리가 적용되었다. 진우는 이번 학기에 역학 수업을 들었고 A-를 받았다.

그날 오후 인문대 옥상에서 비행기들은 요란한 함성과 함께 떼 지어 손을 떠났다. 교정을 걷던 학생들이 놀라서 고개를 들었다. 하늘은 창백하게 파란 여름의 빛깔이었다. 허공에 하얗게 흩어진 어떤 수업들. 편대비행이 아니었다. 비행기는 각각 제멋대로 춤추며 떨어졌다. 진우의 비행기는 좋은 성적과 좋은 이론에 따라 제작된 만큼 아주 멀리 날았다. 그래도 우승과는 거리가 멀었다.

불문과 학생이 대회에서 우승했다. 그는 프랑스계 스위스 사람인 베르누이의 철자만 간신히 쓸 수 있을 뿐 유체역학에 대해서는 조금도 알지 못했지만 비행기를 40미터가 넘게 날렸다. 그의 비행기는 다른 종이비행기와 똑같이 생겼다. 초등학생도 아는 단순한 방법으로 접었기 때문이다.

"운이 따랐을 뿐이야."

진우는 실망이 역력한 표정을 숨기지 못하고 투덜거렸다. 맞는 말이었다. 운이 따랐다. 우승자의 비행기는 다른 비행기와 공중에서 부닞쳐 추락하지 않았다. 게다가 우연히 윗바람을 잘 받았다. 통제할 수 없는 돌풍에 휘말리지도 않았다. 종이였을 뿐이었다. 성적이 적힌 종이. 열심히 접거나 건성으로 접거나, 좀 더 멀리 날거나 금방 떨어지거나. 우승을 하려면 운이 따라야 했다. 순전히 운이었다. 나는 역사가 필연으로 기록한 위대한 우승자들을 떠올렸다.

주최자가 우승자의 동의를 얻었다. 비행기를 펴서 커다란 목소리로 과목별 평점을 하나씩 읽어나갔다. 성적은 참혹했다. 참가자들이 모두 소리 내 웃었다. 우승자는 경품으로 짜파게티 한 박스를 받아 들고 돌아갔다.

농활

과에서 농활을 떠난 곳은 경기도 연천군에 속했다. 한적하고 아름다운 마을이었다. 키 낮은 벙거지 산들이 굽어보는 동네 한가운데로 폭이 가느다란 냇물이 흘렀고, 물이 스친 흙모래에서는 갯버들이 무성하게 자라나 있었다. 가택들은 냇가를 끼고 마을 곳곳에 드문드문 떨어져 있었는데 2층을 올린 집이 하나도 없었다. 주민들은 모두 땅에 붙어 살았다. 인구는 마흔 명 남짓이었고 그 상당수가 손자나 증손자까지 본 노인들이었다. 그들은 자식들을 떠나보내고도 태어난 땅을 계속 돌보았다. 땅 일에는 은퇴 시기란 게 없었다.

농활대장을 맡은 미쥬가 포함된 답사대가 그곳에 미리 다녀왔다. 마을이 농활 자리로 결정된 데는 약간은 이기적인 이유가 작용했다. 마을회관이 공사 중이라 이장님께서 특별히 비어 있는 한옥 고택을 숙소로 내주겠다고 약속했기 때문이었다. 지은 지 70년이 넘은 집이었다. 한국전쟁 때는 격전지였던 뒷산의 점령군을 따라 아군 지휘관의 숙소였다가, 적군 지휘관의 숙소로 바뀌었고, 다시 아군 지휘관이 안방을 차지했다고 한다. 이제 우리가 차지할 차례였다. 주인은 몇 년 전 마을 뒷산에 묻혔다. 집을 물려받은 장남은 유일한 유산에 실질적인 재산 가치가 전혀 없다는 사실을 금방 깨달았을 것이다. 금전의 가치는 집이 아니라 땅이 결정하기 때문이다. 그는 이미 스무 살 때 서울로 떠났고 그 후로 다시는 마을로 돌아오지 않았다. 그는 집을 정기적으로 손봐달라고 이장님께 부탁했고 가끔씩 돈을 부쳤다.

"사람이 자꾸 들어 살아야 집도 사는 것이야."

이장님은 말했다. 미쥬는 색이 바래고 이가 빠진 돌기와가 눈물을 자아내는 곡선을 그리며 떨어지는 그 집의 자태에 완전히 매료돼버렸다. 답사에서 돌아와서도 마을의 노동 여건보다는 숙소 이야기만을 늘어놓았다. 보고 나서야 나는 미쥬를 이해했다.

눈부시게 아름다운 집이었다.

가옥은 두 채였다. 직각으로 선 가옥마다 각각 마주 보는 방이 두 개씩 딸려 있었고, 방 사이는 바람이 통하도록 뻥 뚫린 대청마루가 있었다. 바닥에 깔린 적갈색 송판은 세월에 닳아 반들거렸다. 뜰의 경계를 따라 회색 돌담이 비틀비틀 달렸고, 담 너머로는 꽃밭이 넓게 펼쳐졌다. 북쪽 지방이라 여름이 늦게 와서 막철을 맞은 노란 유채가 아직도 수북이 고개를 들고 있었다.

앞뜰 구석에는 폭이 5미터 정도 되는 커다란 나무 평상 하나가 놓여 있었다. 현승 선배는 도착하자마자 평상에 몸을 던지듯 드러눕고서 담배를 꺼내 물었다. 미쥬는 농활에 고학번 선배가 따라온 전례가 없다며 투덜거렸다. 엠티가 아니라 연대 활동이었고, 고학번 선배에게 노역을 명령하기는 어려웠기 때문이었다. 내가 입학한 후로도 꾸준히 늘어난 현승 선배의 체중은 그때 이미 90킬로그램을 돌파하고 있었다. 그는 가만히 앉아 있어도 땀을 흘렸다.

미쥬가 일을 배분했다. 농활대원들은 논, 밭, 담배밭, 사슴 농장 중 하나를 고를 수 있었다. 작업 첫날 여학생들은 모두 사슴 농장에 몰렸고, 이튿날부터는 아무도 사슴 농장에 가지 않으려 했다. 예쁜 사슴과 어울려 뛰노는 게 아니라 사슴 똥을 삽으로 퍼 날라 구덩이에 묻어야 하는 일이었다. 사슴은 하루 종일 톱밥을 씹어먹었고 한 시간마다 지독한 냄새를 풍기는 굵은 풀똥을 쌌다. 농장 주인은 농활대가 온다는 소식을 듣고 일주일 동안 사슴 똥을 치우지 않은 채 쌓아뒀다.

논, 밭, 담배밭의 노동은 장점과 단점이 있었다. 무릎까지 물이 차오르는 논은 차갑고 시원했지만 앉을 수가 없었다. 한나절 모내기를 하고 나면 다들 허리를 잡고 앓아누웠다. 밭일은 엉덩이를 붙이고 앉아서 하는 대신 뙤약볕을 온몸으로 받아야 했다. 하루 밭일이 끝나면 새로 태어난 사람처럼 피부가 그을렸다. 선크림을 한 통씩 비워도 소용이 없었다. 첫날 저녁 숙소에 들른 이장님이 필요한 게 없냐고 물었을 때, 밭일에 투입된 작업조원들이 손을 들고 선크림이 다 떨어졌다고 말했다가 엄청난 지탄을 받았다. 담배밭은 건조했고 줄기가 사람 키만큼 자라서 햇볕도 피해가며 일할 수 있었다. 하지만 담뱃잎에서 본드처럼 끈적한 진물이 흘러나왔다. 수확을 끝내면 손과 옷에 물이 들었다.

나는 논일을 선택했다. 내가 속한 작업조에는 현승 선배와 경수가 들어왔다.

논물 위로 하얀 오리들이 줄지어 떠다녔다. 입으로 해충을 잡아먹고 항문으로 비료를 뿌린다고 했다. 우리가 '논할머니'라고 부른 논 주인이 허벅지까지 올라오는 고무장화를 나눠주었다. 우리는 장화를 당겨 신고 첨벙거리며 물속에 들어갔다. 벼 사이에 섞여 자라는 '피'라는 잡초를 솎아내는 게 해야 할 일이었다. 간단한 일이라는데 간단하지가 않았다. 피와 벼는 똑같이 생겨서 눈으로 구분할 수 없었다. 논할머니가 둘의 차이를 설명해주었다. 뉘어서 햇빛을 비스듬히 반사시키면 줄기를 따라 한 줄로 난 옅은 실금이 보이는데, 벼와 피는 이 실금의 색깔이 미묘하게 다르다는 것이었다. 논할머니가 시범을 보였다. 경수는 논할머니가 뽑아낸 피를 손에 들고 벼 줄기 옆에 슬쩍 대어보며 중얼거렸다.

"혹시 내가 색맹인 거야?"

논할머니는 일단 피를 뽑으면 논 바깥으로 멀리 던져야 한다고 주의를 줬다.

"이 피란 놈이 어찌 목숨이 질긴지, 뽑아서 논가에 버리면 바람에 흘러들어와서 둥둥 떠다니다 다시 뿌리를 내리고 자라난다니까. 벼가 좀 그렇게 자라면 좋을 턴디!"

일이 시작되자 논할머니는 부지런하게 피를 솎아내며 앞으로 나아갔다. 배바지를 올려 입은 허리 굽은 노인의 등은 자꾸 멀어졌다. 우리는 시간의 대부분을 벼와 피를 감정하는 데 바쳤다. 이것은 벼냐, 피냐. 논쟁은 종종 다수결로 귀결했다.

해가 머리 꼭대기로 오르자 이마에서 땀이 비처럼 흘러내렸다. 현기증처럼 세상이 흐물거렸다. 뙤약볕에 달아오른 논가의 길을 한 바쥐 둘러 아지랑이가 벽처럼 피어오르는 것이었다. 태양의 광포한 열기가 땅을 휘발시키고 있었다. 현승 선배가 더위를 참지 못하고 검은색 논물에 몸을 풍덩 던졌다. 놀란 오리들이 날개를 푸덕이며 달아났다. 잠수를 마치고 나왔을 때 그의 얼굴과 목을 얼룩 반점이 뒤덮고 있었다. 거머리였다. 찰싹 달라붙어서 손으로는 떼어낼 수가 없었다. 경수가 논할머니를 모셔 왔다.

"담배 피우냐?"

현승 선배가 논할머니께 담배를 건넸다. 논할머니는 담배에 불을 붙여 한 모금 빨아 마시고 나서 현승 선배에게 달라붙은 거머리를 하나씩 지져 떼어냈다. 거머리가 들러붙었던 자리에서 흐르는 피가 멈추지 않았다. 논할머니는 약을 가져오겠다며 담배를 입에 문 채 집으로 돌아가다가 우리가 한나절 내내 뽑아 길가에 쌓아놓은 피를 발견했다. 그녀는 절규에 가까운 비명을 내질렀다.

"이건 벼잖아!"

단발머리

옆 마을에 군내 초등학교의 분교가 있었다. 인근의 여러 마을을 통틀어 유일한 학교였다. 학생 수는 서른두 명이었다. 야간에는 그 학교에 다니는 어린 학생들의 집을 찾아가 공부를 봐줬다. 내가 맡은 학생은 5학년인 남자아이였다. 두 자릿수 곱셈. 아이 엠 어 보이. 그런 것들을 열심히 가르쳤다.

"궁금한 거 있어?"

"서울대학교에 들어가면 뭐가 좋아요?"

"이렇게 아름다운 곳에 일하러 올 수 있어서 좋지."

나는 어른스럽게 대답했다. 아이는 이해하지 못했다.

"버스만 타면 언제든지 일하러 올 수 있잖아요."

아무런 대꾸도 할 수 없었다.

숙소로 돌아오는 길은 한 치 앞도 볼 수 없이 깜깜했다. 가로등은 없었다. 하늘을 메운 별들은 도시에서 온 이방인의 길잡이가 되어주지 못했다. 냇물 소리를 쫓아 발로 땅을 더듬어가며 간신히 돌아왔다. 냇물은 숙소 앞까지 흘렀다.

미쥬는 자기가 가르쳤던 초등학교 2학년 꼬맹이의 손을 붙잡고 돌아왔다. 어둠이 무섭다는 것이었다. 꼬맹이는 미쥬를 숙소에 들여보내고 손을 한 번 흔들더니 뒤돌아 짙은 어둠 속으로 뛰어들어갔다.

숙소에는 파리와 하루살이가 많았다. 당번을 정해 벌레를 잡기로 했는데, 밤이 되어 방바닥을 밟을 수조차 없을 만큼 쌓인 사체의 무덤을 보고 포기하기로 했다. 우리의 살해 능력으로는 자연사의 속도를 따라잡을 수가 없었다. 이장님이 가져다준 끈끈이 몇 개를 천장에 붙여 길게 늘어뜨려두었다. 접착력이 강력한 것이었다. 초파리 수백 마리와 함께, 걸어 지나던 미쥬의 머리카락 한 움큼이 끈끈이에 붙잡혔다. 떼어낼 도리가 없었다. 벗어나려 애쓸수록 더 많은 머리카락들이 끈끈이에 들러붙었다.

"가위를 가져와."

미쥬는 내가 가져온 가위를 손에 넘겨받아 어깨 아래까지 내려오던 길고 풍성한 머리카락을 턱 밑부터 싹둑 잘라냈다. 갈색 머리카락이 나풀거리며 바닥에 떨어지자 지켜보던 여학생들이 안타까운 탄식을 터뜨렸다. 미쥬는 단발머리가 됐다. 그녀는 손거울을 들고 얼굴을 비춰보았다.

"대학에 들어와서 머리카락을 처음 잘라봐."

"훨씬 잘 어울리는데?"

현승 선배가 말했다. 밭일을 맡았던 미쥬의 얼굴은 새까맣게 그을려 있었다. 이곳에서 태어난 소녀처럼. 단발머리가 정말 잘 어울렸다.

오리와 매

논할머니가 논물 위를 헤엄치던 오리 한 마리를 잡았다. 할머니는 집에서 조리를 끝내고 커다란 무쇠 냄비를 두 손에 든 채 뒤뚱거리며 걸어왔다. 우리 숙소는 가스가 끊겼기 때문이다. 냄비를 넘겨받아 마당의 평상 위에 내려두고 뚜껑을 열어보았다. 기름 뜬 국물 속에서 목이 잘려 나간 거대한 오리 한 마리가 몸을 웅크리고 있었다. 오리는 발가락을 둥그렇게 만 채로 죽었다. 현승 선배가 물었다.

"이게 뭐죠?"

"메긴 메야. 오리 백숙이지."

현승 선배가 이렇게 큰 오리는 태어나 처음 본다면서 오리 백숙을 타조탕이라 부르는 호들갑을 떨었다. 논할머니는 오리를 출산한 여인처럼 만족스럽게 웃었다. 우리는 평상에 둘러앉아 허겁지겁 냄비를 비웠다.

그날 오후는 햇살이 너무 뜨거웠다. 바깥에 잠시만 서 있어도 피부가 빛에 관통당하는 고통이 느껴졌다. 오전 일과만으로 이미 모두 녹초가 됐기에 낮잠 자는 시간을 갖기로 했다. 나는 두 시간 가까이 잤다. 깨어났을 때는 나지막하게 코 고는 소리가 방 안을 메웠다. 한 사람도 남김없이 잠들어 있었다. 다른 방도 마찬가지인지 수런거리는 말소리조차 들리지 않았다. 나는 발꿈치를 들고 소리 죽여 걸어 나와 대청마루에 앉았다. 고개를 들어 하늘을 보았다. 새 한 마리가 날개를 활짝 편 채 떠 있었다. 공중에 정박한 배처럼 한 자리에 멈춰서 움직이지 않았다. 한참을 바라보았다. 매였다.

저녁에 후발대로 다섯 사람이 더 도착했다. 진우가 껴 있었다. 그는 공대 농활에 가지 않고 우리 농활을 따라왔다. 후발대가 챙겨 온 버너로 저녁식사를 만들어 먹기로 했다. 내일 일과를 상의하려고 이장님 댁에 다녀온 미쥬는, 남자들은 모두 방 안에 드러누워 있고 여자들이 분주하게 식사 준비를 하는 모습을 보고 길길이 날뛰었다. 현승 선배가 미쥬를 달래려 나섰다.

"시킨 게 아냐. 그냥 재들이 준비하더라고."

그 말은 미쥬의 화를 보탰다. 가부장제의 질서가 내면화되었다거나 뭐 그런. 그녀는 남학생들을 앞뜰에 나란히 세워놓고 농활 기간 동안은 식사 준비를 전부 남자들이 하라고 명령했다. 미쥬의 일그러진 얼굴을 맞대고 토를 달기는 어려웠다. 남학생들은 끼니마다 가위바위보로 식사 당번을 정하기로 했다. 첫날은 내가 걸렸다. 미쥬가 엄격한 목소리로 물었다.

"다 같이 먹어야 하니까 대충대충 하지 마. 뭐 만들 거야?"

"라면."

"안 돼. 넌 집에서 엄마가 끓여준 라면만 먹었어?"

"그냥 라면이 아냐. 백숙 라면을 끓여볼게."

"백숙 라면?"

서울에서 가져온 라면 세 박스가 있었다. 백숙을 먹고 어디다 버려야 할지 몰라 모아둔 파리 꼬인 오리 뼈다귀, 그리고 여학생들이 된장찌개를 끓이려 썰어둔 채소를 냄비에 모조리 쓸어 넣었다. 마지막으로 라면과 스프를 투하했다. 미쥬는 처음엔 시큰둥했지만 정작 백숙 라면이 완성되자 국물에서 깊은 맛이 날 것 같다며 흥분했다. 그녀는 내가 기도를 시작하기도 전에 먼저 젓가락을 들었다.

백숙 라면에서는 라면 맛이 났다. 국물에 밥을 말아 바닥까지 비워냈다. 식사를 끝내니 태양이 뒷산 너머로 물러났다. 하늘이 불그스름하게 물들었다.

성폭력

마을의 성인 가운데 가장 젊은 사람은 서른여덟 살이었다. 성은 모르고 이름은 정배라고 했다. 왜소한 체구의 노총각이었다. 키가 150센티미터를 간신히 넘어서 우리 일행 중 가장 작은 여학생보다도 작았다. 우리는 그에게 일을 배웠다. 말수가 적고 성실한 사람이었다. 여학생들 앞에서 수줍음을 많이 탔다.

"태어나서 만난 남자 중에 정배 오빠가 제일 귀여워요."

미쥬가 웃으며 칭찬했을 때, 정배 씨의 얼굴은 귀밑까지 붉게 달아올랐다.

농활 넷째 날이었다. 해가 진 뒤 정배 씨가 우리 숙소로 막걸리 한 박스를 들고 왔다. 우리는 이장님께 받은 소쿠리에서 꺼낸 씨감자를 삶아 평상 위에 냈다. 현승 선배가 그에게 담배를 권했다. 정배 씨는 막걸리 뚜껑을 땄다. 그가 귀신 이야기를 들려주었다. 등장인물은 임진왜란인지 병자호란인지 모를 전쟁과 얽혀 있었다. 술이 좀 오르자 그의 화술은 낮과 다르게 유창해졌다. 이야기는 생각보다 흥미진진했고, 여학생들은 결정적 대목마다 과장된 반응을 돌려주며 그를 흡족하게 만들었다. 정배 씨는 헤벌쭉 웃으며 막걸리 잔을 들이켜고 이야기에 뜸을 들였다.

그는 취했다. 미쥬의 칭찬 없이도 얼굴이 벌갰다. 그의 시선은 평상 맞은편, 무릎을 가슴에 끌어안은 자세로 앉아 있는 미쥬를 향했다. 그가 보는 것은 미쥬의 맨발이었다. 그는 세상 어떤 남자도 미쥬에게 해서는 안 될 말을 입 밖에 내버렸다.

"너는 발가락이 어쩜 그리 섹시하냐. 하얗고 가지런한 것이."

그 순간 평상 위의 모든 일이 멈췄다. 미쥬는 발가락을 움츠려 말고 양반다리로 자세를 고쳐 앉는 것으로 의사를 표시했다. 정배 씨는 알아듣지 못했다. 막걸리 탓일 것이다. 그는 돌아올 수 없는 곳으로 나아갔다.

"내 한번 쪽쪽 빨아보고 잡게 생긴 발가락이다."

술자리는 거기까지였다.

미쥬와 여학생 몇 명이 바로 사과할 것을 요구했다. 무리였다. 그것은 로마의 법이 아니었던 것이다. 정배 씨는 무엇에 대해 사과하라는지조차 이해하지 못했다. 처음에는 의아하다는 듯 고개를 갸웃거리던 그는 되레 성깔을 부렸다. 사태가 악화되자 현승 선배가 그만 집에 돌아가달라고 정중하게 요청했다. 정배 씨는 자리를 뜨지 않고 고집을 부렸다. 덩치가 두 배는 나가는 경수가 그를 끌어내다시피 해서 집까지 데려다 주었다. 경수에게 팔뚝을 잡혀 숙소를 나서면서도 그는 고개를 돌려 "무얼 잘못했다는 것이야, 내가!"라고 악을 썼다.

그가 돌아가고 대책 회의가 열렸다. 자정이 다 된 때였다. 술에 취해 실수를 저지른 것 같으니 내일 아침 다시 정배 씨에게 사과를 요구해보기로 했다.

다음 날 일어난 정배 씨는 술이 깼다. 새벽에 현승 선배가 그의 집으로 찾아갔다. 그는 현관 앞에 선 현승 선배의 두 눈을 조용히 바라보았다. 그는 사과를 거부했다.

그날 오전, 우리는 일을 나가지 않았다. 회의가 끝없이 계속되었다. 안건은 농활 보이콧이었다. 의견이 팽팽하게 갈렸다. 나는 반대였다.

"우리는 노동을 도우러 온 거지 계몽을 하려고 온 게 아니잖아. 농활 전체를 보이콧해서는 안 될 것 같아."

"나는 노동을 도우러 온 거지 성희롱을 당하려고 온 게 아니야."

미쥬의 태도는 강경했다. 마지막으로 정배 씨를 설득해보고 실패하면 농활을 보이콧하기로 결의했다.

"우리가 전부 몰려가면 위협감을 느낄 거야. 여학생들이 가면 자존심이 상할 테고."

현승 선배가 말했다. 그래서 현승 선배와 나, 두 사람이 중재단으로서 정배 씨의 집을 향했다. 냇가를 따라 걷는 동안 우리는 말을 나누지 않았다. 날이 흐릿하고 바람이 거칠게 불었다.

담장이 없는 아담한 양식 주택이었다. 정배 씨는 혼자 살았다. 초인종을 눌러 그를 불러냈다. 한참 후에 문을 연 정배 씨는 집 앞에 나오자마자 담배를 빼 물었다. 현승 선배가 불을 붙여주고 조곤조곤한 목소리로 문제를 설명해나갔다. 그는 일방적으로 미쥬의 편을 드는 인상을 주지 않으려고 노력했지만 제대로 전달되는 것 같지 않았다. 다 듣고 나서 정배 씨가 입을 열었다.

"내가 정말로 발가락에 뽀뽀하겠다는 뜻은 아니었소."

"그건 중요치 않습니다. 그 말에 미주 학생이 수치심을 느꼈다는 사실이 중요한 거지요."

정배 씨는 눈을 둥그렇게 떴다.

"수치심? 그 애 발이 내 입보다 깨끗한가?"

그는 다시 목소리를 높였다. 만약 정말로 발가락에 뽀뽀를 한다 쳐도 손해를 보는 건 자신인데, 왜 미쥬가 수치스러워하냐는 것이었다. 대화가 불가능했다. 아무 소득 없이 숙소로 되돌아왔다.

미쥬에게는 정배 씨가 내세운 기괴한 변명을 전하지 않았다. 최종적으로 결정된 사항은 이랬다. 정배 씨의 사과를 받을 때까지 모든 노동을 거부한다. 사흘 동안 사태가 해결되지 않는다면 서울로 철수한다.

저녁에 사정을 듣고 논할머니가 찾아왔다.

"학생들이 이해해. 정배가 얼마나 가여운 아이인데. 외로워서 그래, 외로워서. 어려서 부모님 여의고 혼자 산 게 몇 년이야. 평생 계집 손도 못 잡아본 애다, 걔가."

"이해합니다. 하지만 거기에 그분이 저에게 사과하지 못할 이유는 없어요."

미쥬가 쌀쌀맞게 대답했다.

"불쌍한 애야."

논할머니는 다시 말했다. 그녀는 백숙 냄비를 돌려받아 들고 느릿한 걸음으로 집으로 걸어갔다.

다음 날은 집 밖에 나가지 않고 하루 종일 방에서 시간을 보냈다. 마침 오전부터 비가 주룩주룩 내렸다. 우리는 방에 둘러앉아 트럼프 카드로 포커를 쳤다. 판돈은 10원씩이었다. 진우의 독무대가 펼쳐졌다. 단 한 판도 지지 않고 모든 게임을 가져갔기에 그는 결국 심판으로 밀려났다. 포커에 심판이 왜 필요한가?

나는 혼자 방을 빠져나와 대청마루에 걸터앉았다. 처마를 타고 떨어지는 빗물이 모래땅을 탁탁 두드렸다. 마을은 산자락을 타고 밀려 내려온 안개에 깊게 잠겨 있었다. 시야는 앉은 자리에서 평상 너머로 몇 미터도 미치지 못했다. 평상 위 술상은 어제저녁 먹고 치우지 않은 그대로였다. 접시가 빗물에 차갑게 씻겼다. 나는 마을에 고립됐다고 느꼈다.

정배 씨의 집도 짙은 안개가 둘러싸여 고립됐을 것이었다. 차이가 있을까? 그가 늘 혼자였다면. 나는 상상해보았다. 노인들 틈바구니에서 젊음을 땅에 묻은 김장김치처럼 삭혀가는 삶. 또래 여자 한 번 구경하지 못한 채. 이런 작은 마을에서. 그에게도 내 나이던 때가 있었다. 그는 자신이 다른 주민과 다르다는 걸 알았을까? 젊다는 것을. 젊다는 게 무엇이어야 하는지도 알았을까?

외로움. 내가 가진 건 단어였다. 감정이 아니었다. 적어도 외롭지 않은 상태를 아는 사람만이 외로움을 말할 수 있다. 그래서 나는 정배 씨의 감정을 전혀 이해할 수 없었다. 정배 씨가 미쥬의 감정을 전혀 이해할 수 없는 것처럼.

카드 게임이 끝나고 방 안에선 또 술잔이 오갔다. 미쥬는 기분을 회복한 것 같았다. 깔깔거리는 그녀의 웃음소리가 바깥으로 새어 나왔다. 안개는 오후에 가셨지만 구슬비가 하루 종일 내렸다.

권력

다음 날은 토요일이었다. 비가 그치고 날이 화창하게 갰다. 농활 일곱번째 날이었고 보이콧 이틀째 날이었다. 내일까지 사과를 받지 못하면 우리는 떠날 계획이었다. 현승 선배는 벌써 체념하고 배낭을 싸두었다. 오전에 경수가 농활대장인 미쥬 앞에서 머뭇거리다 입을 열었다.

"아버지가 여기 잠시 들르신다는데 괜찮을까?"

미쥬는 어리둥절한 표정을 지었다.

"너희 아버지가 여길 왜 와?"

"그냥 와보고 싶으시대."

"나한테 허락받을 필요는 없어."

경수는 조심스럽게 설명했다. 아들의 체대 진학을 결단코 반대했다는 아버지. 경수는 나한테 아버지가 지방의 작은 관리사무소에서 일한다고 말했었다. 마침내 털어놓은 정확한 사실에 따르면, 그의 아버지가 일하는 관리사무소는 수원에 있었다. 경기도를 관리하는 게 일이었다. 경수의 아버지는 경기도 도지사였다.

인구 마흔의 작은 마을에 도지사가 들른다는 소식에 주민들은 몹시 바빠졌다. 노인들은 낫 대신 빗자루를 들고 거리로 나왔고 이장님은 읍내로 나가 협동조합에서 한우를 세 근이나 떼어 왔다.

도지사와 수행 공무원들은 오후에 도착했다. 검은색 대형 세단 네 대가 공사 중인 마을회관 앞에 줄지어 섰다. 직위순이었다. 맨 앞차의 운전석에는 양복을 단정하게 차려입은 머리가 희끗한 남자가 앉아 있었다. 스스로 걸을 수 있는 모든 주민이 회관 앞으로 나와 줄지어 선 채 기다리고 있었다. 줄의 꼬리에 정배 씨가 붙어 있었다. 나이순이었다.

노인들은 허리를 굽히고 두 손을 내밀었다. 도지사는 미소 띤 얼굴로 손을 일일이 잡아 흔들고 명함을 하나씩 건넸다. 사진. 이름. 직함. 그게 끝이었고 명함을 채우기에 충분한 개인정보였다. 개인 연락처 대신 경기도청의 홈페이지와 도지사실 대표번호가 작은 글씨로 적혀 있었다.

우리는 거기 나가지 않았다. 경수가 아버지를 마중 나갔는데 바로 숙소로 모셔 오지 않았다. 차 안에 들어가 아버지와 단둘이서 대화를 나누었다. 며칠간 있었던 일을 들려주고 아버지에게 주의를 주려는 것이었다. 그러나 일은 경수의 의도와는 반대로 일어났다. 경수의 이야기를 들은 아버지는 매우, 매우, 매우 위험한 생각을 떠올리고 말았다. 늘 그렇듯이 밀릴 능력을 가진 사람은 나라를 통틀어 단 한 명뿐이었고 그 사람은 지금 연천의 시골 마을이 아니라 청와대에 앉아 있었다.

도지사는 친히 정배 씨의 집을 찾아가 초인종을 눌렀다.

정배 씨와의 갈등은 누구도 예상치 못한 방식으로 해결됐다.

도지사와 이장님, 그리고 정배 씨가 나란히 우리 숙소로 걸어 들어왔다. 정배 씨의 태도가 바뀌었다. 그는 미쥬를 보자마자 허리를 직각으로 꺾었다. 심지어 존댓말까지 붙였다.

"제가 잘못했습니다, 아가씨. 늦었지만 사과드리겠습니다."

이장님이 잘했어, 하며 정배 씨의 등을 토닥였다. 도지사는 미소 띤 얼굴로 고개를 끄덕였다. 미쥬는 한동안 입을 열지 않고 그대로 서 있었다.

"자, 이제 학생도 사과를 받아줘야지."

도지사가 부드러운 목소리로 미쥬에게 말했다. 평생 동안 권력의 즉각적인 효과만을 관찰해왔던 사람이라 상상력이 부족했던 것이다. 그는 미쥬의 침묵이 무엇을 뜻하는지 알지 못했다. 그 뒤로 일어날 일은 내일 일간지에 실릴 수도 있었다. 가만히 도지사를 응시하던 미쥬가 마침내 입을 뗐다.

"뭐 하시는 거죠."

정배 씨가 아니라 도지사를 향한 말이었다. 도지사는 여전히 자신이 처한 위험을 파악하지 못했다.

"사과도 받았으니 이제 그만 화를 풀게. 우리 학생들이 좋은 일 하려고 왔다가 서로 오해가 생긴 모양이니."

정배 씨가 미쥬 앞에 다시 한 번 허리를 넙죽 굽히려 하자 미쥬는 그에게 달려가 팔을 붙잡아 제지했다. 이어진 그녀의 말은 스스로 내걸었던 보이콧 해소 조건을 철회하는 것이었다.

"아니, 사과 안 하셔도 돼요. 사과하지 마세요."

그녀는 고개를 홱 돌려 도지사를 노려보며 소리질렀다.

"지금 도대체 뭐 하시는 거냐고요!"

이장님은 눈을 휘둥그렇게 떴다. 고함에 밀린 것처럼 도지사의 상체가 뒤로 살짝 꺾였다. 그는 고개를 돌려 적개심으로 이글거리는 어린 눈빛들을 둘러보았다. 마지막으로 그의 눈에 당장 목매달아 죽고 싶은 표정을 짓고 있는 아들의 얼굴이 담겼다. 도지사는 그제야 자신이 실수를 저질렀단 걸 깨달았다. 이번에는 도지사가 미쥬에게 사과했다. 그는 고개를 살짝 숙이고 한동안 그대로 있었다. 능숙한 품위가 느껴지는 동작이었다.

"내가 주제넘게 군 것 같은데 미안하네."

"저한테 사과하지 말고 이분께 사과하세요."

미쥬가 정배 씨의 어깨에 손을 올렸다. 정배 씨는 몸 둘 바를 몰라 했다. 도지사는 당황했다. 그는 며칠 전 정배 씨가 미쥬에게 했던 말을 그대로 반복했다.

"내가 저분께 뭘 잘못했다는 건지 모르겠는데."

그러자 미쥬는 고개를 돌려 경수에게 말했다. 마치 저 멀리 있는 도지사에게 좀 전해달라는 것처럼.

"아버지한테 그만 돌아가시라 그래."

그래서 도지사는 돌아갔다. 수원에서 연천까지 백 킬로미터를 달려온 지 30분 만이었다.

도지사를 떠나보내고 경수와 미쥬는 숙소 마당에 서서 심하게 다퉜다. 경수는 화가 나 있었다. 미쥬는 엄청나게 화가 나 있었다.

"아버지가 오지랖 넓게 행동한 건 알아. 하지만 선의였고 그 남자를 권력으로 굴복시킨 것도 아니었어. 꼭 그렇게 면전에서 무안을 줘야 했어?"

"넌 권력이 무슨 뜻인지도 모르나 봐. 너희 아버지도 마찬가지고. 스스로 이해하지도 못하는 힘을 손에 넣었단 말이지. 네 아버지는 세상에서 제일 위험한 인간이야."

"씨발, 지금 그걸 말이라고 해?"

경수는 미쥬의 얼굴만 한 주먹을 불끈 쥐고 앞으로 다가섰다. 골키퍼 시절 축구공을 쳐냈듯이 미쥬의 머리통을 어찌해볼 셈인 듯싶었다. 지켜보던 현승 선배와 진우가 무시무시하게 얼굴을 일그러뜨리고 자리에서 일어섰다. 어느샌가 나도 자리를 박차고 일어나 있었다. 그런데 미쥬는 오히려 한 발 다가가 경수의 코앞까지 거리를 좁혔다. 고개를 들어 거인처럼 커다란 경수를 올려보았다. 그녀는 웃었다.

"그래, 넌 아버지와는 다른 종류의 힘을 가졌지. 뭔가 할 수 있을 것 같으면 지금 해봐. 하지만 그 전에 결과를 감당할 수 있는지 잘 생각해. 너는 아버지가 저질렀던 실수를 똑같이 반복하지 않았으면 좋겠어."

경수는 미쥬를 노려보며 주먹을 부들부들 떨었을 뿐 머릿속에 떠올린 어떤 행동도 실행에 옮기지 못했다. 미쥬는 옳은 말을 했고 지나치게 말을 했다. 반씩이었다. 하지만 반이라도 경수의 편을 들어줄 수는 없었다. 권력은 인구 마흔의 마을까지 침습하는 굉장한 것이었다. 한평생을 세상모르고 살아온 노총각의 고집을 그의 허리 꺾듯이 단번에 꺾어버리는 것이었다. 우리는 그런 것으로부터 자유로운 세상을 만들자고 얼마나 오랫동안 이야기했던가.

경수는 우리 모두를 모욕했다.

경수의 아버지는 좋은 사람일지도 모른다. 좋은 아버지일지도, 좋은 가장일지도 모른다. 그래서 떠오르는 것 가운데 가장 좋은 말을 골라 쓴다.

경수의 아버지는 메스꺼웠다. 구역질이 나는 인간이었다.

늦은 밤 이장님이 우리를 자기 집으로 불렀다. 먼저 온 정배 씨가 앞뜰에 서서 드럼통 안에 장작불을 피우고 고기를 굽는 중이었다. 연기가 솟아올랐다. 군침 도는 냄새가 온통 진동하고 있었다. 도지사께 진상하려고 읍내에서 떼 온 한우. 정배 씨는 다시 한 번 미쥬에게 사과했다.

"내 말에 기분 상했는지 몰랐다."

"잘못을 인정하는 모습을 보고 싶었을 뿐이에요. 기분이 많이 상했던 건 아니었어요."

미쥬는 웃으며 덧붙였다.

"제 발가락이 예쁜 건 사실이니까요."

이장님은 껄껄 웃었다.

"예쁘장하게 생긴 줄만 알았더만 우리 여학생이 아주 대장부야. 아까 속이 을매나 시원하던지 당선되고 코빼기 한 번 안 비치던 얄미운 인간이었어."

나는 노릇하게 익어가고 있는 소고기가 신경 쓰였다. 왜 그 얄미운 인간을 위해 한우를 세 근이나 준비했단 말인가. 그걸로 도지사를 사흘 동안 배 터지게 먹일 수도 있었다. 하지만 도지사를 언제 다시 본다고. 그게 바로 권력의 문제였다. 세상의 모든 지점에 무차별적으로 작용한다는 것. 권력은 혼자 높지 않고 다른 곳을 낮게 패어낸다.

이장님 댁에서 밤새도록 막걸리를 마셨다. 한우는 남김없이 다 먹어치웠다. 정배 씨는 이번에도 얼굴이 벌개지도록 취했고, 어떤 말실수도 저지르지 않았다.

컴컴한 새벽에 숙소로 돌아왔다. 냇가를 따라 한 줄로 걸었다. 모두 취했고 신이 나서 승전가를 부르듯이 소리 높여 민중가요를 불렀다. 냇물 흐르는 소리가 노랫말에 뒤섞였다.

경수는 이장님 댁에 함께 가지 않고 숙소에 혼자 남았다. 돌아왔을 때 그는 없었다. 가방이 함께 사라졌다. 다음 날 논할머니가 경수의 부탁으로 택시를 불러줬다고 말했다. 혼자 서울로 돌아가버린 것이었다.

시간이 좀 필요했지만 결국 경수와 우리는 관계를 회복했고, 예전처럼 함께 술을 마시고 웃고 떠들며 어울릴 수 있었다. 다만 경수는 졸업할 때까지 정치적 성격의 행사에는 절대로 참여하지 않았다. 우리도 그를 부르지 않았다. 어디서나 세상을 좌우로 쪼개 가르는 높은 벽이 우리 사이에도 세워졌다. 그것은 말은 오가도 몸은 결코 오갈 수 없는 투명의 장벽이었다.

밤에 빗댄 시 1

마침내 농활 마지막 날 밤이 왔다. 우리는 막걸리에 지쳐 있었다. 미쥬가 진우와 나를 읍내로 내보냈다. 맥주와 소주 한 궤짝씩을 사 들고 돌아왔다. 사람들은 앞뜰에 장작불을 피워놓고 빙 둘러앉아 있었다. 농활대장인 미쥬가 가운데 나가 서서 지난 열흘을 정리하는 말을 꺼냈다.

많은 일이 있었다. 논에서. 밭에서. 평상 위에서. 권력 아래서. 남자와 여자 사이에서. 그리고 무엇보다 우리 사이에서. 우리는 도우러 와서 배우고 간다. 그녀는 말을 마치고 고개를 푹 숙인 채 한참을 그 자리에 서 있었다. 결국 두 손으로 얼굴을 가리고 참아왔던 울음을 왈칵 터뜨렸다. 단발머리가 해초처럼 파르르 떨렸다.

미쥬가 우는 모습은 처음 보았다. 그녀는 우리 가운데 가장 많이 일하고, 가장 많은 것을 감당하고, 그래도 여전히 가장 강인한 사람이었다. 박수가 쏟아졌다. 미쥬! 미쥬! 우리는 연호했다. "다들 고마워." 그녀는 눈물을 훔치고 자리로 되돌아왔다.

진우가 기타를 치며 노래를 불렀다. 김광석의 디스코그라피를 한 바퀴 돈 다음 마침내 지오디에 접어들었다. 여학생들이 진우 앞에 몰려 앉아 눈을 반짝이며 노래를 따라 불렀다. 현승 선배가 취했다. 그는 비틀거리며 진우에게 다가갔다.

"내가 시를 낭독할 테니 반주를 깔아주면 안 될까?"

진우는 거절했다.

장작더미에서 튀어 오른 불씨들이 밤하늘로 떠올라 별 사이를 관통했다. 우주가 운행하는 시간. 서울에서와는 정반대의 이유로 별자리를 헤아릴 수 없었다. 너무 많은 별이 떠 있었다. 그 가운데 어떤 묶음을 갈무리해야 하나의 별자리가 되는지 몰랐다.

미쥬가 진우와 나를 조용히 불러 바깥을 좀 걷자고 했다. 우리는 몰래 숙소를 빠져나왔다. 등 뒤로 현승 선배의 낮게 깔린 목소리가 따라왔다. 기어코 혼자서 시를 읊고 있었다.

우리는 맥주병을 손에 들고 숙소 뒤편으로 펼쳐진 유채꽃밭으로 들어갔다. 바람을 타고 실려온 숙소의 떠들썩한 목소리가 꽃잎 사이로 흩어졌다. 우리는 유채 줄기를 끊임없이 헤치며 목적 없이 걸었다. 진우가 말했다.

"경수랑 우리, 괜찮을까?"

"글쎄."

미쥬는 확신 없는 목소리로 대답했다. 내가 물었다.

"경수가 때릴까 봐 겁나지 않았어?"

"때리지 않을 걸 알고 있었어."

"그랬을까?"

"그럴 애가 아니잖아."

"정말 하나도 겁 안 났어?"

미쥬는 소리 내 웃었다.

"사실은 겁났어. 다리가 후들거리도록."

"정말 어마어마한 사람이야, 미쥬는. 늘 생각하는 거지만."

"맞아."

진우가 내 말을 받았다.

"뭐가 어마어마해. 우리 모두가 어마어마해."

미쥬는 고개를 저었다. 내가 말했다.

"아냐, 미쥬는 완전히 달라. 도지사와 맞서는 미쥬를 보면서 이런 생각이 들었어. 언젠가 틀림없이, 저 사람은 우리 손이 닿지 않는 먼 곳에 가 있게 될 거다. 함께했던 기억마저 영광일 자리에."

"제발 멍청한 소리 하지 마. 바로 그런 생각이 문제였던 거잖아."

미쥬는 다시 웃었다.

그런데 훗날 그녀는 정말로 우리 손이 닿지 않는 먼 곳으로 갔다. 다만 내가 생각했던 그런 곳은 아니었다.

"우리 여기 눕자." 꽃밭 한가운데서 미쥬가 말했다. 미쥬를 가운데 끼고 우리는 드러누웠다. 맥주병을 내려놓은 땅에서 흙냄새가 쓰게 올라왔다. 달이 졸듯 기울었다. 가붓한 바람이 유채를 흔들었다. 꽃잎들이 파도 써는 소리를 냈다. 사방이 반짝이는 노란 것들로 뒤덮였다. 머리 위에서. 발밑에서. 별은 하늘에서 돋아나고 땅에서 자라났다. 우리는 포위되었다. 그 순간 별로 둘러싸인 우주의 한복판에 있었다. 한동안 대화를 나누지 않고 누워만 있었다.

"저 별 어딘가에도 인간이 살겠지?"

미쥬의 말을 듣고 진우가 대답했다.

"그게 무슨 말이야? 인간이 산다니? 지적 생명체를 말하는 거야?"

"그냥 인간이라 불러도 될 것 같아. 우리가 대화를 나눌 방법이 있다면."

"글쎄, 우주엔 우리뿐일지도 몰라."

공학자 레이 커즈와일에 따르면, 하고 진우는 이야기했다.

인류보다 몇만 년이라도 앞선 문명이 딱 하나만 있어도 은하계 단위의 에너지를 다룰 수 있을 것이다. 그렇다면 지구의 하늘에서 발견되지 않을 리 없다. 우주에는 우리 인간만 존재할 가능성이 높다.

"누군가 있었음 좋겠어. 먼 미래에 우주선을 타고 우주 구석구석을 탐사했는데 사실은 처음부터 우리뿐이었다는 걸 알게 되면 정말 허무하고 외로울 거야."

미쥬가 실망스러워하자 진우는 재빨리 수습했다. 천문학자 칼 세이건에 따르면, 하고.

백조자리 A는 별을 연료로 쏟아붓는 외계인의 용광로일 가능성이 있다. 그것이 지구에서 용광로처럼 보이지 않는 이유는 몇만 년 앞선 문명이지만 6억 광년이나 떨어져 있기 때문이다. 6억 년 후에는 찬란하게 타오르는 아궁이 모양의 별들이 지구의 밤하늘에서도 보일지 모른다. 밤하늘을 올려다보기만 해도 인간이 혼자가 아니라는 것을 알게 되는 때.

"그럼 현승 선배가 고독을 밤에 빗댄 시를 못 쓰겠네. 그것도 별로인걸."

우리는 웃음을 터뜨렸다. 그때 미쥬는 옆에 누워 있는 내 손을 잡아주었다. 아무 예고도 없이. 그녀의 손가락은 소매가 흘러내리듯 손목을 타고 내려와서 내 다섯 손가락 사이로 스며들었다. 미쥬는 깍지 낀 손에 힘을 줬다. 그녀의 손길이 닿은 모든 지점에서 세포들이 전기충격을 받은 것처럼 아우성쳤다. 감히 미쥬의 얼굴을 돌아볼 수가 없었다.

특별한 의미는 없었다. 진우도 착각했을지 모른다. 그녀의 다른 한 손은 진우의 손을 잡고 있었다. 우리는 새벽까지 누워 있었다. 모기가 열심히 물어뜯고 귀뚜라미가 요란하게 울었다. 고독을 밤에 빗댈 필요는 전혀 느낄 수 없었다.

베티 1

농활에서 돌아오고 이틀 뒤, 기숙사 룸메이트가 침대에 누워 있는 내 몸을 흔들며 물었다.

"너희 과 여자 선배가 경기도지사를 병신으로 만들었다며?"

도지사와 그의 커다란 아들을 갈아 마신 미쥬의 무용담은 학교 안을 빠른 속도로 퍼져 나갔다. 전설로 자리 잡을 조짐이 보였다. 조직 안에서는 몇 년 뒤에 도래할 영광된 미래를 섣부르게 그려보는 말들이 돌았다. 이듬해 돌아올 인문대 학생회장 선거. 그다음 해의 서울대학교 총학생회장 선거. 그리고 또 그다음에는. 선배들은 미쥬가 최초의 여자 서울대학교 총학생회장이 될 그릇이라고 말했다.

미쥬는 언제나 권력에 반사적인 적개심을 드러내고 모든 논쟁에서 상대적 약자의 편에 섰다. 그녀가 감정적이고 비논리적이라는 평가를 내리는 사람들도 있었다. 그건 인간적이라는 말로 바꿔도 무방한 경우가 많다. 나는 미쥬의 사고방식에 인간적인 근원이 있을 거라

짐작했다. 집안이 찢어지게 가난하다거나, 아버지가 경찰 진압 도중 돌아가셨다거나. 사실 미쥬의 집안에 대해서는 잘 몰랐다. 선배들 대부분은 기숙사나 학교 앞에 살았고 새벽까지 시간을 함께 보내다 헤어졌지만 미쥬는 그렇지 않았다. 그녀는 자정쯤 되면 작별 인사도 없이 사라졌다. 집이 어디냐고 물을 때마다 말끝을 흐렸는데, 그건 조금도 미쥬답지 않은 태도로 느껴졌다. 농활에 다녀와서 알게 되었다. 그녀의 콤플렉스였던 것이다. 그녀는 강남에 살았다.

미쥬는 부유한 부모 밑에서 자랐다. 미국에서 태어나 중학교까지 마치고 한국에 왔다. 미주(美主). 아름다움의 주인이란 뜻이 아니었다. 미국의 주인이란 뜻이었다. 미주 전의 이름은 베티였다. 그녀는 한국과 미국 양쪽의 국적을 가지고 있었다. 중학교 때는 캘리포니아주의 싱크로나이즈드스위밍 주니어 대표 선수였다고 한다. 나는 싱크로나이즈드가 뭐냐고 물었다. 수중발레였다.

"그런 것 전부 다 쓰레기통에 버리고 싶어."

대학 입학 직후부터 시작된 오랜 싸움 끝에 승리한 미쥬는 부모님 집을 나와 학교 앞에 자취방을 구하는 걸 허락받았다. 이삿짐 나르는 일을 도와주려고 미쥬의 부모님 집에 처음으로 가보았다. 드라마에서나 보던 저택. 장미덩굴이 섬세하게 음각된 높다란 철문을 지나 화강암 계단을 서른 개쯤 밟아 돌아야 잔디가 곱게 깔린 앞뜰에 이를 수 있었다. 황금빛 털에서 윤기가 흐르는 레트리버 한 마리가 꼬리를 흔들며 미쥬에게 달려왔다. 미쥬는 한쪽 무릎을 땅에 꿇고 개의 목덜미를 덥석 끌어안았다. "비쉬!" 개의 이름이었다.

정원을 둘러싼 높다란 담장 앞에 넋을 잃게 만드는 것이 기다리고 있었다. 울창한 대나무 숲이었다! 미쥬의 어머니가 우아한 걸음으로 집 바깥으로 나왔다. 언니인지 어머니인지 바로 판단이 서지 않을 정도로 젊어 보였다. 미쥬도 키가 꽤 큰 편이었는데 미쥬의 어머니는 미쥬보다도 훨씬 컸다. 그녀는 진주알 펜던트가 달린 금목걸이를 걸고 무릎 바로 위까지 떨어지는 파스텔 톤 원피스를 입고 있었다. 바로 외출할 것처럼. 미쥬는 해골이 그려진 티셔츠에 청바지 차림이었다. 내가 알게 된 뒤로 내내 그런 차림이었다. 미쥬의 어머니는 나를 보자마자 인사를 거르고 예민한 말투로 물었다.

"너희 혹시 동거하는 거 아니지?"

"저는 기숙사에 살아요."

미쥬의 어머니는 여전히 의심을 거두지 못한 표정으로 되물었다.

"하나님께 맹세할 수 있지?"

그때 나는 미쥬가 살아온 삶을 상상할 수 있을 것 같았다. 그리고 무엇으로부터 도망치고 싶어 하는지.

짐은 최소한으로 챙겨 용달차에 실었다. 거의가 책이었다. 옷가지 약간. 화장품 몇 개. 책상. 의자. 그리고 컴퓨터. 새 보금자리로 떠났다. 미쥬는 한껏 들떠 있었다.

미쥬의 자취방은 그녀의 이상에 딱 들어맞는 곳이었다. 작고 꾀죄죄한 방. 아마 부모님 집 화장실 정도 넓이였을 것이다. 거기 들어가 본 적이 없어 장담하진 못하겠다. 방이 너무 좁은 나머지, 미쥬를 내내 괴롭혀왔던 부유한 집안에서 태어난 원죄와 곱게 자란 수치심 따위를 수납할 공간이 없어 보였다. 도착했을 때 방 안에는 프레임도 없는 침대 매트리스 하나만이 덜렁 놓여 있었다. 전에 살던 사람이 버리고 간 것이었다. 겉이 얼룩덜룩 지저분하게 변색되어 있었는데 미쥬는 그걸 그대로 쓰겠다고 했다. 그녀는 푹 꺼진 매트리스 위에 뛰어들어 몸을 이리저리 뒹굴었다.

"혼자 살아보는 거 처음인데 너무 신 나!"

그렇게 외치며 그녀는 젓가락처럼 길고 가는 두 다리를 들어 허공에 굴렀다. 바닥의 먼지가 들러붙은 맨발 바닥이 시꺼맸다.

간단히 짐을 정리하고 진우를 불렀다. 진우는 컴퓨터를 설치하고 네트워크를 설정했다. 저녁은 중국집에서 시켰다. 식사하는 동안 다른 선배들과 동기들이 캔맥주를 사 들고 찾아왔다. 좁은 방 안에 사람이 가득 찼다. 동시에 앉을 수조차 없어서 몇 사람씩 집 밖으로 나가 서서 맥주를 마시다 교대로 방에 들어왔다. 미쥬의 새집에서 새벽까지 놀았다. 그날 미쥬는 어린아이나 다름없었다.

나는 미쥬가 훌륭한 사람이란 사실을 알았다. 남보다 많이 가진 것에 수치심과 죄책감을 느낀다는 것. 증명은 거기서 끝났다.

하지만 그녀가 자기 말대로 가진 것을 정말 쓰레기통에 버리고 싶어 했는지는 의문이다. 그녀가 버린 건 아무것도 없었다. 몸만 잠시 옮겼다. 큰 집에서 작은 집으로. 부모님으로부터 독립한 것도 아니었다. 분립했을 뿐이다. 사실 미쥬가 가진 걸 버릴 필요가 있는지 의문이 들었다. 모두가 똑같이 가난해지는 세상이 우리의 목표는 아니었으니까. 어쨌든 미쥬는 훌륭한 사람이었다. 어쩌면 그녀는 강남에서 가장 훌륭한 사람일지도 몰랐다. 적어도 강남에 사는 걸 부끄러워할 줄 알았으므로.

누군가는 이렇게 물을 것이다. 첫째, 그게 왜 훌륭하냐? 둘째, 강남에 사는 걸 부끄러워할 이유가 뭐가 있냐? 이사하던 날 내가 이미 물었다.

"돈이 많으면 행복하지 않아?"

"행복하지. 그래도 내 행복 때문에 누군가 불행을 느끼는 건 싫어. 그렇게는 내가 충분히 행복할 수 없는 거야."

강남으로 들어가기 위해서가 아니라 강남에서 벗어나기 위해 노력하는 사람. 아직까지도 나는 미쥬 말고는 본 적이 없다.

수학의 방법론 1

아르바이트로 과외 자리를 얻었다. 방학이 끝난 직후부터 수능 전까지 몇 달 동안 고등학생을 가르쳤다. 첫 통화를 했을 때, 학생의 어머니는 수학만 집중해서 가르쳐달라고 요구했다.

"저는 인문대생인데요."

"서울대생 아니에요?"

그녀는 간단하게 내 말을 되받았다. 그게 다였다. 나는 수학만을 가르쳤다.

제자는 볼살이 통통하고 이목구비가 인형처럼 예쁘장한 고3 여학생이었다. 이름은 일원이었다. 내성적이고 수줍음을 많이 타서 처음 만났을 때는 고개를 들어 내 눈을 똑바로 바라보지도 못했다. 고작 한 살 차이인데 일원아, 하고 부르면 네, 선생님, 하고 공손하게 대꾸했다. 몇 차례나 웃음을 터뜨릴 뻔했다. 포도를 산처럼 쌓아 올린 접시를 거실로 내온 그녀의 어머니 역시 나에게 깍듯이 존댓말을 올렸다.

"연극영화과에 가고 싶어 하는데 수학 점수가 너무 낮아서 걱정이에요."

"연극영화과에 가는 데 수학 점수가 필요한가요?"

"시험 점수는 뭐든 높을수록 좋지 않겠어요?"

어머니는 웃었다. 나는 일원이에게 배우가 되고 싶으냐고 물었다.

"감독이 되고 싶어요."

그녀는 대답했다. 어머니가 덧붙였다.

"어렸을 때부터 애가 영화를 좋아했어요. 영화에 푹 빠져서 집 밖에도 잘 안 나가고."

"저도 영화를 좋아합니다."

일원이는 내 말에 즉시 반응했다. 영화에 대한 지식을 나누면서 제자가 스승으로 올라섰다. 갑신정변 직후부터 골방에 갇혀 영화만 본 사람처럼 일원이의 영화 지식은 19세기 후반까지 미쳤다. 내가 본 영화 중에 그녀가 아직 못 본 영화는 단 하나도 없었다. 오랜 명작을 애인 자랑하듯 이야기할 때, 커튼처럼 길게 뻗은 눈썹 아래서 일원이의 갈색 눈동자는 출렁였다. 여태껏 본 영화의 줄거리를 다 들려줄 기세였으므로 나는 중간에 잘라내야 했다.

"자, 그럼 이제 수학 공부를 시작하자. 그래야 얼른 감독이 되지."

포도를 한참 남기고 일원이 방으로 들어가 책상 앞에 나란히 앉았다. 벽에는 영화 포스터가 더덕더덕 붙어 있었고, 책상 옆에 세워진 커다란 유리장 안에는 비디오테이프가 수백 개는 쌓여 있었다. 학업 수준을 파악하기 위해 준비해 간 수학 문제 몇 개를 풀어보게 했다. 그녀는 입술에 연필을 물고 한참을 헤매다 기어들어가는 소리를 냈다.

"과외를 처음 받아봐서요."

"모든 일에 처음이란 게 있는 거야."

내 과외 선생질 경력에도 해당되는 말이었다. 일원이는 첫 수업 내내 사고의 진공 속에서 헤맸다. 그럴 때마다 고개를 종이 위에 파묻듯이 떨구고 연필 끝을 입에 물었다. 솔직히 말하자면, 수학에 최소한의 소질조차 없었다. 일원이는 머릿속에 논리적인 체계가 완전히 결여된 순수한 감각의 세계를 구축하고 있었다. 그래프로 그려 보일 수 없는 추상적인 대수 논리를 이해시키는 건 거의 불가능했다. 예를 들어 그녀에게 집합의 연산을 이해시키기 위해서는 이런 그림을 동원해야 했다.

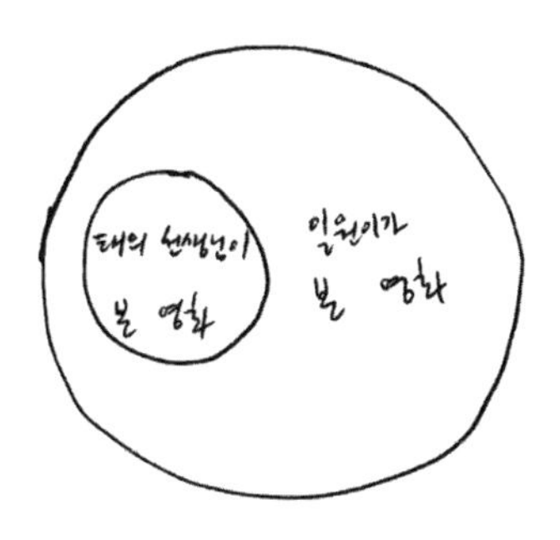

일원이는 자기가 손도 대지 못한 문제에 명백한 해답이 숨어 있다는 사실에 매번 좌절했고, 입에 문 연필을 종이 위에 떨궈놓으면서 풀이 죽은 말투로 선언했다. "어쩔 수 없어요. 제가 머리가 좀 나빠서요." 혹은 "선생님은 똑똑하니까 이게 당연해 보이겠지만."

그런 말을 들으면 대체 이 나라가 어떻게 돌아가고 있는 건가 싶었다. 영화감독을 꿈꾸는 일원이는 왜 수학 문제를 못 풀어서 자학에 빠지는가? 인문학도인 나는 왜 여기서 수학을 가르치고 있는가? 인류가 주판과 계산기를 밀어내고 수학의 방법론적 수단이 되어버렸나?

그런 이야기는 입 밖에 내지 않았다. 서로에게 득 될 게 없었다.

버거킹

과외를 마치고 기숙사로 돌아가는 길에 전화가 울렸다. 대석 형이었다.

"나가서 같이 야식 먹자."

"그래, 마침 기숙사 바깥이야."

"뭐 먹을래?"

"삼겹살."

"버거킹은 어때?"

"웬 햄버거? 삼겹살이나 굽자."

"삼겹살은 나중에 다른 친구랑 먹으면 되잖아."

"형이 나중에 다른 친구랑 햄버거를 먹는 방법도 있지. 난 그게 더 좋을 것 같아."

"그럼 오늘은 따로 먹자."

"버거킹에 가고 싶어서 전화한 거야? 그럼 처음부터 그렇게 말했어야지. 기분 나쁘게 뭐 하는 거야."

"미안. 그냥 삼겹살 먹자. 내가 괜찮은 식당 아니까 일단 만나게 이쪽으로 와."

나는 그가 가르쳐준 장소로 찾아갔다. 버스에서 내려 네온사인이 번뜩이는 사거리 북쪽으로 조금 걷다가 약국을 끼고 돌아 골목으로 들어가니 버거킹이 나타났다.

와퍼 세트 두 개를 주문해 받아 자리에 앉았다. 대석 형은 내가 들고 온 고등학교 수학 참고서를 발견하고 물었다.

"재수할 거냐?"

"과외하고 왔어."

"쯧, 정당한 노동으로 돈 벌 생각을 해라."

서울대 법대생인 대석 형은 초고액 과외로 변호사만큼이나 돈을 벌 수 있는데도 불구하고 학교 앞에 위치한 자그마한 인문사회과학 서점 카운터에서 아르바이트를 하고 있었다. 그가 하는 정당한 노동이란 하루 종일 책을 마음껏 꺼내 읽는 대가로 돈까지 받는 일이었다.

"과외는 정당한 노동이 아니야?"

"정당한 노동이겠냐."

그는 몸을 돌려 주방 쪽을 손가락으로 가리켰다. 이마가 튀김 기름에 젖어 번들거리는 내 나이 또래 남학생이 정신없는 손놀림으로 주문받은 햄버거를 만들어내고 있었다.

"저기 가서 한번 물어봐."

"버거킹 아르바이트보다 돈을 더 많이 벌면 노동이 아니란 소리야?"

"아니, 생산을 해야 노동이란 소리지. 과외로 성적이 오른다고 믿냐?"

"성적이 오르니까 비싼 돈 내고 과외를 받겠지."

"애들이 과외를 받는 진짜 이유가 뭔지 알아?"

"성적이 올라서?"

"주변 친구들도 다 받기 때문이야. 성적이 떨어지진 않을 거라고 안심할 수 있거든. 그리고 네가 과외를 하는 것도 주변 친구들이 다 하고 있기 때문이지. 그래서 사기 치는 건 아니라고 안심할 수 있는 거야. 넌 노동이 아니라 주술을 하고 있어. 자, 내 눈을 똑바로 바라보면서 내가 틀렸다고 말해봐."

나는 그의 눈을 똑바로 바라보았고 아무 말도 하지 못했다.

"저기 서 있는 아르바이트생은 너랑 뭐가 다를까? 재는 확신하고 있지. 자기 손으로 맛있는 와퍼를 만들어냈다는 사실을."

말을 마치고 그는 입으로 와퍼를 크게 베어서 우적우적 씹어 먹었다.

차라리 가수

2학기부터 과방에서 매일같이 기타를 연주하는 소리가 울려 퍼졌다. 현승 선배는 후배들의 야유에도 아랑곳없이 더듬더듬 기타 줄을 퉁겼다. 그는 실용음악 학원에 다니기 시작했다. 이게 다 농활에서 진우가 시 낭독 아래 반주 깔아주기를 거부한 탓이다. 현승 선배는 간단한 코드 몇 개를 익혀서 자기가 쓴 시를 노랫말로 붙였다. 야유에도 지친 후배들은 곧 무관심해졌지만, 더러 귀가 쫑긋 설 만큼 괜찮은 자작곡이 튀어나왔다. 반응이 아주 좋았던 노래 하나가 기억난다. 그의 역사가 담긴 노래. 변호사에게 시집가버린 옛 여자친구에게 바치는. 반복되는 후렴구는 아주 쉬웠다.

그는 변호사, 그는 변호사, 그는 변호사, 난 아직 너가 좋아
그는 변호사, 그는 변호사, 그는 변호사, 그래도 너가 좋아

후배들이 웃으며 후렴구를 함께 따라 불러주었다. 그는 변호사, 그

는 변호사, 그는 변호사, 하고. 자기를 놀리는지도 모르고 신이 난 현승 선배의 노랫소리에 힘이 불끈 들어갔다. 오직 미쥬만이 끝까지 노래를 따라 부르지 않았다. 그녀는 공연을 지켜보다가 퉁명스러운 말투로 내 귀에 속삭였다.

"왜 헤어진 애인의 남편 직업이 변호사라는 걸 자꾸 강조하는지 몰라. 남편의 직업에 따라 상처의 깊이도 달라지나 보지?"

"그래도 꽤 들을 만한데? 적어도 노래처럼 들리잖아."

나는 웃으며 대꾸했다. 미쥬는 코웃음 쳤다.

"저 낭만주의자를 대체 어쩔 거야. 그래도 시인보다는 차라리 가수가 되는 게 낫겠지."

시인보다는 차라리 가수가 되는 게 낫다. 별 뜻은 없었을 거다. 그때는 자기가 무슨 소리를 한 건지 미쥬는 알지 못했다.

기호논리학

2학기에 진우는 전공 수업을 다 밀어두고 시간표를 철학 강의로 가득 채워 넣었다. 나는 그와 기호논리학 과목을 함께 들었다. 그는 열성적으로 수업에 임했다. 인문대생들과는 달리 교수가 지칠 때까지 손들어 질문하며 괴롭혔다. 그와 교수의 문답이 길어지고 언성이 높아지며 수업이 늦게 끝나는 일이 자주 일어났다. 진우는 학생들의 원성을 샀다. 교수들은 그를 좋아했다. 관심만으로도 감사하는 게 우리 시대 철학이다.

진실	→	진실	진실
진실	→	거짓	거짓
거짓	→	진실	진실
거짓	→	거짓	진실

기호논리학 첫째 시간에 교수는 칠판에 선언 진리표를 적었다. 선

언이란 조건형 문장 결합을 말한다. 예를 들어 이런 것. “내가 미쥬를 좋아한다면, 대석 형은 기분이 나쁠 것이다.” 간단해 보이지만 선언 명제를 몇 개만 결합해도 진위를 판정하기 위해 복잡한 논리연산을 요구하는 문제로 변한다. 인간이 저지르는 논리적 오류의 대부분은 선언 명제의 연산 착오와 관련이 있다. 예를 들면.

1. 내가 미쥬를 좋아한다면, 대석 형은 기분이 나쁠 것이다.
2. 애인이라면, 좋아하는 사람이다.
3. 훌륭한 사람은 다른 사람의 애인을 좋아하지 않는다.
4. 대석 형은 미쥬의 애인이다.

질문: “대석 형의 기분이 나쁘다면 나는 훌륭한 사람이 아니다”라는 문장은 참인가 혹은 거짓인가?

옆자리에 앉은 진우가 종이 한 장을 내 쪽으로 내밀었다. 거기에는 선언 진리표가 아래와 같이 바뀌 적혀 있었다.

진보적 부모	→	진보적 자녀	가능
진보적 부모	→	보수적 자녀	불가능
보수적 부모	→	진보적 자녀	가능
보수적 부모	→	보수적 자녀	가능

“봐, 진보적 자녀는 어떤 경우에나 나타날 수 있지만 보수적 자녀는 보수적 부모에게서만 나올 수 있어. 이 비대칭이 인류의 역사가 야금야금 진보의 방향으로 나아가는 원리일 거야.”

진우의 가설을 듣고 나는 물었다.

"넌 여기서 어디에 해당하는데?"

"우리 아버지는 노동조합에 몸담았으니까 나는 아마도……."

나는 진우가 만든 표에 한 줄을 추가해서 돌려줬다.

진보적 부모	→	진보적 자녀	가능	진우
진보적 부모	→	보수적 자녀	불가능	—
보수적 부모	→	진보적 자녀	가능	니쥬
보수적 부모	→	보수적 자녀	가능	경수

진우는 종이를 돌려받아 보고 크게 웃음을 터뜨렸다. 교수가 눈빛으로 주의를 주었다. 진우는 목례로 교수에게 사과했다.

사실 내 이름을 적으려다 망설였다. 저 표에서 내 이름은 어디에 들어가야 할까. 어려운 문제였다.

진보적인 사람은 "나는 진보적이다"라고 잘 말하지 않는다. 자기 지시적인 문장은 자가당착의 역설을 일으키기 쉽다. 수업 둘째 시간에는 그에 대해 배웠다. 그리스 시대 이후로 논리학자들이 여태껏 발견한 자가당착의 사례만 묶어도 책이 수백 권은 나온다는 것.

미친 남자 1

늙은 남자는 오래전에 둥지를 틀었다. 그는 내가 입학하기 전부터 졸업한 뒤까지도 학교에서 살았다. 그의 일과는 동틀 녘부터 해 질 녘까지 어슬렁거리며 교정을 걸어 다니는 것이었다. 그는 학부생보다 교정을 많이 거닐었고, 대학원생보다 교정을 오래 거닐었고, 젊은 교수들이 학부생일 때도 교정을 거닐고 있었다. 몰골은 평생 물가에도 못 가본 것처럼 지저분했고, 숱이 남지 않은 머리카락 사이로 두피의 반점이 훤히 들여다보였다. 강정환 교수가 수업 중에 그 남자의 삶이 얼마나 띄엄띄엄한 것인지 이야기해준 적이 있었다. 몇 년 전까지만 해도 그의 머리숱이 훨씬 덜 띄엄띄엄했다고 한다. 남자의 머리카락은 교정에 띄엄띄엄 흩어져 썩어갔다.

남자에게 가까이 다가가려면 인내심이 필요했다. 고약한 냄새를 풍겼다. 그의 이름은 아무도 몰랐다. 다들 미친 남자라고만 불렀다. 왜냐하면, 그가 미쳤기 때문이다. 정신연령이 유년의 어떤 시점에 머무는 발달 장애를 정신지체라고 하는데, 그렇다면 이 남자의 증세는 시대 지체라고 명명해야 할 것이었다. 여러 정황으로 미루어 그의 시간은 1971년에서 1974년 사이로 추정되는 어느 시점에서 멈췄다. 여러 정황이란 모두 그의 말 속에 있었다. 남자는 두 팔을 지휘자처럼 크게 휘저으며 캠퍼스 구석구석을 돌아다니다가 사람을 마주치면 허공을 바라보며 입을 웅얼거렸다. 항상 똑같은 이야기였다. 군사독재 시대의 폭력에 관한. 우리도 종종 같은 화제를 입에 올렸지만, 미친 남자의 정신적인 문제는 그걸 현재진행형으로 서술하고 있었다는 점이다.

몇 번 듣고 나서 나는 그의 말이 연극의 독백 같은 것이라고 느꼈다. 혼잣말이지만 관객이 반드시 들어야 하는 말. 귀 기울이는 시늉을 해주면 그의 목소리는 더욱 크고 씩씩해졌다. 하루 종일 쉬지 않고 혼잣말을 했기에 성대가 성한 날이 없었다. 미친 남자는 언제나 목이 부은 소리를 냈다. 그게 그의 목소리였다. 항상 그랬으므로 본디 목소리로 여겨도 무방할 것이다. 그리고 그의 연설은 늘 같은 대사로 막을 내렸다.

"그들이 다시 날 잡으러 오고 있어! 썩어빠진 독재자를 하루바삐 물리쳐라!"

그는 거품처럼 명멸하는 기억 속을 헤엄치는 존재였다. 세상은 그의 현실 바깥에, 현실은 그의 세상 바깥에 있었다. 그의 기억이 그의 경험이고 그의 경험이 그가 미친 이유일 터였다. '그들'이 자신을 잡으려 한다지만, 그들에게 잡혀가서 얼마나 무시무시한 고통을 겪었는지는 알 수 없었다. 남자의 이야기는 분위기만 감돌았지 썩 구체적이지 않았다. 역사 교과서처럼 뼈만 골라낸 말들. 무의식에 높다란 벽을 세운 것처럼. 호기심 강한 학생들이 과거를 캐내려고 유도신문을 시도했지만 헛수고였다. 도저히 대화가 되질 않았다. 어떻게 미친 사람과 대화가 되겠는가?

그런데 그는 왜 거주지로 서울대를 선택했는가. 비슷한 처지의 다른 사람들은 서울역으로 가는데 말이다. 남자가 중얼거리는 말의 분위기과 더불어 그 사실은 상상력을 강하게 자극하는 암시였다. 남자가 1970년대에 서울대 법대를 다녔다는 소문이 있었다. 그 소문을 내게 들려준 건 대석 형이다. 대석 형은 말하면서도 미친 남자가 법대를 다녔다는 소문을 믿지는 않았다. 소문대로라면 미친 남자는 대석 형의 학생운동 선배였다. 미친 남자가 학교에 눌러앉은 건 학교만이 자신을 보호해줄 수 있는 정치적 성소라고 믿게 됐기 때문이었다. 학교 바깥에서 남자는 '그들'에게 붙잡히고 말았던 것이다. 남영동 대공분실의 지하에서 낡은 당구봉이 그의 항문을 피가 흐르도록 담금질했다. 당구봉은 따로 씻지 않았다. 마지막에는 꼭 침이 흥건히 흘러나온 입으로 들어간 다음에 나왔다. 당구봉이 입에 들어올 때, 남자는 이제 쉴 수 있겠다는 생각에 안도감을 느꼈다. 한 달이 지난 뒤 그는 몸을 살리기 위한 방편으로 정신을 아예 놓아버렸다. 그리고 떨어뜨린 동전처럼 다시는 찾지 못했다.

아이러니였다. 남자의 시간은 머물러서는 결코 안 될 곳에서 딱 정지해버린 것이다. 남영동의 한 달은 장난이었다. 그는 영원히 고통의 순간에 머물러 살고 있는 셈이니까. 상상할 수 있는 최악의 고문이었다. 철학연구학회 모임에서 나는 그 소문을 미쥬에게 전했다. 미쥬는 목젖을 떨면서 크게 웃었다.

"그 이야기를 믿니?"

"그럴듯하게 들리는데."

"진실이기엔 너무 자세하단 생각이 들지 않아?"

나는 생각해보았다. 그런 것 같기도 했다. 대공분실의 당구봉이 항문으로 들어갔는지 입으로 들어갔는지 누가 어떻게 알 수 있단 말인가, 그는 미쳐버렸는데!

"사실 우리 인문대에서도 비슷한 소문이 돌았어. 디테일은 조금 다르지만."

나는 어느 지점이 다르냐고 물었다. 미쥬는 대답했다.

"미친 남자는 법대가 아니라 인문대에 다녔다는 거야."

미친 남자는 의식주를 학교 안에서 다 해결했다. 학생식당에서는 식권이 없어도 그에게 무료로 식사를 제공했다. 생활협동조합에서 시력을 차츰 잃어가는 그를 위해 금테 안경을 무료로 맞춰주었다. 그는 안경을 쓰고 어린애처럼 좋아하며 폴짝폴짝 뛰었다. 일주일도 못 가서 왼쪽 렌즈에 거미줄처럼 금이 갔다. 그는 금이 간 안경을 내가 졸업할 때까지 끼고 다녔다. 어두운 밤에 여학생들을 놀라게 하는 일이 종종 있었지만 불만을 터뜨리는 학생은 없었다. 미친 남자였지 나쁜 남자는 아니었다. 미친 남자 역시 그 나름의 방식으로 학생들은 존중해주었다. 그가 여름 땡볕이나 겨울 추위를 피해 냉난방이 돌아가는 도서관 열람실로 피신 올 때가 있었다. 조용히 공부하는 학생들 사이에 앉아 그는 끊임없이 평소 하던 말, "그들이 다시 나를 잡으러 온다!"를 외쳤다. 소리는 내지 않고 입술만 바쁘게 움직여서. 이건 소문이 아니다. 나도 본 적이 있으니까.

고시생들의 성지인 중앙도서관 제2열람실에서는 소지품 도난 사고가 빈번하게 일어났다. 한 시간 사이에 스무 명이 넘는 학생들의 물건이 싹쓸이 당한 적도 있었다. 지갑, 휴대전화, 책, 가리지 않고. 학생들이 경찰에 신고했고 범인이 잡혔다. 검사가 되기를 꿈꾸는 고시생이었다. 그는 범행을 자백했지만 물건을 되돌려줄 수는 없었다. 가지려고 훔친 게 아니라 버리려고 훔쳤기 때문이다. 수험 스트레스를 해소하는 그만의 방법이었다.

한번은 미쥬도 대석 형과 함께 제2열람실에서 공부를 하다가 지갑을 도둑맞았다. 대석 형이 수업에 들어가야 했기에 나는 미쥬의 연락을 받고 달려갔다.

"혹시 지갑을 가져간 사람을 보셨나요?"

열람실을 샅샅이 뒤지고 나서 미쥬의 맞은편에 앉았던 고시생에게 물었을 때, 그는 표정을 일그러뜨리며 외쳤다.

"이제 공부 좀 합시다!"

믿을 수 없는 일은 그다음에 벌어졌다. 주변의 고시생들이 그의 용기와 결단력에 박수를 보낸 것이다. 그 차갑고 이기적인 태도에 분개한 미쥬는 바로 경찰에 도난 신고를 넣었다. 곧 출동한 경찰관은 미쥬를 따라 열람실에 들어와 한 바퀴 돌아보고 물었다.

"혹시 외부인이 들락거리진 않나요?"

미쥬는 다들 들으라는 듯이 말했다.

"고시 공부를 하고 있다면 외부인이죠. 제가 알기로 고시 공부를 위해 지은 도서관이 아니거든요."

"학생 아닌 사람이 출입하냐고 물은 겁니다."

“모르겠어요. 얼굴이 학생증도 아니잖아요.”

운이 없었다. 미친 남자는 그때 열람실 구석에 앉아 있었다. 입술을 바쁘게 움직여 소리 없는 웅변을 하면서. 경찰의 눈길이 그의 입술에 머물렀다.

“저 사람은 뭡니까?”

미쥬는 당황했다. 미친 남자야말로 범인과 거리가 가장 먼 사람이었다. 그러나 그는 누구보다 범인처럼 보였다. 경찰은 그에게 다가갔다. 예언이 실현된 셈이었다. 그들이 다시 남자를 잡으러 온 것이다. 수십 년 만에. 경찰과의 거리가 좁혀질수록 미친 남자의 고개는 아래로 천천히 꺾였다. 경찰은 몇 걸음 앞에 섰다.

“선생님?”

공손한 말투였다. 남자는 고개를 가슴까지 파묻은 채로 여전히 입술만을 움직였다. 잔뜩 겁에 질린 것처럼 보였다. 실제로 그랬을지도 모르고. 경찰은 남자의 팔목을 붙잡았다.

미친 남자는 경찰의 손을 뿌리치고 벌떡 일어났다. 마침내 도서관이 쩌렁쩌렁 울리도록 커다란 목소리로 외쳤다.

“독재자의 개들아! 내가 또 끌려갈 줄 아느냐!”

그 말을 마치자마자 그는 끌려 나갔다. 학생들이 구름처럼 몰려나와 남자가 경찰차에 구겨 넣어지는 광경을 지켜보았다. 미쥬는 울음을 터뜨릴 것 같은 표정이었다.

“어떡하지?”

“글쎄.”

“너는 저 사람이 내 지갑을 훔쳤을 거라고 생각해?”

"나는 지금 저 사람이 마지막으로 바깥세상에 나가본 게 언제일지 생각하고 있어."

경광등이 한 번 번쩍이더니 차가 움직였다. 차는 정문을 지나 학교를 유유히 빠져나갔다. 미친 남자는 마침내 바깥세상으로 나갔다. 관악경찰서로.

몇 시간이 지나도 남자의 소식이 들려오지 않았다. 수업을 끝내고 돌아와서 사정을 들은 대석 형은 미쥬가 사태를 책임져야 한다며 버럭 화를 냈다. 예상치 못한 반응에 미쥬는 놀라서 움찔거렸다.

"그건 좀 듣기 불편한데? 마음이 쓰이는 게 책임질 잘못을 저질렀다는 뜻은 아니야."

대석 형은 혀를 찼다.

"넌 경찰을 불렀어."

"난 지갑을 되찾으려 했을 뿐이야."

"우와, 그거 딱 파업 농성을 경찰에 신고하는 자본가들이 하는 말처럼 들리는데? 사업장을 되찾으려 한 거지, 학생들을 감옥에 넣고 싶었던 건 아니라고. 무슨 차이가 있지? 학생들이 아니었으면 누가 잡혀갔겠어?"

"자본가라고? 재미있는 비유네. 누군지도 모르지만 내가 범인을 착취했기 때문에 그놈이 내 지갑을 훔쳤을 거라는 소리야?"

"그놈? 너는 네 이름에는 부모 양성을 쓰면서 왜 불특정 범죄자를 지칭할 때는 남성 대명사를 쓰지?"

"미안. 여자가 가사노동을 선담하는 만큼 남자가 전담하는 일도 있을 거 같아서."

"그게 농담이 된다고 생각해?"

"지금 지갑을 잃어버려서 곤란에 처한 사람은 나야. 농담이 될 수 없는 게 뭔지 알아? 내 지갑이 사라졌다는 사실이야."

영원토록 계속될 논쟁이었다. 논쟁의 기술적 수준이 높아질수록 논제는 뒤로 밀려나고 수준의 우열을 가리는 일이 중요해지기 마련이다. 나는 두 사람을 뜯어말렸다. 그대로 뒀으면 미쥬의 지갑도, 미친 남자도 되찾을 수 없었을 것이다. 우리는 관악경찰서로 찾아갔다. 미친 남자는 형사과에 잡혀 있었다. 혐의만 있지 죄가 있는 것은 아니어서 유치장에 들어가진 않았다. 그는 구석에 섬처럼 따로 떨어진 철제 의자에 우두커니 앉아 있었다. 두 손을 허벅지 위에 나란히 올려놓은 채로. 실금이 간 안경알 너머로 겁먹은 눈동자에도 균열이 일어나고 있었다. 입술은 더 이상 혼잣말을 중얼거리지 않았다. 그는 이제 미친 것처럼 보이지 않았다. 그게 무슨 뜻일까? 어쩌면 그는 현실과 만나는 중이었을 것이다. 우리는 남자를 지나쳐 그를 잡아간 경찰에게 걸어갔다. 미쥬가 말했다.

"지갑을 찾았어요. 저분 풀어주세요."

"어디서 찾았죠?"

"화장실에서요. 거기 둔 걸 깜빡했어요."

"화장실에 뒀는데 아무도 가져가지 않았고요?"

"네."

"지갑을 왜 화장실에 뒀는데요?"

경찰은 미덥잖아했다. 이미 취조하는 투였다. 그의 말투는 대석 형을 자극했다. 지금은 우리를 도우려는 것이지만, 경찰은 대석 형의 편일 때보다 적일 때가 더 많았기 때문이다. 대석 형이 퉁명스럽게 대꾸했다.

"지갑을 화장실에 두는 게 불법으로 바뀌었습니까?"

"그렇진 않지요. 혹시 찾은 지갑을 볼 수 있을까요?"

"절차를 잘 모르시네요. 지갑을 보고 싶으면 먼저 법원에 가서 수색영장을 받아 오세요."

"뭐라고요?"

경찰은 황당한 표정으로 대석 형을 바라보았다.

어쨌든 미친 남자는 무혐의로 풀려났다. 우리가 그를 데리고 나올 때 경찰은 한숨을 내쉬었다.

"이럴 거면 앞으로 신고하지 마요."

미친 남자를 경찰서 앞 콩나물국밥집으로 데려갔다. 국밥은 네 그릇을 시켰고 곱빼기를 남자의 앞으로 밀어줬다. 뚝배기 안에서 콩나물을 그득히 담은 국물이 펄펄 끓었다. 내가 콩나물국밥 앞에서 두 손을 맞잡고 강박 기도를 끝냈을 때, 남자는 식지도 않은 뜨거운 국물을 마구 퍼먹고 있었다. 어떤 맛일지 궁금했다. 몇십 년 만에 먹어보는 바깥세상의 음식. 장기 수감자가 아니고서야 그만이 해본 경험일 터였다. 남자는 감정을 드러내지 않았다. 숟가락을 입에 집어넣고, 다시 국물에 담그는 동작만을 반복했다. 매일같이 혼잣말을 늘어놓던 입은 뜨거운 음식을 우걱우걱 씹어 삼키는 데만 쓰였다. 관객이 세 사람이나 코앞에 있는데도. 기이한 침묵 속에서 그는 돋보였다. 바깥세상이 믿었던 것과는 다른 모습이라는 사실을 인식해가는 것일지도 몰랐다. 그래서 절망적인 혼란에 빠진 것일지도 몰랐다.

나는 그러지 않기를 바랐다. 차라리 독재의 시대에 영원히 머무는 게 나았다. 그에게는. 우리는 아니지만.

식사를 마치고 우리는 그를 택시에 태웠다. 마침내 세상에서 가장 넓은 그의 집으로 되돌아갔다. 학교로.

택시 안에서도 그는 입을 열지 않았다. 강아지처럼 창밖을 스쳐 지나가는 풍경에 시선을 붙박고만 있었다.

우리는 그를 대학 본부 앞 잔디밭에 풀어주었다. 그는 선뜻 발걸음을 내딛지 못했다. 집이 낯설어졌는가. 고향에 돌아온 뱃사람처럼.

"시간이 필요할지도 몰라."

"사과가 필요할지도 모르고."

대석 형이 말을 받았다. 미쥬는 자신이 잘못한 게 아니라는 입장을 굽히지 않았다. 내 관심사가 아니었다. 다시는 기회가 오지 않을 것 같아서 나는 남자에게 다가가 물었다.

"아저씨, 우리 학교에 다니셨다는 게 정말이에요?"

그는 대답하지 않았다. 이제 미친 사람이 아니라는 뜻인지도 모른다. 내가 알기로 그는 횡설수설 말하는 사람이지 묵비권을 행사하는 사람이 아니었다. 그는 말없이 내게 등을 돌리고 잔디밭 위를 빙판 건듯 조심히 눌러 밟아나갔다. 우리는 그 자리에 서서 멀어지는 남자의 모습을 지켜보았다. 남자의 어깨 너머로 땅거미가 하늘에서 내려와 어둑하게 깔렸다. 남자는 외로워 보였다. 넓은 잔디밭 가운데에서 그의 세계는 표류했다. 그때였다. 남자가 갑자기 멈춰 섰다. 그는 제자리에 서서 한동안 움직이지 않았다. 벼락같은 깨달음을 얻은 것처럼. 두 팔이 하늘을 향해 올라갔다. 지평선 위로 태양이 떠오르듯 천천히. 나는 무슨 일인지 대번에 알았다. 몸과 함께 정신도 그의 집 현관을 지난 것이다!

두 팔이 지휘자처럼 허공을 춤추기 시작했을 때, 남자의 입에서 어린아이 같은 옹알이가 터져 나왔다.

"그들이 다시 날 잡으러 올 거야! 썩어빠진 독재자를 하루바삐 물리쳐라!"

그게 내 질문에 대한 대답이었다.

남자를 보내고 우리는 학교 바깥으로 나와 술을 마셨다. 있었던 일을 한참 동안 이야기했다. 소주 네 병을 비웠고 탈진될 때까지 웃었다.

그날 일은 대석 형과 미쥬가 학교를 떠나고 내가 졸업할 때까지도 학생들의 입도마에 올랐는데, 꾸며낸 이야기로 아는 후배들이 꽤 많았다. 그는 그날을 제외하면 하루도 빠짐없이 미친 남자였을 뿐이기 때문이다.

미쥬의 마음을 어떻게 사로잡았는지. 미쥬의 벗은 몸이 얼마나 숨막히는지. 여자란 무엇에 약하고 어떻게 다뤄야 하는지.

내게 연애를 훈수 둘 때 대석 형은 자격증이라도 가진 사람 같았다. 연애에 대한 그의 관점은 더할 나위 없이 성폭력 사례집과 어울렸다. 그런데 나와 있을 때 대석 형이 미쥬의 이야기를 구구절절 늘어놓는 것과 달리, 미쥬는 나와 있을 때 대석 형을 입에 담은 적이 한 번도 없었다. 나는 양쪽에 각각 그 이유를 물었다.

"단대 간 초정파적 연애라 정치적 부담이 있을 테니까 이해해야지."

대석 형은 대답했다. 그러나 미쥬는 이렇게 되물었다.

"내 연애를 왜 남한테 이야기해야 돼?"

대석 형과 미쥬가 심하게 싸우고 이별을 입에 담은 적이 있었다. 때는 늦은 밤이었고 장소는 미쥬의 자취방에 놓인 지저분한 매트리스 위였다. 두 사람은 발가벗은 채 서로를 노려보고 끝없는 말다툼을 벌였다고 한다. 해가 뜰 때까지 결론이 나지 않았다. 대석 형이 말없이 옷을 챙겨 입고 방을 나설 때 미쥬는 경고했다.

"지금 이렇게 나가면 우리는 끝이야."

대석 형은 현관문을 거칠게 닫았다. 일주일 넘게 서로 연락을 하지 않았다.

두 사람이 헤어졌다는 사실을 내가 알게 됐을 때에는 모든 사람이 그 사실을 알게 됐다. 대석 형은 미학과방으로 찾아왔다. 적대적 정파인 전학협에서 상대의 진지를 겁 없이 방문하는 것은 드문 일이었다. 모두가 대석 형을 바라보았다. 그리고 모두가 바라보는 가운데, 대석 형은 미쥬 앞에 두 무릎을 꿇었다. 그는 미쥬의 얼굴을 올려다보며 낯간지럽지만 감탄할 수밖에 없는 대사를 읊었다.

"우리는 세계의 일부에 동의하지 않을 뿐이야. 하지만 넌 내 세계의 전부야. 내가 잃을 수 없는 게 어느 쪽인지 이제 명확하게 알았어."

지켜보는 여학생들의 입에 흐뭇한 미소가 걸렸다. 미쥬는 당황했고, 얼굴이 달아올랐다. 그녀는 대석 형의 어깨를 흔들어 그만 일어나라고 했다.

"나를 끌어내. 다시 받아주기 전에는 움직이지 않을 거니까."

그렇게 대석 형은 미쥬를 다시 얻었다.

그날 밤 기숙사 휴게실에서 대석 형과 맥주를 마시면서 텔레비전으로 쇼 프로를 보았다. 대석 형은 아무 일도 없었다는 듯이 낄낄거렸다. 나는 물었다.

"미쥬가 그렇게 좋아?"

대석 형은 텔레비전에 시선을 고정한 채로 대답했다.

"그렇게 좋다는 게 어떻게 좋다는 건데?"

"우리 과방으로 찾아와서 무릎을 꿇을 만큼."

"그건 내가 미쥬를 얼마나 좋아하는지와는 상관없는 일이야."

"그럼 왜 무릎을 꿇은 거야? 사람들이 보는 앞에서."

"사람들이 보니까. 여자는 자기가 눈으로 보는 것이 아니라 자기를 보는 눈에 영향을 받거든."

대석 형은 나를 보며 웃었다.

"여자를 다루는 법이란다."

대석 형은 쇼 프로로 돌아갔다. 내 눈에는 화면이 들어오지 않았다. 나는 미쥬 앞에 무릎을 꿇은 대석 형의 모습을 떠올렸다. 그는 여자를 사랑하는 법이 아니라 여자를 다루는 법이라고 했다. 정말일까? 그는 정말로 그렇게 믿는지도 모른다. 하지만 나는 그렇게 생각하지 않았다. 여자를 위해 무릎을 꿇는다. 내가 그렇게 하는 모습은 상상하기 어려웠다. 하지만 그 여자가 미쥬라면. 손바닥을 뒤집어보았다. 연천의 유채꽃밭. 미쥬와 깍지를 꼈던 감각이 각인된 것처럼 생생하게 남아 있었다.

나는 대석 형의 옆얼굴을 훔쳐보았다. 불 꺼진 휴게실에서 텔레비전에서 나오는 푸른 불빛만이 그를 비추었다. 그는 한참을 실없이 웃다가 자야겠다며 자기 방으로 먼저 들어갔다. 나는 텔레비전을 켜둔 채로 어두운 휴게실에 한참 동안 혼자 앉아 있었다. 나는 미쥬를 생각했다.

수학의 방법론 2

수학능력시험을 한 달 앞두고 일원이의 과외를 마쳤다. 며칠 뒤 일원이 어머니에게서 저녁 식사를 같이 하자는 전화를 받았다. 약속 장소로 나갔는데 번잡한 길거리에 일원이 혼자 서 있었다.

"어머니는?"

"갑자기 일이 생기셨다고 하셔서……."

일원이는 내 시선을 피하며 말끝을 흐렸다. 일이 어떻게 돌아가고 있는지 추측하기는 어렵지 않았다. 나는 일원이를 패밀리 레스토랑에 데려갔다. 두께가 손등만 하고 칼을 들이대기만 해도 핏물이 줄줄 흐르는 스테이크가 하나씩 놓였다.

"선생님 덕분에 수학 성적이 많이 올랐어요."

"네가 공부를 해서 성적이 오른 거지. 모든 일이 반복하면 다 늘어."

진심이었다. 나는 대석 형처럼 과외가 사기라고는 생각하지 않았지만, 내가 잘 가르쳐서 성적이 올랐다고 말하는 순간 그건 사기였다. 일원이는 내가 내어준 어마어마한 분량의 숙제를 꼬박꼬박 완성해왔다. 몇 문제를 풀든, 몇 문제를 맞든. 정작 나는 30분이면 끝나는 교수의 과제도 제대로 수행하지 않는 대학 생활을 하고 있었다. 하지만 일원이는 물러서지 않았다.

"아니에요. 선생님이 잘 가르쳐주셔서 성적이 오른 거죠."

"내가 일주일에 몇 시간씩 가르쳤지?"

"네 시간이요."

"그리고 네가 보내는 일주일은 168시간이잖아. 대체 내가 뭘 가르친 거지? 이거 아주 간단한 수학인데."

일원이는 웃었다. 그녀는 그림을 그려주거나 비유를 곁들여야 쉽게 이해했으므로 나는 말을 보탰다.

"날이 밝았기에 해가 뜨는 게 아니야. 해가 떴으니까 날이 밝는 거지. 나중에 감독이 되어도 이 기초적인 논리 법칙을 잊고 영화를 만들면 안 돼. 난 그런 영화는 안 볼 거니까."

식사가 끝났다. 계산하려고 지갑을 꺼내는데 일원이가 먼저 주머니에서 신용카드를 꺼냈다.

"이걸로 할게요. 어머니가 계산하라고 저한테 카드를 주셨거든요."

"그래라. 어머니가 이것저것 준비를 많이 해두셨네."

일원이는 얼굴을 붉혔다. 종업원이 카드를 받아 갔다.

"대신 대학에 합격하면 선생님이 밥 사주세요."

"떨어져도 사줄게. 시험 끝나면 연락해."

"약속이에요."

"너는 대학에 떨어지는 걸 정말로 약속하고 싶니?"

일원이는 다시 웃었다. 계산을 마치고 식당 바깥으로 걸어 나왔다.

나는 일원이에게 꼭 대학에 합격해서 훌륭한 영화감독이 되었으면 좋겠다고 말했다. 나는 이미 꿈을 다 이룬 것처럼. 일원이는 시험이 끝나면 밥을 사달라고 다시 말했다. 나는 그때는 선생님이라 부르는 건 그만두고 오빠라 부르라고 말했다. 우리는 손을 흔들고 거리에서 헤어졌다.

수학능력시험이 끝나고, 대학마다 합격자 명단이 발표되고, 새 학기가 시작됐다. 일원이의 전화는 걸려 오지 않았다. 나는 상상했다. 대학에 붙자마자 일원이 앞에 펼쳐진 새로운 세계와, 나 따위는 까맣게 잊어버린 채 영화감독의 꿈을 향해 달려가는 아름다운 모습을. 부디.

그녀가 내 처음이자 마지막 제자였다.

길 1

대석 형이 일하는 학교 앞 인문사회과학 서점의 카운터에서 한때는 현승 선배가 일했다. 미쥬도 작년에 일했다. 최저 시급을 받고 그곳에서 번갈아 일하는 건 학생운동가들에게 내려오는 일종의 전통이었다. 아르바이트를 그만두면서 대석 형은 그 일을 넘겨받지 않겠냐고 제안했고 나는 수락했다.

아르바이트를 교대하는 날 저녁에 서점 주인 아저씨와 대석 형, 그리고 나는 함께 술을 마셨다. 주인 아저씨가 단골인 주꾸미집으로 갔다. 철제 테이블 위에 소주 두 병과 새빨간 주꾸미볶음이 올랐다. 그날 심하게 취한 대석 형은 평소 잘 하지 않던 이야기를 늘어놓았다. 그는 많은 운동권 법대생이 겪는 고비를 맞았던 것이다. 사법고시. 고학년으로 올라가면서 학생운동을 내치고 고시 준비를 시작하지 못한 법대생들은 졸업하고 군대를 다녀온 후에야 고시에 뛰어들 수 있었다. 몇 년의 차이가 있었다.

"시험에 붙어도 지연되는 게 아니라 사라지는 시간이죠. 베어 문

케이크처럼 한 인간의 수명 속에서 사라지는 겁니다. 평생을 따라다니니까요."

법관의 승진 심사에 나이가 반영되기 때문이었다. 그 증발한 몇 년 탓에 대법관 자리가 고등법원장으로 바뀌고, 고등법원장 자리가 지방법원장으로 바뀌고, 지방법원장 자리가 부장판사로 바뀌고, 부장판사 자리가 변호사로 바뀌고, 변호사 자리가 시민단체 활동가로 바뀌게 된다. 연대회의 소속의 법대생들도 3학년이 되면 낙엽처럼 우수수 떨어져 나갔다. 바깥세상에 대한 관심은 잠시 뒤로 밀어두고. 세상을 바꾸겠다는 열망은 언젠가 되찾으면 된다고 믿으면서. 그런 날이 오긴 하겠지만 스무 살 때 생각했던 날은 아닐 것이다. 그들은 철없이 끓던 젊음의 시간으로 학생운동의 추억을 간직한 채 혼자만의 경주를 떠났다. 그들의 철없던 추억이 우리의 치열한 현재였다.

그래서 조직의 선배들은 새로 들어온 법대생에게 쉽게 정을 주지 않았고, 남은 법대생을 절대적으로 신뢰하고 존중했다. 법대생들이 탐욕적인 것도, 다른 이들이 치기 어린 것도 아니었다. 어쩔 수 없는 일이었다. 인간에게 꿈이 있다면 인간에겐 감정이 있는 것이다.

"어쩌면 사법고시는 내 길이 아닌지도 몰라요. 어울리지도 않고."

대석 형은 푸념했다. 할 말이 없었다. 나는 잔을 들어 건배를 청했다. 주인 아저씨는 잔을 맞대는 대신, 대석 형을 바라보며 코웃음을 쳤다.

"이런 지랄이 처음은 아니다."

주인아저씨는 이야기했다. 지난 15년 동안 그의 서점 카운터에서 한 명의 고등법원 판사와 두 명의 지방검사가 배출됐다는 것이었다. 그는 변호사 수까지 세어보지는 못했다.

무이자 대출

서점 앞 유리벽에 달린 게시판에는 색색의 포스트잇이 빈틈없이 붙어 있었다. 모임 약속 시간과 장소를 알리기 위해 학생들이 붙인 메모였다. 누구나 휴대전화를 가졌지만 학생들은 꼭 거기에다 모임을 공시했고 지나갈 때마다 들여다보았다. 그건 우체통에 부친 엽서 같은 것이었다. 불편해서 낭만적인 것.

서점 내부는 비좁았다. 그 자체가 거대한 책인 것처럼 실내의 공기 전체에서 낡은 종이 냄새가 감돌았다. 벽이 곧 책장이었다. 사면의 책장에 책들이 빼곡히 들어찼고, 출생이 늦은 것들은 이삿짐처럼 바닥에서부터 차곡차곡 쌓아 올려져 있었다. 그 가운데는 십수 년 전에 태어났으나 아직까지 주인을 찾지 못한 채 늙어버린 고아도 있었다. 사회의 양지에서 추방당한 좌파 이론서.

독서를 싫어하는 사람이라도 거기서 일하는 동안은 책을 읽게 될 수밖에 없었다. 지루함을 견디는 게 가장 어려운 노동일 정도로 할 일이 많지 않았다. 백 명. 많으면 2백 명. 하루 방문객 숫자였다. 모두 학생들이었고 책을 사는 사람은 10퍼센트도 되지 않았다. 손님의 대부분은 잠깐 머물며 책을 펼쳐 읽다가 기척도 없이 떠났다. 주인아저씨가 어떻게 15년 동안 서점을 문 닫지 않고 유지했는지 의아할 지경이었다. 그가 번 돈은 전부 내게 주는 시급으로 새어 나가고 있을 것 같았다. 그런데 일을 넘기면서 대석 형은 말했다.

"주인아저씨는 무이자 대출업도 겸하고 있어."

아저씨는 갚을 날도 묻지 않고 학생들에게 2만 원을 빌려준다는 것이었다. 갚는 학생과 안 갚는 학생은 반반이라고 했다. 믿기 어려운 일이었다. 며칠 일한 뒤 나는 아저씨에게 돈을 빌려달라고 부탁했다. 돈은 필요 없었다. 실험이었다.

그날 나는 만 원 지폐 두 장을 손에 쥔 채 퇴근했다. 다음 날 출근하자마자 아저씨에게 받았던 지폐 두 장을 그대로 돌려드렸다.

"잘 썼냐."

돈을 돌려받은 아저씨는 무뚝뚝하게 말했다.

거짓말은 모두 젖어 있다

길고양이 사냥에 재미를 붙인 뒤로 사람이는 가택 연금을 당했다. 인문대 학생회에서 길이가 5미터쯤 되는 쇠줄을 사람이의 목에 걸어 개집에 묶어두었다. 사람이는 난생처음으로 박탈된 자유를 쉽게 받아들이지 못했다. 매일 킹킹거리며 목줄을 물어뜯고 떼어내려 날뛰었다. 목줄이 올가미처럼 몸을 칭칭 휘감기 일쑤였다. 어느 날 아침 학생들이 등교했을 때, 뒷다리에 감긴 목줄의 쇠고리가 살을 파고들어서 사람이는 피를 철철 흘리고 있었다. 목줄이 몸에 감기지 않도록 길이를 짧게 줄였다. 자유를 향한 몸부림의 대가로 자유를 더 잃은 것이었다. 저항과 처벌. 차마 못 할 짓이었다.

미쥬가 다시 사람이를 돌보기 시작했다. 미쥬가 찾아오면 사람이는 꼬리를 격렬하게 흔들며 이리저리 껑충껑충 뛰었다. 희망에 부풀듯이 팽팽해진 목줄에서 철컹거리는 소리가 울렸다. 미쥬는 사람이를 데리고 학교를 한 바퀴 산책했다. 벚나무가 앙상한 가지를 드러낸 인문대를, 식민지 시대의 법제를 재활용하듯 낡은 건물 위에 새 건물을 증축한 법대를, 공장처럼 무색무취의 돌덩어리가 늘어선 공대를, 몇십 년째 같은 대사를 중얼거리는 미친 남자를 모두 지나친 뒤 돌아와 사람이를 개집에 다시 묶었다. 식당 아주머니가 학생들이 먹다 남은 탕의 뼈다귀를 가끔 내주었다. 사람이는 뼈다귀를 입에 단단히 물고 침을 줄줄 흘리면서 돌아왔다. 집에 도착하면 피로를 심하게 느끼는지 옆으로 쓰러져 죽은 듯이 잤다. 미쥬는 쭈그려 앉아 털이 듬성하게 돋아난 배를 한참 동안 쓰다듬어주었다. 사람이의 배는 숨을 들이마시면 부풀었고 숨을 내쉬면 꺼져 내렸다. 삶의 리듬. 살아 있는 동안은.

그렇게 말년의 짧은 자유를 누리다 사람이는 죽었다. 자연사였다. 늙어 죽었다. 몇 살에 죽은 건지는 아무도 몰랐다. 백내장으로 허옇게 뜬 왼쪽 눈동자와 회색 기가 도는 뻣뻣한 털로 노년을 짐작해왔을 뿐이었다. 죽음을 가장 먼저 목격한 사람 역시 미쥬였다. 산책을 시켜주려고 찾아왔을 때 사람이는 평소처럼 반기지 않았다. 개집 안에서 곤히, 그리고 영원히 잠들어 있었다. 산책을 끝내고 돌아왔을 때와 똑같은 모습으로. 밥그릇 안에는 이빨에 갉힌 누런 돼지 뼈다귀 하나가 덩그러니 놓여 있었다. 죽음은 뼈를 남기니까. 연락을 받고 찾아간 진우와 내가 두 다리를 잡아 어두운 개집에서 사체를 끌어냈다. 몸이 뻣뻣하게 굳어 있었고, 삶의 중지를 알리는 비린 냄새가 진동했다. 미쥬는 사람이의 턱을 무릎 위에 올려두고 목덜미를 말없이 끌어안았다.

나는 구청에 전화를 걸어 관악산에 사람이를 묻어도 될지 물었다.

"동물의 사체를 매립하는 건 불법입니다."

"그럼 어떻게 하죠?"

"보통 자가 처분할 때는 소각용 쓰레기봉투에 넣어 내놓는데요."

"몸무게가 20킬로그램은 나가요."

"100리터짜리 봉투에는 들어갈 겁니다."

맞는 말이었다. 거기엔 들어갈 게 틀림없었다. 나는 슈퍼마켓에서 주황색 소각용 쓰레기봉투를 사 들고 개집으로 돌아왔다. 미쥬는 내 손에 들린 물건을 보고 눈물을 글썽였다.

"어떻게 그런 관을 쓸 생각을 했어? 삶이 담기지 않는 물건에는 죽음도 담기지 않는 거야."

나는 혀를 반쯤 빼물고 모로 누워 있는 사람이를 내려다보았다. 그리고 바람에 휘날려 바스락거리는 쓰레기봉투를 보았다.

다음 날 오전 학교 안으로 용달차 한 대가 들어왔다. 기사는 사체를 수습해 마대에 담고 어깨에 이었다. 쓰레기봉투에서 나아진 것이 없었다. 기사는 두 팔을 땅에 내려 끌었다가 반동을 이용해 자루를 짐칸에 집어 던졌다. 쿵, 하는 소리가 공기를 흔들었다. 짐칸에는 묶인 자루가 몇 개 더 실려 있었다. 똑같은 모양으로 부풀어 오른 똑같은 색깔의 자루들이었다. 죽음은 다 똑같았다. 미쥬가 물었다.

"이제 어떻게 되나요?"

"위생 시실에서 사체를 소각합니다."

"위생 시설이 어떤 곳인데요?"

미쥬는 다시 물었다. 기사는 대답하기 전에 머뭇거렸다. 공업용 소각시설이었다. 용달차가 떠났다.

미쥬는 그 자리에서 하염없이 울었다. 무엇이 그녀를 슬프게 만드는지는 몰랐다. 그녀가 데려온 개가 아니었다. 그녀가 떠나보낸 개였을 뿐이었다. 이름이 사람일 뿐이었다. 그냥 개였다. 하물며 탓할 데가 없는 죽음이었다. 감사해야 할 죽음이었다. 자연사였다.

세상의 모든 현상을 책임지려는 것인가.

근거조차 없는 미쥬의 눈물에 나는 깊이 감동했다.

내가 두루마리 휴지를 건넸을 때, 미쥬는 젖은 목소리로 말했다.

"나 이상하지?"

"아니."

"왜인지 모르겠어. 자꾸 눈물이 나."

"나는 왜 우는지 아는데."

미쥬는 휴지를 뜯어 눈가를 찍고 고개를 들었다.

"고귀한 영혼을 가진 사람이라서 그래."

나는 진심으로 그렇게 느꼈다.

며칠 뒤 현승 선배가 과방에서 기타를 들었다. 죽은 개를 위한 영가를 만들었다고 했다.

"내가 기타를 연주하면 사람이가 어슬렁거리며 다가와 발밑에 배를 깔고 듣곤 했거든."

마치 그의 유일한 팬처럼. 아무도 그런 광경을 보지 못했으므로 모두 거짓말이라고 생각했다. 현승 선배가 죽음마저 낭만적인 시로 바꿔내고 있다고 느낀 미쥬는 불쾌한 표정을 숨기지 못했다. 현승 선배는 기타 줄을 튕기며 천천히 노랫말을 붙이기 시작했다.

바람 잠든 밤 별자리의 사연
낭떠러지 흔들바위의 사연
갑자기 사람의 곁으로 왔던
개 한 마리에 얽힌 사연
그런 사연은 어디 없다
다 우주 전체의 문제
사연 없는 사물이 늘어갈 때마다
우주는 거꾸로 가벼워진다
그러다 텅 비고 만다
견딜 수 없는 일 그래서
거짓말은 모두 젖어 있지
앙상하게 말라붙어 뼈만 남은 사실들
우리는 목이 너무 마르니까
우리는 목이 너무 마르니까

현승 선배의 노래가 끝났을 때 많은 여학생이 눈가를 적셨다. 그때는 미쥬도 눈물을 흘리고 말았으므로 인정할 수밖에 없었는데, 현승 선배의 음악은 눈부시게 일취월장하고 있었다.

명령

학기말에 진우가 또 잠적했다. 그는 전화기를 아예 꺼두었다.

이제 진우의 하숙집 위치를 알았으므로 공대에서 헤맬 필요가 없었다. 진우의 방으로 찾아갔다. 그는 며칠째 돌아오지 않았다. 주인이 잠겨 있는 진우의 방문을 열어주었다. 나무젓가락 한 쌍이 꽂힌 빈 컵라면 그릇이 책상 위에 그대로 놓여 있었다. 파리가 지옥처럼 꼬여 있었다. 나는 미쥬에게 알렸다. 미쥬는 한숨을 푹 내쉬고 나서 귀에 익은 명령을 내렸다.

"찾아. 끌고 와."

저번에 진우가 발견됐던 피시방으로 갔다. 그는 없었다. 진우가 왔었냐고 물으니 사장은 얼굴 못 본 지 꽤 됐다고 대답했다. 학교 근처 피시방 수백 개를 샅샅이 뒤졌다. 진우는 하숙집에서 조금 떨어진 곳에 위치한 허름한 피시방에서 잡혔다. PC500이란 곳이었다. 시간당 요금이 5백 원이었나. 용케도 그런 장소를 찾아낸 것이다.

딱 세 시간만. 진우는 게임에 정신을 빼앗긴 채로 말했다. 모든 게 똑같이 반복되고 있었다. 그러나 이번에는 내가 그의 옆 자리에 앉는 대신 미쥬에게 전화를 걸었다.

"바꿔."

미쥬가 엄한 목소리로 말했다. 나는 휴대전화를 진우에게 건넸다. 두 손으로 키보드와 마우스를 잡고 대규모 병력 싸움을 바쁘게 지휘하던 진우는 어깨와 볼 사이에 껴서 전화기를 받았다. 미쥬가 뭐라고 말했는지는 모른다. 안색이 변한 진우는 즉시 컴퓨터를 껐다. 우리는 미쥬의 방으로 달려갔다.

대석 형과 다툴 때는 그렇게 하지 않았을 것이다. 미쥬는 고래고래 악을 썼다. 손에 잡히는 대로 물건을 집어 던졌다. 진우를 겨냥하고 던진 플라스틱 화분 하나가 내 얼굴을 향해 날아왔다. 고개를 틀어 간신히 피했다. 나는 벽을 들이박고 으깨진 화분과 사방으로 튄 검은 흙을 말없이 내려다보았다. 창가에 놓였던 애플민트의 물때를 미쥬는 꼬박꼬박 챙겨왔다. 미쥬가 그렇게 화내는 모습은 처음 보았다.

"이제 곧 후배가 생길 텐데 뭐 하는 짓이야! 너 같은 놈이 무슨 학생운동이야! 꺼져버려! 영원히 게임만 하면서 살아! 그렇게 살라구!"

진우는 고개를 푹 숙였다. 대꾸 없이 자신을 향해 쏟아지는 지저분한 말과 묵직한 물건을 다 받아냈다.

"다시 한 번 피시방에 가면 죽여버릴 거야. 농담 아니야. 죽여버릴 거라구."

미쥬는 진우를 노려보며 살벌하게 훈계를 마무리 지었다. 진우는 고개를 끄덕였다.

"내가 없을 때는 네가 잘 감시해."

그건 나에게 내린 명령이었다. 거짓말 같은 일이었다. 그날 이후로 진우는 피시방에 출입하지 않았다. 내가 아는 한 졸업할 때까지 단 한 번도.

그런데 미쥬는 나에게는 진우를 잘 감시하라고만 명령했다. 피시방을 가면 죽여버리겠다는 건 진우에게 내린 명령이었다. 나는 그날 밤 PC500으로 돌아갔다. 시간당 5백 원은 정말이지 믿을 수 없이 저렴한 가격이다.

세계화

과거 국내 최대의 자동차 기업이었던 대우자동차가 부도를 맞았다. 해외 시장으로 무리한 확장을 시도했던 게 화근이 됐다. 먼저 몸집을 부풀려야 몸집을 키울 힘도 생긴다는, 김우중 회장의 독창적인 지렛대 경영 전략이 실패로 돌아간 것이었다. 이 경영 전략의 공식 명칭은 '세계경영'이었다. 김대중 정부는 대우자동차를 구제하는 대신 해외 매각을 추진하기로 결정했다. 이 정책 역시 '세계화'란 이름이 붙었다. 김우중의 세계경영 대 김대중의 세계화. '세계'란 무엇인가?

세계화의 웅장한 규모에 어울리는 세계적인 자동차 기업인 미국의 GM이 대우자동차를 인수하겠다고 나섰다. 한때 IMF가 대한민국 전체에 요구했던 것을 GM은 대우자동차에 똑같이 요구했다. 회사를 제값에 매각하려면 먼저 적당히 손질해놓으라고. 마치 중고차를 제값에 매각하려면 수리가 필요한 것처럼. 그런데 대우자동차의 위기는 오로지 방만한 경영에서 비롯됐는데도 불구하고, 경영진과 채

권단이 추진한 구조조정안은 노동자를 해고하고 임금을 대폭 삭감하는 것이었다. 엔진이 고장 난 중고차를 도색만 바꿔 되팔려 한 것이다.

물론 GM은 세계적인 자동차 기업답게 호락호락하지 않았다. 오히려 대우자동차를 조각조각 분해해서 빚더미 고철을 정부에 떠넘기고 황금을 낳는 알맹이만 구입하려 했다. 세계경영과 세계화를 각각 부르짖었던 대우자동차와 정부의 협상 능력은 스스로 세계적인 수준을 달성하지 못했다. 그들은 테이블 위에서 세계적인 기업에 질질 끌려갔다.

노동자들은 대우차의 해외 매각과 정리해고에 반대하며 파업을 선언했다. 정부는 이 파업을 강력하게 비난했다. 이유는 세계화를 거스른다는 것이었다. 세계화의 뜻과 내용이 명확하지 않으므로 세계화를 거스르는 행동을 무어라 불러야 할지도 명확하지 않다. 그게 뭘까. 우주화?

결국 대우자동차는 GM에 매각되었다. 그런데 기업의 해외 매각에 반대한 노동자들이 오히려 세계화 시대의 추세에 정확히 부합하는 판단을 내렸다는 사실이 몇 년 뒤에 증명됐다. 대우자동차를 인수한 세계적 기업 GM 역시 무리한 확장으로 부도 위기를 맞았다. 대우자동차와 판박이처럼 똑같은 상황이었다. 미국 정부는 GM을 또 다른 세계적 자동차 기업 도요타에 매각하라는 드센 압박을 받게 되었다. 하지만 세계의 중심에 세워진 미국 정부의 판단은 대한민국 정부와는 달랐다.

미국 정부는 GM을 도요타에 팔아넘기는 대신 5백억 달러를 들여 구제했다. 몇 년 뒤 GM은 도요타를 밀어내고 세계 1위 자리를 되찾았다. 이 세계적인 모범이 된 결정은 물론 세계사적인 경험에 근거하고 있었다. 1929년 주가 대폭락 당시 미국 정부는 부실기업을 도살하듯 청산하는 자유방임 정책에 의존했다가 파멸적인 대공황을 안방에 불러들이고 말았던 것이다.

회계 전문가들이 머리를 맞대고 계산했다. 대우자동차를 살리는 데는 5백억 달러의 10분의 1이면 충분했었다. 10분의 1이면.

습격

할 말이 있어.

내 방을 찾아온 대석 형의 목소리는 진지했다. 그는 턱짓으로 나를 끌어냈다. 그를 따라 기숙사 바깥으로 나갔다. 겨울 저녁이라 공기가 찼다. 우리는 노란 나트륨등 밑으로 걸어가 섰다. 대석 형의 얼굴 위로 그림자가 커튼처럼 내려왔다. 그는 담배를 꺼내 물어 불붙이고 내게도 하나를 건넨 뒤 불붙여줬다.

"이게 다 김우중 때문이야. 그런데 애꿎은 사람들 목숨이 왔다 갔다 하고 있어."

그는 담배 연기를 입으로 내뿜으면서 내 눈을 바라보았다. 동의를 구하고 있었다. 나는 말없이 고개를 끄덕였다.

"내일 전학협에서 김우중을 습격할 거야."

그는 엄청난 계획을 털어놓았지만 나는 바로 알아듣지 못했다.

"김우중은 장소가 아니잖아. 대우로 간다는 거야?"

"우리는 김우중의 집으로 쳐들어갈 거야."

나는 얼어붙었다. 한참 뒤에야 간신히 물었다.

"왜 나한테 이야기하는 거야?"

그는 머뭇거렸다. 담배를 떨어뜨려 신발 바닥으로 비벼 끄고 나서야 조심스럽게 물었다.

"같이 갈래?"

결사대

다음 날 아직 동이 트지 않은 새벽에 대석 형이 내 방으로 다시 찾아왔다. 그는 조용히 나를 흔들어 깨웠다. 대석 형과 함께 기숙사를 나와서 대학 본부 앞 광장으로 갔다. 거기서 그가 '결사대'라고 부르는 무리에 합류했다. 결사대는 전학협과, 그들 선배들이 주축인 청년진보당에서 파견한 50여 명의 인원으로 구성됐다. 연대회의에 속한 사람은 나뿐이었다. 그들은 의아하게 여기지 않고 나를 반겨주었다. 결사대장은 청년진보당의 무슨 위원이라는데, 내 손을 덥석 잡으며 고맙다고 말하기까지 했다. 그는 3분 정도 대원들을 격려하는 연설을 벌였다. 비장한 분위기가 감돌았다. 대원들은 곧 사형당할 사람들처럼 끊임없이 담배를 피워댔다. 내가 가진 정의감은 막연하고 순진했다. 나는 너무 쉽게 이 일에 참여하기로 결정했다고 느꼈다. 그때 비로소 이것이 자살 결사대라는 의심이 들기 시작했기 때문이다. 연설을 마친 결사대장은 대원들에게 붉은 압류 딱지를 한 묶음씩 넘겨주었다.

"일단 들어가면 몇 분 내로 경찰이 도착할 거다. 작전이 시작되기 전에 언론에 통보할 테니까 기자들도 비슷한 시간에 도착할 거고. 그 전에 이 압류 딱지를 집 안 모든 가구에 붙여야 해. 기자들은 범죄 현장을 취재하기 위해 오겠지만, 우리는 시청자들에게 이 압류 딱지가 붙은 장면을 보여줘야 해. 김우중이 아무 책임도 없이 이 사태에서 빠져나갈 수는 없다는 것."

그 한 장면을 위한 선전전이었다. 그리고 그 한 장면을 위해 우리는 모두 감옥에 갈 터였다. 대석 형이 내 어깨에 팔을 둘렀다. 다른 한쪽 팔에는 접이식 철사다리가 들려 있었다. 왕국의 성벽을 넘기 위한 도구. 떨림을 들키지 않으려 애썼다. 나는 여기서 이만 빠질게. 이제 와서 그렇게 말할 수는 없었다. 대장이 작전 개시를 선언했다. 결사대는 김우중의 집으로 출발했다.

영문을 알 수 없었다. 경찰은 예상보다 훨씬 빨리 도착했다. 정확히 말해서, 결사대가 김우중의 자택 앞에 집결했을 때 함께 도착했다. 계획이 샌 것이다. 대석 형이 번개처럼 사다리를 펼쳐서 담벽에 걸었다. 그는 가장 먼저 화강암 벽을 넘었다. 그다음은 결사대장이었다. 경찰들이 달려왔다. 나는 본능적으로 사다리에 뛰어올랐다. 김우중을 습격하기 위해서인지, 경찰로부터 도망치기 위해서인지 판단할 겨를도 없었다. 모두가 사다리에 오를 수는 없었다. 무사히 담을 넘은 사람은 적었다. 경찰은 도착하자마자 먼저 벽에 걸린 사다리를 밀어 쓰러뜨리고 붙들린 이들을 아스팔트 바닥에 눕혔다. 경찰은 정문을 열고 쏟아져 들어왔다. 정원에서 경찰을 따돌린 사람은 더 적었다. 경찰은 붙들린 이들을 잔디 바닥에 눕혔다. 기적적으로 남은 사람들은 넓은 정원을 가로질러 폐가 터지도록 뛰었다. 아무것도 눈에 보이지 않았다. 내가 들어가야 살 수 있는, 남이 사는 건물. 그런데 거기 들어가면 살 수 있는 건 정말일까? 키가 큰 사저 경비원 한 명이 현관문을 등지고 두 팔을 벌린 채 막았다. "저쪽으로!" 결사대장이 건물 측면의 1층 테라스를 가리켰다. 테라스의 유리문이 열려 있었다. 대원들은 방향을 꺾어 뛰었다. 거리를 좁힌 경찰이 등뒤로 쫓아왔다. 대원이 모두 들어오는 것을 확인한 대석 형이 유리문을 걸어 잠갔다. 그리고 경찰의 선두 대열이 유리문을 몸으로 들이박았다. 간발의 차이였다. 경찰과 결사대는 통유리를 사이에 끼고 서로를 멀뚱하게 바라보았다. 경찰들이 외쳤다. 입 모양만 보일 뿐 소리는 새어 들어오지 않았다. 지휘관처럼 보이는 이가 무리 앞으로 나서 통유리 코앞까지 걸어왔다. 대석 형은 입술이 맞닿는 거리로 얼굴을 들이밀고서 혀를 길게 내밀었다. 상대는 반응하지 않았다. 그는 곤봉을 두 손으로 불끈 쥐고 머리 위로 쳐들었다. 대석 형의 표정이 변했다. 그는 대석 형의 이마 위로 힘껏 유리창을 내리쳤다.

아무 일도 일어나지 않았다. 유리창은 그대로였다. 하하하하. 대석 형이 웃음을 터뜨렸다. 재벌 회장의 집이었다. 방탄 유리였다.

자택 안까지 들어온 사람은 대석 형과 나를 포함해 손가락에 꼽을 정도의 수였다. 결사대장이 외쳤다.

"이제 흩어져!"

대원들은 집 안 곳곳으로 산개했다. 가구들의 가격은 잘 상상되지 않았다. 화려하게 금테를 두르고 있거나 골동품처럼 낡아 있었다. 모순된 범주였으나 하나의 의미였다. 시장에서 가구의 가격은 소재와 나이로 결정된다는 것. 자본주의였다. 나는 바쁘게 뛰어다니며 그 모든 가구에 똑같이 생긴 빨간 압류 딱지를 닥치는 대로 붙였다. 시끄러운 발소리를 듣고 중년 여자가 방문을 열었다. 여자는 비명을 지르면서 방문을 다시 닫고 잠갔다. 가족인지 일하는 여자인지는 알 수 없었다. 신경 쓸 겨를이 없었다. 압류 딱지를 소진한 뒤 대원들은 대리석이 깔린 나선형 계단을 통해 2층으로 올라갔다. 2층 거실 창문을 통해 내가 건너질러 온 정원과 뛰어넘은 담벽이 내려다보였다. 순식간이라고 느꼈는데 정원은 생각보다 훨씬 넓었다. 아래는 이미 경찰과 기자가 진을 치고 있었다. 결사대가 창가로 모습을 드러내자 사방에서 카메라 섬광이 번뜩거렸다.

결사대장이 창문을 열었다. 대원들이 그 옆으로 나란히 섰다. 결사대장은 카메라를 향해 주먹을 흔들며 외쳤다.

"김우중 구속! 도피 재산 환수! 구조조정 저지!"

카메라 섬광이 다시 몰아쳤다. 대원들은 그가 외친 구호를 복창했다. 나도 외쳤다. 밑에 있는 경찰들이 동문서답을 했다.

"내려와, 개새끼들아!"

삼각대에 고정된 커다란 뉴스방송 카메라가 횡으로 움직이고 있었다. 카메라는 우리의 얼굴을 하나씩 찬찬히 담아 전국에 내보냈다.

한 시간 뒤 대원들은 집 안에 들어온 경찰에 모두 붙잡혔다. 경찰은 대원들의 팔을 허리 뒤로 꺾어 수갑을 채우고 자택 앞에 줄지어 세워둔 승합차에 나눠 태웠다. 손목을 휘감은 수갑의 질감은 차갑고 매서웠다. 경찰서로 이동하는 동안 차 안에선 거의 말이 오가지 않았다. 대석 형은 더 이상 나를 격려하지 않았다. 우리의 역할은 끝났다.

"또라이 새끼들, 도대체 무슨 생각이야?"

앞자리에 탄 경찰이 물었다. 방탄유리를 곤봉으로 내리친 사람이었다. 대답을 바란 질문이 아니었다. 그는 고개조차 우리 쪽으로 돌리지 않았다. 나는 도대체 무슨 생각을 했는가. 나는 앞으로 내가 어떻게 될지를 생각했다. 나는 억울하다고 생각했다. 이렇게 감옥에 가기는 너무 억울했다. 내가 바라는 방식이 아니었다. 나는 신념을 좇아서 감옥에 가는 게 아니라 아는 형을 따라서 감옥에 가는 것이었다. 전혀 고상하지 않았다.

해결 방법 1

그런데 결사대원들은 모두 훈방되어 풀려났다. 사건이 세간의 이목을 끈 덕분이었다. 김우중은 자택을 침입한 범죄자들을 고소하지 않았다. 대우자동차 매각 문제가 더 시끄러워지는 상황을 바라지 않았던 것이다. 대석 형의 바람은 정확히 그 반대였다. 그는 대우자동차 매각 문제가 더 시끄러워지는 상황을 바랐다. 경찰서 앞에서 신문기자들이 우리를 기다렸다. 그는 그 앞으로 다가가서 연설을 자청했다.

"대우자동차 사태의 해결 방법이 있습니다!"

김우중의 은닉 재산을 회수하면 노동자를 해고하지 않고 부도 사태를 해결할 수 있다는 것이었다. 회사의 부도에 모든 책임을 져야 할 경영자가 아무런 책임도 지지 않아서야 되겠느냐는 것이었다. 비리를 일삼다 회사를 무너뜨린 경영자를 놔두고 노동자들만이 해고당하는 상황을 관망하는 김대중 정부 역시 공범이나 다름없다는 것이었다.

"어떤 사람들은 말합니다. 우리 모두가 살아남으려면 누군가는 보트에서 뛰어내려야 하지 않겠냐고. 제가 의아한 건, 왜 그렇게 말하는 사람들은 하나같이 장롱에 침대까지 챙겨 들고 보트에 탔느냐는 것입니다!"

수많은 기자가 대석 형을 향해 카메라를 들이댔다. 그의 얼굴은 대우 회장 가택 침입 주범으로서 전국에 널리 알려졌지만 그의 말을 받아쓴 기사는 단 하나도 없었다.

학교로 돌아오는 길에 꺼져 있는 휴대전화를 켰다. 미쥬는 텔레비전 화면으로 날 본 모양이었다. 걸려 온 전화가 서른 통이 넘었다.

해결 방법 2

미쥬는 남자 기숙사 안까지 쳐들어왔다. 머리끝까지 화가 나 있었다. 쿵쿵 소리를 내며 사나운 발걸음으로 남자 기숙사를 활보하는 미쥬를 발견했을 때 남학생들은 아마 치정이 들통 나고 만 가엾은 남자가 누군지를 상상했을 것이다. 나는 대석 형의 방 안에서 대화를 나누는 중이었다. 불쑥 나타난 미쥬의 일그러진 얼굴을 보고 가장 먼저 떠오른 생각이 있었다. 다행히 이곳이 미쥬의 방이 아니라서 물건을 함부로 던질 수는 없겠다는.

미쥬는 나에게 화내지 않았다. 대석 형을 노려보았다. 대석 형은 딴청을 피웠다.

"태의 넌 잠깐 밖에 나가 있어."

나는 일어서서 방을 나왔다. 미쥬는 부술 듯이 거칠게 문을 닫았다. 귀를 댈 필요도 없었다. 말소리는 넓은 문틈으로 물처럼 쉽게 새어 나왔다.

"왜 태의야?"

미쥬의 목소리에는 날이 서 있었다. 대석 형은 담담하게 대꾸했다.

"왜 태의면 안 되는데?"

"태의는 전학협이 아니잖아. 우리 애를 왜 데려갔어?"

"난 계획을 들려줬을 뿐이야. 결정은 태의가 했어."

"그건 대답이 아니야. 왜 태의에게 그 머저리 같은 계획을 들려줬어?"

대석 형은 대답하지 않았다. 미쥬는 몰아붙였다.

"날 괴롭히고 싶어서 그런 거야?"

"도저히 못 들어주겠네."

"앞으로 태의는 건드리지 마."

"네가 걔 엄마야?"

대석 형은 웃었다. 미쥬는 못 들은 것처럼 다시 말했다.

"태의는 건드리지 마."

"건드리면 어쩔 건데?"

미쥬는 말을 골랐다. 한참 동안. 그리고 선전포고했다.

"나도 전학협 후배들을 닥치는 대로 빼 올 거야."

침묵. 미쥬는 쐐기를 박았다.

"내가 못 할 거라고 생각해?"

대석 형은 계속 침묵했다. 유치하지만 가공할 만한 협박이었다. 미쥬가 내놓은 말이었기 때문이다.

미쥬가 문을 열고 나왔다. 그녀는 문간에 선 내 목에 팔을 둘러 꼭 끌어안았다. 오랫동안 그렇게 있었다. 잘 보라는 듯이. 그녀는 돌처럼 빳빳해진 나에게 속삭였다. 저 인간 조심해. 그리고 미쥬는 떠났다. 나는 그 자리에 굳은 채로 서 있었다. 대석 형은 침대에 앉아 나를 물끄러미 바라보았다. 어색한 침묵이 흘렀다. 그건 미쥬의 해결 방법이었다.

세계의 전부 2

미쥬가 떠나고 대석 형은 한참 동안 우두커니 앉아 있었다. 그는 분을 삭이지 못했고, 자리에서 벌떡 일어나서 다시 미쥬를 만나러 갔다. 그러지 말았어야 했다.

기숙사로 다시 돌아왔을 때 대석 형은 술에 취해 비틀거렸다. 그는 휴게실 소파에 털썩 앉아 텔레비전을 켜고 쇼 프로를 찾았다. 나는 그에게 다가가 물었다.

"괜찮아?"

"말 걸지 마."

"별일 없는 거지?"

그는 자리에서 일어나 내 쪽으로 걸어왔다. 내 옆의 시멘트 벽을 주먹이 산산조각 날 만큼 힘껏 때렸다.

"왜 그래?"

그는 나를 한 번 노려보고서 그대로 지나쳐 자기 방으로 갔다. 대석 형은 미쥬와 헤어졌다. 완전히 끝났다. 나는 바깥으로 나와서 미쥬에게 전화를 걸었다.

"나 때문이야?"

"아니, 걔 때문이야."

"정말 나랑은 상관없는 거야?"

"그게 중요해?"

"중요하지."

"왜? 너랑 상관이 있으면 마음이 불편해? 아니면 기분이 좋아?"

미쥬는 가슴이 욱신거릴 만큼 냉소적이었다. 나는 입을 다물었다.

"너랑 상관없어. 자신을 너무 과대평가하지 마."

그날 밤 나는 밤새도록 침대에서 뒤척였다. 이별은 나 때문이 아니었다. 두 사람은 연인으로서가 아닌, 경쟁하는 학생운동 정파의 중간 조직원으로서 충돌한 것이다. 그리고 맞닥뜨린 최초의 정치적 갈등을 극복하지 못하고 연인으로서 헤어졌다. 대석 형은 미쥬가 세계의 전부라고 말했지만 미쥬는 결코 세계의 전부가 아니었다. 세계가 세계의 전부였다.

미쥬의 말대로 나는 마음이 불편했고, 미쥬의 말대로 나는 기분이 좋았다. 대석 형에게는 미안한 일이다. 나로서는 어쩔 수 없는 일이다. 적어도 나는 대석 형을 위로하고 싶었다. 지금은 슬프겠지만 결국 다 잊힐 거라고……. 그리고 나는 또 미쥬를 생각했다.

가상, 현실

GM과 대우자동차의 매각 협상이 진행 중인 때였다. 대우자동차가 노동자 1,750명을 기습적으로 해고했다. 일종의 고객 접대성 해고였다. 접시 위에 안주로 인간의 목숨 1,750개가 올랐다. 노동자들은 격분했다. 공장이 위치한 부평에서 농성을 벌였다. 정부 역시 한발자국도 양보할 수가 없었다. 대우자동차 구조조정은 IMF 사태 이후 아직도 한국 경제를 미심쩍어하는 초국적 자본들이 정부의 정책 의지를 가늠하는 시험대였다. 또한 거대한 전시 사례였다. 거기서 물러나면 앞으로 구조조정을 추진할 때마다 노동자들의 벽에 부딪히게 될 것이었다. 수도권에서 닥치는 대로 끌어온 엄청난 규모의 경찰력이 부평으로 투입됐다. 시간이 급하니 힘으로 쓸어버리겠다는 뜻이었다. 전국 대학가의 모든 학생운동 조직에 긴급 소집령이 떨어졌다. 부평에서는 당장 대학살이 일어나도 이상하지 않을 무시무시한 전운이 감돌았다.

며칠 전까지만 해도 출퇴근하는 자동차로 가득했었다. 드넓은 대로 위에서 온갖 색깔의 전투 깃발이 나부꼈다. 내 손에도 주황색 과 깃발이 걸려 있었다. 학생 조직들은 한곳에 모여 진영을 형성했다. 얼마 떨어진 곳에서 깃발을 든 대석 형의 모습이 보였다. 그는 전학협 조직원 사이에 있었다. 대석 형은 우리 무리에서 미쥬를 발견하고 놀란 기색이었다.

"여기 왜 왔어?"

"내가 오면 안 되는 곳이었어?"

"오늘 위험할 텐데. 커다란 전투가 벌어질 거야."

"나만 위험하다고 생각해? 나는 여자니까?"

미쥬는 사귈 때처럼 대석 형한테 지지 않으려 했지만, 대석 형은 사귈 때와 다르게 미쥬에게 져주지 않았다. 그는 보기만 해도 오싹한 전투경찰의 진영을 손가락으로 가리켰다. 저 멀리서, 똑같은 검은 진압복과 똑같은 검은 헬멧을 착용하고 나란히 선 전투경찰 부대가 8차선 대로를 가득 메우고 있었다. 부대 맨 앞에서 맨 뒤까지 행렬의 길이가 백 미터는 될 듯싶었다.

"보이지? 저렇게 많은 병력은 나도 처음 본다. 겁주려고 저기 서 있는 게 아니야. 나한테는 남녀가 평등하다고 말할 수 있지. 그리고 쟤들도 평등하게 진압할 거야. 전투할 힘이나 퇴각할 속도가 필요할 때도 우리가 평등할 거 같아?"

미쥬는 씩씩거리며 대석 형을 노려보았지만 대꾸는 하지 못했다.

각 대학 단과대 정책국장들이 연석한 짧은 회의가 열렸다. 군사회의였다. 회의가 끝날 무렵 그들은 도로 위에 기름을 붓고 불을 붙였다. 활활 타오르는 모닥불에 차례대로 수첩과 문건을 집어 던졌다. 전술은 연기로 흩어졌고 낱낱의 이름들이 잿가루로 바닥에 가라앉았다. 그들의 보험은 뭍에 고정된 닻을 잘라내는 것이었다. 오늘 누가 붙잡힐지 알 수 없었다. 분명히 모두가 무사할 수는 없었다. 적어도 모두가 붙잡히는 상황은 피해야 했다.

회의가 끝난 뒤 과별로 사수대원이 한 명씩 차출되었다. 나는 사수대의 부름을 받아 집합 장소로 자리를 옮겼다. 대원은 마흔 명 정도였고 아스팔트 바닥에 둥글게 모여 앉아 있었다. 공대에서 차출된 진우의 모습이 보였다. 나는 그의 옆자리에 다가가 앉았다. 진우는 말없이 내게 눈인사를 건넸다.

연합 사수대장은 전투 경험이 가장 풍부한 대석 형이 맡았다. 그는 대열 가운데로 나와 짧은 연설을 했다. 마치 군인처럼 말하고 있었다. 어깨에는 선배에게 물려받은 낡은 나무 야구방망이를 걸친 채로. 그는 기숙사에서와는 전혀 다른 사람으로 보였다. 연설이 끝난 뒤 나는 그에게 다가가 불안을 고백했다.

"난 이거 한 번도 해본 적이 없어."

"여기 사수대로 태어난 사람이라도 있는 것 같아?"

대석 형은 차갑게 대꾸했지만 곧 나를 안심시키는 말을 덧붙였다.

"그냥 저지선에서 쇠파이프로 시간을 좀 벌어주다가 내 명령에 따라 도망치면 돼. 저번처럼 위험한 일은 아니야."

"알았어. 그냥 휘두르기만 하면 되는 거지?"

"횡스윙은 하지마. 옆사람이 맞을 수도 있으니까. 위에서 아래로 내리치기만 해. 도끼로 나무를 내리찍는 기분으로."

말을 마치고 그는 내 어깨를 토닥였다.

곧 이동 명령이 떨어졌다. 사수대원들은 대석 형을 따라 인도 사이로 난 좁은 골목 안을 뛰어올라갔다. 날이 추워 언덕에 살얼음이 깔려 있었다. 우리가 도착한 곳은 아무런 간판도 달리지 않은 3층 건물 앞이었다. 파란 용달차 한 대가 시동을 건 채로 서 있었다. 짐칸에는 각종 무기가 실려 있었다. 나는 초록색 플라스틱 박스를 빼곡히 채운 소주병을 보았다. 병목 위에 뚜껑 대신 종이 심지가 꽂힌. 화염병을 사용하는 시위는 호랑이 담배 피우던 시절의 이야기인 줄만 알았다. 대석 형이 훌쩍 뛰어 짐칸에 올라갔다. 그는 끈으로 묶여 있는 자루의 주둥이를 풀었다. 쇠파이프들이 쩡그렁거리는 소리를 내며 바닥에 쏟아졌다. 우리는 줄을 서 차례대로 쇠파이프를 넘겨받았다. 손에 닿을 때 전해진, 보기보다 묵직한 감각에 나는 놀랐다. 내가 들어본 최대의 무게는 아니었다. 내가 느껴본 최초의 무게였다.

사람을 죽일 수 있는 무게. 손끝에서부터 온몸으로 소름이 펴졌다.

"기사님한테 가봐."

대석 형은 말했다.

용달차 운전석에는 선글라스를 쓴 중년의 남자가 앉아 있었다. 인상적인 얼굴이었다. 선글라스를 쓴 박정희와 꼭 닮게 생겼기 때문이었다. 남자는 조수석에 쌓아둔, 손바닥 부분이 고무로 붉게 코팅된 목장갑과 얼굴을 덮는 마름모꼴 모양의 흰색 면마스크를 우리에게 하나씩 나눠줬다.

"장갑을 끼고 휘둘러. 미끄러지지 않게."

진우는 목장갑을 받아 들고 마스크는 괜찮다며 사양했다. 남자는 코웃음을 쳤다.

"감기 걸릴까 봐 주는 것 같냐? 얼굴을 가리라고, 인마."

목장갑과 마스크를 받은 사람들이 대석 형 앞에 다시 모였다. 대석 형은 여전히 쇠파이프가 아닌 야구방망이를 들고 있었다. 그는 대원들의 얼굴을 찬찬히 둘러보며 낮게 깐 목소리로 말했다.

"여기서 벗어날 때까지 절대로 마스크를 벗으면 안 된다. 우린 맨 앞줄에 설 테니까."

쇠파이프. 화염병. 둔기를 사용하는 근접전투 유닛. 화기를 사용하는 원격전투 유닛. 며칠 전 PC500에서 치렀던 게임 속의 전투들이 머릿속을 스쳐 지나갔다. 나는 근접전투 유닛이었다. 내 가상 전쟁의 경험으로 봤을 때, 승패와 상관없이 일단 전투가 벌어지면 소모품인 근접전투 유닛은 전멸하게 될 가능성이 높았다. 진우는 더 잘 알 터다. 하지만 게임과 다른 점도 있었다. 가상이 아니라 현실이라는 것.

스타크래프트를 할 때는 그랬던 적이 없었다. 몸이 걷잡을 수 없이 떨려왔다.

전쟁 1

해고 노동자들은 어두운 색깔의 상복을 갖춰 입었다. 얼굴은 상복보다 어두웠다. 그들은 커다란 검은색 관의 모서리를 나눠 잡아 어깨에 이고 군중 사이를 천천히 발맞춰 걸었다. 사람들이 뒷걸음질로 길을 비켜주었다. 무거운 침묵이 깔렸다.

"누가 죽었어?"

나는 물었다. 대석 형이 대답했다.

"아직은 안 죽었지."

"저 관은 누구 거야?"

"김우중의 시신이 들어갈 관이야."

퍼포먼스가 끝났다. 눈이 내리기 시작했다. 쇠파이프 위에 가라앉은 눈송이는 무게를 보태지 않았다. 금세 소멸했다. 두꺼운 목장갑을 꼈는데도 차가운 금속의 온도가 손끝에 전해졌다. 장갑을 안 받았다면 쇠파이프에 손이 들러붙을 뻔했다.

전투경찰 부대가 움직이기 시작했다. 그들은 열을 정확히 유지하며 8차선 대로를 천천히 행군했다. 한 걸음 내디딜 때마다 시위대와의 간격도 한 걸음씩 좁혀졌다. 그들이 사정권 안에 들어오자 내 등 뒤로 소주병이 솟아올랐다. 전투경찰은 멈춰 섰다. 소주병은 하늘에 소리 없는 포물선을 그리며 전투경찰의 맨 앞줄과 시위대 맨 앞줄 사이에 떨어졌다. 유리병이 박살 나면서 텅 빈 도로 위에 화염의 차선을 그었다. 위협사격이었다. 오지 마, 제발. 그런 뜻이었다. 전투경찰은 조금도 동요하지 않고 자리에 서서 지켜보았다. 사격이 끝나자 그들은 아무 일 없다는 듯이 다시 천천히 열을 맞춰 걸어왔다. 공포를 모르는 로봇 부대 같았다. 이길 수 있을까? 그건 말도 안 되는 소리였다.

"기다려. 먼저 튀어 나가지 마!"

대석 형이 침착하게 외쳤다.

간격이 더 좁혀지자 돌 세례가 쏟아졌다. 이번엔 위협사격이 아니었다. 돌멩이들은 적의 머리 위로 떨어졌다. 전투경찰은 멈춰서 허리를 숙이고 방패를 들어 몸을 가렸다. 돌멩이가 방패에 맞고 튕겨 나올 때마다 캉, 하는 소리가 울렸다. 그들은 방패를 든 채로 기다렸다. 돌멩이는 무한정 많지 않았다. 더는 던질 게 없었다. 나는 고개를 들어 하늘을 보았다. 무언가 더 날아들길 바랐다. 하늘은 고요했다. 눈발만이 어지럽게 흩날려 내렸다. 하얀 눈송이. 우리도 그들도 해칠 수 없는. 우리도 그들도 가리지 않는. 결국 전투는 하늘이 아니라 땅에 속한 일이었다.

전투경찰이 다시 전진을 시작했다. 사수대 10미터 앞까지 다가와서 그들은 멈춰 섰다. 일렬로 늘어선 검은 현무암 석상처럼. 방패와 곤봉을 손에 든 각도까지 똑같았다. 그들은 전투 대기 상태였다. 나는 아군의 맨 앞줄에 서서 적의 맨 앞줄을 바라보았다. 전경들은 헬멧을 눌러썼다. 헬멧 위에 하얗게 눈이 가라앉았다. 지난 전투의 기록. 헬멧에 난 실금의 개수까지 셀 수 있는 거리였다. 헬멧 안에서 목소리가 새어 나왔다.

"다 왔으니까 곧 갈게, 씨발놈들아. 살살해라."

적진에서 낄낄거리는 웃음소리가 터져 나왔다. 대석 형이 받아쳤다.

"혹시 불알에도 헬멧 썼냐? 우리는 머리를 안 때릴 건데."

침묵. 적도 아군도 웃지 않았다.

진압 개시 명령이 떨어졌다. 전경들은 열을 무너뜨리고 앞으로 튀어나왔다. 곤봉을 머리 위로 쳐들고 동시에 어지러운 함성을 내질렀다. 쇠파이프를 내려놓고 도망갈 수만 있다면. 등 뒤에서 대석 형도 응전 명령을 내렸다. 외마디였다. 죽여!

대석 형이 앞장서서 야구방망이를 어깨 위로 들고 달려나갔다. 나는 쇠파이프를 마구 휘둘렀다. 거기에 무엇이 걸리는지는 상관이 없었다. 허공이든 방패든, 혹은 인간의 머리통이든. 방패를 때렸던 건 방패가 가장 가까웠기 때문이었다. 전경들은 엉덩이를 뒤로 빼고 낚싯대처럼 우리를 향해 방패를 내밀었다. 나는 적이 다가오지 않았으면 했다. 적이 다가오지 못하게 막아야 했다. 나는 적이 무서웠다. 적의 딱딱한 곤봉. 적의 날카로운 방패. 나를 집어삼키고 조각 낼 물건이라면 무엇이든지. 적도 내가 휘두른 쇠파이프가 무서웠을 것이다. 적도 내게 다가오고 싶지 않았을 것이다.

하지만 우리는 맞붙어야 했다.

방패에 부딪뜨린 쇠는 한참을 잉, 하고 울었다. 나는 장갑을 낀 손바닥으로 그 울음을 똑똑히 느꼈고, 울음이 채 가시기 전에 다시 적을 향해 살의를 내질렀다. 쇠는 쉴 새 없이 울었다. 망치로 땅바닥을 내친 것처럼 손끝이 아렸지만, 상대도 나와 똑같은 고통을 느끼는지는 알 수 없었다. 적의 표정은 방패와 헬멧이 겹겹이 둘러싼 뒤로 숨어 있었다. 그들은 앞으로 우르르 몰려왔다가 쇠파이프에 쫓겨 뒷걸음질 치기만을 반복했다. 그들은 살려고 발버둥 쳤다. 단지 살려고 발버둥 쳤다. 그들이 살려면 내가 죽어야 했다. 나는 죽고 싶지 않았다.

저림이 팔에서 어깨까지 올라왔다. 몇 분인지 몇십 분인지 모른다. 허공을 닥치는 대로 가르는 것만이 내가 할 수 있는 일이었다. 누군가 내 어깨를 거칠게 잡아챘고 나는 그의 머리통을 박살 낼 뻔했다. 진우였다.

"뭐 해! 도망쳐!"

그제야 귀와 눈이 소리와 빛을 되찾았다. 주변에 아군은 진우와 나뿐이었다. 등을 보이고 내빼는 동료들의 모습이 멀리 보였다. 진우는 퇴각 명령을 듣지 못한 나를 구하려고 돌아온 것이었다. 쇠파이프를 땅에 내던지고 진우를 따라 헐레벌떡 뛰었다. 김우중의 정원을 가로지를 때처럼. 우리의 싸움은 8할이 뛰는 것이었다. 뒤돌아볼 용기가 나지 않았다. 뒤꿈치를 밟을 거리에서 누군가 곤봉을 들고 쫓아오고 있을까 봐.

"여기로 들어가자!"

진우가 골목을 가리켰다. 이미 시위대와 너무 멀리 떨어져서 따라

잡을 수가 없었다. 진우는 골목 안으로 뛰어들었다. 나는 그를 따랐다. 그는 길을 몰랐다. 눈에 띄는 갈림길을 아무렇게나 골라잡아 달리고 있었다. 장을 보고 집으로 돌아가던 주부 한 명이 우리를 보고 깜짝 놀라 손에 든 바구니를 떨어뜨렸다. 그녀는 제자리에 주저앉아 옆에서 걷던 아이를 품에 끌어안았다. 우리는 언덕 위의 미로 같은 상점가를 헤맸다. 여전히 등 뒤로 함성이 들렸다. 어쩌면 등 뒤가 아니라 머릿속에서. 택시 한 대가 내려오는 게 보였다. 유리창 안쪽 램프에 불이 들어왔다. 빈 차. 진우는 마스크를 벗어 던지고 손을 흔들었다. 나는 기사의 얼굴을 보았다. 그는 망설였다. 차가 멈췄다. 우리는 허겁지겁 뒷좌석에 올라탔다.

"어디로 가세요?"

"그냥 여기서 멈춘 채로 기다려주세요. 미터기 켜시고요."

진우는 대답하고 나서 내 쪽으로 고개를 돌려 말했다. 마스크 좀 벗어.

택시는 거기에 한 시간 가까이 서 있었다. 움직이기 시작했을 때는 이미 미터기 요금이 만 원 넘게 올라갔다. 택시는 차를 돌려 오던 길을 되돌아갔다. 조금 큰 길로 나가자 차들이 밀려 서 있었다. 점거된 도로를 피해 몰려든 차들이었다. 골목 안쪽까지 매캐한 연기가 뒤덮고 있었다. 화염병 혹은 연막탄. 마침내 택시는 차로로 접어들었다. 전투는 종료되었다. 시위대의 자리를 전경들이 점령하고 있었다. 대학생 몇 명이 붙잡혀 끌려가고 있었다. 차창 유리에 서린 김을 손으로 닦아내고 혹시 아는 사람이 있는지 살펴보았다. 대학생을 연행하던 젊은 형사 한 명과 눈이 마주쳤다. 그는 뚫어지게 나를 쳐다봤다. 나는 황급히 고개를 돌렸다. 바보같이. 내가 안전한 곳에 있다고 착각했다. 수풀에 머리를 처박은 꿩처럼. 형사는 택시를 멈춰 세울 수도 있었다. 그리고 그는 그렇게 했다. 형사는 오른손을 들고 다가와 택시를 멈춰 세웠다. 기사는 창문을 내렸다.

"수고하십니다."

"무슨 일이냐?"

기사는 젊은 형사에게 대뜸 반말을 썼다. 형사는 허리를 숙여 뒷좌석에 탄 우리의 얼굴을 힐끔 훔쳐보았다.

"뒤에 탄 승객은 누구입니까?"

"택시가 승객이 누군지 알고 태우나?"

"어디서 태우셨습니까?"

"광명에서 태웠다. 도로 틀어막는 것도 짜증 나는데 지금 뭐 하는 거야?"

형사는 머뭇거리다 목례를 하고 뒤돌아섰다. 기사는 창문을 올렸다. 기사는 말이 없었다. 우리도 말하지 않았다. 기사가 라디오를 틀었다. 음악이 흘러나왔다. 어떤 음악인지는 기억이 안 난다. 마음을 편하게 해주는 음악. 클래식인지 가요인지 국악인지조차 기억이 안 난다. 그냥 마음이 편했다. 기사는 볼륨을 높였다. 나는 눈을 감았다.

어둠 속으로.

바깥에는 눈이 펑펑 쏟아지고 있었다.

"고마워. 살려줘서."

"미안하다고 해야지. 나까지 죽일 뻔했어."

진우는 다시는 도와주지 않을 테니 알아서 몸을 챙기라고 말하고서 마침내 웃었다. 나는 웃지 않았다. 이런 싸움을 앞으로도 감당할 수 있을지 확신이 서지 않았다.

우리는 학교 앞으로 갔다. NL, 전학협, 연대회의, 세 정파의 합동 술자리가 열리고 있었다. 그들 사이의 작고 보잘것없는 전선보다 훨씬 크고 심각한 전선이 발 앞에 그어졌기에, 잠시 모두가 전우가 되었다. 얼마나 갈지는 모르지만. 모처럼 화기애애한 분위기였다. 대석 형이 진우와 나를 먼저 환대했는데, 미쥬가 걸어 나와 소지품 돌려받듯 우리의 팔목을 낚아채어 연대회의 쪽 좌석으로 데려갔다.

사수대원 중에는 낙오자가 없었다. 대석 형이 사수대원들을 따로 테이블 하나에 모아놓고 잔이 찰랑거리다 넘칠 만큼 소주를 돌렸다.

대원들은 잔을 맞대고 나서 벌컥 비워냈다. 나는 갈증에 가까운 욕구를 느꼈다. 대석 형은 빈 잔들을 다시 채웠다.

"오늘 채증 사진이 많이 찍혔을 거야. 지금 입은 겉옷은 집에 돌아가서 버려라. 두 번 다시 입으면 안 돼."

대석 형은 함께 건배하자고 제안했다. "PD의 이상을 NL의 방법론으로!" 그건 전학협의 모토였다. 먼 곳에 앉은 미쥬는 심사가 뒤틀렸던 것 같다. 우리도 전학협을 위해 건배해주자. 미쥬의 목소리가 들렸다. 그녀는 자리에서 일어서서 잔을 들고 대표로 이렇게 외쳤다. 어머니의 심부름을 아버지의 지갑으로!

그날 밤 기숙사로 돌아가서 대석 형에게 물었다.

"꼭 옷을 버려야 해?"

"계속 입고 싶으냐?"

"응."

"그러다 감옥 가면 어차피 다른 옷 입어야 된다."

"이거 양면 패딩 점퍼거든. 뒤집어 입고 다니면 안 될까?"

"알아서 해."

정말로 즐겨 입던 옷이었다. 여름처럼 따뜻한 옷. 점퍼의 속은 구름처럼 폭신한 오리털로 두툼하게 채워져 있었고, 둥그런 후드의 재봉선을 따라 부들거리는 여우 털이 사람의 치아 모양으로 가지런히 박혀 있었다. 빨간색 양면 패딩 점퍼. 안감은 검정색이었다. 뒤집어 입을 수 있었다. 나는 뒤집어 입을 수 있다는 이유로 그 옷을 버리지 않았다. 그런데 그날 이후로도 검정색 면으로 뒤집어 입지 않았다.

빨간 면으로만 입었다. 그건 내가 빨간색을 좋아했다는 뜻일까? 여전히, 무언가를 입는다는 건 무언가를 입는다는 뜻일 뿐일까?

그때 그 옷을 버렸어야 했다.

마르크스에 대한 생각 2

새내기들이 입학했다. 2학년. 마침내 나는 선배가 됐다.

버들골에서 다시 새내기 환영회가 열렸다. 선배들이 잔디밭에 원형으로 빙 둘러앉았고 새내기가 한 명씩 가운데로 나가 자기소개를 했다. 그다음에 할 일을 나는 이제 알고 있었다. 노래! 노래! 선곡은 똑같았다. 조용필. 김광석. 김현식. 세상의 가치 있는 문화는 모두 1980년대와 함께 사라진 것처럼.

민효라는 남자 새내기가 가운데로 걸어 나왔다. 탄성이 저절로 입 밖으로 튀어나올 만큼 잘생긴 애였다. 피부가 하얗고 키가 크고 몸이 호리호리한 게 어딘가 진우와 비슷한 인상을 풍겼다. 내 옆에 앉은 미쥬는 이런 표현을 골랐다.

"너무 위험하게 생겼는걸."

"왜, 끌려?"

"넌 장대석의 얼굴을 보고도 내가 남자 외모에 끌린다는 생각이 드니."

간단히 자기소개를 마친 민효는 무뚝뚝하게 말했다.

"아는 노래가 없습니다."

빳빳이 쳐든 고개. 반항적인 입매. 경멸을 숨기지 못하는 눈빛. 미쥬가 고개를 돌려 나를 보며 피식 웃었다. 나도 마주 보고 웃었다. 해마다 반복되는 일. 마침내 달력이 한 바퀴 돈 것이다. 미쥬와 나는 손을 확성기 모양으로 말아 야유를 보냈다. 노래 부를래, 엉덩이로 이름 쓸래?

새내기들이 자기소개를 모두 마친 뒤, 선배와 후배가 한 명씩 짝지어 대화를 나눴다. 미쥬는 민효 앞에 쪼르르 달려가 앉았다.

"여자친구 있어?"

"아뇨."

"사귀어본 적은?"

"없는데요."

"정말?"

"네."

"여자들이 널 가만 놔둬?"

민효는 곰곰이 생각하고 나서 대답했다.

"제 관심을 끄는 여자가 없었던 것 같아요."

"눈이 엄청 높나 보네."

미쥬는 웃었다.

현승 선배는 '수리'라는 자그마한 체격의 여자 새내기 앞에 앉았다. 그는 물었다. 독일의 차기 총리 후보에 대한 의견을 묻듯이.

"마르크스에 대해 어떻게 생각해?"

나는 그 질문에 "꽤 훌륭한 사람이었다고 생각해요"라고 대답했었다. 수리는 정색을 하고 대답했다.

"마르크스가 윤리적인 사람은 아니었죠. 상상력이 풍부한 편이었고 낡은 것을 병적으로 증오했어요. 그래서 유의미한 과거보다는 창조적인 미래에 시선을 두었던 거죠. 그의 시대에는 뭔가 폭발하기 직전이라는 건 누구나 감지하고 있었을 거예요. 그게 정확히 어떤 형태일지 몰랐을 뿐. 마르크스의 초기 이론은 과학이 아니라 예술적인 영감으로 세워졌다고 평가하는 게 옳을 거예요. 당시로서 쓸 수 있었던 역사적 모범 답안이었다고 말해둬야 공평하겠지만요."

현승 선배는 그렇게 생각하냐, 하고 엉거주춤 자리에서 일어나 다른 새내기에게로 자리를 옮겼다. 그는 질문을 반복했다. 마르크스에 대해 어떻게 생각해?

기계 1

수리는 인문대 전체 수석으로 입학했다. 집안에서나 경사지 학교에서는 누가 칭찬해주는 일도 아니다. 그게 화제가 됐던 건, 그녀가 클릭비라는 아이돌 그룹 팬클럽의 부회장으로 활동했기 때문이었다. 기계처럼 똑똑하고 기계처럼 바보 같아서 수리에게는 기계라는 별명이 붙었다.

수리는 언제나 오즈의 마법사처럼 챙이 널따란 페도라를 쓰고 다녔다. 모자 아래로 흘러내려온 머리칼은 물을 빼서 은색에 가까웠다. 그녀는 수업 교재로 사용하는 테오도르 아도르노의 책 위에 클릭비의 멤버 오종혁의 사진을 덕지덕지 붙이고 다녔다. 음악 미학에서는 아도르노를 중요하게 다뤘는데 수리에게는 금광이나 다름없었을 것이다. 그녀는 첫번째 과제 리포트를 기계처럼 무지막지한 속도로 써냈다. 원고지 200매 분량으로. 제목은 「아도르노 미학이론과 클릭비 3집」이었다. 현대 미학의 거장인 아도르노는 대중음악을 혐오했고 바로 그 지점에서 대한민국 10대 소녀의 신랄한 비판을 피해 갈 수 없었다.

거기서 끝이라면 시시껄렁한 농담에 불과했겠지만. 수리는 A+를 받았다.

수리의 책에 붙은 클릭비 멤버 오종혁의 사진을 처음 보았을 때 나는 물었다.

"혹시 민효랑 사귀니?"

오종혁이라는 연예인은 민효의 얼굴을 쏙 빼닮았던 것이다. 수리는 무언가 들통 난 것처럼 수줍어하며 고개를 저었다. 그녀가 민효에게 마음을 빼앗긴 건 필연과도 같았다. 수리는 학교 바깥에서 클릭비를 쫓아다녔듯이 학교 안에서는 민효를 쫓아다녔다. 민효는 그림 그리기를 좋아하고 또 아주 잘 그렸다. 과방에서 민효가 커다란 4절 스케치북을 들고 연필로 쓱쓱 스케치를 해나가는 모습은 그 자체로 하나의 미술 작품처럼 보였다. 호수처럼 깊고 커다란 눈망울 위로 빗질을 해도 될 것 같은 고운 속눈썹이 섬세하게 돋아나 있었다. 수리는 늘 그 옆에 서 있었다. 그림이 아니라 민효를 구경했다.

수리에게는 불행한 일이었다. 민효는 수리에게 전혀 관심이 없었다. 자신을 닮은 진우와 금세 친해진 민효는 그에게만 고백했다.

"수리가 자꾸 따라다녀. 나를 좋아하는 것 같아."

"너는 그걸 이제야 안 거야?"

"형도 알고 있었어?"

"너를 제외한 모든 사람이 입학 첫날부터 알았지."

"불편해. 어떡하지."

“넌 수리한테 마음이 없어?”

“눈곱만큼도.”

“차라리 솔직히 말해.”

“상처 주기 싫어.”

“자꾸 피해 다니면 더 상처를 줄 텐데.”

“형 핑계를 대도 돼?”

“내 핑계?”

그날 이후 수리는 민효를 쫓았고 민효는 진우를 쫓았다. 밥을 먹자는 수리의 제안에, 영화를 보자는 수리의 제안에, 커피를 마시자는 수리의 제안에, 민효는 늘 똑같은 핑계를 댔다. 진우 선배와 선약이 있어.

수리는 우리 철학연구학회에 들어왔다. 그녀가 쓴 글을 몇 편 읽어보고 대번에 천재성을 눈치챘기 때문에, 나는 일상에서 수리의 지적 개성이 거의 느껴지지 않는다는 사실에 무척 놀랐다. 수리는 늘 생각 없는 소녀처럼 행동했다. 그래서 자의식을 여과 없이 분출하는 학회원들 사이에 있을 때 그녀의 무개성은 도드라진 개성으로 작용했다. 지성과 자기중심성 사이에는 강력한 상관관계가 있다. 지성은 승리를 가져다주고 승리는 지성을 세계의 중심에 가져다 놓는다. 이 피드백은 끝없이 반복된 끝에 지성과 자기중심성을 구별할 수 없게 만든다. 수리는 달랐다. 그녀가 별종인지 혹은 아직 그 루프에 접어들지 못했는지는 알 수 없는 것이었지만.

글 속에는 선배들조차 다루기 힘든 괴물 같은 자아가 숨어 있었지만 세미나가 열리면 수리는 식물이었다. 말로는 논쟁을 잘하지 못했다. 그녀는 펜으로 추상적인 적을 상대할 때와, 입으로 눈앞의 적을 상대할 때를 가렸다. 마음이 너무 여렸던 것이다. 미쥬가 주관하는 여성주의 세미나에서 수리는 미쥬의 급진성에 조심스럽게 제동을 걸곤 했다.

"미쥬 말이 틀린 건 아니지만 그래도 그건 너무 심한……."

미쥬는 수리를 마뜩잖게 여겼다. 우리의 문화에서 수리 같은 타입은 여학생들에게 결코 환영받을 수 없었다. 그런데 수리가 철학연구학회에 가입한 데는 조금 유별난 사연이 있다. 그녀는 먼저 민효에게 물었다고 한다.

"학회에 들어갈 거야?"

"응."

"어디로 갈지 정했어?"

"진우 선배한테 철학연구학회에 가입한다고 약속했어."

민효의 대답을 듣고 수리는 우리 철학연구학회로 왔다. 민효는 진우와 약속했다는 핑계를 대고, 수리가 철학연구학회에 가입한 것을 분명히 확인한 뒤에, 수리를 따돌리고 유유히 문화예술학회로 갔다.

사랑의 밤

미쥬의 자취방에서 늦게까지 놀다 돌아온 날이었다. 대석 형은 기숙사 휴게실에서 텔레비전을 보고 있었다. 그는 나를 힐끗 돌아보고 물었다.

"자주 늦게 들어오네. 요즘 여자 만나냐?"

깜짝 놀랐다. 내가 헤어진 그의 여자친구를 만나고 돌아왔기 때문에. 대석 형은 씩 웃었다.

"어떤 애야?"

"그냥. 괜찮은 사람."

"그건 섹스해보기 전까진 모르는 거다."

"거기에 대해서는 형이 나보다 훨씬 잘 알겠지."

"당연하지, 인마. 궁금한 거 있으면 언제든지 이 형한테 물어봐."

감당하기 어려운 대화였다. 터져 나오는 웃음을 삼키느라 혼났다. 대석 형이 물었다.

"너 룸메 나가서 방 혼자 쓰고 있지?"

"응."

"모텔비가 너무 많이 들어서 그래. 혹시 네가 여자 만날 때, 내가 여자친구랑 네 방에서 만나도 될까? 니 침대 위에서 뒹굴진 않을 테니까 걱정하지 말고."

그는 미쥬와 헤어진 지 일주일 만에 새 여자친구를 만들었다. 경제학부의 전학협 여학생이었다. 나는 그에게 기숙사 방을 내주고, 그는 나에게 헤어진 여자친구를 내준다. 나쁘지 않은 거래인 것 같았다. 받아들였다.

며칠 뒤 자정을 넘겨서 기숙사로 돌아온 날, 나는 대석 형에게 방을 내준 사실을 잊고 문 앞에 섰다. 방문은 안에서 잠겨 있었다. 안에서 어떤 추측도 허용하지 않는 소리가 새어 나왔다. 여자는 목놓아 꺼이꺼이 울다시피 했고, 차마 입에 담을 수 없는 상스러운 욕설을 끊임없이 내뱉었다. 기숙사의 모든 남학생들이 들었을 것이다. 시험 기간이 아니라 다행이었다. 나는 뒤돌아 기숙사를 빠져나왔다.

날이 추워 과방에 가서 기다리기로 결정했다. 기숙사에서 과방까지 손을 비비며 걸어갔다. 사랑의 밤이었다. 가로등 불빛이 닿지 않는 그늘진 구석은 부둥켜안고 비비고 입술을 맞댄 커플들에게 점령당했다. 영하의 추위였는데도. 그들이 놀라지 않도록 요리조리 피해 인문대에 도착했다. 과방은 건물 2층에 있었다. 불이 꺼져서 어두운 복도를 걷다가 과방을 몇 걸음 앞두고 멈춰 섰다. 하마터면 웃음을 터뜨릴 뻔했다. 과방 안에서도 여자의 신음이 새어 나왔다. 심장 박동처럼 똑같은 리듬이었다. 마치 러닝머신을 뛰는 것처럼 정확하게.

흑. 흑. 흑. 흑. 흑. 흐느끼는 것 같기도 했고 그냥 숨을 소리 나게 내쉬는 것 같기도 했다. 아는 사람이 내는 소리일 가능성이 컸다. 누군지는 절대로 알고 싶지 않았다. 천둥번개가 치는 밤, 잠을 깨서 부모님 방의 문을 열었다가 유년기의 끝과 대면한 소년의 기분일 것 같아서. 비유가 심했나? 차라리 그냥 천둥번개를 맞는 게 낫지. 나는 PC500으로 가서 혼자 밤을 지새웠다.

아는 사람들

서점에 들어온 두 남자는 눈에 띄었다. 학생이 아니라 중년이었고 독서가 타입으로 보이지 않았다. 둘 다 짧은 스포츠머리에 허름한 잠바를 걸치고 흰색 운동화를 신었다. 동시에 들어왔지만 서로 모르는 사람처럼 단 한마디도 대화를 나누지 않았다. 그들은 한 시간 가까이 책장에서 책을 빼고, 휙휙 펼쳐보고, 다시 집어넣고, 새 책을 빼내는 일을 반복했다. 『자본론 읽기』. 『회계학 개론』. 『과학동아』. 그들이 뽑은 책에는 아무런 계통이 없었다. 혹시 무협지를 찾는가? 나는 다가가서 물었다.

"찾으시는 책이 있으시면 도와드릴까요?"

남자 한 명이 고개를 들고 내 얼굴을 빤히 들여다보았다.

"됐습니다."

그는 다른 남자에게 턱짓을 했다. 두 사람은 서점을 떠났다. 주인 아저씨가 내게 물었다.

"아는 사람들이야?"

"아니요."

"너 쉬는 날에도 저 사람들 왔었다. 알바생은 왜 안 나왔냐고 묻더라."

그리고 얼마 뒤 나는 그들을 알게 되었다.

퐁당퐁당

부평 대우자동차 해고 노동자들의 농성은 계속되고 있었다. 경찰력에 밀려 점거하던 공장을 내준 시위대는 근처의 성당을 중심으로 집결했다. 공장을 다시 탈환할 계획이었다. 낌새를 챈 경찰이 성당을 둘러싼 지역을 포위해서 아예 봉쇄해버렸다. 그들은 시위대의 전투력을 줄이려고 눈에 보이는 대로 노동자들을 연행해갔다. 잡혀간 이들은 정부의 포로였다.

분위기는 저번과 확연히 달랐다. 지역민의 정서는 이미 노동자들을 차갑게 등졌다. 행인들은 인상을 찌푸렸다. 시위대가 입을 모아 외친 구호는 거리의 메아리가 되어 쓸쓸하게 울었다. 대우자동차 공장은 부평 지역 산업생태계의 뿌리였다. 지역의 모든 돈과 산업이 거기서 가지처럼 돋아난 것이었다. 공장이 가동을 멈추고 파업이 길어지자 지역경제 전체가 바싹 말랐다. 지역민들은 그저 모든 일이 소나기처럼 얼른 지나가기만을 바라고 있었다. 대우자동차가 누구에게

든 팔려서 일부라도 복귀한 노동자들이 기계처럼 일해줘야 그들의 식당, 그들의 술집, 그들의 상점, 그리고 그들이 고용한 노동자들도 돈을 벌 수 있었다. 비슷한 처지의 지역민들은, 결코 같은 처지는 아니었다. 그들은 안전을 침범당하지 않는 선에서만 이타적으로 응원했다. 누구도 무한정 이타적일 수는 없는 것이었다.

멸망의 기도나 다름없는 외면 앞에 시위대는 확신을 잃었다. 시위대는 부서지는 게 아니라 아스팔트에 떨어진 아이스크림처럼 녹아서 흘러내리고 있었다. 그날 내가 본 것은 사악한 힘이 아니라, 세계의 허술한 구조였다.

시위대는 성당에서 걸어 나와 도로를 점거했다. 검은색 양복을 입고 소매를 걷어붙인 남자 한 명이 시위대 앞에 섰다. 그는 전투적인 논조로 시위대의 용기를 북돋웠다.

"경찰 진압이 불법하므로 맞서 싸우는 것은 정당방위입니다. 그래도 불쌍하니까 죽지 않을 만큼만 때려줍시다!"

시위대 사이에서 껄껄 웃음이 터져 나왔다. 남자는 박수갈채를 받고 나서 자리로 되돌아갔다. 나는 손가락을 들어 남자를 가리키며, 진우에게 누군지 아냐고 물었다.

"인권 변호사래."

진우가 대답했다.

정오까지는 별나른 충돌 없이 도로에서 전투경찰과 대치했다. 야당인 한나라당 의원들이 시위 현장에 도착했다. 공장 노동자들이 입는 무채색의 비닐 잠바를 걸치고 있었다. 그들은 시위대를 설득하고, 경찰을 엄하게 꾸짖었다. 야당 의원으로서 그들이 해야 할 일이었다. 시위대를 설득했던 건 김대중 정부의 정책에 원칙적으로 동의했기 때문이었다. 경찰을 꾸짖었던 건 경찰이 김대중 정부에 소속되어 있었기 때문이었다. 어찌 됐든 현 정부가 뭐라도 실책을 저질러야 그들의 집권 기회가 생기는 것이었다. 그러므로 그들은 정부 정책에 동의하는 동시에 반대하고 있었다. 신 나게 춤추다 말고 제 그림자의 멱살을 잡아 화를 내는 무용수처럼. 그들은 심각한 정신분열증을 앓고 있는 것처럼 보였다.

대석 형이 진우와 나를 다시 사수대로 소환했다. 나는 거절했다. 대석 형은 진우를 돌아봤다. 진우 역시 고개를 숙였다. 대석 형은 혀를 찬 뒤 우리를 후방으로 보냈다. 후방에서 선택할 수 있는 건 두 가지가 있었다.

진급과 강등.

화염병과 돌.

진우는 화염병 투척 부대에, 나는 돌 투척 부대에 배치되었다. 돌 투척 부대에는 여학생들이 더러 끼어 있었고, 지휘관은 다른 학교에 다니는 처음 보는 선배였다.

"일단 던질 돌을 주워 와."

나는 동네 골목을 헤매며 돌을 찾아다녔고, 건축 공사 현장에서 벽돌을 열 장쯤 훔쳐 가져갔다. 지휘관은 내가 챙긴 탄약을 보고 고개를 가로저으며 웃음을 터뜨렸다.

"크다고 다 좋은 게 아냐."

그는 전문가답게 친절히 설명해주었다.

"너무 크면 멀리 던질 수 없어. 너무 작으면 파괴력이 없고. 딱 한 손에 잡히는 사이즈의 돌멩이로 다시 모아 와."

그가 구사하는 문장에는 목적어가 죄다 빠져 있었다. 어디를 향해 멀리 던져야 하는지. 무엇 혹은 누구를 파괴해야 하는지. 나는 그가 시킨 대로 손에 알맞게 잡히는 돌멩이를 주워 모아 돌아갔다.

돌멩이를 던지는 일은 어렵지 않았다. 돌멩이를 막아내는 일도 어렵지 않았다. 전투경찰은 몸을 숙이고 방패를 하늘로 쳐들어서 우산으로 우박을 가리듯 쏟아지는 돌멩이를 퉁겨냈다. 저 멀리 사수대에서 죽을힘을 다해 야구방망이를 휘두르는 대석 형의 뒷모습이 보였다. 내가 던진 돌이 그의 머리 위로 떨어질까 봐 걱정스러웠다. 나는 돌멩이를 최대한 멀리 던지려고 애썼다. 그런 여유를 부릴 수 있다니. 전선에서 조금 떨어진 곳에서 바라보니 어쩐지 이 전쟁은 비장하기보다 우스꽝스러워 보였다. 콧노래라도 불러야 할 것 같았다.

퐁당퐁당 돌을 던지자
엄마 몰래 돌을 던지자
돌멩아 날아라 멀리멀리 날아라
건너편에 열 맞춰 곤봉을 잡은
전투경찰 헬멧을
파괴해주거라

돌멩이가 다 떨어지고 나서 돌 투척 부대원들은 줄행랑쳤다. 이번엔 나도 뒤처지지 않았다.

그날, 전경에게 붙들린 시위대의 대학생 마흔여 명이 무차별 구타를 당해 부상을 입었다. 미쥬는 전경에게 머리끄덩이를 붙잡혔다. 그녀는 발길질로 저항했고, 전경이 내리친 곤봉을 막으려다 팔이 부러졌다. 미쥬는 구급차에 실려 병원 응급실로 이송됐다. 경찰이 진압 직전에 미리 불러 대기시켜놓은 구급차였다. 왜?

골절

미쥬는 팔목에 깁스를 한 채로 병실 침대 위에 누워 있었다. 위문 온 친구들을 향해 환하게 웃었다. 침대 맡에 선 미쥬의 어머니는 정성을 다해 꾸민 차림으로 우리를 맞아들였다. 얼굴은 스케치북처럼 하얗게 분을 둘렀고, 붉은 머리카락에는 방금 미용실에 들른 것처럼 굵은 웨이브가 들어가 있었다. 그녀는 몸에 딱 붙는 검은색 원피스를 입었다. 워낙 키가 컸고 굽이 10센티미터는 되어 보이는 힐까지 신고 있어서 슈퍼모델처럼 위압적이었다. 입원실 안에서 미쥬의 어머니를 눈 아래로 내려다볼 수 있는 사람은 경수뿐이었다.

"이런 위험한 일을 시켜도 되는 거니? 우리 미주는 이런 것에 익숙지 않아."

미쥬의 어머니는 한참 동안 꾸중하고 나서 우리가 병원 앞에서 산 과일 바구니를 받았다. 그녀는 바구니를 받아 창틀 위에 올려두고 수입 과자가 종류별로 예쁘게 나뉘어 담긴 접시를 내밀었다. 미쥬가 자리를 비워달라고 부탁했다. 미쥬의 어머니는 불만스러운 표정으로 병실 밖으로 나갔다. 현승 선배가 말했다.

"병원 온 김에 유전자 검사도 해보는 게 어때? 어머니의 유전자가 너에게 없는 것 같단 말이야."

"완벽하게 성희롱이에요. 혹시 내가 학교로 돌아가지 않고 영원히 여기에 입원해 있을 거라 생각하세요?"

미쥬는 웃고 있었지만 현승 선배는 겁에 질린 표정으로 바로 사과했다. 한 사람씩 돌아가며 미쥬의 깁스에 위로의 글귀를 남겼다.

— 금 간 뼈가 붙으면 더 강해진대.

— 곤봉을 맨 팔로 막다니, 전경이 맨 팔로 때리지 않는 이유가 뭘까?

— 그 전경은 무사한 거지?

— 우리를 대신해서 익숙하지도 않은 위험한 일을 당해줘서 고마워.

나는 장난스러운 말들을 둘러보고 평범하게 썼다.

— 얼른 낫길 바랄게.

한 시간 정도 입원실에 머무른 뒤 다 같이 나왔다. 복도에서 대석 형과 마주쳤다. 머리를 얻어맞았는지 이마를 타고 흘러내린 피가 갈색 딱지로 내려앉아 있었다. 그는 전쟁터에서 막 빠져나온 군인 같아 보였고, 실제로 그랬다. 응급처치조차 받지 않고 달려온 것이었다. 대석 형은 긴장한 얼굴로 물었다.

"미쥬는 괜찮아?"

"선배가 더 심각해 보여요."

진우가 웃으며 말했다. 대석 형은 아무 말 없이 입원실로 뛰어들어갔다.

우리는 지하철을 타고 학교로 돌아왔다. 돌아오는 길에는 모두 걱정을 털어낸 것처럼 보였다. 시끄럽게 웃고 떠들었다. 나는 웃고 떠들지 않았다. 머릿속이 불길한 생각에 지배당했다. 대석 형과 미쥬가 다시 시작할까 봐. 대석 형이 기숙사로 돌아올 때까지 그것만을 생각했다. 생각을 통제할 수가 없었다. 정신이 골절된 사람처럼.

대공분실 1

결론부터 말하자면, 두 사람은 재결합했다. 하지만 내가 그 사실을 알게 된 건 두 사람이 또 한 번 헤어지고 나서였다.

병원에서 기숙사로 돌아온 뒤 나는 대석 형을 목이 빠지게 기다렸다. 대석 형은 돌아오지 않았다. 저녁이 되어서야 미쥬의 입원실에서 걸어 나온 대석 형을, 병원 정문 앞에서 참을성 있게 잠복하고 기다리던 형사들이 덮쳤기 때문이다. 그를 태운 승합차는 관할 경찰서가 아니라 남영동의 대공분실로 갔다.

대공분실. 선배들이 죽거나 병신이 되어 돌아온 곳. 미친 남자가 미쳐버린 곳.

그가 대공분실에 잡혀갔다는 소문은 삽시간에 학교 전체로 퍼졌다. 다음 날까지 아무런 소식이 들려오지 않았다. 법대 학생회에서 변호사를 찾아갔다.

대석 형은 이틀 만에 돌아왔다. 살아 있었고 병신이 되지도 않았다. 방으로 찾아갔을 때, 그는 얼굴 위로 수의처럼 코트를 덮어둔 채 침대 위에 시체처럼 뻗어 누워 있었다. 숨을 쉴 때마다 입 부분이 부풀어 올랐다가 거품처럼 꺼져 내렸다. 나는 조심스럽게 물었다.

"괜찮아?"

그는 바로 입을 열지 않았다. 한참이 걸렸다. 얼굴을 가린 코트 사이로 낮게 깐 목소리가 느릿느릿 새어 나왔다.

"피곤하다. 아무것도 묻지 마."

나는 문을 닫고 방을 나왔다.

그날 이후로 대석 형은 영원히 변했다. 말수가 현격하게 줄었고 얼굴 가득하던 장난기가 사라졌다. 기숙사에서 마주쳐도 먼저 손을 흔들며 인사하지 않았다. 그에게 말을 붙일 기회조차 거의 없었다. 그리고 나는 하루 종일 울음을 그치지 못하는 미쥬를 통해 들었다. 대석 형은 미쥬에게 이별을 고했다. 미쥬는 부러지지 않은 멀쩡한 팔로 그를 붙잡았다. 미안해. 대석 형은 말했다. 미쥬는 울먹이며 이유를 물었다. 미안해. 대석 형은 다시 말했다. 그게 끝이었다. 두 사람의 두 번째 연애는 사흘 만에 끝났다.

어떤 이틀이 영원을 바꿀 수 있는가? 어떤 이틀이 한 인간이 공들여 만들어온 세계를 단숨에 파괴할 수 있는가? 이틀 동안 그들은 대석 형에게 무슨 짓을 저질렀는가?

내 상상 속에서는 온갖 무시무시한 일들이 벌어졌다. 학대. 고통. 피. 대석 형은 날카로운 비명을 정신없이 내질렀다. 2만 년보다 긴 이틀.

다 나의 상상일 뿐이었다. 나는 아무것도 몰랐던 것이다. 한 인간을 파괴하기 위해 그런 거창한 방법은 필요가 없다는 것을. 그때는 내가 대공분실로 끌려가기 전이었다. 지나간 시절 고문이 횡행했던 이유는 신문자들 역시 잘 몰랐기 때문이었다. 인간을 파괴하는 기술이 충분히 개발되지 않았던 시절이었다.

미친 남자의 정신이 1970년대에 멈춰버린 건 어찌 보면 당연한 일이었다. 우리 시대에는 자백을 받기 위해 피신문자를 고통으로 미쳐버리게 만들 필요가 없다. 그런 것은 선과 악이 상대적으로 선명하게 갈리던 때의 구식 전략이다. 새로운 고문은 피신문자에게 그저 세계의 어둡고 흉측한 그늘을 보여준다. 세계 전체가 이미 미쳐버렸다는 것을. 피신문자는 양심적으로 정신분열을 앓거나 양심을 팔고 합리적인 결정을 내려야 할 기로에 내몰린다.

우리 시대 신문관들이 피신문자에게 원하고 또 얻어낸 것은 자백이 아니었다. 자폐였다.

자살 1

그의 마지막 학기였다. 현승 선배는 가을에 졸업할 예정이었다. 학기의 끝이 다가오면서 혼자 있는 시간이 늘어났다. 과방에도 잘 나타나지 않았다. 수업에 들어가는 길에 인문대 연못을 지나칠 때면 연못가 벤치에 홀로 앉아 조용히 기타를 치는 그의 모습을 볼 수 있었다. 연못은 지름 20미터 남짓한 웅덩이였다. 인문대, 경영대, 음대, 사회대, 법대의 영토가 만나는 교차로에 있었는데, 행정구역상으로는 인문대에 속했다. 호수처럼 고인 빗물의 웅덩이가 현승 선배를 미끄러뜨려 애인의 발밑까지 떠밀고 갔다는 자리에서 가까웠다. 가끔씩 그는 기타마저 옆자리에 내려두고 그저 우두커니 연못 물속을 들여다보곤 했다. 몇 시간이나 그러고 있었다.

내가 다가갔을 때 그는 이상한 짓을 하는 중이었다. 새 담뱃갑을 뜯어 담배를 한 개비씩 모두 꺼낸 뒤, 인스턴트커피가 든 종이컵에 차례대로 푹 담가 다시 벤치에 늘어놓는 것이었다.

"지금 뭐 하는 거예요?"

"커피 담배라고 해. 이렇게 해서 땡볕에 바싹 말리면 되는 거야."

"솔직히 말해도 되요? 정말 더러워 보여요."

"내가 1학년이었을 때 고학번 선배가 가르쳐줬어. 보기보다 맛이 괜찮아."

그는 엉덩이를 당겨서 내게 빈자리를 내주었다. 나는 그의 바로 옆에 앉았다. 그는 내게 말을 걸지 않았다. 담배를 커피에 담글 때처럼 시선을 연못에 담그고만 있었다. 평소에도 사회 표준과는 거리가 꽤 멀었지만, 그때 그의 분위기는 정말로 괴상했다.

"뭘 그렇게 보는데요."

"연못 바닥."

"그냥 구정물이잖아요."

"저 연못에 사람이 뛰어들었던 적이 있어."

"왜요?"

"애인이랑 헤어지고 술에 취해서."

나는 변호사에게로 떠났다는 그의 유일했던 애인을 떠올렸다.

"혹시 선배 이야기인가요?"

"아냐."

"여자 때문에 죽는 건 좀 바보 같아요."

"그렇게 생각해?"

"그렇잖아요."

"감정에 질식사할 수는 없지. 그래도 닥친 순간에는 그 느낌이 생명의 위협과 구별이 잘 안 돼. 인간을 물에 빠진 사람처럼 필사적인 존재로 돌변시키는 거야."

"선배도 그랬어요?"

"손에 쥐고 싶었지. 그 사람을. 부숴뜨리더라도."

현승 선배는 벤치 위에 세워서 늘어놓은 커피 담배를 손으로 더듬어 다 말랐는지 확인했다. 그는 조심스러운 손놀림으로 담배를 한 개비씩 담뱃갑에 도로 집어넣었다.

"정말로 선배 아니에요? 여기서 자살 시도했다는 사람."

"자살 시도라니? 누가 그걸 자살 시도래?"

"연못에 뛰어든 사람이 있다면서요."

"연못에 뛰어들어 죽는 게 어떻게 자살이야?"

그럼 연못이 발목을 잡고 놔주지 않아서 죽는다는 말인가?

"인간을 죽이는 건 깊은 물, 수면제, 면도칼 아니면 중력가속도지. 스스로 죽지 못하니까 그런 것들의 힘을 빌려야 해. 전원을 끄거나 눈꺼풀을 닫듯이 죽음을 실행할 수는 없는 거야. 숨을 참아 죽은 사람에 대해 들어봤어?"

"아니요."

"그렇겐 못 죽어. 마지막 순간에 불수의근이 작동해서 호흡을 되살려내거든. 인간은 스스로 죽을 수 없도록 설계됐어. 혹시 언젠가 목숨을 끊고 싶은 생각이 들면 내가 지금 한 말을 꼭 떠올리도록 해. 그건 스스로 죽는 게 아니야. 절대로."

현승 선배는 담뱃갑에 담배를 다 채워 넣고 남은 마지막 한 개비를 입에 물어 불을 붙였다. 벚나무의 빽빽한 잎사귀 틈으로 햇살이 비껴 들어왔다. 수업을 마친 학생들이 쏟아져 내려오고 있었다. 자살에 대한 완벽한 반박. 그 이상은 없을 것 같다는 생각마저 들 정도로. 너무 현란하고 정교한 이론이라 단번에 떠올렸을 리는 없을 거라고 느꼈다. 나는 궁금했다. 그가 오랫동안 찾아 헤매왔는지. 스스로를 납득시킬 자살의 반론을.

"죽으려는 생각을 했었나요?"

"아니."

"이게 다 지금 막 고안해낸 거예요?"

"이해가 안 돼?"

"굉장한 통찰력이라서. 어떤 자살도 스스로 죽는 게 아니다……."

나는 머릿속에 기록하듯이 입으로 되뇌었다.

"너는 담배를 피우면서 그것도 몰랐냐."

그는 다시 한 번 연기를 길게 내뿜었다.

대공분실 2

서점 아르바이트를 끝내고 기숙사로 돌아가던 길이었다. 서점 앞 차로에 승합차 한 대가 고무바퀴 타는 소리를 내며 급정거했다. 문이 열리더니 머리를 짧게 깎은 건장한 사내 세 명이 차례대로 뛰어내렸다. 그들은 똑바로 나를 향해 돌진해 왔다.

"우리는 경찰이다."

나는 그게 무슨 뜻인지 바로 깨닫지 못했다.

"네, 저는 학생입니다."

"물어볼 게 있어. 같이 가자."

"지금 가야 하나요?"

"우리와 함께 가거나, 우리에게 끌려갈 수 있다. 우리한테 널 체포할 권한이 생겼거든."

사내는 흔들림 없이 말했다. 근거를 듣진 못했지만 나는 쉽게 체념했다. 그늘을 따라 순순히 승합차에 올라탔다. 사내 두 명이 내 양쪽에, 다른 한 명은 내 맞은편에 앉았다. 맞은편에 앉은 사내가 차 문을 닫고 운전석을 향해 출발하자고 말했다. 차는 유턴했다. 관악경찰서가 아니라 그 반대 방향으로 가고 있었다.

"어디로 가는 거죠?"

나는 맞은편의 사내를, 왼편의 사내를, 오른편의 사내를 한 번씩 쳐다보았다. 아무도 대답하지 않았다.

"경찰 맞으세요?"

맞은편의 사내가 피식 웃었다. 차는 한강대교를 건넜다. 강 건너로 뾰족하게 솟은 남산의 타워가 서울을 굽어보고 있었다. 그제야 내가 어디로 가고 있는지 알았다. 남영동. 나는 대공분실로 끌려가고 있었다. 선배들이 죽거나 병신이 되어서 돌아온 곳. 미친 남자가 미쳐버린 곳. 대석 형을 이틀 만에 망가뜨린 곳. 선배들은 대공분실 이야기를 웃으며 들려주었다. 엄청나게 멋지고 낭만적인 전설인 것처럼. 나도 웃으면서 들었다. 지나간 시절의 영광된 이야기가 다 그랬다. 프랑스 시민혁명의 낭만에 대한 이야기야 널렸지만, 누가 바스티유 감옥에서 조각조각 분해된 채 죽은 자들의 공포를 말하던가? 죽은 자는 말할 수가 없다. 그래서 개인은 나쁜 일을 먼저 기억하지만 역사는 좋은 일만을 기억하는 것이다.

나는 이제 웃을 수가 없었다. 이야기 속에 들어와 있었으므로.

지하 신문실의 침침한 형광등 아래 혼자 버려진 두 시간. 내 인생에서 가장 큰 공포를 느낀 시간이었다. 사내들은 나를 길 잃은 개처럼 방 안에 집어넣어두고 바깥에서 문을 닫았다. 철컹. 자물쇠가 잠기는 소리가 들렸다. 나는 문을 열어보려는 시도조차 하지 않았다.

둘러보고 말 게 없었다. 회색 시멘트 벽으로 육면이 둘러싸인 방 안에는 철제 책상과 의자 두 개가 놓여 있을 뿐이었다. 해묵은 피처럼 퀴퀴한 냄새가 코끝을 찔렀다. 나는 문에서 먼 쪽 의자로 터벅터벅 걸어가 앉았다. 왠지 거기가 내 자리일 것 같았다.

실내의 적막은 두터웠다. 오직 시곗바늘이 툭툭거리며 초를 달리는 소리만을 들을 수 있었다. 정면으로 마주한 문 위쪽에 걸린 낡은 벽시계가 오후 여섯시 근처를 가리켰다. 시계의 유리 면에는 은퇴 후 국회의원 선거에 출마하며 사비로 구입한 시계를 부하들에게 하사한 옛 서울지방경찰청장의 이름과 날짜가 적혀 있었다. 오래된 날짜. 시계의 기원으로 소급하는 시간을 시곗바늘은 움직일 수 없었다. 그 날짜는 1980년대까지 거슬러 올라간다. 믿기 어려운 나날이었다. 수사는 더없이 호황이었다. 검거율이 백 프로를 향해 치달았다. 백 프로. 120프로면 안 될 게 뭔가? 그들은 수학을 가뿐히 넘어섰다. 그러나 좋았던 날들은 무너진 정권의 운명을 따라 휘발해버렸다. 이곳에는 흔적 하나 남김없이. 실은 그것이야말로 수사관들이 증거라고 부르는 것들의 본질적인 특성이었던 셈이다.

법의 경계지에서 끝까지 중립을 지킨 건 오로지 시간뿐이었다. 시계는 12진법의 기수만을 가리킨다. 초침 소리는 무게도 밀도도 없다. 다시는 손이 닿을 수 없는 우주의 바깥으로 모래처럼 조용히 새어 나가버린다. 그럼 그걸로 끝이다.

그래서 어두운 시절 왕과 더불어 사이좋게 권력을 나눴던 옛 수장의 이름이 당당히 적힌 벽시계를 바꿀 필요를 느낀 사람은 아무도 없었던 모양이었다.

고문

나는 대석 형이 어떤 일을 당했는지 캐묻지 않았던 걸 후회했다. 내가 아는 이야기는 모두 전설에 속했다. 요즘에는 대공분실에서 어떤 일이 벌어지는지 전혀 알지 못했다. 아직도 고문을 하는가? 이틀 만에 붕괴해버린 대석 형이 떠올랐다. 나는 일단 고문당할 것을 가정하기로 했다. 그래야 마음의 준비를 할 수 있으니까. 그리고 고문할 게 아니라면 이 멀리까지 나를 데려올 필요가 없었다.

고문의 목적은 정보일 게 분명했다. 아마 연대회의에서 부평 대우자동차 시위를 주동한 세력을 색출하려고 하겠지. 나는 선배들의 이름을 요구받을 것이었다. 입을 다물어야 했다. 고통을 참아야 했다. 그러면? 고문당하다 비참하게 죽을 수 있다. 아니면 미친 남자가 되거나. 나도 그 당구봉을 보게 될까?

얼굴들이 떠올랐다. 한 번이라도 더 봐야 했을 얼굴들. 야구방망이를 휘두르며 가장 앞장서서 싸웠고 그리하여 가장 먼저 산화해버린 대석 형. 전자회로처럼 정밀한 사고를 하면서도 끊임없이 인간적인 충동에 시달리는 공대생 진우. 1990년대에 학생운동을 퇴역하고도 이제야 졸업하는 현승 선배. 반대로 막 입학한 후배들. 민효. 수리. 우리를 훌쩍 떠났던 경기도지사의 아들 경수. 도지사는 김대중 대통령과 가까운 사이였다. 경수가 아버지에게 부탁해서 나를 구할 수 있을까? 나는 고개를 가로저었다. 나는 대통령에게도 도지사에게도 심지어 경수에게도 그렇게 신경 쓸 만큼 가치 있는 존재가 아니었다. 그 다음에 나는 부모님을 떠올렸다. 모든 얼굴이 물감처럼 뒤섞이고 번져 하나의 얼굴이 생겨났다. 나는 단 하나의 얼굴을 간절하게 그렸다.

왜 그녀에게 고백해보지 않았을까? 왜 그녀에게 사랑한다고 말하지 않았을까? 만약 그랬다면. 그녀는 나에게 등을 돌렸을까? 여기서 죽는다면. 미쥬가 죽은 개를 위해 울었듯이 나를 위해서도 울어줄까? 그래 줄까?

이 곰팡내 나는 지하실에서 무사히 나간다면 가장 먼저 미쥬를 찾아가리라. 사랑한다고, 사랑하겠다고, 내 모든 것을 바치겠다고 서약하리라. 그리고 나는 털어놓을 것이다. 내가 이 피비린내 풍기는 싸움을 진작 버리지 못한 이유를. 나는 올바름을 위해 몸을 내던지는 숭고한 인간은 될 수 없었다.

나는 그저.

나는 그저 미쥬의 곁에 머물 수 있어서 좋았다.

그때 자물쇠 풀리는 소리가 났다. 문을 열고 들어온 남자는 내 쪽으로 걸어와 의자를 당겨 앉았다. 그는 구닥다리 삼성 노트북과 조서

묶음을 책상 위에 던지듯이 내려놓았다. 무표정한 얼굴로 나를 바라보며 물었다.

"박태의, 나 기억하지?"

물론 나는 그를 기억했다.

양면 패딩 점퍼 3

스포츠머리. 허름한 잠바. 흰색 운동화. 『자본론 읽기』. 『회계학 개론』. 『과학동아』.

그는 며칠 전 서점에서 책을 훔쳐봤다. 사실은 나를 훔쳐보고 있었다. 이미 오래전부터 날 감시해왔다.

"보안수사대에서 나왔다. 문 경사라고 불러라."

그는 말했다. 나는 그를 부를 생각이 없었다.

문 경사는 노트북을 한 손에 들고 다른 손으로는 둘둘 감아놓은 전원 케이블을 익숙한 반복 동작으로 풀어냈다. 전원을 연결하면서 곁눈질로 내 쪽을 힐끗 쳐다보았다.

"긴장 좀 탔나 보네?"

"대공분실은 처음이라서요."

그는 내 대답에 희미하게 섞인 농담의 분위기를 감지하고 피식 웃었나. 어디 한번 누고 보자, 하는 느낌으로.

"담배? 도움이 될 텐데."

"네."

그는 내게 담배를 건네고 불을 붙여줬다. 그리고 자기 담배에도 불을 붙였다. 노트북의 부팅은 꽤 걸렸다. 우리는 단 한마디도 나누지 않았다. 눈길이 총구라도 되는 것처럼 서로의 가장자리로도 가져가지 않았다. 그는 일회용 종이컵에 담뱃재를 털었다. 나머지 손가락은 자판 위를 구름 구르듯 달가락거렸다. 내 진술의 행간 깊숙이 튀어 들어갈 채비를 하는 것처럼.

'지금부터 윈도를 시작합니다. 좋은 시간 되십시오.'

문 경사는 반쯤 남은 담배를 그대로 눌러 끄고 바로 일을 시작했다.

이름? 주소? 연락처?

질문은 단답식이었다. 그가 이미 알고 있는 사실이었다는 걸 나는 알았고, 내가 그 사실을 안다는 걸 그도 알았다. 저질스러운 농담일 수밖에 없었다. 나를 찾아내 여기까지 끌고 온 게 그였다.

"폭력 시위에 가담한 이유?"

"저는 폭력 시위에 가담하지 않았습니다."

문 경사는 웃었다. 대답 대신 조서 사이에서 사진 한 장을 꺼내 내 쪽으로 밀었다. 내가 보기 편하도록 친절하게 위아래를 뒤집어서. 부평에서 찍힌 사진이었다. 시위대의 모습은 박물관의 기록처럼 어두웠다. 무채색 톤이 지배하는 배경의 맨 앞줄에서 사수대원들이 쇠파이프를 휘두르고 있었다. 그가 지목하지 않아도 딱 한 사람이 눈에 띄었다. 초점이 맞지 않아 흐릿한 데다 얼굴에 마스크까지 덮어쓰고 있었지만 그 사람을 알아보기는 쉬웠다. 혼자 새빨간 점퍼를 입고 있었기 때문이었다. 흑백영화에 등장한 총천연색 주인공처럼. 빨간색 양면 패딩 점퍼.

"맞지? 지금 입고 있는 옷."

그는 입꼬리를 올려 웃었다. 내가 입고 있는 옷을 확인하기 위해 고개를 숙일 필요는 없었다.

그다음 질문은 "너 연대회의 소속이지?"였다. 나는 앞선 질문과 달리 재빠르게 인정했다. 이어진 신문은 기초적인 내 신변을 묻는 것이었다. 어떻게 조직에 가입하게 됐는지. 대학 생활은 어땠는지. 어쩌다 부평 대우자동차 시위에 나서게 됐는지. 부모님은 뭐 하는 사람들인지. 마지막 질문은 좀 뜬금없었다. 아마 내 아버지가 경기도지사 같은 사람일까 봐 우려했을 것이다. 이미 늦었기에 그날 신문은 금방 끝났다. 벌써 밤 열한시였다. 경찰총장의 시계가 시간을 정확하게 알려주었다.

"여기서 잘래, 아니면 남대문경찰서 유치장에서 잘래?"

문 경사는 내게 선택권을 주었다. 그는 웃으며 덧붙였다.

"대공분실에서 자면 밤에 텔레비전을 볼 수 있어. 나라면 여기서 자겠다."

나는 잠시도 망설이지 않고 남대문경찰서 유치장을 선택했다.

나는 다시 경찰서로 이송됐다. 술집에서 행패를 부리다 체포된 취객과 같은 철창 안에 갇혔다. 취객은 쇠창살을 두 손으로 잡고 당직 경찰을 향해 고래고래 소리를 질렀다. 내가 누군지 알아? 후회할 거다. 나는 그 옆에서 금방 쓰러져 잠에 들었다.

꿈에 미쥬가 나타났다. 겨울바람이 매섭게 부는 버스 정류장이었다. 나는 그녀에게 반지를 내밀어 청혼했다. 미쥬는 반지를 잠시 바라보다 시선을 거둬들였다. 무언가를 좋아하는 것만이 무언가를 좋아한다는 뜻이야. 나는 빨간색 양면 패딩 점퍼를 입고 있었다.

진실의 약 1

이른 아침에 내 몸은 다시 대공분실로 옮겨졌다. 신문 전략이 바뀌었다. 문 경사는 이제 나에 대해 묻는 대신 내가 아는 것을 물었다. 그는 이름을 요구했다. 나는 모른다고 시치미를 뗐다.

"무인도에서 살았냐? 아무거나 대봐. 아는 사람 이름."

그는 다시 이름을 요구했다. 나는 다시 거부했다. 그는 두 주먹으로 책상을 거칠게 내리치며 나를 노려보았다. 나는 공포에 질려 움츠러들었다. 드디어 시작될 차례인 듯싶었다. 잔학한 고문이. 그는 바로 눈치챘다.

"내가 때릴까 봐 그러냐?"

"네."

"고문은 나쁜 걸까?"

나는 잠시 망설이다 힘주어 대답했다. 네. 그는 능청맞게 웃었다.

"웃기는 일이야. 사람들은 왜 고문이 나쁘다고 생각할까?"

"고문은 나쁘니까요."

"아냐. 무고한 사람이 고문당하는 상황만을 상상하기 때문이지. 하지만 유죄가 확실하다면? 자기 딸을 중독시킨 범죄자가 해독제를 숨긴 곳을 말하지 않는다면? 서울 시내에 시한폭탄을 설치한 범죄자가 폭탄 해제 비밀번호를 말하지 않는다면? 그래도 고문을 망설일 사람이 있을까?"

"전 시한폭탄을 설치하지 않았어요. 비밀번호 같은 걸 모릅니다."

"하지만 너는 이름을 알지. 말해."

나는 입을 다물었다. 다물 수 없었다. 이빨이 딱딱 부딪쳤다.

"무섭냐?"

"네."

"내가 너 때렸냐?"

"아니요."

"가혹행위 같은 거 했냐?"

"아니요."

"잠도 잘 재워줬지?"

"네."

"그래, 나도 네가 무섭다. 나도 모르게 너한테 손을 댈까 봐 무서워. 그러면 나 바로 짤린다. 때가 어느 땐데."

그는 여전히 나를 노려보고 있었다. 놀라운 일이었다. 그의 말에 나는 안도감을 느꼈다. 벌써 모든 게 끝난 기분이었다.

여기서 무사히 나갈 수 있어. 시간이 좀 걸릴 뿐이야. 옛날이랑은 달라.

그때만큼 내가 김대중 대통령에게 감사했던 적이 없었다. 적어도 대통령은 자신이 당한 짓을 똑같이 저지르라고 부하들에게 명령하지 않을 정도의 양식은 있는 사람이었다. 문 경사는 친근하게 내 이름을 불렀다. 태의야, 하고.

"네가 무슨 반역죄를 지은 것도 아니잖아. 형식적인 거니까 심각하게 받아들이지 마. 나도 보고서는 올려야 하는 거 아니냐. 그냥 아는 이름만 생각나는 대로 대. 걔네도 똑같이 불러서 질문만 하고 돌려보낼 거야. 처벌이 아니라 보고서를 쓰는 게 목적이다. 정말이야."

그는 얼굴을 내 쪽 가까이로 들이밀며 한층 누그러진 목소리로 말했다.

"나 좀 도와주라. 이름만 말해줘."

솔깃한 유혹이었다. 문 경사의 말은 설득력이 있었다. 대석 형한테 아무 일도 일어나지 않았다면, 그리고 나한테 아무 일도 일어나지 않는다면, 내가 불게 될 이름의 주인에게도 아무 일이 일어나지 않을 것이다. 합리적인 추론이었다.

하지만 내키지 않았다. 문 경사의 말은 너무 달콤하게 들려서 이 공간의 퀴퀴함과 조금도 어울리지 않았다. 그 부조화가 본능적인 경각심을 일깨웠다.

"싫습니다."

그는 가만히 나를 보았다.

"그럼 널 처벌해야 돼."

"처벌하세요."

"너 화염병 던졌지?"

"안 던졌어요."

"화염병 어디서 가져왔어?"

"모르죠. 저는 쇠파이프였잖아요."

"지랄 마. 무기 공수해 온 놈이 있을 거 아니야. 쇠파이프는 어디서 났어?"

"트럭에서 받았습니다."

"그 트럭은 누가 몰고 왔어?"

"운전석에 선글라스를 쓴 처음 보는 남자가 앉아 있었습니다. 누군지는 전혀 모르고요. 나이가 많았어요. 학생인 것 같진 않았고요."

왠지 그 남자에 대해 말하는 건 쉬웠다. 그는 내게 살아 있는 사람이 아니라 유령의 느낌이었다.

"어떻게 생겼어?"

기억을 더듬어보았다. 선글라스를 쓴 중년남자. 그가 어떻게 생겼냐 하면.

"박정희를 닮았어요."

"뭐?"

"박정희를 닮았다고요."

조서를 기록하던 문 경사는 노트북에서 손을 뗐다. 그는 노트북을 덮고 책상 구석으로 밀어치웠다.

"야, 이 씹새끼야. 내가 잘해주니까 막 농담이 나와?"

"정말이에요. 박정희랑 똑같이 생겼어요. 선글라스를 쓴 박정희요."

"정말로? 정말로 박 대통령님과 닮았다고?"

"네. 거의 흡사한 느낌이었어요."

문 경사는 노트북을 다시 앞으로 끌어와 열었다. 들은 말을 적으려고 자판 위에 손을 올렸다. 그의 손이 허공에 멈췄다. 들은 말을 적을 수가 없었다. 긴 침묵. 문 경사는 손을 자판에서 치우고 고개를 들었다. 방금 남자 한 사람이 박정희를 닮은 얼굴로 태어난 덕분에 혐의에서 풀려난 것이다.

"그 사람 말고. 또?"

"그 외에는 몰라요."

"너 정말 화염병 안 던졌어?"

"안 던졌습니다. 저는 쇠파이프랑 돌멩이만 만져봤어요."

"그럼 화염병 던진 놈 누구야?"

화염병 던진 놈 누구야. 그 질문을 수십 차례나 받았다. 온갖 질문을 한 바퀴 돌면 다시 거기로 돌아왔다. 그게 문 경사가 알고 싶은 정보였다. 나는 몇 시간을 버텼다. 그는 나를 노려보며 말했다. 우리 점심 먹고 또 하자.

문 경사는 내게 다시 선택권을 주었다. 설렁탕과 내장탕. 나는 설렁탕을 선택했다. 그는 내 앞에서 휴대전화를 들어 식사를 주문했다. 내 것만을 시켰다. 여기 설렁탕 한 그릇이랑 깍두기 듬뿍이요. 설렁탕이 배달 오자 그는 뚝배기를 내 쪽으로 밀어주고 깍두기 접시를 둘둘 싸맨 비닐을 친히 벗겨냈다. 나는 두 손을 맞잡고 눈을 감아 기도 자세를 취했다. 이번에는 진짜로 신에 대해 생각했다. 이게 정말 당신이 주관하는 일이란 말인가요? 눈을 뜨자 문 경사가 물었다.

"교회 다니냐?"

나는 긍정도 부정도 하지 않았다.

"나도 교회 다닌다."

그는 자리에서 일어나 방을 나섰다.

"많이 먹어."

무뚝뚝한 말투였다.

오후 신문에서는 다시 전략이 바뀌었다. 그는 나를 협박하지도 구슬리지도 않았다.

"밀고자가 되고 싶지 않지?"

나는 대답하지 않았다.

"너를 고문할 수 없다면, 어떻게 다뤄야 할까? 이럴 때 우리가 어떻게 할 것 같냐?"

"모르겠습니다."

"진실의 약을 쓰는 거야. 먹어본 적 있어?"

나는 고개를 내저었다. 그는 호주머니에 손을 넣었다가 테이블 위로 통통한 주먹을 내밀었다. 나는 긴장했다. 문 경사가 손을 펴서 바닥을 드러냈다. 안에는 아무것도 없었다. 그는 이제 내게 정보를 캐내려 하지 않았다. 도리어 정보를 주었다.

"우리가 너를 어떻게 찾아냈을 것 같냐? 너 찍힌 사진 들고 전국 방방곳곳을 돌아다녔을까?"

문 경사는 담담하게 물었다. 나는 그의 눈을 보았다. 검고 깊은 눈동자. 생쥐처럼 몸을 움츠린 내 모습이 거기 비쳤다. 나는 그 안에 사로잡혀 있었다. 알고 싶지 않았다. 듣고 싶지 않았다. 그러나 귀는 눈과 날리 꺼풀이 없어서 받아들일 신실을 고를 수가 없다. 그래서 인간을 상처 입히는 건 언제나 말이다.

그는 말해주었다.

대석 형도 점심식사로 설렁탕을 골랐다고 한다. 문 경사의 손이 깍두기 그릇의 싸맨 비닐을 벗겨주었을 것이다. 그는 문 경사가 내민 사진을 보고 내 이름을 말했다.

연기

학교로 돌아왔다. 오는 길에는 택시를 탔다. 문 경사가 택시를 타라고 돈을 찔러주었다. 진실의 약이 들었던 호주머니에서 이번에는 만 원짜리 지폐가 나왔다. 두꺼운 손등이 허락을 구하지도 않고 내 주머니 안으로 불쑥 들어왔다. 사양하지 않고 받았다. 그냥 거길 빨리 벗어나고 싶었다. 갔던 길을 똑같이 거슬러 돌아왔다. 남산의 뾰족한 타워를 뒤로하고. 한강대교를 건너서. 퇴근 시간이라 차가 많이 밀렸다. 눈이 스르르 감겼다. 나는 잠들었다. 내릴 때 기사에게 만 원을 건넸다. 돈은 문 경사가 말아서 쑤셔 넣었던 모양 그대로 구겨져 있었다. 기사는 돈을 바르게 펴서 수납함에 집어넣었다.

선배, 동기, 후배, 다른 과의 연대회의 사람들까지 나를 기다렸다. 그들은 학교 앞의 술집 하나를 아예 전세 냈다. 술자리는 평소보다 시끄럽고 유쾌했다. 그들은 열심히 연기하고 있었다. 그제와 오늘 사이에 세계 전체가 일시 정지하는 바람에 어떤 사건도 일어나지 않았다는 듯이. 대공분실에서 무슨 일이 있었냐고는 누구도 묻지 않았다. 다친 데 없냐고 누군가 묻긴 했다. 없어. 내 대답을 듣고 모두 안심했다. 그거면 충분했다. 자정까지 앉아 있다가 먼저 일어섰다. 나는 조금도 취하지 않았다.

진우는 조용히 내 뒤를 따라 나왔다.

"태의야, 정말 괜찮은 거야?"

"괜찮아."

"표정이 너무 안 좋아 보여."

"마치 대공분실에 다녀온 사람처럼?"

"정말 별일 없었던 거지?"

"이렇게 멀쩡하게 풀려났잖아. 원한다면 몸에 멍이 남았는지 확인해봐."

나는 두 손을 번쩍 들어 보였다. 진우는 웃었다.

"다행이다. 둘이서 한잔 더 하지 않을래?"

"미안. 너무 피곤하다."

대공분실에 다녀온 대석 형이 나한테 했던 말. 마침내 나는 그 의미를 이해하게 됐다. 나는 돌아섰다. 진우는 내 등에 대고 큰 소리로 외쳤다. 내일 학교에서 보자!

나는 멀쩡하게 풀려났다. 대석 형처럼.

질문에 대답했기 때문이었다. 대석 형처럼.

화염병 던진 놈 누구야?

나는 진우의 이름을 불었다.

악

나는 진우의 이름을 불었다. 대석 형은 내 이름을 불었다. 전학협 간부가 대석 형의 이름을 불었다. 청년진보당 간부가 전학협 간부의 이름을 불었다. 민주노총 간부가 청년진보당 간부의 이름을 불었다. 침묵을 지킨 사람은 아무도 없었다.

기숙사 침대에 누워 가만히 생각해보았다. 선배들의 전설을. 온갖 고문을 당하고도 기밀을 발설하지 않았다는 굳센 의지의 영웅들. 그들에 비하면 우리는 나약하기 짝이 없는 존재들이었다. 우리의 입을 여는 데는 고문은커녕 고문의 암시조차 필요치 않았다. 그런데 우리가 정말 나약해진 걸까? 세상이 너무 착해진 건 아닐까? 사실, 우리는 악을 악이라 믿지 않았던 게 아닐까? 우리는 악의 존재를 원했고, 우리 앞에 맞선 자들을 서슴지 않고 악이라 불렀지만, 마음 한구석에선 악을 신뢰하고 있었던 게 아닐까?

그 손은 나를 고문하지 않았다. 그 손은 내 담배에 불을 붙여주었다. 그 손은 내가 먹을 깍두기 그릇의 비닐을 벗겨주었다. 그 손은 내가 탈 택시비를 쥐여주었다. 그 손을 맞잡아 나와 똑같이 기도를 올려왔을 것이었다.

누구도 고문당하지 않을 거라는 사실에 나는 안도했다. 고문에 대한 공포가 너무 엄청나서, 마치 고문이 그 공간의 수단이 아닌 목적인 것처럼 착각해버렸다. 고문만 없다면 잡상인처럼 이름을 함부로 팔아도 상관이 없을 것 같았다. 고문 없는 신문이란 너무 커다란 선물이라서, 이름 몇 개 넘겨주고 얻는다면 공짜나 다름없어 보였다. 죄책감을 극복할 편리한 변명도 준비돼 있었다. 호명당한 사람도 누군가를 호명하기만 하면 풀려날 거라는. 나 역시 그렇게 호명당했을 뿐이라는.

나는 도미노처럼 연쇄적으로 무너지는 세계의 한 부속품이다! 그게 내가 세계를 무너뜨렸다는 뜻일 수는 없어!

진우의 이름을 댄 건 가장 친해서였다. 진우라면 혹시 내가 자신을 팔아넘긴 걸 알게 되어도 이해해줄 거라 믿었다. 그런데 그건 앞뒤가 전혀 맞지 않는 발상이었다.

정작 나는 대석 형을 결코 용서하지 못했다.

이웃

대공분실에서 나온 지 며칠 만에 기숙사 방을 서둘러 뺐다. 기숙사에서 대석 형과 더 이상 마주치고 싶지 않았다. 그는 내가 대공분실에 다녀왔다는 사실을 알았다. 자기 때문이라는 사실도. 그는 나에게 한마디 사과나 양해도 구하지 않았다. 미쥬를 털어내고, 나를 털어내고, 나머지 인간관계도 다 정리할 계획인 것처럼 보였다. 복도에서 마주치면 우리는 차가운 얼굴로 인사도 없이 서로의 어깨를 스쳐 지나갔다.

진우가 하숙집 옆방이 비었다면서 들어오라고 권했다. 공인중개사가 소개한 빈방 몇 군데를 둘러본 뒤 진우의 하숙집에 들렀다. 지붕에 붉은 슬레이트 기와를 올린 낡은 2층 주택. 자그마한 앞뜰이 딸려 있었다. 거주하는 사람은 관리인이었고, 집주인은 충청북도 어디에 사는 칠순 노인이라는데 진우도 아직 얼굴을 보지 못했다. 그는 월세를 입금받기만 했고 서울에 올라온 적이 한 번도 없었다. 1층과

2층을 각각 남학생들과 여학생들이 나눠 쓰고 있었다. 시트콤에서처럼. 한 명이 졸업하거나 군에 입대하면 새로운 학생이 다시 빈방을 넘겨받아 입주하는 식이었다. 집 안에는 늘 사람들이 열 명 이상 들어차 시끌벅적했다. 밤에는 술을 마시느라 시끄러웠고, 낮에는 기타를 치고 노래를 부르느라 시끄러웠고, 시험 기간에는 자질구레한 토론이 벌어져 시끄러웠다. 방문객이 수시로 드나들어서 현관문을 걸어 잠그지 않았다. 그 집은 늘 열려 있었고, 입주자가 그 모든 것을 감수해야 했다. 나는 그 집의 분위기가 마음에 들었다. 진우의 옆방을 바로 계약했다.

"이제 이웃이네."

부동산에서 계약서에 도장을 찍고 난 뒤 진우가 웃으며 말했다. 기숙사로 돌아가서 바로 짐을 챙겼다. 별게 없었다. 택시를 불러 짐을 싣고 새 방으로 이사했다. 벽이 얇아서 진우의 방에서 나는 소리가 다 들렸다. 늦은 밤 잠자리에 누웠을 때 진우는 벽을 두 번 두드렸다. 똑똑. 몇 초 후 나는 벽을 두 번 두드려 응답했다. 똑똑. 아마 이런 뜻일 것이다.

안 자냐? 뭐 해?

그냥 있어.

그렇게 나는 거처를 옮겼다. 나를 팔아넘긴 사람 곁을 떠나 내가 팔아넘긴 사람 곁으로.

하루. 한 주. 한 달.

진우와 나는 심심한 밤마다 벽을 두드렸다. 아무 일도 일어나지 않았다. 진우는 무사했다. 문 경사는 나를 몰아붙여 얻어낸 이름을 사용하지 않았던 것이다. 진우의 화염병 투척은 우리가 저지른 범법 행위 가운데 가장 중한 죄였는데도. 진우가 잡혀가지 않았다는 게 무슨 뜻인가?

사실 나는 그런 고민을 하지 않았다. 아무 일도 일어나지 않음을 너무나도 쉽게 받아들였다. 인간은 불행이 따르면 믿을 수 없어 하지만, 불행이 닥치지 않는다고 의아함을 느끼지는 않는 법이다. 그리고 불행은 인간이 완전히 방심했을 때, 즉 몸과 마음의 긴장을 홀가분하게 내려놓았을 때, 무장강도처럼 불쑥 찾아와 최악의 피해를 남긴다. 그래서 그것이 불행이라고 불린다.

봉합

어느 날 밤, 수리가 진우를 찾아 하숙집으로 왔다. 눈가가 젖어 있었다.

"왜 그래, 수리야."

"괴로운데 말할 사람이 없어요. 좀 들어주세요."

"그래, 이야기해."

"단둘이서만 대화하고 싶어요."

진우와 수리는 조용한 커피숍으로 자리를 옮겼다.

민효가 언제나 진우의 핑계를 대며 피해 다녀서 수리는 짜증이 났다. 그녀는 민효를 옭아맸다.

"그럼 선택지를 일곱 가지로 줄게. 월, 화, 수, 목, 금, 토, 일. 진우 선배와 만나지 않는 날이 언제야?"

"일주일이 8일이 아니라서 비는 날이 없네. 이미 진우 형과의 약속으로 다 찼어."

"야! 너 게이야?"

민효는 눈을 크게 뜨고 수리를 노려보았다. 아무 말이 없었다. 수리는 더듬거렸다.

"게이라고 해서 기분 나빴으면 미안해. 네가 하도 진우 선배랑만 어울려 다니니까……."

"내가 게이라서 기분 나쁜 게 아니야. 기분 나쁜 건 너야."

민효는 무서운 얼굴로 대답했다. 그렇게 수리는 민효가 게이라는 사실을 알게 되었다. 그리고 진우는 그 사실을 수리의 입을 통해 듣게 되고 말았다.

"비밀을 지켜줄 거죠?"

수리는 자신이 발설한 비밀을 진우에게 지켜달라고 요구하고서는, 갑자기 테이블에 얼굴을 박은 채 울음을 터뜨렸다. 그 바람에 커피 잔이 넘어져 커피가 쏟아졌다. 알바생이 달려왔다가 울고 있는 수리를 보고 머뭇거렸다. 수리는 눈물을 닦아내고 입을 열었다.

"그래도 마음이 정리되질 않아요. 저 어떻게 해야 해요?"

진우는 대답할 수 없었다. 진우도 잘 몰랐다. 반성폭력 자치규약이 포괄하는 엄청난 분량의 매뉴얼 중에도 이런 상황은 나오지 않았다.

수리뿐만 아니라 진우가 어떻게 대처해야 할지도 문제였다. 그날 후로도 진우는 민효를 데리고 다녔다. 단둘이서 영화를 보고, 밥을 먹고, 술을 마시고, 방에서 재워주고, 스스럼없이 손을 잡거나 어깨동무를 하고 거리를 걸었다. 진우는 최선을 다했다. 그래서 민효는 진우의 태도에서 부자연스러움을 감지했다. 두 사람이 진우의 방바닥에 나란히 누워 있던 저녁, 민효는 더는 참지 못하고 속을 터놓았다.

"형."

"응?"

"진우 형."

"응?"

"혹시 내가 형 좋아한다는 거 알아?"

"알지. 그래서 나도 널 좋아하잖아."

민효는 고개를 돌리고 진우의 얼굴 위에 드러난 표정근의 움직임을 섬세하게 살폈다.

"내가 게이라는 거 알고 있는 거지? 그렇지?"

진우는 대답하지 않았다.

"어떻게?"

진우는 대답하지 않았다.

"수리가 말했어?"

진우는 대답하지 않았다.

"참 나, 진짜 대단한 애네."

"사정이 있었어."

민효는 진우를 째려보았다.

"형은 게이 아니잖아."

"아니지."

"그런데 왜 나한테 잘해줘?"

"내가 너한테 못할 이유가 뭐 있어."

"형은 나한테 단지 못하지 않는 게 아니잖아. 특별히 잘해주잖아."

"잘해주고 싶었어."

"왜?"

"왜라니. 그런 말이 어딨어."

"형은 마음 안 가는 여자가 쫓아다니면 오히려 더 잘해줘? 그게 형이 상처 주지 않는 방식이야? 내가 수리한테 잘해줄 때는 그게 더 상처 주는 거라고 했잖아."

진우는 대답하지 못했다.

"스스로 동성애자를 혐오하지 않는다는 걸 확인하고 싶었어? 지금 날 상대로 인내심을 실험해보는 중인 거야?"

"그런 거 아냐."

"차라리 날 피하지그랬어. 내가 수리한테 한 것처럼 핑계라도 만들어 대지그랬어."

"기분 나빴으면 미안해, 민효야."

그 말을 듣고 민효는 버럭 고함을 질렀다.

"왜 사과를 하고 있냐고, 지금! 형이 뭘 잘못했는데. 내가 그렇게 불쌍해 보여?"

"그게 아니라……."

"내가 다시는 형 근처로 안 갈게. 그럼 되잖아."

민효는 자리에서 벌떡 일어났다. 진우는 힘없이 민효를 불렀다. 민효는 진우의 방 바깥으로 나갔다. 하숙집 바깥으로 나갔다. 과와, 학회와, 연대회의 바깥으로 나갔다. 진우가 수십 번이나 전화를 걸었다. 민효는 받지 않았다. 민효는 한동안 인문대학 근처에 나타나질 않았다.

그런데 민효는 다음 학기가 시작되자마자 돌아왔다. 아무 일도 없었다는 듯이 밝은 모습으로. 눈동자에 생기가 감돌았다. 그는 학내 성소수자 모임에 들어갔고 거기서 남자친구를 만났다. 키가 훤칠한 의대 2학년생이었다. 물론 내가 이 이야기의 내막을 다 알게 된 것은 한참 시간이 지나서였다. 몇 년 뒤 민효가 애인과 함께 공개적으로 커밍아웃했기 때문이다.

이 이야기의 다른 한쪽 면은 어떻게 봉합되었나.

민효가 떠났을 때 수리는 죄책감 때문에 붕괴했다. 그녀는 민효와 클릭비의 오종혁을 꾸준히 일치화시켜왔던 것 같았다. 민효가 떠나자 클릭비 팬클럽에서 탈퇴했다. 은색으로 물 뺀 머리카락에 다시 검은색을 입혔다. 아도르노의 책에 도배해둔 오종혁의 사진도 모두 걷어냈다. 수십 명의 오종혁에 짓눌렸던 아도르노의 숨통이 마침내 트였다.

수리는 밤마다 내 옆방으로 진우를 찾아왔다. 문틈으로 새어 나오는 서럽게 흐느끼는 소리를 머리가 윙윙거리도록 들어야 했다. 진우는 수리를 안아 다독였다.

"괜찮아, 다 괜찮아질 거야……."

그리고 정말로 모든 일이 다 괜찮아졌다. 얼마 뒤부터 진우와 수리는 사귀기 시작했다.

길고양이 2

이사하고 며칠이 지나 미쥬가 나를 찾아왔다. 벽 건너편에서는 진우의 품에 안긴 수리가 설움에 복받쳐 울던 밤이었다.

"괜찮아?"

방문을 열고 들어오면서 미쥬는 물었다.

"괜찮아."

나는 대답했다. 뭐가 괜찮냐는 건지도 몰랐다. 그냥 인사말처럼 미쥬는 물었고 나는 답례처럼 대답했다. 가로등 불이 여명과 역할을 교대하는 시간까지 마주 보고 바닥에 앉아 대화를 나누었다. 그동안 수리는 진우의 방에서 울었다 쉬었다를 반복했다. 수리의 울음소리가 더 이상 들리지 않게 됐을 때, 미쥬는 하품이 터져 나오는 입을 손등으로 가렸다. 창 너머 세상이 희뿌옇게 밝아 있었다. 자리에서 일어난 미쥬는 가방을 뒤적여 하얀 종이로 싼 보따리 하나를 꺼내놓았다.

"대공분실에서 빵은 안 줬지? 아침에 일어나서 먹어."

포장을 바로 벗겨냈다. 직접 만든 샌드위치였다. 구운 식빵 사이에

햄과 계란과 치즈가 듬뿍 들어 있었다. 나는 손에 들린 것을 한동안 멍하니 바라보았다.

"정말 감동적이다."

"그냥 샌드위치일 뿐인걸."

"한 손으로 만든 샌드위치잖아."

"생각만큼 어렵진 않았어."

미쥬는 아직 깁스를 풀지 못한 오른팔을 어루만지면서 멋쩍게 웃었다.

"설마 발을 쓴 건 아니지?"

미쥬는 다시 웃었다. 미쥬가 나가자마자 나는 샌드위치를 먹었다. 아침까지 기다리기 어려웠다. 식은 지 한참 됐지만 입안에 따뜻한 기운이 가득 퍼지는 것 같았다. 먹이를 챙겨주는 여자. 나는 깨달았다.

가엾게도 대공분실에 끌려갔다 온 덕분에, 나는 미쥬가 돌봐야 할 새로운 길고양이가 되어버린 것이었다.

마르크스에 대한 생각 3

현승 선배가 졸업한다. 입학부터 졸업까지 딱 10년이 걸렸다.

졸업식 며칠 전에 그의 자취방에서 축하 파티가 열렸다. 그날만큼은 현승 선배도 외톨이가 아니었다. 거의 모든 후배가 한 번씩은 자취방에 들렀다 갔다.

"기타를 제외한 모든 물건을 두고 갈 거야. 선물이라고 생각해."

그는 필요한 물건이 있으면 가져가라고 말했다. 후배들이 포스트잇을 떼서 이름을 쓴 뒤 가져갈 물건 위에 붙였다. 경매 딱지처럼. 진우는 지포라이터를 챙겼다. 자작나무로 만든 낡은 의자는 미쥬의 차지였다. 수리는 『슬램덩크』 시리즈에 1권부터 마지막권까지 모조리 딱지를 붙여두었다. 수리가 과욕을 부린 탓에 작은 분쟁이 일어났다. 나는 경쟁자가 없는 물건을 챙겼다. 아무도 관심을 보이지 않는 책. 나는 포스트잇에 이름을 적어 마르크스가 쓴 『자본론』의 표지에 붙였다.

『자본론』은 마르크스의 가장 중요한 저작이면서 마르크스주의자들이 가장 마지막에 읽게 되는 저작이다. 기독교도가 되는 마지막 절차가 성경을 읽는 것인 이유와 같다. 유난히 두껍기 때문이다. 한 권이 대략 천 페이지에 달하는 시리즈물이었다. 글씨는 깨알같이 작았다. 너덜너덜해진 표지에는 수염이 덥수룩한 마르크스의 옆모습 사진이 덩그러니 박혀 있고 그 위에 '자본론'이 아니라 '자본'이라 쓰여 있었다. 오래된 판본이었다. 책장을 펼쳐보았다. 출간일이 1989년이었다.

"의미가 있는 책이야. 대한민국 최초의 번역본이거든. 이걸 출간했다는 이유로 출판사 대표는 구속됐었어."

"정말요?"

"그때는 이걸 읽기만 해도 감옥에 갔으니까."

구속된 출판사 대표의 아내는 판사였다고 한다. 그래서 그녀는 남편이 사상범으로 구속된 최초의 현직 판사가 됐다. 흥미진진한 이야기였다. 하지만 그 이야기는 훗날 훨씬 흥미로워진다. 대통령이 된 노무현이 그녀를 법무부 장관에 임명했을 때. 그녀는 남편이 사상범으로 구속된 최초의 법무부 장관이 된다.

번역자는 '김영민'으로 적혀 있었는데, 현승 선배는 가명이라고 했다. 실제 번역자는 여섯 명이었고 모두 우리의 학생운동 선배들이었다.

"잘 골랐어. 네가 일하는 서점에서 10년 전에 산 책이거든. 태의랑 인연이 많은 책이네."

현승 선배는 미소 지었다. 하지만 정작 내가 의미를 부여하고 싶었던 인연은 그런 것 따위가 아니었다. 나는 그저 대답하고 싶었을 뿐이다. 현승 선배가 첫 만남에서 던진 질문에. 현승 선배가 마지막 만남에서 준 책을 읽고.

"마르크스에 대해 어떻게 생각해?"

마르크스에 대한 생각 4

현승 선배가 말했던 대로 주인아저씨는 서점에서 마르크스를 오래도록 취급했다. 아직도 취급하고 있었다. 그게 불법이던 때도 있었고 지금은 합법이 되었는데, 그의 말에 따르면 불법이던 때 훨씬 많이 팔렸다고 한다. 더 구체적인 이야기를 들었던 건 내가 아르바이트를 그만두겠다고 말하던 날이었다. 아저씨는 새로 들어온 책들을 바닥에 차곡차곡 쌓아두던 중이었다. 이 시대에 많이 팔리는 책들. 그는 평상시처럼 무뚝뚝한 목소리로 되물었다.

"그만두는 이유가 '그거' 맞아?"

모든 것을 다 알고 있는 것처럼. 그럴 수도 있다. 내가 이곳에서 감시당하고 이곳에서 잡혀갔기 때문에. 대석 형이 대공분실에서 내 이름을 불었다고 그에게 털어놓았다. 그에게만 털어놓았다. 그 문제에 대해 아저씨는 어떤 평가도 선불리 내리지 않았다. 표정에 아무런 낌새가 없었다.

"나도 대공분실에 가봤었지. 마르크스 때문에."

대공분실 앞으로 우르르 몰려간 선배들이 『자본론』을 손에 들고 흔들며 시위를 벌였다고 한다. 책을 판 사람을 구속하려면 책을 산 사람도 구속하라면서.

"그렇다고 마르크스를 원망해본 적은 없어. 그건 바보 같은 생각이야."

그리고 아저씨는 책 정리를 도와달라고 했다. 내 마지막 일이었다. 그날 들어온 물건은 물리학과 수업에 쓰이는 두꺼운 교과서였다. 낱장마다 어지러운 기호들이 가득했다. 내가 아는 내용도 있었다. 책은 한 챕터를 두껍게 할애해서 뉴턴의 중력 이론을 소개하고 있었다. 만류인력의 법칙. 마르크스는 주인 아저씨와 같은 시대를 살지도, 대한민국 땅을 밟지도, 대공분실에 끌려가지도 않았다. 반면에 나는 대석형과 같은 건물에 살았고 이제 진우와 같은 건물에 산다. 원망. 죄의 크기에 비례하고 거리 제곱에 반비례하는 것. 해가 저문 뒤 아저씨와 작별 인사를 나누고 서점을 걸어 나왔다.

웅덩이 2, 졸업식 1

현승 선배가 입으니 검은색 가운은 학사복이 아니라 임산복처럼 보였다. 부풀어 오른 배의 곡선이 감출 수 없이 드러났다. 기념사진을 찍고 나서 후배들이 졸업생 앞에 한 줄로 섰다. 졸업생들은 후배를 한 사람씩 차례대로 껴안았다. 미쥬는 현승 선배를 늘 못마땅하게 생각했다. 그를 바보 천치로 여겼다. 차례가 돌아오자 미쥬는 마지못한 듯 현승 선배를 가볍게 안았다. 보는 눈을 의식해서 끌어안는 시늉만 하는 것처럼. 미쥬는 감정을 숨긴 목소리로 말했다.

"졸업을 하긴 하네요, 선배. 축하해……."

잠시 방심했던 것이다. 미쥬는 문장을 끝마치지 못한 채로 오빠아아아아아, 하며 울음을 터뜨리고 말았다. 현승 선배는 멋쩍게 웃었다. 그는 미쥬가 울음을 그칠 때까지 얼굴을 파묻을 수 있도록 통통하게 살집이 부풀어 오른 가슴을 내주었다. 미쥬는 오뚝이같이 둥근 몸을 힘주어 꽉 끌어안고 으헝헝 눈물을 쏟아냈다. 지켜보던 후배들이 코를 훌쩍였다. 간신히 울음을 그친 미쥬가 눈가를 훔치고 물었다.

"어디 취직은 된 거예요?"

"아니."

"알아보고는 있어요?"

"아니. 취직은 안 할래."

"그럼 뭐 할 거예요?"

"이제 생각해봐야지."

미쥬의 표정이 사라졌다. 그녀는 고개를 절레절레 흔들며 품에서 재빨리 빠져나와 다음 사람에게 현승 선배의 둥근 몸뚱아리를 넘겼다.

현승 선배는 그렇게 떠났다. 그 후로 한동안 그의 소식을 듣지 못했다. 우리 가운데 누구도. 그는 우리와 공간으로만 이어져 있었다. 같은 공간을 사용한다는 사실로만. 현승 선배는 괴짜였다. 외톨이였다. 졸업하고 곁을 떠나자 그는 선배는 물론 후배들과도 완전히 연락이 끊겼다. 그러던 어느 날, 모든 후배가 동시에 그의 소식을 듣게 되었다. 연락이 되어서가 아니었다. 그가 너무 유명해졌기 때문이었다.

현승 선배는 졸업하고 길거리로 나갔다. 과방에서 매일 하던 일을 계속 했다. 그는 기타 줄을 퉁기며 자작시를 가사로 붙인 노래를 불렀다. 그의 공연을 직접 본 적은 없다. 후배들이 과방에 모여 유튜브 동영상으로 공연을 보았다. 현승 선배는 구름 같은 인파에 둘러싸여 있었다. 노래 한 곡이 끝날 때마다 박수갈채가 쏟아졌다. 우리가 매일 듣던 노래들. 그때 후배들은 깨달았다.

우리는 그의 노래에 박수를 보낸 적이 없다는 사실을.

그는 늘 과방에 있었다. 그는 늘 기타를 쳤다. 그는 늘 노래를 불렀다. 우리는 그것을 태초부터 우주에 낀 소음 정도로만 여겼다. 그가 노래를 부르는 동안 우리는 관심을 두지 않고 다른 짓을 했다.

우리가 떠나보낸 외로운 별. 우리 가까이에서, 하지만 우리보다 너무 높은 곳에 떠 있었던. 우리 가운데 누구도 그 바보 천치가 얼마나 찬란하게 빛나는지 모르고 있었다.

그가 부른 대표곡의 노랫말 역시 자작시를 개사해 붙인 것이다. 인디 음악에 관심이 있는 사람이라면 한 번쯤은 들어보았을 것이다. 나는 노래만큼이나 그가 원래 쓴 시도 좋아한다. 제목은 〈웅덩이〉이다.

> 장마는 지나갔는데 찾지를 못하네
> 웅덩이 빠뜨린 내가 쓴 시들을
> 장마는 지나갔는데 잊지를 못하네
> 웅덩이에 비친 그녀의 얼굴을
> 장마는 지나갔는데 비는 그쳤는데
> 장마는 지나갔는데 기분은 괜찮은데

어느 날 길거리를 걷다가 턱수염을 덥수룩하게 늘어뜨린 뚱뚱한 남자가 기타를 퉁기며 이 노래를 부르는 광경을 보게 된다면, 다가가서 아는 척 인사라도 한번 건네기 바란다. 웅덩이에 빠뜨린 시들을 하루빨리 되찾길 바란다면서. 배시시 웃으며 인사를 받아줄 것이다. 현승 선배는 그런 사람이다.

갯벌

개강을 앞둔 방학 마지막 주에 학회 연합으로 세미나 여행을 떠났다. 완도까지 고속버스를 타고 이동한 뒤 항구에서 보길도로 떠나는 배로 갈아탔다. 보길도에 도착했을 때는 이미 태양의 둥근 경계가 서쪽 바다의 수평선에 닿아 있었다. 항구 옆으로 널따란 갯벌이 펼쳐져 있었다. 우리는 바로 숙소로 향하지 않았다. 배낭을 땅에 내려두고 부둣가의 갯바위에 나란히 앉아 한 날의 소멸을 지켜보았다.

용기 있는 몇 명이 부두에서 해변으로 내려갔다. 진우와 수리는 말라붙은 갯벌 위를 걸었다. 바지를 허벅지 위까지 걷어붙이고 바다를 향해 30미터쯤을 나아갔다. 살얼음판 위를 걷듯 조심스러운 걸음이었다. 미쥬는 뭐가 신 나는지 혼자서 갯벌의 생물처럼 신 나게 철퍽거리며 뛰어놀았다. 미쥬의 춤은 태양이 완전히 가라앉는 순간에야 비로소 멈췄다. 그때 그녀는 바다를 숭상하는 돌처럼 서쪽으로 몸을 돌린 채 가만히 서 있었다. 석양을 정면에서 받은 미쥬의 뒷모습이 떠도는 붉은 공기 위에서 검은 실루엣으로 아른거렸다. 그럼에도 불구하고 어쩔 수 없이, 나는 미쥬가 도시의 부속물일 뿐이라고 느꼈다. 가늘고 긴 두 다리. 저녁을 밝히는 가로등처럼 서늘하게 빛나는.

수리는 순식간에 바닥으로 꺼져버렸다. 자그마한 체구가 허리까지 갯벌 안으로 파묻혔다. 그녀는 겁에 질려 두 팔을 허우적거렸다. 진우가 수리의 몸을 갯늪에서 간신히 끌어냈다. 부두로 올라온 수리는 신데렐라처럼 한쪽 발에만 운동화를 신고 있었다. 다른 한쪽은 갯벌의 식량으로 먹혀버렸다. 그녀는 제방에 걸터앉아 진흙투성이가 된 운동화와 양말을 벗었다. 곧 수리의 운동화를 따라 태양마저 갯벌 아래로 깊숙이 빨려 들었다. 어둠이 짙게 깔렸다. 수리는 말도 안 되는 소리를 지껄였다.

"해 뜬 다음에 돌아와서 신발을 찾을 수 있을까?"

나는 그 말을 듣고 수리가 벗어놓은 남은 한 짝의 운동화를 집어 들어 갯벌 위로 힘껏 내던졌다. 포물선을 그으며 날아간 신발은 갯벌에 떨어지기 전에 어둑한 그늘 사이로 소멸했다.

"뭐 하는 거야!"

수리는 비명을 내질렀다. 나는 내 생각을 설명했다.

"정말로 누군가 신발을 찾을 수 있다면, 한 짝보다는 한 켤레가 더 쓸모 있을 거 같아서."

우리는 배낭을 메고 민박집까지 걸어갔다. 수리는 진우의 부축을 받아 몽글몽글한 자갈이 깔린 길을 맨발로 걸었다. 발이 장난감처럼 작았다.

마르크스에 대한 생각 5

밤에 열린 철학연구학회 세미나의 주제는 '마르크시즘과 문학의 계급성'이었다. 발제를 맡은 미쥬는 마르크스와 루카치를 중심으로 발췌해 왔다.

> 그 어떤 문학 사조도 사회적, 역사적인 필연성과 그 시대의 경제발전과 계급투쟁의 필연적인 산물이지 결코 그 시대의 미학적 판단을 위한 표준 척도는 아니다. (……) 마르크스가 법 제도에 관해 말하였던 바는 문학 형식에 대해서도 타당하다. 문학 형식이 자신을 산출해내는 사회보다 더 상위에 있을 수는 없다.
>
> – 『역사소설론』, 게오르그 루카치

진우는 특별히 이 대목에서 불편한 기색을 보였다.

"루카치는 마르크스주의자로서 철학을 문학 위에 뒀을 뿐이야. 플라톤 이래 대부분의 철학자들이 극복하지 못한 오만이지. 이런 주장은 문학에 대한 철학의 내정간섭이야."

진우에 따르면, 발야구나 피구의 규칙이 마르크스적이어야 할 필요가 없다면 소설도 마찬가지라는 것이었다. 진우가 민감하게 반응하는 이유는 뻔했다. 내 판단으로는 마르크스주의 역사철학과는 아무런 상관없이, 문학에만 정통한 이론가의 관점에서도 진우가 즐겨 읽는 무협지는 제대로 된 소설이라 볼 수 없을 것이었지만 말이다. 미쥬 역시 진우의 약점을 지적했다.

"사려 깊은 루카치는 이미 백 년 전에 성실하게 반박을 준비해뒀단다."

> 오락문학이 그러한 희화인데, 이것은 소설의 모든 외적 특징을 다 보여주지만 그 본질에 있어서는 어떠한 것과도 결부되어 있지 않고 아무데도 적절한 기반을 두고 있지 않은, 따라서 완전히 무의미한 것이다.
>
> –『소설의 이론』, 게오르그 루카치

말하자면 발야구나 피구와 달리, 오락소설은 '우리 세계는 아주 잘 돌아가고 있다. 우리는 아무런 문제가 없는 건전하고 긍정적인 세계에 살고 있다'는 환상을 심어주기에 위험하다. 진우의 이의제기로 인해 '마르크시즘과 문학의 계급성' 세미나는 엉뚱하게 마르크시즘의 영향력과 한계에 관한 논쟁으로 불똥이 튀었다. 세미나 시간 동안 토론의 뚜껑을 닫지 못했다. 그 주제는 자정의 술자리까지 끌려와서 탁상의 안주로 올랐다. 다른 학회원들까지 논쟁에 휘말려 들었다.

진우가 일컫는 문학이란 여전히 무협지의 범주를 크게 벗어나지 못했고, 보길도까지 스케치북을 챙겨 온 민효는 '기성 형식에 안착한 다른 예술과 달리, 세계를 생성하는 소설이야말로 예술적으로 가장 위험한 형식이다'라고 주장했던 루카치가 미술까지 폄훼했다고 문제 삼았다. 수리 역시 마르크스주의 문학에 비판적인 입장을 취했다.

"마르크스는 예술가가 아니었잖아. 난 마르크스가 문학가였다면 마르크스주의 문학을 썼을 가능성은 거의 없다고 생각해."

미쥬가 퉁명스럽게 물었다.

"왜 그렇게 생각하지?"

"마르크스는 지나치게 창조적인 감수성을 가진 사람이었으니까. 셰익스피어가 만약 셰익스피어 자신보다 늦게 태어났다면, 과연 『로미오와 줄리엣』을 본뜬 작품을 썼을까?"

여자친구가 완벽한 변론으로 자신을 감싸주자 진우는 행복에 겨운 표정으로 고개를 끄덕였다. 그러나 과연 진우를 위한 변명이었을까? 수리는 이미 대중음악을 혐오했던 아도르노에게 『아도르노 미학 이론과 클릭비 3집』이란 페이퍼를 헌정한 바 있다. 드디어 대중소설을 혐오했던 루카치에게 『루카치 소설 이론과 와룡강의 문학 세계』를 헌정할 차례가 왔는지도.

순식간 논적들에 둘러싸여 당황한 미쥬는 지원을 요청하듯이 나를 애타는 눈길로 바라보았다.

"태의 너는 어떻게 생각해?"

그때 나는 현승 선배에게 불려받은 색 바랜 『자본론』 시리즈에 대해 생각하고 있었다. 책장을 꾸역꾸역 넘기는 일은 고통스러웠다.

지면은 수치와 도표와 통계로 어지럽게 채워져 있었다. 경제학 교과서처럼 딱딱한 책이었다. 자본주의를 이해하기 위해 내가 그 어떤 경제학 서적을 읽으려는 시도도 하지 않았다는 사실을 깨달았을 때, 나는 자본주의를 비판하기 위해 『자본론』을 독파해야 한다는 강박증에서 간신히 벗어날 수 있었다. 『자본론』을 둘러싸고 벌어진 학생운동 조직과 공안 당국의 유서 깊은 전쟁. 나는 그것이 전설의 성배를 둘러싸고 벌어진 십자군 전쟁 같은 것이라고 느꼈다. 『자본론』은 읽으려면 희생을 치러야 했기에 고귀해졌고, 『자본론』이 고귀해졌기에 그것을 읽으려면 희생을 치러야 했다. 그와는 다르게 오늘날 성경을 완독하지 못한 기독교도와, 아인슈타인의 논문을 열람해본 적 없는 과학도는 불안감에 쫓기지 않는다. 그들의 경전 읽기는 아무런 희생을 요구하지 않아서다. 종교가 성립하기 위해서는 탄압과 순교, 그리고 물론 가장 중요한 한 가지가 반드시 필요하다. 마르크스에 대해 어떻게 생각해? 나는 미쥬의 질문을 받아 현승 선배를 향해 대답했다.

"마르크스가 바로 신이었던 게 아닐까? 추앙하거나 물리치려고 했던 모든 사람에게."

미쥬는 믿기 어렵다는 얼굴을 하고 두 손을 번쩍 들어 항복했다.

"내가 지금 좌파 틈바구니에 있는 게 확실한 거지? 마르크스가 상종하지 못할 작자란 소리로 들리잖아."

그날 토론에서 마르크스의 편을 든 사람은 부유한 가문의 외동딸뿐이었던 셈이었다. 그건 우연이 아닐지도 모른다. 마르크스도 부유한 가문 출신이었다.

토론을 마무리 짓고 술을 마셨다. 새벽까지 이어진 술자리에서는 마르크스가 필요 없었다. 취하는 데는 아무런 문제가 없었다.

난 괜찮아

보길도에서 배를 타고 나오는 길, 가느다란 빗줄기가 바다를 두들겼다. 바람을 타고 날린 빗방울이 선창에 부딪혀 으스러졌다. 선실 어귀에 나뭇결 무늬가 새겨진 고무 장판이 깔려 있었다. 밤새도록 술을 마셨기에 다들 배에 오르자마자 장판 바닥에 드러누워 뻗었다. 미쥬도 벽에 등을 기대고 눈을 붙이고 있었다. 나는 그녀의 어깨 위에 조심히 손바닥을 얹었다. 갑판에 나가볼래? 미쥬는 자리에서 일어났다.

미쥬와 나는 비를 피해 처마가 길게 드리워진 엔진실 앞의 좁은 공간에 나란히 섰다. 디젤 엔진이 툴툴거리며 회전하는 곳이었다. 배가 출발했다. 습기를 먹은 뱃고동 소리가 바다 위로 눅눅하게 퍼져나갔다. 뱃머리에 갈린 파도가 높이 튀어 올랐다. 입가에 짠맛이 감돌았다. 우리는 파도에 떠밀린 초록의 해안선이 박무 뒤로 물러나는 광경을 한마디 말도 없이 시시 지켜보았다.

땅은 안개에 잠겼고 바다는 비에 묻혔고 하늘은 엔진 소음에 밀려났다. 우리는 어깨를 맞대고 있었다. 나는 흥분한 것처럼 떨었다. 엔진 진동 때문이었다. 조금은. 요란한 굉음을 쏟아내는 엔진실 앞에서는, 내 고백이야말로 잡음처럼 들렸다.

"서울에 돌아가면 우리가 조금 달랐으면 좋겠어."

미쥬는 대답하지 않았다. 바다를 보고만 있었다.

"어떤 대답도 상관없어. 난 괜찮아."

미쥬는 대답하지 않았다. 나는 다시 말했다.

"정말이야. 난 괜찮아."

미쥬는 끝까지 대답하지 않았다. 나는 미쥬를 갑판 위에 홀로 남겨두고 먼저 선실로 돌아내려갔다.

서울로 돌아온 다음 날 민효가 보길도에 다녀온 사람들에게 그림을 한 장씩 나눠주었다. 몰래 훔쳐 그린 초상화였다. 내가 받은 그림에는 미쥬와 내 얼굴이 나란히 담겨 있었다.

"하도 붙어 다니길래 그냥 같이 그렸어요."

민효는 말했다.

검증

도로 양편의 비탈길 위로 말라붙은 덤불이 엉켜 있었다. 한동안 아무것도 서울을 향해 서 있지 않았다. 그러고 나서 서울의 중력은 빠르게 불어났고 곧 무시할 수 없을 정도로 커졌다. 경부고속도로에 합류하자 곧 육중한 회색 물류 창고들이 차창 바깥의 시야를 가득히 채웠다. 버스가 서울의 경계에 진입했을 때, 해가 졌다.

"나랑 이야기 좀 하고 갈래?"

터미널에서 미쥬는 나를 붙잡았다. 일행을 먼저 보내고 우리는 근처의 커피숍에 들어갔다. 미쥬는 내게 묻지도 않고 커피를 두 잔 주문해 왔다. 그녀는 똑같이 생긴 하얀 사기잔 중 하나를 내 쪽에 내려놓았다. 미쥬는 손끝으로 각설탕 포장을 벗겨내서 떨어뜨리고 잔을 휘저었다. 한참을 휘저었다. 미쥬는 이야기의 시작을 어려워했고 나는 그녀의 시선이 어려웠다.

"약속할 수 있겠어? 우리가 지금까지처럼 지낼 수 있었으면 해. 내가 어떤 대답을 하더라도."

"그럴 거야. 약속할게."

미쥬는 머뭇거렸다. 나는 말했다.

"좋은 때가 아니란 거 알아. 꼭 지금 대답하지 않아도 돼. 기다릴 수 있어."

"…… 그래. 고마워."

미쥬는 작은 목소리로 대답했다. 그것뿐이었다. 우리는 더 이상 그 이야기를 하지 않았다. 나는 일어설 때까지 커피를 입에 대지도 않았다. 우리는 집으로 돌아가기 위해 지하철역까지 인도를 따라 걸었다. 막차 시간이 가까웠다. 하늘에는 별들이 드문드문 떨어져 있었다. 나는 연천의 밤을 수놓았던 흩어진 별들을 떠올렸다. 그리고 땅에 떨어진 별처럼 보이던 유채꽃들. 그리고 또.

내가 정말 기다릴 수 있을까? 넋이 빠져나갈 듯했던 그때의 황홀한 기분을 아직도 나는 생생하게 기억하고 있었다.

우리는 계단을 걸어 내려갔다. 플랫폼은 텅 비어 있었다. 아무 말도 없이 10분을 서 있었다. 맞은편 플랫폼의 벽거울에 두 사람의 모습이 비쳤다. 미쥬와 나는 나란히 서 있었다. 열차가 도착했고, 다시 출발했다. 열차를 그대로 흘려보냈다. 빈 플랫폼에 바람이 일어섰다. 미쥬의 단발머리가 엉켜 휘날렸다. 그녀는 벽에 등을 기대고 서 있었다. 나는 그 앞에. 우리는 입술을 맞추었다. 미쥬의 손끝이 내 목덜미를 부드럽게 더듬었다. 그녀의 손가락이 닿는 곳마다 감각이 들불처럼 일어났다.

막차가 역으로 들어올 때, 나는 미쥬를 끌어안은 채로 그 표현을 아슬아슬하게 목 바깥으로 끄집어냈다. 의미의 빈틈을 말로 채우는 미장이처럼. 낯간지럽게 여러 번. 사랑해, 사랑해……. 미쥬는 어이가 없다는 듯이 웃었다.

마음속에만 꾹 담아둔 말. 그런 말은 검증할 필요가 없는 것이다.

그래서 나는 그것만이 유일하게 입으로 하기 어려운 말이고, 그것만이 유일하게 입으로 할 가치가 있는 말이라고 느꼈다. 마음속에만 담아두면 검증할 방법이 없어서였다.

다시 돌아오지 않는 계절

그날 밤은 미쥬의 방에서 잤다. 누렇게 바랜 싱글 매트리스. 전에 살던 사람이 버리고 간. 얇은 천 한 장을 덮어둔. 그 비좁은 위에서.

미쥬와 잤다.

미쥬는 티셔츠를 머리 위로 벗어 의자 등판에 걸어두었다. 두 손을 등 뒤로 돌리고 브래지어를 풀어 매트리스 아래로 툭 떨어뜨렸다. 앞 지퍼를 내리자 헐렁한 반바지가 발목까지 흘러내렸다. 볕에 그을린 길쭉한 허벅지가 드러났다. 그녀는 발목에 걸린 바지를 걷어차서 문간으로 날려보냈다. 조용히 매트리스로 걸어왔다. 동그란 가슴에 달린 젖꼭지가 눈동자처럼 나를 응시했다. 그 아래 살집이 붙은 배가 완만한 곡선을 그리며 속옷 위까지 내려오고 있었다. 의외의 풍경이었다. 나는 항상 미쥬가 너무 말랐다고 생각했다.

미쥬는 내 시선을 의식했다. 아랫배를 어루만지며 웃었다.

술배야. 너도 한 해만 더 지나봐.

그녀는 셔츠를 벗으라고 했다. 나는 셔츠를 벗었다. 미쥬는 두 손으로 내 어깨를 지그시 밀어 매트리스에 완전히 눕혔다. 배를 맞대고 내 위에 앉았다. 갈색 단발머리가 볼에 와 닿았다. 그녀는 내 눈을 내려봤다. 나는 움직이지 않았다. 미쥬는 내게 입술을 맞췄다. 그리고 구름이 가라앉듯 조심스럽게 내려왔다. 보드랍고 따스한 엉덩이가 제 무게에 눌려 일그러졌다. 미쥬는 미간을 찌푸렸다. 그녀의 입에서 가끔씩 작은 신음이 재채기처럼 튀어나왔다.

매트리스 옆으로 작은 창문이 나 있었다. 바깥은 소란스러웠다. 취한 사람들의 세상. 시야는 창 바로 앞에 들어선 건너편 건물에 대부분에 가려 있었다. 건물의 비좁은 틈새로 밤하늘이 눈에 들어왔다. 전깃줄 몇 가닥이 창틀과 나란히 달리다 엉켰다. 달빛에 뒤섞인 네온간판의 푸르스름한 불빛이 건너편 건물에 반사되어 방 안으로 새어 들어왔다. 땀에 젖은 미쥬의 피부가 금속처럼 파르스름하게 빛났다. 그녀는 박물관에 걸린 그림처럼 아름다웠다.

나는 시체처럼 조용히 누워 미쥬의 율동을 지켜보았다.

첫 순간. 첫 여자. 첫 섹스. 완벽함이란 비교할 대상이 없는 것을 말한다. 그래서 삶을 통틀어 한 번뿐이다. 다시 돌아오지 않는 계절과 같은 것.

미쥬는 몸을 일으켜 세우고 매트리스 옆에 내려둔 내 가방을 뒤져 담배를 찾아내 꺼내 물었다.

"담배 안 피우잖아?"

"섹스한 다음에만 피워."

그 대답은 그다지 마음에 들지 않았다. 굳이 듣고 싶지도 않았다.

잠시 우리 사이를 침묵이 갈라놓았다. 미쥬는 열린 창문을 향해 담배 연기를 내뿜었다. 푸르스름한 네온 불빛이 공기 중에 조각된 연기의 형상을 드러냈다.

자유 시장 1

김대중 정부가 의욕 넘치게 밀어붙인 신자유주의의 물결이 대학까지 밀려들었다. 대학은 더 이상 성역이 아니었다. 등록금 인상률이 물가상승률을 한참 앞질렀고, 국립대학의 교수직마저 프로야구선수처럼 계약직으로 바뀌기 시작했다. 돈을 못 버는 연구에 매달리는 교수를 언제든지 탈탈 털어낼 수 있도록. 옷에 들러붙은 먼지도 그렇게 하면 떨어지지 않던가?

그에 발맞춰 교수 평가 제도가 강화되었다. 이제 교수가 강의를 듣는 학생의 성적을 평가할 뿐만 아니라, 학생도 교수의 강의 내용을 평가하게 되었다. 교수가 받은 성적은 재임용의 근거로 반영될 터였다.

지난 학기에 도입된 교수 평가 제도에서 '띄엄띄엄의 철학자' 강정환 교수가 서울대학교 전체 꼴찌를 차지했다. 그는 학업이 엉망인 학생에게도 씀씀이 큰 성적을 뿌려왔지만 학생들이 답례로 돌려준 성적은 그렇지 못했다.

새 학기, 나는 강정환 교수의 동양예술론 강좌를 수강 신청 했다. 교수는 첫 수업과 두번째 수업을 아무런 통보 없이 휴강했다. 교수평가에서 꼴찌를 차지한 충격에서 헤어나지 못한 것 같았다. 어쩌면. 교수가 어떤 기분을 느꼈을지는 알 수 없었다. 학생들은 크게 신경 쓰지 않았다. 강정환은 어차피 출석조차 제대로 부르지 않는 교수가 아니었던가? 수업을 좀 더 띄엄띄엄 듣게 됐을 뿐이었다. 교수가 수업 시간을 넘겨서도 나타나지 않으면 학생들은 우수수 자리를 털고 일어서 강의실을 나갔다. 강의실에서는 교수의 빈자리가 느껴지지 않았다.

세번째 강의 시간에 강정환은 시각에 맞춰 나타났다. 교수는 창문 앞에 뒷짐을 지고 서서 말없이 바깥세상을 내다보았다. 내가 입학해서 그의 첫 수업을 들었을 때와 똑같았다. 다만 지금과 달리 그때는 창밖에 비가 내렸다. 강의실에는 불길한 침묵이 감돌았다.

마침내 교수는 몸을 돌려 교탁 앞으로 걸어왔다. 얼굴에 그림자가 어른거렸다. 그의 눈에 자리가 띄엄띄엄 비어 있는, 혹은 자리가 띄엄띄엄 들어찬 교실의 풍경이 담겼다. 출석한 수강생은 절반에도 미치지 못했다. 교탁 앞에 선 그의 입술이 떨렸다. 누구도 생각지 못했던 일이 일어났다. 교수의 손이 교탁 위에 놓인 물건을 집어 들었다. 그는 최초의 사물을 다루듯이 조심스럽게 출석기록부를 펼쳤고, 잠시 멈칫거렸다. 아마 망설였을 것이다. 그는 국경을 넘어서는 중이었다. 하나의 철학을 포기하는 중이었다. 일단 저지르고 나면 그의 세계는 더 이상 띄엄띄엄하지 않을 터였다.

마침내 입을 뗐을 때, 교수는 이름을 불러 내려갔다. 감정이 증발한 목소리로. 다른 교수들이 하듯이, 결석한 학생의 이름 옆에 'X'를, 지각한 학생의 이름 옆에 '/'를 그었다. 그는 출석부에 적힌 이름을 결코 띄엄띄엄하게 부르지 않았다. 가나다순으로 빠짐없이 다 불렀다. 결석한 학생들이 강정환이 출석을 불렀다는 놀라운 소식을 듣고 그를 찾아갔다. 그들은 서울 시내에서 큰 집회가 있어서 수업에 들어갈 수 없었다며 하소연했다. 사실이었고, 변명이었다. 강정환에게만 통해왔던 변명이었다. 이야기를 다 듣고 나서 교수는 차분하게 대답했다.

"수업을 들으면서도 자네들은 얼마든지 할 수 있을 거야. 공부를 포기하고 사회와 싸운다는 건 말이야, 적이 모는 자동차에 몸을 던져 피로 범퍼를 더럽혀주겠다는 거나 다름없네."

결론은 평소와 달랐지만, 학생들은 교수가 여전히 헛소리를 하고 있다고 느꼈을 것이다. 그런데 며칠 뒤 정말로 적이 모는 자동차에 몸을 던져 피로 범퍼를 더럽히는 사건이 일어났다. 2001년 9월 11일 뉴욕에서였다.

그 학기가 끝나고 강정환 교수는 우리 가운데 누군가에게 꼴등을 안겼다. 우리가 그에게 꼴등을 안겼듯이. 그게 우리가 바라는 세상이었다. 우리 손으로 만들어낸 세상이었다. 세상은 꾸준히 나빠지고 있는지도 모른다. 우리는 언제나 좋았던 시절만을 회상하고 있다.

강정환 교수는 내가 졸업할 때까지 하루도 거르지 않고 출석을 불렀다.

주필 1

새 학기마다 연대회의 중앙집행국에서 발행하는 학습 커리큘럼에는 익명의 원고들이 실렸다. '주필'은 거르지 않고 글을 싣는 익명의 필자였다. 글을 너무 잘 써서 주필이라고 불렸다. 매번 다른 익명으로 기고했는데 누구나 주필의 글을 단박에 알아보았다. 글을 너무 잘 썼다. 너무 잘 썼다. 익명은 필요 없었다. 글의 주인을 오해할 여지가 없었다. 내가 처음으로 읽은 주필의 글은 「우리는 세상 바깥에 있다」라는 제목의 에세이였는데, 활자를 읽으면서 몸이 덜덜 떨려오는 경험을 처음으로 해보았다. 뭐 이런 괴물 같은 인간이 다 있단 말인가. 그런 문장은 단 한 번도 본 적이 없었다. 에세이는 원고지 50매 분량이었고 앉은 자리에서 다섯 번도 넘게 되읽었다. 그 혹은 그녀를 만나보고 싶었다. 그가 남자라면 나보다 열 살이 어려도 스승으로 모실 수 있을 것 같았고, 여자라면 나보다 열 살이 많아도 사랑에 빠질 것만 같았다.

나는 주필이 새학년 학습 커리큘럼에 실은 글을 수리에게 보여주었다. 수리는 몇 단락을 읽더니 탄성부터 터뜨렸다.

"세상에 정말 잘 쓰는 사람이 많구나. 겁난다. 누구야?"

"글을 너무 잘 써서 주필이라고 불려. 중앙조직 간부라는데. 너도 이만큼 쓸 수 있겠어?"

"모르겠어. 하지만 결국 이렇게 쓰게 되지는 않을 것 같아. 이 사람 문장은 시인의 것에 가까워."

"그럼 안 돼?"

"인식이 도약적이잖아. 아름다운 만큼 위험해 보여. 이 사람의 글은 옳을 때도 아름답지만 완전히 틀렸을 때도 아름다울 테니까."

진우는 여러 방면에 뛰어난 소질을 가졌지만, 그 역시 구제 불가능한 공대생이라고 느껴질 때가 있었다. 진우는 예술 작품을 식별하는 안목이란 걸 아예 가지고 있지 않았다. 그는 소설 읽기를 좋아했다. 미쥬가 몸서리치게 싫어하는 종류의 소설들. 그런 이야기를 자꾸 읽으면 세계관이 슬금슬금 침윤당한다고 미쥬가 경고했을 때 진우는 어깨를 으쓱거리며 대답했다. "그냥 소설일 뿐이야. 전부 허구라고." 진우는 늘 무협지를 읽었다.

그가 읽어온 수많은 무협지들의 줄거리를 추려보면 이렇다. 고아인 남자 주인공은 이제 겨우 스무 살이지만 남들이 60년은 뼈빠지게 노력해야 쌓을 수 있는 내공을 갖춘 천재다. 어느 날 한가로이 산책을 즐기던 그는 괴한들에게 강간당할 위험에 처한 아름다운 소녀를 발견한다. 그는 괴한들을 물리치고 소녀를 구한다. 그런데 괴한들은 소녀에게 치명적인 독극물을 먹였고, 소녀를 구할 방법은 하나뿐이다. 그녀와 교접하여 성기로 독극물을 추출해야 한다! 어쩔 수 없이 주인공은 소녀의 몸을 품고, 아침에 깨어난 소녀는 자신의 순결을 앗아간 이 두번째 강간범에게 몸뿐만 아니라 마음도 바치기로 결심한다. 두 사람은 결합을 허락받기 위해 홀어머니 혼자 사는 소녀의 집으로 가는데, 소녀의 어머니는 농익을 대로 농익은 절세미녀이며, 물론 그녀 역시 주인공에게 마음을 빼앗긴다. 모녀는 한 남자를 두고 다툼을 벌이고 주인공은 두 여자 사이에서 갈대처럼 흔들린다. 이때 나타난 악의 군주가 소녀를 납치해 깊은 동굴로 도망간다. 주인공은 그녀를 구하러 간다. 궁지에 몰린 악의 군주가 소녀에게 장풍을 날려 죽이려고 하는 때, 마침 나타난 소녀의 어머니가 몸을 날려 딸을 구하고 대신 희생한다. 드러누운 소녀의 어머니는 주인공의 손을 꼭 잡는데, 주인공의 찢어진 윗옷 섶에서 초승달 모양의 반점을 발견하고 만다. 그녀는 꺼져가는 목소리로 말한다. "아, 너는 내가 낳은 후 잃어버린 아들이었구나! 그리고 저 애는 내 진짜 딸이 아니라 수양딸이니까 너희 둘이 사랑해도 근친상간은 아니구. 난 이만 간다." 그런데 어머니가 실은 친어머니가 아니었단 청천벽력 같은 유언을 듣고 소녀는 충격을 받아 절벽에서 몸을 던져버리고, 졸지에 사랑하는 두 여자를 모두 잃은 주인공은 실의에 빠져 온 세상을 향한 적의를 불태우며 동굴을 빠져나온다. 그렇게 새로운 악의 군주가 탄생한다.

공학도는 다른 남자의 여자, 심지어 스승과 아버지의 여자까지 모조리 지배하는 패륜과 패권의 신화에 심취하는 경향이 있다. 아마 과학을 휘둘러 우주에서 신을 몰아낸 경험으로부터 자신감을 얻었기 때문일 것이다. 반대로 인문학도는 여자를 숭배한다. 가브리엘 마르케스의 소설이나 우디 앨런의 영화가 우리 스타일이다.

진우가 무협지 아닌 소설을 읽는 모습은 딱 한 번 보았다. 진우는 하숙집 방바닥에 드러누워 그 책을 읽고 있었다. 누렇게 바랜 낡은 판본이었고 제목은 『서울대 찌꺼기』였다. 나는 뭐 하는 이야기냐고 물었다.

"사회의 찌꺼기가 된 서울대학생 이야기야."

그렇다면 진우보다는 내 취향의 소설이 아닌가. 나는 호기심을 느꼈고 진우가 다 읽지도 않은 그 책을 빼앗듯이 빌려 내 방으로 가져왔다.

주인공도 진우처럼 서울대 공대생이었다. 공학의 천재. 그에게는 여자를 가판대의 신문 뽑듯이 쉽게 자기 것으로 만들 수 있는 능력이 있다. 그 능력으로 주인공은 수업에서 우연히 만난 여학생을 꼬이고, 학교 바깥에서 또 다른 여학생을 차지한다. 두 여자는 유일한 그의 여자가 되려고 서로 다툰 끝에 도저히 남자를 놓칠 수 없다는 절실함에 그만 공감하고 만다. 그래서 한 남자를 동시에 사귀어보자는 협정이 맺어진다. 하지만 일부다처적 연애의 과정에서 자꾸 말썽이 일어난다. 알고 보니 여자 중 한 명은 주인공의 사촌동생이었다. 사촌동생은 차마 연인을 포기할 수 없어 목숨을 포기하고, 오해와 불의의 사고가 겹쳐 주인공은 나머지 여자마저 잃는다. 실의에 빠져 망나니가 된 주인공은 공대를 졸업하고 킬러가 되어 세계를 놀아다니면서 온갖 여자들과 몸을 섞고 다닌다. 마음은 결코 주지 않으면서. 어디서 많이 들어본 이야기 같지 않은가?

딱 공대생이 쓸 법한 소설이었다. 공학적 경제성을 담보한 간결한 논리로 조금도 낭비 없이 부적절한 결론까지 직행하는. 나는 과방에서 그 소설을 읽다가 미쥬에게 들켰다. 그녀도 '서울대 찌꺼기'라는 제목에 호기심을 보이고 다시 그 책을 나에게 빌려갔고, 다음 날 내 얼굴에 소금을 뿌리듯이 책을 거칠게 내팽개치며 더는 참을 수 없다고 화를 냈다.

"정말 이런 거 읽을래?"

나는 책임 소재를 확실히 해두었다.

"진우가 빌려준 책이야."

미쥬는 새 책을 예쁘게 포장까지 해서 진우에게 선물했다. 여성주의 문학의 경전과도 같은 『이갈리아의 딸들』이었다. 인류 문명이 수렵 경제에서 농업 경제로 이전하던 시기, 채집에 종사하던 여성들이 경제적 패권을 잡아 성립된 가모장(家母長) 사회에서 남자들이 노예로 살게 됐다는 내용의 가상역사소설이다. 미쥬는 소설의 맨 앞 장에 이렇게 써놓았다.

'남자다운 사람이 되지 말고 사람다운 남자가 되길.'

진우는 자신의 문학적 취향이 무시당했다는 생각에 화가 난 모양이었다. 선물로 받은 책을 다 읽고 나서 『이갈리아의 딸들』이 범한 열일곱 가지 진화생물학적 오류'라는 제목의 보고서를 작성해서 들고 왔다. 각주에는 찰스 다윈, 리처드 도킨스, 윌리엄 해밀튼, 에드워

드 윌슨이 언급되어 있었다.

미쥬는 기꺼이 도전을 받아들였다. 각주에 인용된 책을 도서관에서 모조리 통독하고 준비를 마쳤다. 철학연구학회 모임에서 미쥬와 진우는 한 치의 양보도 없는 논쟁을 벌였다.

축제

가을 축제에서 자선 장터를 열었다. 수익금은 모두 전국철거민연합에 기부할 예정이었다. 매해 축제마다, 그리고 모든 학과의 자선 장터마다, 만들어 파는 요리는 한결같았다. 순대볶음 아니면 부침개. 미쥬가 좀 더 창조적인 메뉴를 시도해보자고 제안했다. 우리는 과방에 모여 각자 자신 있는 요리를 하나씩 쪽지에 적어 냈고, 내가 빈 책가방에 쪽지를 걷어 모아 하나씩 꺼내 읽었다. 라면. 카레. 없음. 김치볶음밥. 결코 창조적이지 않은 제안들이 잇달았다. 심지어 부침개에서 한 걸음도 나아가지 못한 것도 나왔다. 부침개.

나는 쪽지를 하나씩 읽어나가다 화들짝 놀라서 얼어붙었다.

"맙소사. 이건 누구야. 회?"

시선이 한데 모였다. 수리가 손을 들었다.

"회 뜰 줄 알아?"

수리는 수줍게 고개를 끄덕였다.

수리는 어려서부터 주말마다 아버지를 따라 전국의 낚시터를 돌아다녔다. 한가로운 유년기. 그녀는 하루 종일 간이의자에 몸을 누인 채 책을 읽었고 심심해지면 그물통에 갇힌 물고기의 윤기 흐르는 비늘을 손끝으로 쿡쿡 찔러보며 놀았다. 낚시터에서 수리의 아버지는 입을 열지 않았다. 수리가 말이라도 걸면, 검지를 입술 가운데 가져다 대고 엄하게 주의를 주었다. 대신 수리의 아버지는 그녀에게 회 뜨는 기술을 가르쳤다. 어린 딸에게 칼질을 가르치는 아버지란 대체 어떤 사고방식을 가진 사람일지 상상하기는 어렵지만, 어쨌든 딸은 결국 펜이 칼보다 강하다는 사실을 몸소 증명했다. 수리는 낚시터에서 칼과 글을 익혔고 몇 년 뒤 그중 하나를 진로로 선택했다.

회만 뜰 수 있다면 단촛물 만들기는 쉬우니 초밥을 만들어 팔자는 쪽으로 의견이 모였다. 먼저 시사회가 필요했다. 다음 날 오후 나는 수리와 함께 노량진 수산시장에 갔다. 날카롭게 번뜩이는 날의 한쪽 면에 뜻을 알 수 없는 일본어가 각인된 싸구려 회칼 한 자루, 그리고 커다란 광어 한 마리를 산 채로 샀다. 수리는 물에 적신 붕대로 광어의 머리를 느슨하게 두르고 검은색 비닐봉지에 담았다.

"선배가 들고 갈래?"

수리는 생명을 얻은 듯 살아 꿈틀거리는 비닐봉지를 내 쪽으로 내밀었다. 나는 사양했다.

과방의 커다란 책상을 깨끗이 비우고 신문지를 빈틈없이 붙여 깔았다. 신문지 위에 나무 도마를 올렸다, 도마 위에 넓적한 광어를 올렸다. 흰색 앞치마를 허리에 두른 수리가 도마 앞에 다가섰고 나머지는 책상을 빙 둘러선 채 숨을 죽이며 지켜보았다. 수리가 회칼을 손에 잡아 들자 광어는 단두대에 오른 죄수처럼 몸을 힘껏 뒤틀며 펄떡였다. 수리가 왼손으로 광어의 배를 움켜잡아 고정시켰다. "야, 도저히 못 보겠다." 미쥬가 시사회를 잠시 중단시켰다. 그녀를 따라 한 무리의 여학생들이 바깥으로 퇴장했다. 방 안에는 눈동자에 호기심이 서린 남학생들이 남았다. 수리는 관객들이 마음의 준비를 하기도 전에 예고 없이 칼을 내리쳤다. 쾅! 죽음은 선고와 동시에 비정하게 집행되었다. 둔탁한 소리가 긴 여운을 두고 방 안에 울렸다. 댕강 잘린 머리통이 날아가 두툼한 지갑처럼 바닥에 툭 떨어졌다. 남학생들이 내지른 거친 비명으로 시사회장은 아수라장이 됐다. 순식간에 명령 계통을 잃어버린 몸뚱아리는 땅에 떨어진 머리로부터 원격조종이라도 받는 것처럼 여전히 꿈틀꿈틀 움직이고 있었다. 수리는 망설이지 않았다. 능숙한 솜씨로 회칼을 뉘어 살점을 얇게 벗겨냈다. 연필을 깎듯이 자연스러운 손놀림이었다.

"이 사이코패스 살인마!"

나는 비난 조로 외쳤다. 그녀는 정말로 잔학해 보였다. 부평 시위에서 내가 전투경찰의 머리를 쇠파이프로 내리쳤던 것과는 비교도 안 될 만큼. 수리는 고개를 들고 싱긋 웃었다. 허리에 두른 하얀 앞치마는 선홍색 피가 튀어 마치 잭슨 폴록의 페인팅 작품 같았다.

곧 도마 위에는 뼈만 가지런하게 남았다. 방금 전까지 살아 숨쉬던 생명이 직육면체 모양의 조각으로 낱낱이 분해되어 플라스틱 접시 위에 차곡차곡 쌓였다. 수리는 살아 있는 생선을 담아 온 비닐봉지에 시체의 잔해를 도로 쓸어 넣고 주둥이를 묶었다. 바깥에서 기다리던 여학생들이 문을 열고 들어왔다. 수리가 접시를 들고 돌아다녔다. 우리는 차례대로 회를 한 점씩 시식해보았다.

장터에서 수리는 하루 동안 광어 47마리를 처형했다. 앙증맞은 체구의 소녀가 회칼을 들고 벌이는 처참한 살육을 구경하려고 인파가 구름처럼 몰려들었다. 초밥은 불티나게 팔려서 한나절 만에 3백만 원 가까운 돈이 생겼다. 역사적인 수익이었다. 다음 날 전철련에서 전화가 걸려 왔다. 금액이 너무 큰데 다 받아도 되겠냐는 것이었다.

진우가 공대 친구들을 끌고 여자친구가 주방을 맡은 장터로 찾아왔었다. 수리는 예리한 칼로 막 도려내 부들거리는 살점을 손가락으로 집어 진우의 입에 넣었다.

"어때?"

수리가 물었다. 그녀의 손에 들린 길다란 회칼의 날을 타고 핏물이 뚝뚝 떨어졌고, 진우를 올려다보는 그녀의 둥그스름한 눈망울은 평소와 똑같이 잔잔하게 반짝거렸다. 진우는 대답했다.

"믿을 수 없이 섹시해 보여."

힙합 정신

총학생회에서 인기 절정의 남자 가수 A와 여가수 B를 축제에 초청했다. 본부 앞 잔디밭에 철골 구조의 가설무대가 들어섰다. 독립 음악인이 아닌 대중 가수가 초대되는 일이 매우 드물었으므로 학생들은 기대에 부풀었다.

공연 당일, 하루 종일 날이 쌀쌀하고 흐리더니 저녁부터는 빗방울이 떨어졌다. 본부 앞 잔디밭에 세워진 가설무대의 움푹 파인 바닥에 구정물이 고였다. 이미 거액의 출연료를 지불했으므로 물릴 수가 없었다. 공연은 예정대로 그날 밤 열렸다. 알록달록한 색깔의 우산들이 객석을 가득 메웠다. A의 팬이었던 미쥬는 공연 한 시간 전부터 맨 앞줄 자리에 서서 기다렸다.

빗줄기를 뒤흔드는 커다란 드럼 소리와 함께 흠뻑 젖은 힙합 가수 A가 무대 위로 뛰어오르자 학생들은 환호를 보냈다. 그가 안무 동작으로 격렬하게 발을 구를 때마다 바닥에 고인 빗물이 사방으로 튀었다. 무지갯빛 조명에 반사된 물방울은 허공에서 보석처럼 반짝이며 흩어졌다. 반응은 열광적이었다. 신이 난 A가 허리를 굽혀 자세를 낮추었다. 검지를 들어 무대 아래쪽의 미쥬를 가리키며 자신만만하게 외쳤다.

"여기 온 여학생들 가슴은 모두 C커어어업!"

객석은 일순 찬물을 끼얹은 듯이 조용해졌다가 웅성거리기 시작했다. 또렷한 욕설이 불쑥 치솟아 올랐다가 꺼졌다. 미쥬가 불쾌한 얼굴로 무대를 등 돌려 걸어 나오는 것을 시작으로 여성 모임 소속의 여학생들이 항의의 표시로 팔짱을 끼고 단체 퇴장했다. A는 이제 초청 가수가 아니라 불청객이었다. 다시는 초대받지 못할 것이었다. 하지만 다른 규칙이 지배하는 세계에서 살아온 이 힙합 가수는 영문을 알지 못했다. 그는 여성 관객들을 순수하게 칭찬했을 뿐이었던 것이다.

A는 관객들이 등 돌리기 시작한 객석을 망연자실하게 바라보며, 분위기를 반전시키고자 절망적인 시도로 칭찬의 수위를 한 단계 높여보았다.

"미안해! D컵!"

취향

A가 시무룩한 얼굴로 어깨를 축 늘어뜨린 채 퇴장한 뒤, 하늘을 찌르는 인기를 누리던 여가수 B가 무대에 올랐다. B는 아무 문제 없이 공연을 끝냈고 비에 젖어 청초한 모습으로 우레 같은 박수를 받으며 무대를 내려갔다. 그녀의 헝클어진 머리는 밝은 갈색이었고 엉덩이에 젖어 붙은 타이츠는 지구처럼 크고 둥글었고 보석이 박힌 샌들의 높은 뒷굽은 땅을 팔 듯이 날카로웠다. 그날 밤 수많은 남학생들의 취향이 돌이킬 수 없이 바뀌었다.

B는 주차장에서 기다리고 있는 차로 되돌아가는 길에 언덕을 올라 과방으로 가던 민효와 마주쳤다. 민효가 먼저 B의 얼굴을 알아보고 다가가 말을 건넸다.

"사인 좀 부탁해요."

민효가 꺼낸 노트와 펜을 넘겨받은 B는 잠시 우주적 대칭성을 자랑하는 민효의 아름다운 얼굴을 뚫어지게 들여다보았다. 그녀는 의

문이 묻어나는 목소리로 물었다. 어떻게 이런 일이 가능하냐는 듯이.

"정말 서울대생이세요?"

민효는 그렇다고 대답했다. B는 사인 아래 작은 글씨로 전화번호를 적어주었다.

연예인과 친구가 된다는 생각에 신이 난 민효는 B에게 전화를 걸었는데, 물론 B는 민효와 친구가 될 뜻이 전혀 없었다. 그녀는 애인을 원했다. 두번째 만났을 때 B는 성급하게 민효에게 사귀자고 제안했다.

"그래서 사귀는 거야? B랑? 진짜?"

나는 과방에서 그 이야기를 듣고 흥분해서 물었다. 민효는 한숨을 내쉬었다.

"아니요. 미안하지만 넌 내 취향이 아니라고 거절했죠."

그녀가 민효의 취향이 아닌 건 사실이었다. 하지만 그때 나는 민효가 게이라는 사실을 몰랐으므로 민효의 여자 보는 눈이 지나치게 높다고만 생각했다. B 역시 똑같은 생각을 했을 것이다. 그녀는 세상 거의 모든 남자의 취향이었지만 하필 자기 남자를 잘못 고르는 바람에 자존심에 씻지 못할 상처를 입고 말았다.

B가 이 글을 본다면 이제 그만 털어내기를.

진흙탕

교정이 어느새 쓸쓸한 색깔로 물들었다. 연못 위에 수명을 다한 적갈색 나무 잎사귀가 처량하게 떠다녔다. 가을비가 한바탕 쏟아지자 날이 몰라보게 쌀쌀해졌다. 인문대학은 학생회장 선거로 몹시 분주해졌다. 나는 연대회의 선거 본부의 선전국장을 맡았다. 미쥬를 홍보하는 일이었다. 그녀는 연대회의의 서울대학교 인문대학 학생회장 후보로 추대되었다. 오래전에 예정된 일이었다.

미쥬의 당선은 확정적이었다. 그녀의 압도적인 인기와 지명도는 압도적인 지지율로 쉽게 옮겨 왔다. 경쟁 후보는 영문과 3학년인 방준호라는 선배였는데 지지율의 격차가 너무 커서 경쟁 후보라 말하기조차 어려웠다. 준호 선배는 '프렌즈'라는 비운동권 진영에 속했다. 호남형의 얼굴에 점잖은 매너를 가진 사람이었다. 선거 기간 동안 그는 감색 정장 차림으로 매일같이 등교했고, 바쁜 유세 일정을 소화하면서도 몸가짐에 한 치의 흐트러짐이 없었다. 그러나 그 역시 정치적 인간이었다. 지지율의 차이가 줄어들 기미가 좀처럼 보이지 않자, 그가 물광이 번뜩이는 검은 구두를 신고 사람 좋은 미소와 함께 유세를 하며 돌아다니는 동안 프렌즈 선거 본부에서는 원색적인 네거티브 선전을 펼치기 시작했다. 그들은 운동권의 위선을 폭로한다면서 미쥬의 아버지가 증권사의 대표이사라는 사실을 공개했다. 그걸 어떻게 알았을까? 그 폭로로 말미암아 나는 미쥬의 아버지가 증권사의 대표이사라는 사실을 알게 되었다. 우리는 처음에는 반박 대자보로 대응했고, 다음에는 선거 규정 위반으로 프렌즈를 선관위에 신고했다. 저쪽은 절박했다. 상황은 진정되지 않았다. 나는 조금 흥분했고, 실수를 저질렀다. 방어 차원에서 비방 광고물을 제작하고 말았던 것이다. 패션에 관심이 많은 민효가 선거 포스터 사진을 찍을 때 착용한 준호 선배의 와인색 실크 넥타이가 어떤 브랜드의 제품인지 알아냈다. 우리는 광고물에 그의 선거 포스터 사진을 그대로 실었고, 넥타이 옆에 '와, 17만 원!'이라고 커다랗게 썼다.

프렌즈가 연대회의를 선관위에 신고했다. 우리는 선관위의 주의를 받았다. 다음 날은 우리가 다시 프렌즈를 선관위에 신고했다. 프렌즈는 선관위의 주의를 받았다. 진흙탕 싸움. 다툼은 당선이 아니라 자존심이 걸린 양상이 되어갔다.

용서

발단은 프렌즈 선거 본부의 술자리였다. 철학과의 명호는 준호 선배와 한 살 터울인 친동생이었다. 선거 전까지 미쥬와 꽤 가깝게 지내왔다. 명호는 취해서 아무렇게나 떠벌렸다.

"미쥬 같은 타입은 딱 입으로만 강성이지. 침대에서는 세상에 둘도 없이 온순한 암컷일걸."

미쥬는 아마 개처럼 납작 엎드려서 엉덩이를 들고 뒤치기를 받는 체위를 좋아할 거라고 그는 덧붙였다. 내가 아는 한 결코 그렇지 않았다. 그것은 야비하기 짝이 없는 인신공격이었고 법률상으로도 범죄였다. 듣는 사람들은 그다지 진지하게 받아들이지 않았다. 그냥 안줏거리로 여겼을 것이다. 술판이 떠들썩하게 달아올랐다. 그리고 말이 새어 나갔다.

누구였는지는 모른다. 우리는 아니었다. 프렌즈의 술자리에서 나온 명호의 실언을 폭로하는 익명의 대자보가 인문대학 광장에 붙었다. 난리가 났다. 준호 선배는 재빠르게 사과문을 붙여 수습하려고 시도했다. 연대회의 선거 본부에서는 명호를 성폭력으로 제소했다. 인문대학 학생회에서 즉각 대책위원회를 꾸렸고 진상 조사가 시작되었다. 나는 미쥬를 대리하여 그 자리에 참관했다. 명호는 남자 선배 두 명을 어깨 양옆에 보디가드처럼 달고 인문대 학생회실에 나타났다. 겁에 질려 몸이 움츠러들어 있었다. 면허도 없이 비행기를 운전하는 사람의 표정을 짓고 있었다. 그는 가해자가 아니라 마치 피해자처럼 보였다. 미쥬에게 겁에 질린 것 같지는 않았다. 미쥬는 그 자리에 없었으니까.

학생회실은 건물 1층에 위치했다. 방 안은 밀실처럼 어두웠다. 대낮인데 블라인드를 끝까지 내려 창으로 드는 빛을 가려놓았다. 학생회실의 문이 닫혔고, 명호가 회전의자에 앉았다. 그는 고개를 똑바로 들지 못한 채로 미쥬를 좋아하고 또 존경하며, 자기가 한 말은 진심이 아니었다고, 용서해달라고 말했다. 대책위원장이 미쥬 측의 의견을 물었다. 나는 자리에서 일어서 간단하게 대답했다.

"마땅한 징계를 받아야 합니다."

내가 말을 마치자 명호는 울음을 터뜨렸다.

기울어진 세계의 역학

예기치 못한 곳으로 불똥이 튀었다. 한동안 소식조차 들을 수 없었던 대석 형이 누구와도 상의하지 않은 채 명호를 찾아갔다. 손에는 그의 사수대 경력을 함께했던 야구방망이가 들려 있었다. 그는 수업이 끝날 때까지 기다렸다가 강의실에서 나오는 명호를 복도에서 물건처럼 두드렸다. 신고를 받은 경찰이 학교 안까지 들어왔다. 피 묻은 방망이를 바닥에 내려놓고 경찰에 붙들려 질질 끌려가는 그의 모습은 학생운동을 할 때와 똑같았는데, 다만 이번에는 숭고한 대의가 없었다. 명호는 전치 8주의 진단을 받았다.

다음 날부터 대석 형은 학교에 나오지 않았다. 미쥬가 기숙사 방으로 찾아갔다. 대석 형은 사라졌다. 룸메이트가 대석 형이 지방의 부모님 집으로 내려갔다고 말했다. 며칠 뒤 대석 형의 부모님이 명호와 준호 선배의 집을 찾아가 사과하고 합의금으로 2천만 원을 제시했다는 소식이 들려왔다. 부유한 집안이었다. 아들의 목에 17만 원짜리 실크 넥타이를 매어줄 만큼. 돈으로 구슬릴 수가 없었다. 명호의 부모님은 단칼에 거절했다. 그들은 대석 형을 감옥에 보내 파멸시킴으로써 복수하고 싶어 했다. 그것은 법을 어긴 법대생이 감수해야 할 책임이었다.

술자리에서, 성폭력 대책위원회에서, 혹은 법정에서 조용히 끝나야 할 일이었다. 폭력이 사태에 덧씌워지자 소문이 날개 달린 듯 퍼져 나갔다. 학교는 보름 가까이 시끄러웠다. 사건은 정치적인 성격을 띠어갔다. 땅으로부터 수직으로 세워진 벽이란 벽은 죄다 하얀 전지의 대자보로 도배되듯 뒤덮였다. 역습의 차례였다. 프렌즈가 붙인 대자보는 운동권 학생들의 폭력성을 규탄한다며 목소리를 높이고 있었다. 대석 형은 자비 없이 엄격한 잣대와 역사로부터 이전받은 분노를 앞세워 논적들을 발 앞에 굴복시켜왔고, 어마어마한 원한을 샀다. 이제 입장이 바뀌어 그들이 대석 형을 윽박지를 차례였다. 대석 형이 미쥬의 전 남자친구였다는 사실이 금방 알려졌다. 사람들은 미쥬의 입장을 듣고 싶어 했다. 들을 수 없다면 보고 싶어 했다. 대석 형이 치를 대가를.

전학협은 공식적인 대자보를 쓰지 않았다. 조직이 아닌 개인의 문제이며, 대석 형은 전학협 활동을 그만둔 지 오래라면서 발을 뺐다. 미쥬가 대자보를 써 붙였다. 언어 성폭력 역시 물리적 폭력 못지 않은 심각한 범죄이며, 사건이 원만하게 해결되길 바란다는. 딱 그만큼이 대석 형의 편에서 할 수 있는 말이었다. 공평을 지향하는 내 안의 어떤 감각이 양비론을 원한다. 상상할 필요도 없이 확신할 수 있는 일이 한 가지 있다. 만약 대석 형이 저지른 짓을 다른 남학생이 저질렀다면. 미쥬는 앞장서서 그를 파멸시켰을 게 틀림없었다.

대석 형에게 작용하는 것은 돌이킬 수 없이 기울어진 세계의 역학이었다. 온 세상을 둘러 그만을 향하는 힘. 모두가 그를 등졌다. 프렌즈에서 대자보를 또 붙였다. 인과응보라는 단어를 아예 대놓고 썼다. 그들은 카타르시스를 느끼고 있었다.

날마다 새로 붙는 대자보 앞에 선 학생들은 단풍 구경하듯 호기심 어린 눈을 하고 서 있었다. 진짜 단풍잎들이 대자보에 시선과 관심을 빼앗긴 채 소리 없이 땅에 떨어졌다. 더없이 하늘이 맑고 높은 날들이 계속됐다.

길고양이 3

그런데 명호는 갑자기 고소를 취하했다. 이유를 알 수 없었다. 그는 대석 형과 합의했다. 중재는 법대 학생회에서 맡았다. 꽤 큰 돈 위에 단서가 덧붙었다. 대석 형이 향후 3년간 휴학한다는 조건이었다. 기이한 내용이었다. 그건 정치범이나 받을 만한 형벌이 아닌가? 폭력범으로 고소하고 정치적인 처벌을 내리는 셈이었다. 중재안은 대석 형에게 메일로 전달되었고, 대석 형의 답장은 그날 저녁 바로 도착했다. 내용은 짤막했다.

수용합니다.

대석 형은 토 달지 않고 중재안을 받아들였다. 그렇게 그는 학생운동에서 공식적으로 손을 뗐다.

그 며칠 전부터 미쥬는 시름시름 앓았다. 수업을 몽땅 빠졌고 선거운동도 완전히 내려놓았다. 미쥬의 전화기로 10분마다 전화가 걸려 왔다. 그녀는 전화기를 꺼두었다. 그래서 나도 전화기를 껐다. 하루 종일 그녀와 함께 있었다. 우리는 손을 맞잡고 바람이 어지럽힌 유흥가를 걸었다. 차갑고 길쭉한 손가락. 체온이 낯설었다. 나는 그 온도를 품어 보호하고 싶었다. 그 온도에 파묻혀 안심하고 싶었다. 인간관계에서 사용할 수 있는 에너지의 총량은 일정한 걸까? 한 사람을 향해 강하게 진전된 감정은 다른 사람 앞에서 빠르게 소진되어버리는 걸까?

"사퇴했어."

미쥬는 자취방으로 돌아와 매트리스에 풀썩 드러눕자마자 말했다.

"뭐?"

"학생회장 선거 말이야. 선관위에 후보 사퇴 신청을 했어."

나는 윗몸을 벌떡 일으키고 미쥬를 내려보았다.

"정신 나갔어? 그런 일을 혼자서 저지르면 어떡해."

"이제 그만두고 싶어."

미쥬는 등을 돌렸다. 중얼거리듯 말했다.

"지긋지긋해."

"대석 형 때문이야?"

나는 그녀의 등을 노려보았다. 돌아오는 말이 오래 걸렸다.

"그게 중요해?"

"그게 중요하지 않다면 우리 사이에 중요한 문제가 있는 거지."

"그래, 맞아."

"이해가 안 돼."

미쥬는 이불을 끌어올려 머리끝까지 덮었다. 나는 이불을 거칠게 끌어내려 그녀를 드러냈다.

"그렇다고 후보를 사퇴하는 게 무슨 의미가 있어?"

미쥬는 여전히 등 돌린 채로 침묵했다.

침묵했다.

나는 미쥬에 대한 독점적 관계를 확인하려 들었다. 이불을 아예 벗겨냈고, 미쥬의 옷을 벗겨냈다. 숨을 헐떡이지 않고 미쥬의 몸 위에 올랐다. 나는 미쥬의 안으로 파고들었다. 매트리스 아래로 깊이 꺼져 내려가는 기분이었다. 심해 동물과 교미를 나누는 것처럼. 미쥬는 내가 아닌 천장을 바라보고 있었다. 내가 자기 몸 위에서 굴러 내려오고 나서야 그녀는 남의 일처럼 말했다.

"꼭 이래야 했니?"

나는 성폭력 가해자들이 자신의 입장을 어떻게 정당화하는지 아주 잘 알고 있다. 새내기 시절부터 귀가 아프도록 배웠기 때문이다. 그들은 이렇게 말한다.

"어쩔 수가 없어. 사랑해서."

나는 대답했다.

미쥬의 하얀 등은 유리로 만들어진 벽처럼 보였다. 나는 자리에서 일어나 말없이 옷을 챙겨 입었다. 불을 끄고 가줘. 미쥬는 사그라지는 목소리로 말했다.

금요일 밤. 취객들의 밤이었다. 거리는 가볍게 들떠 있었다. 요란스러운 주말 밤 골목을 외롭게 헤매는, 눈동자가 별처럼 반짝거리는 작고 아름다운 동물. 아마 그때였을 것이다. 내게 잠시 깃들었던 미쥬의 길고양이가 훌쩍 떠난 것은.

대공분실 3

운동가들은 새겨듣고 참고하길 바란다. 내가 두번째로 대공분실에 끌려가게 된 건 이런 식이었다.

2002월드컵을 앞두고 축구 국가대표팀 친선경기가 있던 날이었다. 술 마시며 함께 보자는 진우의 제안을 물리치고 나는 침대 위에 누워 있었다. 나는 미쥬를 생각하고 있었다. 대석 형을 생각하고 있었다. 전화가 걸려 왔다. 모르는 번호였다. 나는 전화기를 귀에 가져다 대자마자 후회했다.

"문 경사다. 오랜만이다. 반갑지?"

"네, 반갑습니다."

"잘 지내냐?"

"네."

"별일 없고? 요즘도 시위 나가는 거 아니지?"

"안 나갑니다."

"그럼 뭐 하냐?"

"그냥 학교 다녀요."

"그래야지. 너는 내가 안 보여도 나는 니가 뭘 하는지 다 보고 있어. 지금은 어디서 뭐 하고 있냐?"

"잘 안 보이세요?"

"야, 이 새끼야."

"그냥 하숙집 방에 누워 있는데요."

그리고 30분 뒤 하숙집 앞으로 전에 타본 승합차가 달려왔다. 차 문이 열렸을 때 나는 자포자기의 심정으로 순순히 올라탔다. 그렇게 나는 대공분실에 다시 끌려갔다. 바로 간 것은 아니었다. 차는 신림역 쪽으로 이동해 사거리에 멈춰 섰고 거기서 한 시간 가까이 기다렸다. 쇠창살 틈 사이로 새어 들어온 네온 불빛이 어지럽게 번뜩였다. 차 안에는 두 명의 형사가 타고 있었다. 처음 보는 사람들이었다. 출발 안 합니까? 내가 묻자 운전석에 앉아 있는 형사가 웃음을 터뜨렸다.

"얼른 가고 싶지?"

나는 아무 말도 하지 않았다. 그가 말했다.

"니가 우리한테 소개해준 친구랑 같이 가야지, 사이좋게."

대한민국

진우는 술집에서 텔레비전으로 축구 국가대표 친선경기를 보다가 붙잡혔다. 신림동 전체가 떠들썩하게 달아올라 있었다. 경수는 당장 나가 뛸 것처럼 골키퍼 시절에 입던 유니폼을 챙겨 입었다. 민효는 붉은 악마 응원복을 입었고, 수리는 빨간 헤어밴드를 썼다. 흥분한 진우는 테이블 위로 올라갔다. 수리가 웃으며 뜯어말렸겠지만 소용이 없었을 것이다. 그들은 두 손을 말아 입가에 대고 응원 구호를 외쳤다. 대한민국!

매캐한 담배 연기. 붉은색 티셔츠들의 물결. 목이 쉰 진우의 고함. 테이블에 올라간 진우의 발부리에 차여 잔이 엎질러졌다. 흘러내린 맥주가 수리의 허벅지를 축축하게 적셨다. 훗날 수리는 그 차가운 감각을, 톡톡 터지는 탄산의 기포를, 영원히 잊을 수 없을 것이라고 말했다. 조금도 신경 쓸 일이 아니었을 것이다. 그다음 벌어진 일만 아니었다면.

남자 두 사람이 테이블을 향해 똑바로 걸어왔다. 두 사람은 그 공간의 문화와 전혀 어울리지 않았다. 학생이 아니라 중년이었다. 붉은 티셔츠를 입지 않았다. 모두 짧은 스포츠머리에 허름한 잠바를 걸치고 흰색 운동화를 신고 있었다. 문 경사는 진우가 발로 밟아 오른 테이블 앞에 멈춰 섰다. 그는 피우던 담배를 땅에 떨어뜨리고 발로 비벼 끈 뒤 물었다.

"양진우?"

"그런데요?"

"체포 영장이다."

문 경사는 호주머니에서 곱게 접힌 종이 한 장을 꺼내 들이밀었다. 진우는 영문을 몰랐을 것이다. 문 경사는 힘주어 말했다.

"거기서 내려와."

"테이블 위에 올라갔다고 사람을 체포해요?"

함께 있던 민효가 어리둥절한 표정으로 문 경사에게 말했다. 문 경사는 진우만을 바라보며 정해진 절차를 밟았다.

"지금 이 순간부터 너는 묵비권을 행사할 수 있다. 불리한 진술을 거부할 권리가 있다. 원한다면 변호사를 선임해도 좋다."

작은 소란이 광란의 응원을 잠재웠다. 실내는 찬물을 끼얹은 것처럼 조용해졌다. 수리가 벌떡 일어나 진우와 문 경사 사이를 가로막아 섰다. 문 경사는 수리를 무생물 취급했다. 시선을 내려뜨리지도 않았다. 진우는 아무 말도 하지 않았다. 그것은 묵비권이 아니었다. 무슨 일이 일어나고 있는지, 무슨 말을 해야 할지 알지 못했을 뿐이다. 그게 묵비권이라면, 그 공간에 있는 모든 학생이 묵비권을 행사하고 있는 것이었다. 침대 위에서 곤히 잠든 모든 자가 묵비권을 행사하고 있는 것이었다. 관 속에서 썩어가는 모든 시체가 묵비권을 행사하고 있는 것이었다.

"내려와."

문 경사는 다시 말했다. 진우는 미동도 하지 않았다. 다른 형사가 진우의 팔목을 잡아 거칠게 끌어당겼다. 진우는 저항했다. 테이블이 엎어지며 진우가 굴러떨어졌다. 바닥에 떨어진 맥주잔들이 요란한 소리를 내며 산산조각이 났다. 수리가 형사에게 달려들었고 형사는 수리를 거칠게 뿌리쳤다. 수리는 그 자리에 힘없이 엉덩방아를 찧으며 주저앉았다. 그들은 모두 대한민국을 응원하고 있었다. 진우는 테이블 위에서 대한민국을 응원하고 있었다. 바로 그때 대한민국은 그를 잡아 가두려 성큼 다가온 것이다. 학생들이 진우와 문 경사를 따라 우르르 바깥으로 몰려나왔다. 내가 탄 승합차가 비상등을 켠 채 세워져 있는 곳으로. 나는 황급히 고개를 내리박았다. 풀숲의 꿩처럼. 아니 병신 머저리처럼. 그게 무슨 의미가 있다고.

"아무 걱정 하지 마! 바로 변호사를 찾아볼게!"

민효의 목소리였다. 그리고 엉엉 울음. 수리가 온몸을 떨어 내는 소리였다. 차 문이 열렸다. 나는 범죄자처럼 허리를 완전히 접고 고개를 무릎까지 파묻었다. 진우는 내 옆자리에 앉았다. 차 문은 바로 닫혔다. 진우는 내 등 위에 부드럽게 손을 올리고 물었다. 태의야, 괜찮아?

법의 보호

우리는 대공분실로 갔다. 사실 진우에 대한 죄책감을 빼면 나는 별다른 두려움을 느끼지 못했다. 저번 경험을 통해 대공분실에 대한 암울한 환상이 이미 깨졌을 뿐만 아니라 문 경사가 영장을 휘둘러 우리를 체포했기 때문이었다. 어딘가 법원에서 야근하고 있을 당직 판사가 이 거친 남자들에게 내 자유를 박탈하는 종이 쪼가리를 발급해주었다는 사실은, 역설적으로 적어도 내가 법의 보호를 받는 피의자가 되었다는 안도감을 느끼게 했다. 법의 보호란 본래 그런 방식인지도. 그날 나에게 적용된 법률과 관련해서 내가 모르는 건 딱 한 가지였고 그 순간에는 그리 중요하게 생각되지도 않았다. 내 혐의. 내가 저지른 잘못. 내가 다시 잡혀 온 이유.

진우와 나는 대공분실의 지하 복도까지 나란히 걸었다. 양옆에 형사 한 사람씩이 붙어 있었다. 빛은 희미하게 미쳤다. 열댓 걸음 간격으로 설치된 낡은 백열등의 덮개 안에는 하루살이의 시체들이 액체처럼 진득하게 고여 있었다. 저것들이 부패해서 사라질 때까지 몇십 년이 걸릴까? 더 많은 시체가 몰려오지 않는다면. 우리는 지하 복도의 갈림길에서 찢어졌다. 진우가 몸을 돌려 나에게 남긴 마지막 인사는 이랬다.

"누가 먼저 풀려나든, 부모님 찾아뵙고 별일 없으니까 걱정할 필요 없다고 말해주기로 하자."

옆에 붙어 있던 형사가 뒤통수를 찰싹 때리더니 진우를 질질 끌고 어둠 속으로 들어갔다.

죄수의 딜레마

저번에 왔을 때와는 다른 방에 갇혔다. 구조는 똑같았다. 회색의 시멘트 날 벽. 철제 책상과 의자 두 개. 구분하기 어려울 만큼 닮은 방. 하지만 벽에 사각 모양의 디지털시계가 걸려 있었다. 옛 경찰서장의 시계가 아니라. 어쩌면 내가 머물렀던 방에는 진우가 들어가 있을 것이었다. 진우를 신문한 사람은 누구일까? 의문은 곧 풀렸다. 내 앞에는 문 경사가 다시 앉았다. 문 경사는 진우와 나 사이를 바쁘게 오가고 있었다.

"네가 그랬지? 양진우가 화염병 던졌다고."

나는 입을 다물었다.

"증언이 필요하다."

"증언 안 할 겁니다."

"남들한테는 그렇게 거짓말해도 돼. 일단 증언은 하고 나서."

"마음대로 생각하세요."

"미안해서 그러지?"

나는 대답하지 않았다.

"훌륭한 친구네. 보기는 참 좋다."

나는 대답하지 않았다. 문 경사는 여유만만했다.

"솔직히 말하마. 지금 우리한테 화염병 던진 놈이 급하게 필요하거든. 그런데 그게 꼭 누구일 필요는 없는 거지. 그게 너라면 어떨까?"

"전 안 던졌어요."

"네가 안 던졌다는 걸 어떻게 증명할래?"

나는 턱을 내려뜨리고 입을 벌렸다. 문 경사는 희미하게 미소 짓고 있었다.

"내가 어떻게 그걸 증명합니까? 당신들이 내가 던졌다는 걸 증명해야죠."

"나는 네가 증명해야 할 거 같은데."

"그럼 저를 법원에 보내세요. 판사는 그렇게 생각 안 할 겁니다."

"판사가 그럴까? 거기에서 네가 화염병을 던졌다고 양진우가 불어도?"

"제가 던진 적이 없는데 뭘 분다는 겁니까?"

"왜냐면 그렇게 불면 우리는 양진우를 풀어줄 거니까."

이런 씨발놈. 그 말이 입 밖으로 불쑥 튀어나오고 말았다. 그건 문 경사가 나에게는 해본 적 없는 욕이었다. 문 경사는 전혀 흥분하지 않았다. 그는 자리를 털고 일어서서 조용히 말했다.

"잘 생각해봐라. 너희는 입을 열게 되어 있어. 누가 먼저냐가 문제지. 너도 알 거야."

그리고 그는 방에서 나갔다. 무거운 소리와 함께 철문이 굳게 잠겼다. 나는 알고 있었다. 문 경사도 알고 있었을까? 그가 사용하는 전략은 철학과 수학과 경제학의 공동 유산이었다. 게임이론의 기초적인 모형. 죄수의 딜레마. 내가 입을 열면 진우가 망한다. 진우가 입을 열면 내가 망한다. 둘 다 침묵하면 둘 다 산다. 둘 다 입을 열면 둘 다 망한다. 그런데 결국 우리는 다 같이 입을 열고 다 같이 망하게 될 것이다. 나를 가르친 학문들은 확정적으로 그렇게 예측하고 있었다. 하지만 이것은 진우와 나에게 완전히 공평한 상황이 아니다. 진우는 화염병을 던졌지만 나는 화염병을 던진 적이 없으니까. 결코 공평하지 않다. 나는 그 생각에 사로잡혔다. 결코 공평하지 않다고. 소름 끼치도록 그 생각만을 했다.

진실의 약 2

철문은 오래도록 잠겨 있었다. 문 경사는 나타나지 않았다. 나는 조바심을 못 이기고 일어서서 철문을 주먹으로 쾅쾅 두드렸다. 형사 한 사람이 문을 열었다. 뭐 하는 거야, 이 새끼야. 나는 부탁했다. 문 경사를 불러달라고. 그는 철문을 다시 닫고 사라졌다. 그러고도 30분이 지나서야 문 경사는 나타났다.

"제가 증언했다는 걸 진우가 모르게 할 수도 있나요?"

문 경사는 무표정했다. 대답이 없었다.

"그러면 증언을 고려해볼게요."

"니 증언은 이제 필요 없어."

"네?"

"양진우가 먼저 입을 열었거든."

그의 입에서 나온 문장이 목을 내리치는 느낌이었다. 몸이 휘청거렸다. 나는 한참 만에 추스르고 물었다.

"진우가 뭐라던가요?"

문 경사는 바로 대답하지 않았다. 나를 빤히 보았다. 내가 인내심을 잃고 되묻기를 기다리고 있었다. 그는 나를 장난감으로 다루고 있었다.

"진우가 뭐라 했냐고요."

"들으면 상처 받을 텐데. 너는 진실의 약을 먹어봐서 알잖아."

"진우가 뭐라 했냐니까요?"

나는 몸을 일으키고 그의 멱살을 쥐어뜯을 기세로 외쳤다. 이미 피의자가 아니라 신문자가 되어 있었다. 그리고 결국 문 경사는 내 신문에 응해주었다.

"자백하더라. 네가 아니라 자기가 화염병을 던졌다고. 이제 네가 증언할 필요가 없는 거지. 굳이 네가 증언을 보태겠다면 말리진 않겠다."

그는 커다랗게 웃음을 터뜨리고 나서 덧붙였다.

"이거 참 멋진 우정이 아니냐, 박태의?"

역사에 기록된 사실

나를 밀고한 대석 형과, 진우를 밀고한 나는 대공분실에서 무사히 풀려났다. 우리는 바쁘게 폭탄을 돌렸다. 하지만 폭탄을 영원히 돌릴 수는 없는 것이다. 그것은 터지기 위해 만들어진 물건이다. 진우는 풀려나지 못했다.

문 경사는 진우의 신병을 검찰에 인계했다. 그의 몸은 구치소로 옮겨졌다. 공안 검사는 진우의 구속을 유지한 채로 즉각 기소했다. 죄목은 네 가지였다. 도로교통법 위반, 집회시위법 위반, 국가보안법 위반, 무엇보다 중한 것은 화염병 사용 등의 처벌에 관한 법률 위반이었다. 그들이 진우의 화염병 사용 사실을 어떻게 알게 되었는지는 말할 필요가 없을 터다. 모두가 그것을 의아해했지만 비밀을 아는 것은 나뿐이었다. 나와 문 경사 뿐이었다.

정작 난해한 것은 시점이었다. 왜 지금인가? 그것만큼은 나도 이해할 수 없었다. 부평의 대우자동차 시위가 종료된 지 반년 넘게 지난 때였다. 진우를 처벌하려면 언제든지 처벌할 수 있었다. 그들은 잠잠히 기다리다가 지구가 태양을 반 바퀴 돌고 나니 문득 떠올랐다는 듯이 칼을 뽑았다. 왜?

후배들은 구치소로 단체 면회를 간 자리에서 진우의 입으로 그 이유를 들었다. 진우 역시 몹시 궁금해서 물었고 문 경사가 이유를 들려주었다. 목적은 진우를 법률적으로 처벌하는 것이었지 진우를 윤리적으로 처벌하는 것이 아니었으므로, 이유를 비밀에 부칠 이유가 없었다.

"곧 우리나라에서 월드컵이 개최되는데, 너 같은 놈들이 또 후배들 끌고 거리로 뛰쳐나와 활개치게 놔둘 수는 없지. 축제 기간 동안만 잠깐 머리 식히고 나와라. 너만 처넣는 거 아니니까 너무 섭섭하게 생각하지 말고."

진우가 기소된 실질적인 이유였다. 도로교통법 위반도, 집회 및 시위에 관한 법률 위반도, 국가보안법 위반도, 화염병 사용 등의 처벌에 관한 법률 위반도 아니었다. 독재에 대항했기 때문도, 혁명을 계획했기 때문도 아니었다. 월드컵이 한국에서 개최되었기 때문이었다. 그 누구도 세계인의 축제에 찬물을 끼얹어서는 안 되기 때문이었다.

이듬해 축제는 태양만큼 뜨거웠다.

안방에서 열린 월드컵에서 한국은 4강에 올랐다.

역사에 기록된 사실은 그것뿐이다.

배신

왜 모르는 사람을 위해 이타적이기는 쉬운 걸까? 가까운 사람에게 이기적으로 상처를 입히기 쉬운 만큼.

나는 얼굴도 모르는 노동자들을 위해 싸웠고, 내 친구를 팔아먹는 배신을 저질렀다. 어쩌면 양심이란 스스로 초월적이며 초계급적인 존재라는 확신을 가질 수 있는 상황에서만 가능한 태도일지도 모른다. 세상을 고고하게 내려보며 탓하는 말들. '나'를 세상에서 제외할 수 없다면 그런 문장은 입에서 나오는 즉시 논리적 모순을 범한 것이니까. 나는 내가 저지른 짓을 누구에게도 고백하지 않았다. 나는 나를 논리적으로 변호해야 할 일이 생기지 않기를 바랐다. 그래서 나는 깨우쳤다.

인간은 논리적일 수 있을 때만 논리적이다.

인간은 이기적이다.

대석 형. 미쥬. 진우. 나를 둘러싼 세상은 모래성처럼 무너져 내리고 있었다. 하지만 나는 알았다. 학생운동의 종말보다 내 종말이 먼저 닥쳤다는 사실을. 절차의 문제가 남았을 뿐이었다. 밥을 거르는 낮과 잠을 거르는 밤을 보냈다. 생각이 필요했다. 생각할 수가 없었다. 나는 양심을 팔아 진우를 가뒀고 양심의 텅 빈 자리에 갇혔다. 아무도 삿대질하지 않는 동안에는 내가 나 자신의 수감자일 터였다. 하지만 나는 여전히 침묵했다. 고통스러웠지만 그보다 더한 고통을 감당할 용기가 없었다. 나는 완벽하게 침묵했다.

연대회의에서 정기적으로 진우의 면회를 갔다. 나는 진우의 면회를 가지 않았다. 단 한 번도. 그것은 만천하에 범죄를 자백하는 가장 고요하고 확실한 방법이었다. 후배들은 의아하게 여겼다. 다행이라 말할 수 있을까? 나를 향한 의혹의 시선은 금방 분산됐다. 문 경사의 예고대로 운동권 조직과 노동조합과 시민단체의 간부들, 그리고 진보 정당의 당원들이 무더기로 거리에서 수거됐다. 김대중 정부는 세상을 삼엄한 법으로 바싹 튀겨버릴 기세였다. 푹 익힌 세상 위에서 청결한 축제를 벌일 셈이었다. 구속된 이들은 수사를 받고 풀려나거나, 법정에서 집행유예로 풀려나거나, 유죄로 실형을 선고받았는데, 어쨌거나 한결같이 몇 달을 수감된 채로 보냈다. 월드컵이 개최되는 기간이 공통적으로 끼어 있었다.

그리고 축제가 열렸을 때, 붉은 물결이 몰고 온 함성은 광장을 가득하게 메웠다. 그들이 나타나기 전까지 광장은 텅 비어 있었다. 혹시라도 모를 훼방꾼들은 연기처럼 사라졌다. 대신에 구치소가 시청 광장처럼 붐볐을 것이다.

어쩔 수 없이, 배신자인 나는 또 다른 배신자를 탓한다. 서울올림픽 개최를 앞두었을 때 군사정권은 올림픽 공안 정국을 조성하여 학생운동가들을 토끼 사냥하듯 잡아들였다. 하나의 종을 박멸하려고 작정한 것처럼 거침이 없었다. 김대중 역시 그 시절 가택연금을 당한 적이 있다. 군인과 경찰이 에워싼 집 안에서 그는 독서로 소일해야만 했다. 역사가들에 따르면, 그는 책을 무려 만7천 권이나 읽은 독서광인 데다 머리가 좋고 학습 능력이 뛰어나, 남의 지식과 노하우를 금방 자기 것으로 소화할 수 있었다고 한다. 절대적으로 동의하는 바이다.

그는 이제 전직 대통령이며, 고인이 된 전직 대통령이다. 그래도 죽음으로 삶을 돌이킬 수는 없는 것이다. 권력을 손에 쥔 통치자들이 가슴에 아로새겨야 할 잠언을 여기 내린다: 살아서 잘하라. 너희의 삶은 찰나일지라도, 너희의 죽음은 영원하다. 너희의 가장 부끄러운 배신을 기억하는 자들의 냉랭한 침묵은 너희의 죽음으로 깨어질 것이니. 봄처럼 되찾은 말들로 너희의 위대한 봉분이 땅밑으로 닳아 꺼질 때까지 오만 잡꽃을 다 피우리라.

도둑질

구치소에는 찾아가지 않았지만, 나는 청주에 한 번 내려갔다. 대공분실에서 했던 약속을 지키기 위해서였다. 진우의 어머니 집. 방이 두 개인 작은 아파트였다. 자동차회사의 조립공이자 금속노조의 지역 간부였던 진우의 아버지는, 9년 전 해고 반대 농성 와중에 짧은 유서를 남기고 자결했다. 보험회사는 죽음을 외면했다. 자살을 보장하는 보험은 없었다. 회사의 위로금은 한 세대를 끝까지 책임지기에는 턱없이 모자랐다. 교사였던 진우의 어머니는 진우를 혼자 힘으로 길러냈다. 아들은 아버지와는 전혀 달랐다. 정치보다 컴퓨터게임에 관심이 많았고, 책상 앞에 앉는 일에 싫증을 내지 않아서 좋은 대학에 들어갔다. 어머니는 아들이 결국 아버지의 길을 따르리라고는 상상하지 못했을 것이다.

"멀리까지 와줘서 고맙구나."

그녀는 내 손을 덥석 붙잡았다. 저녁을 준비하는 동안 기다리라며 작은방을 내주었다. 한때 진우가 썼던 방. 환각일까? 가구에 깊게 스몄는지 방 안의 공기에서 진우의 체취가 감도는 듯싶었다. 책장에는 그가 읽었던 무협지가 줄줄이 꽂혀 있었다. 내가 엉덩이를 깔고 앉은 진우의 침대보는 하늘색이었고, 세탁을 한 뒤 사용하지 않아 은근하고 깨끗한 향기가 났다.

진우의 어머니는 저녁으로 동태찌개를 냈다. 그녀는 내 앞에 국그릇과 수저를 반듯하게 내려놓았다. 나는 식탁 모서리에 놓인 쇠숟가락을 가만히 내려다보았다. 수십 년 동안 이빨에 긁혔을 머리 부분은 이미 너무 닳아 금속의 광을 잃었다. 언젠가 진우가 국물 뜬 숟가락을 이로 긁어 삼켰을 것이다. 진우의 이에 마모된 숟가락을 오늘은 내가 이로 긁는다. 절망적인 기분에 사로잡혀 눈을 감고 손을 맞잡았다. 나는 존재를 믿지 않는 신에게 다시 한 번 말을 걸어보았다.

당신은 이 모든 것을 어떻게 끝내려고 합니까. 내가 사랑하는 사람들의 삶을 어디까지 도둑질하면 비로소 끝나는 것입니까.

눈을 뜨자 진우의 어머니가 웃으며 물었다. 교회 다니니?

식사를 마치고 집을 나설 때도 진우의 어머니는 손을 힘주어 잡았다.

"여기까지 와줘서 얼마나 고마운지……."

나는 진우가 가르쳐준 대로 말했다.

"진우는 무사할 겁니다. 저도 거기서 별일 없었으니까요."

"정말 별일 없을까?"

"네, 옛날이랑은 많이 달라졌어요."

"진우가 나오면 또 놀러 와요. 태의가 온다면 언제나 환영이야."

나는 고개를 숙여 인사하고 엘리베이터를 탔다. 그건 사실이었다. 별일은 없을 것이다. 내가 당신 아들의 삶을 훔친 것 이상의 일은. 시외터미널에서 서울로 돌아가는 고속버스에 몸을 실었다.

그날 밤 진우의 하숙집 방에 몰래 들어갔다. 주인을 잃은 방 안의 시간은 멈춰 있었다. 대석 형이 비운 기숙사 방처럼. 공기 속에 청주에서 맡았던 체취가 아직 떠돌았다. 책상 위에는 연필이 굴러다녔다. 전공 서적이 반으로 갈려 펼쳐져 있었다. 수식과 기호들. 내가 공유하지 못하는 진우의 세계. 반면 전공을 저만치 밀어내고 책장 공간의 대부분을 차지한 철학과 사회과학은 나의 것이기도 했다. 무협지는 책장 어디에서도 찾아볼 수 없었다. 진우는 우리에게 삶을 양보했다. 아니다. 우리가 그의 삶을 빼앗았다. 아니다. '우리'는 너무 커서 비열한 단어다. 내가.

방문을 닫고 내 방으로 돌아왔다. 침대에 누워도 눈이 감기지 않았다. 시선에 들린 천장이 빙빙 돌며 가라앉았다. 나는 천장을 떠받들려고 팔을 들었다. 천장은 내려오지 않았다. 나는 할 일 없이 든 팔로 진우의 방과 내 방을 가르는 벽을 두드려보았다. 두 번. 똑똑. 응답은 돌아오지 않았다.

변호사는 솔직했다. 그는 인문대학을 졸업했다. 변호사가 아닌 선배로서 진우를 대했다. 자기도 짧게나마 대학 시절 학생운동을 경험했다고 말했다. 그리고 그는 길게 사법고시에 뛰어들었다. 판사 재직 기간은 훨씬 길었다. 그는 11년간 지방법원을 전전하며 근무했고, 재작년 승진 심사에서 탈락하자마자 옷을 벗었다.

그는 진우에게 반성문을 써서 재판부에 제출할 것을 권했다. 자신의 판단력이 미숙했음을 인정하고, 기왕이면 이런 말로 끝맺으라는 것이었다.

이제 저는 철없던 학생운동을 떠나 열심히 공부하고 무사히 졸업해서 사회의 건강한 발전에 이바지하고 싶습니다.

변호사는 진우를 놀리는 게 아니었다. 그는 진심으로 진우를 위했다.

"거짓말을 하라는 거야. 거짓말이라도 상관없어. 누구나 거짓말인지 알 테지만, 누구도 신경 쓰지 않아."

진우는 입을 굳게 다물고 호수처럼 너울거리는 눈빛으로 변호사를 응시했다. 변호사는 진우를 이해했다. 다만 그의 충고는 감정적인 것이 아니라 전문적인 것이었다. 그는 진우의 손 위에 자신의 손을 올려 포개고, 부드러운 목소리로 일렀다.

"내가 판사 해봐서 안다. 판사는 네 편이 되고 싶어 할 거다. 판사에게 너를 도울 수 있는 길을 열어줘라. 부탁이다."

진우는 한참 만에 되물었다.

"그런 거짓말을 하면, 제가 얻는 게 뭐죠?"

변호사는 간명하게 답변했다.

"삶을 얻는다."

변호사는 진우에게 최소 5년 이상의 징역이 구형될 거라고 확신했다.

진우를 설득하기 위해 후배들이 다 나섰다. 그들은 변호사의 말을 따르라고 진우를 졸랐다. 우리는 선배가 쓴 반성문의 내용을 믿지 않을 거야. 거짓말일 뿐이잖아. 사람들이 늘 하는 거잖아. 우리는 괜찮으니까 반성문을 써내. 진우는 자신을 설득하는 말을 끝까지 들어주었다. 그때 그들은 진우에 대해 새로 배웠다. 아무도 진우를 잘 알지 못했다. 우리가 아는 건 진우의 일부였다. 그는 나머지가 훨씬 커다란 사람이었다. 진우는 말 대신 고개를 저어 거절했다.

여자친구인 수리는 진우를 따로 면회했다.

"내키지 않아서 그런 거면 내가 대신 쓸게. 내가 공개적으로 대신 쓸게. 오빠 손을 더럽힐 필요도 없어."

진우는 여전히 묵묵부답이었다.

"제발 반성문을 내줘. 나를 위해 그렇게 해줘. 제발. 제발. 제발. 제발. 제발. 제발."

수리는 애걸복걸 매달리다 아예 두 손을 모아 내밀고 빌었다. 진우는 고개를 떨궜다. 재소복 위로 눈물이 떨어져 젖었다. 진우는 면회 시간이 끝날 때까지 더는 말을 하지 않았다. 구치소에서 돌아온 수리는 하루 종일 울었다.

반성문의 역사는 죄의 역사와 같다. 갈릴레이 역시 종교재판에서 주장을 번복하고 반성문을 읊었다. 진우는 뭐가 달랐을까? 21세기의 공대생인 진우의 천체물리학 지식은 16세기의 천문학자 갈릴레이보다 훨씬 깊고 방대했다. 철없는 젊음을 못 벗어난 진우의 고집은 늙고 현명한 갈릴레이보다 훨씬 단단했다. 진우는 재판이 다 끝나고 법정을 무사히 빠져나와서 "그래도 지구는 돈다"라고 소리 죽여 중얼거릴 뜻이 없었다. 진우는 변호사의 권고와 친구들의 애원을 모두 물리쳤다.

그에게는 우주처럼 확고한 진리에 대한 믿음을 안고, 그의 진리를 이단이라 일컫는 사제들에게 마땅히 처벌받으려고, 진우는 법정에 나아가 섰다. 오직 그러려고 법정에 섰다. 한때는 알량한 껍데기뿐이었던, 그리고 우리가 스스로 선택한 적이 없었던 신조가 마침내 생명을 얻어 찬란히 빛나는 날이 왔다.

오, 진리는 나의 빛. Veritas lux mea.

단두대

판결일 아침까지 나는 법정에 가야 할지 마음을 정하지 못했다. 거기 간 건 갑자기 걸려 온 전화 한 통 때문이다. 진우의 어머니였다. 같이 가줄래, 하는 목소리가 바들바들 떨렸다. 그녀는 당연히 내가 거기 갈 걸로 믿었다. 그래서 나는 진우의 어머니를 모시고 형사 법정에 갔다. 그녀는 마치 상복처럼 보이는 검은색 정장을 입었다.

방청석은 가득 찼다. 선배들. 동기들. 후배들. 밝은 주황색의 재소복을 입은 진우가 호송되어 왔을 때 진우의 어머니는 의자에 앉은 채로 휘청거렸다. 이번엔 내가 두 손으로 그녀의 손을 꽉 힘주어 잡았다. 땔감을 붙든 느낌이었다. 손은 피가 멈춘 듯이 거칠고 차가웠다.

피고인석에 앉은 진우는 방청석의 인파 속에서 어렵지 않게 어머니를 찾아냈다. 그는 어머니를 잠시 바라보았고, 눈길을 돌려 옆에 앉은 나를 바라보았다. 그는 미소를 지었다. 후배들이 진우를 응원하는 구호를 외쳤다. 서기관이 방청객들에게 주의를 주었다. 나는 굳은 입술을 떼지 못했다. 진우의 미소를 도저히 이해할 수 없었다.

공안 검사는 무표정했다. 목에서는 낡고 탁한 소리가 났다. 그는 진우가 범한 네 가지 법 위반에 관한 공소사실을 차분하게 진술했다. 화염병 사용 등의 처벌에 관한 법률 위반. 국가보안법 위반. 집회 및 시위에 관한 법률 위반. 도로교통법 위반. 진우가 반성문을 쓰도록 회유하던 변호사는, 죄목이 합산되면 살인보다 더한 형량이 나올 가능성이 있다고 말했었다. 나는 진우를 겁주려는 말이기만을 간절히 바랐다. 지금, 공안 검사의 입에서 떨어진 감정이 서리지 않은 단어들은 단두대의 칼날처럼 묵직하고 거침이 없었다. 그것은 겁을 주기 위한 언어가 아니었다. 법률이었다.

검사가 진술을 마친 뒤 변호사가 자리에서 일어섰다. 먼저 화염병 사용 등의 처벌에 관한 법률 위반 혐의를 반박했다. 그의 변론은 짧았다. 증거가 불충분하다는 것. 변호사의 변론은 검사의 공소사실에 비해 너무 짧았다. 그래서 좀처럼 설득력 있게 들리질 않았다. 공안 검사는 진우의 자백으로 반박했다. 변호사는 대공분실에서 이루어진 자백을 신뢰할 수 없다고 재반박했다. 그는 변론을 이렇게 마무리 지었다. "거기서 무슨 말인들 못 하겠습니까?" 나는 거기서 어떤 말이 오고 갔는지 잘 안다.

공안 검사는 재반론을 포기했다. 증거가 부족했다. 검사가 가진 증거는 문 경사로부터 왔다. 문 경사가 가진 증거는 나에게서 나왔다. 공안 검사는 나를 강제로 증언대에 세울 수도 있었지만 고맙게도 그렇게는 하지 않았다. 내 곤란한 사정을 배려했을 리는 없었다. 이 모든 것이 월드컵이라는 축제를 위한 무대 설치 작업에 지나지 않았기 때문일지도 모른다. 한 달간의 축제를 무사히 마치는 데는 최대의 형량까지는 필요하지 않았던 것일지도.

다음 쟁점은 국가보안법 위반 혐의였다. 이 죄목의 증거는 법문 그 자체만큼 확실했다. 문 경사에게 끌려갔을 때 진우의 책가방 속에서 마르크스의 「공산당 선언」이 발견됐기 때문이었다. 왜 하필 그 책이 가방 속에 들어 있었는지는 나도 모른다. 나는 증거 조작을 의심했다. 「공산당 선언」은 1학년들이나 읽는 초심자용 입문서가 아니었던가?

공안 검사는 책 속에 진우가 빨간 볼펜으로 밑줄 그어놓은 문장을 증거로 제출했고, 전달력을 높이기 위해 자리에 일어서서 그 일부를 직접 읽었다.

너희는 우리가 사적 소유를 청산하려 한다고 경악한다. 너희는 압도적 다수의 무소유를 필수 조건으로 전제하는 소유를 우리가 폐지하려 한다고 비난하는 것이다.

사람들은 사적 소유의 폐지와 함께 모든 활동이 중단될 것이며 총체적인 태만이 만연할 것이라고 항변했다. 그렇다면 시민사회는 오래전에 몰락했어야 한다. 왜냐하면 그 사회에서 일하는 사람은 벌지 못하며, 버는 사람은 일하지 않기 때문이다.

노동자들에게는 조국이 없다. 그들이 가지고 있지도 않은 것을 그들에게 빼앗을 수는 없다.

진우는 가장 감명 깊은 대목에 줄을 그었고, 공안 검사는 가장 위험한 대목에 줄이 그어져 있음을 발견했다. 그런데 공안 검사의 낭독은 장소를 잘못 고른 것이었다. 방청객들은 모두 진우의 편이었다. 검사가 메마르고 갈라진 목소리로 역사적인 경구를 낭독하고 나자, 감상을 끝낸 방청석에서 냉소적인 박수가 쏟아졌다. 판사는 방청석을 제지하고 경고를 주긴 했지만, 역시 노골적으로 검사를 비웃었다. 40대 초반쯤의 남자인 판사는 한국전쟁을 몸으로 겪어보지 않아서 그런지 트라우마 없이 멀쩡한 정신을 가지고 있었다. 그는 공안 검사의 얼굴을 신기하다는 듯이 빤히 쳐다보았다.

"홍재덕 검사님, 「공산당 선언」의 소지가 정말로 국가보안법 위반이라고 생각합니까?"

"재판장님, 「공산당 선언」은 국가보안법이 규정한 이적 표현물입니다!"

상황이 불리하게 돌아가는 것을 감지한 공안 검사가 벌떡 일어나 외쳤다. 그의 목소리는 법정이 쩌렁쩌렁 울리도록 커졌고, 말투에서는 이제 성급한 조바심이 느껴졌다. 그는 범죄를 처벌할 수 없는 것보다 패배를 두려워하고 있었다. 이것은 그가 늘 즐기는 스포츠였고, 그가 늘 이기는 시합이었던 것이다. 판사는 무표정하게 대꾸했다.

"흥분 좀 하지 말아요. 우리 법원에도 대학 다닐 때 그거 읽어본 판사들이 틀림없이 있을 텐데?"

공안 검사는 어이가 없다는 표정을 지었다. 그래서 판사는 확실하게 해두었다.

"물론 나는 안 읽어봤소만."

판사가 진우를 편든 것일까? 그는 딱 한 번 기울었을 뿐이다. 그 후로 철저하게 중립을 지켰다. 공안 검사와 변호사는 30분 가까이 여러 쟁점을 다투었다. 다툼이 끝나자 판사는 검사에게 구형을 요청했다. 자리에서 일어난 검사는 거두절미하고 구형했다.

"피고인에게 징역 15년의 형을 구형합니다."

그 문장이 검사의 입에서 떨어졌을 때, 진우의 어머니도 의자에서 떨어졌다. 진우의 어머니는 까무러쳤다.

유죄판결

판사는 유죄로 판결했다.

판사는 화염병 사용 등의 처벌에 관한 법률 위반 죄목을 기각했고, 국가보안법 위반 죄목을 기각했다. 판사는 집회 및 시위에 관한 법률 위반 죄목과 도로교통법 위반 죄목을 인정했다. 판사는 대학생이며 초범인 진우의 사정을 정상참작 했다.

진우는 징역 8개월 형을 받았다. 그게 다였다. 월드컵을 치르기에 충분한 시간.

유죄판결이 떨어진 법정에서, 피고인의 친구들이 내지르는 안도의 환성이 시끄럽게 울려 퍼졌다. 실형을 선고한 판사는, 눈을 슬쩍 내리깔아 8개월의 징역으로 확정된 유죄의 기쁨을 누리는 난리법석을 구경하며 실소했다. 살다 살다 별 해괴한 광경을 나 본다는 듯이. 정말로 그랬다면, 그는 그 일을 너무 오래한 것이다.

헬싱키

미쥬가 인문대 학생회장 선거에서 사퇴하고 며칠 뒤에 일어난 일이다. 파란 용달차 한 대가 나타나 미쥬의 자취방 문을 따고 흩어진 짐을 밤도둑처럼 쓸어 갔다. 마지막 날과 첫날, 방 안의 풍경은 똑같았다. 미쥬는 거기에 매트리스만을 남겨두었다. 창가 앞자리를 차지한 누리끼리한 매트리스는 그 방을 사용할 권리를 뜻하는 것처럼 보였다. 미쥬는 강남의 부모님 집으로 되돌아갔다. 한동안 학교에 나오지 않았다. 심지어 진우의 공판에도.

진우가 구속되어 있던 동안 미쥬와 나는 드문드문 얼굴을 보았다. 사흘마다. 그러다 일주일마다. 우리 두 사람은 서로를 돌보기에는 너무 시급하고 절박한 마음의 상처에 각자 시달리고 있었다. 가까워지기는 어렵지만 멀어질 때는 가속이 붙는다. 그걸 굳이 숙려 기간이라고 불러야 할까? 미쥬가 부모님 집 근처 카페에서 낯설기 짝이 없는 방식으로 이별을 통보한 날은 우리가 한 달 가까이 얼굴을 못 본 때였다.

"나 교환학생으로 핀란드에 갈 거야."

담담한 목소리로. 사랑하는 사람이 아닌 옛 친구에게 근황을 설명하듯이. 명백하게 이별의 통보였다. 하지만 너무 낯설어서 있는 그대로 받아들이지 못했다.

"어디?"

"헬싱키 대학."

그리고 우리는 헬싱키에 대해 한참 이야기했다. 별일 아니라는 것처럼 이야기했다. 여기서 몇 분 걸어가면 나오는 동네인 것처럼. 헬싱키에 가면 우리가 연락은 어떻게 하는 게 좋을까? 내 입에서 그런 말까지 나왔는데도 미쥬는 선을 긋지 않았다.

그래서 하숙집으로 돌아온 나는 핀란드의 모든 것을 조사했다. 윗점을 모자처럼 뒤집어쓴 특수 알파벳이 어지러이 춤추는 생소한 언어. 핀란드 생활의 위험 요소. 핀란드와 한국의 시차. 그리고 마침내 경제적인 통화법. 내가 알아낸 것을 미쥬에게도 알려주었다. 나는 시차가 있으니 매일 정해진 시간에 통화하는 게 좋겠다고 말했다. 나는 도착하자마자 숙소의 주소와 비상연락처를 가르쳐달라고 말했다. 알았어. 미쥬는 짤막하게 대답했다.

출국 전날 밤. 우리는 미쥬의 집 근처 카페에서 다시 만났다.

"내일 몇 시까지 공항에 나가면 되겠어?"

나는 물었다. 미쥬는 망설였다.

"미안해, 태의야."

결국 그녀는 울음을 쏟아냈다.

“우리 그냥 헤어지는 게 좋을 것 같아.”

아주 예상 못 한 말은 아니지만. 내 얼굴에 순간적으로 스쳐 지나간 멍한 표정을 미쥬는 읽었을 것이다. 틀림없다. 나는 재빠르고 훌륭하게 표정을 수습했다. 나는 미쥬를 품에 끌어안아 부드럽게 다독였다. 그래, 난 괜찮아. 미쥬는 오히려 소리를 높여 울었다. 그녀의 마음을 사로잡았던 헤아릴 수 없이 많은 길고양이들을 위해. 홀로 남겨진 그들이 보낼 길고 외로운 밤을 미리 다 얼러놓듯이. 매일 산책시키던 사람이가 죽었을 때도 그녀는 이유도 책임도 없이 울었다. 그 울음은 놓치고 싶지 않은 남자를 위한 것이기도 했을까? 상관없었다. 목을 완전히 풀어놓고 쏟아내는 그 울음은 귓속의 울음처럼 낯익었다. 나는 그녀의 영혼이 여전히 고귀함을 간직하고 있다고 확신할 수 있어서 안도했다.

그날 밤 나는 하숙집 방으로 돌아와서 혼자 울었다. 침대에 주저앉아 얼굴을 푹 숙인 채 어깨를 들썩였다. 나는 생각했다. 진우가 옆에 있었으면 좋았을 텐데. 그는 별일 아니라고 나를 위로하지 않았을 것이다. 착한 거짓말은 진우의 방식이 아니었다. 진우는 미쥬를 탓했을 것이다. 미쥬가 이기적이었다고. 누구도 부정할 수 없는 논리를 내세워서. 그러면 나는 이렇게 말할 수 있었을 것이다.

“미안해, 그런 말은 듣고 싶지 않아.”

그리고 진우를 자기 방으로 돌려보냈을 것이다. 하지만 그 방은 이미 텅 비어 있었다.

어쨌든 공항에는 나갔다. 여전히 젊고 아름다운 미쥬의 어머니를 다시 한 번 만났다. 이제 그녀는 웃으며 나를 반겼다. 나를 신경 쓸 이유가 사라졌기 때문이다. 나는 그녀 앞에서 미쥬와 사귀는 게 아니라고 하나님께 맹세했었다. 이제 다시 한 번 맹세할 수 있게 됐다.

미쥬와 나는 어제 있었던 일에 대해 언급하지 않았다. 출국 게이트 앞에서 그녀를 다시 한 번 부둥켜 안은 뒤 들여보냈다. 뒤돌아보는 건 좀 우스운 일이다. 그녀는 망설임 없는 발걸음으로 떠났다. 나는 미쥬를 태운 비행기가 굉음을 뿌리며 이륙할 때까지 공항에 남아 있었다. 비행기는 금방 점으로 작아지더니 소멸했다. 헬싱키의 하늘을 향해. 언제부터였을까? 한국을 떠나던 날 이미 미쥬는 이 나라를 영원히 등질 결심을 했을까?

미쥬와 헤어질 때 손을 흔들지는 않았던 걸로 기억한다. 그건 다시 보자는 뜻의 인사여서일 것이다. 그래서 손을 왔다 갔다 하며 흔들게 된다.

헬싱키. 내가 인터넷 검색을 통해 완벽하게 배운 도시. 헬싱키의 밤하늘은 어둠이 새벽의 여명처럼 섬멸하는 백야에 묻히기 일쑤라고 한다. 암흑이 깔리는 밤의 중심은 어두운 만큼 귀하다. 그런 밤 고개를 들면, 자줏빛 비단처럼 지구를 감미롭게 감싸는 오로라를 볼 수 있을지도 모른다. 하늘은 수정처럼 차갑고 투명하며, 천정이 낮게 내려와 소금처럼 무수한 별이 흐르는 은하수가 손을 담글 수 있을 듯 가까워 보인다.

하늘마저 이국적인 도시의 땅 위에서는 또 무슨 일이 벌어질까?

그건 나도 모르는 일이다. 거기서부터는 미쥬 홀로 온전하게 감당해야 할 몫이었다.

길고양이 4

우리 정파에서 배출할 수 있었던 역대 최초의 여자 서울대학교 총학생회장, 우리를 이끌어 학생운동의 물길을 바꿀 수도 있었던 걸출한 영웅, 내가 그토록 닮고 싶어 했고 사랑했으며 또 숭배해 마지않았던 미와 지의 여신, 모든 남자가 탐을 냈지만 오로지 자기 자신의 주인이었던 외로운 여인, 그리고 길고양이들의 성스러운 수호신. 누구보다 똑똑하고 누구보다 열정적이고 누구보다 매혹적이었던 미쥬는 결국에는 빈털터리가 되어 우리 곁을 떠났다. 그 당시에는 내가 알지 못했던 사실이 있다. 우리 가운데 누구도 알지 못했다.

대석 형이 휘두른 야구방망이에 쓰러진 명호는 대학병원에 입원했다. 그곳을 찾아갔던 대석 형은 문전에서 쫓겨났다. 미쥬는 과일바구니를 들고 병실에 혼자 들렀다. 거기서 미쥬는 명호의 형이자 인문대 학생회장선거의 경쟁 후보인 준호 선배와 마주쳤다. 두 사람은 간단히 인사하고 병원 앞 다방으로 자리를 옮겼다. 미쥬는 쉽게 입을 열지 못했지만 결국 그 말을 꺼냈다.

"네가 부모님을 설득해줘. 장대석이랑 합의하라고."

"내가 결정할 일이 아니야."

"네가 결정할 일이 아니란 건 나도 알아. 하지만 네가 결정할 수 있는 일이잖아."

준호 선배는 입을 다물었다.

"설득해줘. 부탁할게."

준호 선배는 잠시 생각에 빠진 뒤 한 단어를 돌려주었다.

"야구방망이야."

그는 다시 힘주어 강조했다.

"야구방망이라고. 사람을 야구방망이로 때렸어. 너무 자주 사용하다 보니 언제 써야 할지 갈피를 못 잡게 됐나 보지. 그 인간은 감옥에 가야 돼."

"대공분실에 다녀온 뒤로 제정신이 아니라서 그래. 지금 마음의 병을 앓고 있어."

"감싸 안을 문제가 아니야. 남자친구였다며. 너한테도 책임이 있어. 아니, 너희 전체에게 책임이 있어. 운동권 문화에 질병이 퍼져 있는 거야."

"인생을 망가뜨릴 필요까지는 없잖아. 어차피 떠날 사람이야. 동정한다 생각하고 그냥 보내줘."

준호 선배는 꿈쩍도 하지 않았다. 미쥬는 보챘다.

"부탁이야."

"너는 학생회에 명호를 성폭력으로 제소했잖아. 너는 명호를 망가뜨리려 했잖아. 왜 동정심을 상황마다 선택적으로 느끼는 거야?"

준호 선배는 커피 잔을 들어 한 모금 마시고 내려놓은 뒤 딱 잘라 대답했다. 싫어.

미쥬는 그를 설득할 수 없음을 알았다.

그래서 미쥬는 그를 유혹했다.

"물러날게."

"뭐?"

그는 단박에 알아듣지 못했다. 미쥬는 다시 말했다.

"합의해줘. 내가 학생회장 후보직에서 사퇴할게."

가능성

바람이 아직 풀리지 않은 늦겨울에 대석 형이 하숙집 앞에 불쑥 나타났다. 현관문 앞에 서서 담배를 피우고 있는 대석 형을 발견하고 나는 그 자리에 멈춰 섰다. 바람에 휘날리는 그의 머리카락은 기름이 번들거리는 산발이었고 수염을 깎으려면 면도기보다는 가위가 유용할 것 같아 보였다. 그는 한 손을 번쩍 들어 내게 인사했다. 나는 가까이 다가가지 않고 거리를 유지한 채로 물었다.

"왜 왔어?"

"그냥. 얼굴 좀 보고 싶어서."

"폭주해서 야구방망이로 나까지 박살 내려고 온 건 아니고?"

"들켰네. 그런데 깜빡하고 방망이를 두고 왔지 뭐냐."

그는 두 손바닥이 하늘을 향하게 뒤집어 빈손을 드러내 보이며 웃었다. 나는 웃지 않았다. 그가 입가에서 웃음을 거두고 조용히 물었다. 술 마실래?

대석 형은 우리가 좀처럼 가지 않는 장소로 나를 데려갔다. 정장 차림의 여자 바텐더들이 바 건너편에서 술을 따르는 곳이었다. 그는 자리에 앉자마자 보드카 한 병을 주문했다. 술이 나오기 전에 말했다.

"대공분실 일은 미안하다."

"너무 늦은 것 같지 않아?"

"나 곧 입대한다."

입대. 온갖 수단을 동원해서 몇 년째 입대를 연기해온 대석 형은 이번에는 자진해서 입대를 신청했다. 정말로 학생운동을 내려놓는 것이었다. 그가 술을 따랐다. 나는 잔을 입에다 털었다. 보드카는 잔에서 차가웠고, 혀에서 쓰디썼고, 목에서 타올랐다. 그는 잔이 빌 때마다 내 잔을 바로 채웠다. 다시 미안하다고 말했다. 그의 단어는 조금도 미안하게 들리지 않았다. 외롭게만 들렸다. 이기적이기 짝이 없는 사과였다. 싸울 때는 적이 필요했지만 싸움을 빠져나갈 때는 친구가 필요했던 것이다. 그게 그가 나에게 사과하는 이유였다.

그래서, 결국 그는 나보다 나은 인간이었다.

그는 모든 면에서 나보다 나았다. 나는 진우에게 사과하지 않았지만 그는 나에게 사과했다. 내가 모욕당한 미쥬를 위해 안전하게 대자보 따위나 붙이는 동안 그는 자신의 미래를 내려놓고 야구방망이를 휘둘렀다. 무엇보다, 나는 멀쩡했고 그는 병을 앓았다. 그게 무슨 뜻인가? 그의 양심이 내 것보다 더 연약하고 예민하다는 뜻이었다. 대공분실에서 우리가 저지른 일은 완전히 똑같았는데도. 완전히 똑같았는데도.

"미안하다."

그는 세번째로 내게 사과를 했다. 나는 그의 잔을 채웠다. 밤은 짧았다. 가게 문을 닫기 전에 둘이서 보드카 한 병을 다 비웠다.

똑바로 걸을 수 없을 만큼 취해서 거리로 나왔다. 편의점에 들러 맥주를 사서 기숙사 휴게실로 갔다. 밤마다 그가 쇼프로그램을 보던 곳. 종이컵에 맥주를 따라 마셨다.

"아직까지도 모르겠어. 김우중 자택 점거할 때 대체 날 왜 데려간 거야?"

"구속시키려고. 일단 함께 구속되는 경험을 하고 나면 네가 전학협으로 넘어올 것 같아서."

그는 벌겋게 달아오른 볼을 씰룩거리며 말을 이었다.

"포섭하거나 싹을 짓밟아야 했어. 연대회의에 그냥 놔두면 위협적인 존재로 자랄 가능성이 있어 보였거든. 기분 나쁘게 생각 마라. 널 높게 평가했다는 소리로 들어."

날이 밝았을 때 대석 형은 줄 게 있다며 그의 기숙사 방으로 나를 데려갔다. 룸메이트는 벌써 등교해서 방 안에는 아무도 없었다. 실내는 자로 그은 것처럼 반으로 나뉘어 있었다. 대석 형의 공간은 벌써 깨끗하게 비워져 있었다. 목이 늘어난 티셔츠들도, 그의 세계를 견고하게 구축했던 사회과학 서적들도, 벽에 붙여둔 잘생긴 체 게바라의 사진도 찾아볼 수 없었다. 딱 하나. 낡은 야구방망이가 벽에 기댄 채로 세워져 있었다. 그는 방망이를 잡아 들고 보물처럼 조심스럽게 더듬었다. 그의 손길은 방망이 끝에 새긴 두 글자에 오래 머물렀다. 투신. 그게 대석 형이었다. 이름보다 그를 더 잘 설명하는 단어. 그러나 모든 전설에는 끝이 있다. 그래야 전해지는 이야기가 된다.

대석 형은 방망이를 두 손으로 꽉 잡고 허공에 한 차례 휘둘렀다. 그리고 내 쪽으로 불쑥 내밀었다.

"줄 게 이거밖에 없다. 앞으로 내가 쓸 일은 없을 거 같아."

"왜 이걸 나한테 주는데."

"기념품으로 간직해. 미쥬의 명예를 지켜준 물건이잖아. 이제 네가 지켜줘야지."

그는 미쥬가 헬싱키로 떠났다는 사실을 모르고 있었다. 나는 머뭇거리다 방망이의 손잡이를 넘겨받았다. 그는 아쉬운 사람처럼 방망이를 한동안 놓지 못했다. 그게 바로 이 사람이 등장하는 전설의 마지막 장면이 될 것이다. 대석 형이 손을 뗐다.

"그립을 어떻게 잡아야 가장 위력적인지 가르쳐줄까?"

나는 마침내 웃음을 터뜨렸다. 방망이의 소유권을 포기한 순간, 대석 형은 드디어 농담의 수준을 회복한 것 같았다. 그는 웃고 있는 나를 향해 들릴락 말락 하게 중얼거렸다. 미쥬 좀 잘 부탁한다. 나는 그의 눈을 바라보았다. 농담이 아니었다. 하지만 나는 농담으로 받을 수밖에 없었다.

"무리한 부탁은 하지 마. 누가 어떻게 해볼 수 있는 사람이 아니잖아."

그는 한동안 말이 없었다. 작별 인사로 악수를 나눴다. 나는 대석 형이 사수대를 볼 때 취하던 자세와 똑같이 야구방망이를 어깨에 걸머메고 기숙사를 빠져나왔다. 공기는 여전히 얼어 있었지만 태양이 높이 떠서 눈이 시렸다.

대석 형을 다시 만나기까지 시간이 까마득히 흘렀다. 그는 군대에 다녀와서 사법고시 공부를 시작했고, 몇 년 뒤 검사로 임용됐다. 똑똑한 사람이었으니 소식을 듣고 놀라지는 않았다.

그는 학교 앞 서점 카운터에서 배출된 세번째 지방검사다. 우리 둘이 만나서 찾아갔을 때, 머리가 희끗해진 주인아저씨는 더 이상 낡을 게 남지 않아서 전과 똑같이 낡은 단골 주꾸미볶음집에 우리를 데려갔다. 철제 테이블 위에 소주 두 병과 새빨간 주꾸미볶음이 올랐다. 대석 형은 내가 처음 만났을 때의 낙천적인 유쾌함을 완전히 되찾은 것 같았다. 그는 병뚜껑을 따기도 전에 농담부터 풀기 시작했다.

"내가 공교롭게도 인천 지검으로 발령받고 말았네. 이제 부평의 모든 짭새들이 내 손아귀에 있는 거지."

그는 부평 대우자동차 시위로 인해 입은 마음의 상처를 극복하지 못하고 학생운동을 떠났고, 검사가 됐다. 그리고 검사가 되자마자 부평을 관할 구역으로 받아 돌아간 것이었다. 그에게 보고를 올리는 경찰들은 틀림없이 몸서리를 칠 것이다. 상관의 눈빛과 말투에서 느껴지는 얼음 같은 차가움에. 서울대 법대 출신 엘리트 검사의 오만함이라고 오해할 수도 있겠지만, 다 그들과 그들의 선배들이 저지른 만행의 대가를 치르는 것일 뿐이다.

"문 경사가 조금만 덜 괴롭혔다면, 나는 지금 다른 곳에 있을 텐데 말이야. 그러고 보니 문 경사는 지금 뭐 하는지 궁금하네. 조만간 서로 찾아가서 이번엔 내가 눈물이 쏙 빠지게 괴롭혀줘야겠어."

대석 형은 낄낄 웃고 나서 건배하자고 잔을 내밀었다. 세상은 돌고 돈다.

"이왕이면 세번째 검사에서 머물지 말고 첫번째 검찰총장이 되려무나."

나이가 들면서 더욱 과묵해진 주인아저씨는 느지막하게 입을 열고 대석 형의 미래를 축복했다. 그 말에 대석 형은 다시 웃음을 터뜨렸다.

"아저씨, 그냥 승진하다 보면 총장이 되는 게 아니에요. 나 같은 놈이 검찰총장이 될 가능성은 대통령이 될 가능성보다 희박할걸요."

자신은 벌써 윗사람들 눈에 난 지 오래라는 것이었다. 대석 형이 병가를 낸 동료 검사의 사건을 넘겨받은 적이 있었다. 파업 시위를 벌인 노동자들에 대한 공소였다. 대석 형은 무죄를 구형해서 검찰 안팎으로 논란을 일으켰다. 한 신문기자가 개인 블로그에 그를 비난하는 글을 썼다. '죄를 지은 노동자에게 무죄를 구형하다니 저 검사는 빨갱이가 틀림없다.' 대석 형은 모욕죄를 저지른 이 언론 노동자에 대한 고소장을 바로 제출했다. 후배 검사에게. 이야기를 듣고 주인아저씨는 고개를 끄덕였다.

"둘 다 아주 희박한 가능성이긴 하지. 그래도 굳이 말한다면 검찰총장보다는 대통령 쪽이 더 가능성이 높을 것 같긴 하구나."

과대망상

축제는 태양만큼 뜨거웠다. 파도가 광화문 앞과 시청 광장까지 들이쳤다. 밀물과 썰물이 악마처럼 붉었다. 그 위로 아름다운 말과 신나는 소리만이 울려 퍼졌다. 승리는 소원한 친구를 얼싸안게 했고, 다툰 애인을 입 맞추게 했고, 초면인 남녀를 모텔로 불러들였다. 축제가 열리는 동안 세상은 빛이 들지 않는 곳 없이 온통 찬란하게 반짝였다.

대한민국은 16강에서 이탈리아와 맞붙었다. 결승골을 넣은 공격수 안정환은 아이처럼 폴짝폴짝 뛰며 결혼반지에 입을 맞추었다.

대한민국은 8강에서 스페인과 맞붙었다. 승부차기에서 골대를 사수한 골키퍼 이운재는 하늘을 향해 쳐든 주먹을 불끈 쥐었다. 경기장에서 직접 관전한 김대중 대통령은 흥분에 겨운 나머지 이성을 잔디밭에 내팽개친 축사를 남겼다. "오늘은 단군 이래 가장 기쁜 날입니다."

대한민국은 4강에서 터키와 맞붙어 졌다. 경기장을 가득 메운 관중은 패하고도 승자에게 축하를 보냈다. 붉고 거대한 터키 국기를 손에서 손으로 넘겨받아 경기장 위에 넓게 펼쳤다. 비탄에 잠긴 사람은 아무도 없었다. 그것은 모두의 축제였다. 우리를 제외한 모두의 축제였다.

우리는 축제에 끼지 않았다. 우리는 축구 경기를 시청하지 않았다. 우리는 축제에 침을 뱉는 유인물을 사방에 뿌렸다. 유인물은 잘 읽히지 않았다. 정부는 진우를 구속시켜 거리에 기어 나오지 말라는 명령을 우리에게 내렸고, 우리가 받은 명령은 범국가적인 무관심으로 집행되었다. 축제가 우리를 배제하는 방식은 동의되기는커녕 인지조차 되지 않았다는 점에서 가히 존재론적인 것이었다. 우리의 배제를 돌아봐주는 사람은 어디에도 없었다. 우리는 존재하지 않는 사물과도 같았다.

우리는 열렬하게 응원했다. 열렬하게 이탈리아를 응원했고, 열렬하게 스페인을 응원했고, 열렬하게 터키를 응원했다. 비난할 수 있겠는가? 존재하지 않는 사물을?

대한민국이 스페인을 꺾고 4강에 오른 날, 그러니까 단군 이래 가장 기쁜 날의 일이다. 대한민국의 번화가란 번화가는 모두 극성스러운 소란에 휩싸였다. 나는 신림동을 홀로 걷다가 새빨간 붉은 악마 응원복을 입고 날뛰는 민효를 발견하고 말았다. 그는 술에 취한 채로 나와 맞닥뜨렸다.

나에게 저지른 잘못이 아니므로 나에게 사과할 필요는 없었다. 스스로 부끄러워하면 그만이었다. 그러나 민효는 나에게 사과했다. 그 뒤에 구차한 말을 이어 붙였다.

"솔직히 나는 잘 모르겠어. 월드컵 때문에 진우 선배가 구속됐다는 건 터무니없는 소리 같아. 많은 사람이 한꺼번에 구속된 게 우연 같지는 않지만, 많은 사람이 한꺼번에 구속된 게 처음도 아니잖아. 내 생각에는, 축제를 위해 사람들을 감옥에 보낸 건 아닐 거야. 그건 과대망상이 아닐까?"

그것은 결코 변명이 아니었다. 그의 진심이었다. 나는 민효와 다투지 않고 돌아섰다. 왜냐하면, 그가 옳을 수도 있기 때문이다. 축제를 위해 사람들을 감옥에 보냈다는 건 과대망상일지도 모른다. 전권을 휘둘렀던 통치자가 세상을 떠났기에 이제 진실은 누구도 알 수 없게 되어버렸다.

하지만, 겨우 그 정도를 과대망상이라 부른다면 이런 상상은 뭐라고 부르는 게 좋을까? 축제를 위해 사람들을 감옥에 보내는 게 아니다. 거꾸로 감옥에 보낸 사람들을 잊기 위해 우리는 축제를 벌인다. 축제는 어떻게 탄생했는가? 축제란 불바다인 전쟁과 피가 튀는 학살과 그림자처럼 쫓아다니는 죄책감의 산물이었다. 대한민국의 다섯 개 국가경축일 가운데 네 개가 전쟁과 관련이 있다. 대한민국의 45개 국가기념일 가운데 17개가 전쟁과 관련이 있다. 축제는 인간의 죄에서 유래했다. 축제의 흥취에 익사 직전까지 젖었을 때, 비로소 인간이 저지른 지나간 죄는 깨끗이 망각된다.

그러므로.

축제는 계속되어야 한다.

인간의 죄가 계속되는 한.

Be the reds!

그런데 진우는 월드컵 축구 경기를 모두 시청했다. 교도관들은 재소자들이 축구 경기를 단체로 볼 수 있도록 배려했다. 시합이 벌어지는 동안 씹을 거리로 마른오징어까지 돌렸다. 재소자들은 오징어를 이로 물어뜯으면서 자신들을 외딴곳에 격리시킨 조국을 열광적으로 응원했다. 살인으로 장기 복역 중인 늙은 재소자가 잰걸음으로 돌아다니며 마른오징어 몸통에서 나온 꼬챙이를 주워 모았다. 진우는 물었다.

"그 나무 꼬챙이는 어디다 쓰게요?"

"나무 꼬챙이? 이건 나무가 아니다."

"오징어를 걸어 말릴 때 쓰는 나무 꼬챙이 아니었어요?"

"니는 서울대학교나 다녔다는 게 오징어도 모르냐? 이건 오징어 뼈야."

진우는 무척 놀랐다. 공학도인 그의 지식은 연체동물인 오징어에게도 뼈가 있다는 데까지는 닿지 못했다. 그 꼬챙이는 오징어가 바닷속을 추진할 때 척추의 역할을 하는 연골이 말라 굳은 것이었다. 그러나 며칠 뒤 진우는 훨씬 놀랐다. 늙은 살인범은 오징어 연골의 끝을 담뱃불에 살짝 그을려 말더니, 그것을 쑤셔 귀를 파냈다. 귀지가 해수욕장의 모래처럼 쏟아져 나왔다. 뾰족하고 딱딱하고 길다란 물건을 교도소에 반입할 수 없었으므로 귀이개를 만들 방법은 그것뿐이었다. 후에 교도소를 나온 진우는 그 일화를 들려주며 이렇게 말했다.

"발명이란 그런 거지. 나라면 그냥 귀 파는 걸 포기하고 늙어 죽었을 것 같아."

월드컵 4강전을 앞둔 때였다. 교도소 재소자들이 축구 경기를 단체 관람한다는 소식을 들은 한 시민단체에서 붉은 악마 응원복을 대량으로 보냈다. 교도관들은 마네킹을 다루듯이 경기를 보는 동안만 재소자들에게 빨간 티셔츠를 입혔다가 벗겨내 수거해 갔다. 진우도 빨간 티셔츠를 입었다. 같은 날 대한민국 국민의 대략 절반이 같은 옷을 입고 있었다. 며칠 뒤 월드컵이 막을 내렸고, 우주가 빛의 스펙트럼 일부를 영원히 소멸시킨 것처럼 다시는 거리에서 그 빨간 옷을 볼 수 없었다. 그 옷들은 모두 어디로 사라졌을까? 옷장 서랍 구석마다 한 벌씩 꼭꼭 숨어 있는 걸까?

수만 장의 붉은 악마 티셔츠가 기부되었다. 처치 곤란이었다. 그 옷은 식별성이 두드러져서 함부로 불우이웃돕기에 쓸 수 없었다. 수혜 대상자를 표식하는 낙인이 될 수도 있기 때문이다. 함부로 외국으로 보내기도 어려웠다. 한 국가의 대표팀 응원복이 다른 국가의 생활 의복을 점령해버리는 건 결례였다. 그래서 그 옷들은 막 탈북해서 대한민국으로 건너온 새터민들을 지원하는 데 쓰였다. 새터민들은 남한 사회에 적응하는 데 필요한 교육을 받으면서 소정의 정착금, 임대 주택과 함께 빨간색 반팔 티셔츠를 제공받았다. 선택의 여지도 없었지만 새터민들은 영문조차 몰랐다. 말 그대로 영문(英文)을 몰랐다.

구사일생으로 빨갱이들의 왕국을 탈출해 자유의 나라에 도착한 이들은, 벅찬 감격이 채 가시지 않은 새마른 가슴팍에 무엇보다 먼저 이런 문장을 새겨 넣어야만 했던 것이다. Be the reds!

양 선생

남자는 마흔두 살이고 덩치가 아주 컸다. 강간죄로 1년째 복역 중이었다. 그는 진우에게 서울대학생이 왜 감옥에 오게 됐냐고 물었고 진우는 학생운동을 하다가 잡혀 왔다고 대답했다. 남자는 몹시 반가워했다. 그는 중학교 때까지 권투를 했다고 했다. 그에게는 고등학교에 다니는 딸이 하나 있었는데 수감된 뒤부터 소식이 끊겼다. 자신과는 달리 딸이 공부하는 재능을 타고나서 틀림없이 서울대학교에 합격할 거라고 남자는 장담했다. 진우는 그의 부탁으로 딸에게 보내는 편지를 써주었다.

"어디 폼 나게 꾸며봐라. 딸년 마음에 쏙 하니 들게."

진우는 남자의 입말을 받아 적은 뒤 이야기에 살을 붙이고 문장을 손보았고 다 쓴 편지를 또박또박 읽어주었다. 낭독이 끝났을 때, 남자는 흐느껴 울고 있었다. 그리고 한 달이 지났다. 딸에게 답장이 돌아왔다! 남자는 딸이 쓴 편지를 읽다 말고 다시 눈물을 흘렸다.

그 뒤로 진우는 이틀에 한 번꼴로 수감자들의 편지를 대필했다. 빵소니범, 소매치기, 깡패의 구술이 진우의 손을 거쳐 아들, 아버지, 애인에게 전달되었다. 교도소에서 그는 '양 선생'으로 통하기 시작했다. 그런데 오징어 연골을 말아 귀지를 파던 늙은 살인범은 11년째 복역 중이었는데도 결코 진우에게 작업을 의뢰하지 않았다. 노인은 점심시간마다 진우의 맞은편에 앉아 한풀이를 쏟아낸 뒤 진우의 식판 위에 고기 반찬이나 생선구이 한 점을 올려주는 죄수들을 못마땅한 눈빛으로 바라보았다. 노인의 발명품 덕에 귀를 팔 수 있게 된 진우는, 고마운 마음에 먼저 편지를 써주겠다고 제안했지만 노인은 콧방귀를 뀌었다.

"진즉 도망갔을 여편네한테 무슨 편지를 쓰겠나? 쓰면 또 어디로 보내고?"

노인은 지난 10년 동안 접견실에 들어가보지도 못했다. 그를 위한 면회 신청은 단 한 건도 없었다.

점심시간에 노인이 어슬렁이며 다가와 맞은편 자리에 앉은 날은 진우가 출소하기 이틀 전이었다. 그는 아무 말도 없이 먼저 자기 식판에 담긴 동그랑땡을 모조리 털어 진우의 식판 위에 옮겨놓았다. 선불인 셈이었다.

"혹시 모르니까 나가기 전에 한 장 써봐라."

진우는 스테인리스 식판을 옆으로 밀어놓고 바로 일에 착수했다.

여보게.

이제 당신을 어떻게 불러야 하나? 잘 살고 있으리라 믿네. 문득 그리워서 편지 한 통 띄웠어. 답장은 안 해도 괜찮아. 내 출소해도 자네랑 현수네를 찾아가지는 않을 테니 걱정일랑 조금도 하지 말아. 그때까지 내가 살아는 있을는지. 당신이 이 글을 읽게 될는지도 모르겠소. 나는 응당 치러야 할 죗값을 치르는 중이오. 실수였지. 돌이킬 수 없는 실수였어. 아마 내가 미치광이인가 보오. 하지만 세상이 다 미쳐버렸는데 어떻게 내가 멀쩡할 수 있었겠나? 아직도 군인들에게 개처럼 두들겨 맞고 세상을 떠난 매제가 매일 밤 꿈에 나타나곤 해. 그들은 언제 죗값을 치르게 될는지…….

진우는 거기서 멈추고 용기를 내서 물었다.

"대체 누구를 죽인 거예요?"

"그걸 왜 묻나?"

"제가 알아야 말을 앞뒤 맞춰서 쓸 수 있잖아요."

노인은 머뭇거리다 입을 다물더니 자리에서 조용히 일어났다. 진우가 이미 딸에게 편지를 써준, 몸집이 커다란 죄수가 노인이 비운 자리로 옮겨 왔다.

"네 살이었다던데."

"뭐라고요?"

"망할 노인네가 토막 쳐서 오징어밥으로 내던진 꼬맹이 말이야. 저 양반은 사형당해도 싸. 안 그래?"

강간범의 젓가락은 말을 마치기도 전에 이미 진우의 식판 위로 산더미처럼 쌓인 동그랑땡을 향해 다가오고 있었다.

투쟁선봉대

한동안 나는 밤의 고요에 시달렸다. 세상의 차가운 침묵에 화들짝 놀라 선잠을 깼다. 그 밤 동안 나는 내가 아닌 미쥬의 고통을 받았다. 나는 사랑하는 사람을 잃어버린 기분을 느끼지 않고, 모든 걸 포기한 사람의 기분을 상상하며 스스로를 한없이 괴롭혔다. 밤마다 가슴이 찢어질 듯이 아팠다. 그런 밤은 길고, 어둡고, 먹먹하고, 하루 만에 더 깊어져서 다시 돌아왔다. 칠흑의 밤이 푸르스름한 새벽으로 꺾일 때면 나는 악몽을 꾸는 사람의 잠꼬대처럼 '미쥬!' 하고 울부짖었다. 이불을 뒤집어쓰고 간신히 미쥬를 머릿속에서 몰아내면 침대는 감방의 차가운 돌바닥으로 변했고 재소복을 입은 진우가 나긋나긋한 목소리로 말을 걸어왔다. 도저히 버틸 수가 없었다. 다음 학기 휴학을 신청하고 학교를 떠났다. 연대회의 중앙집행국에서 운영하는 투쟁선봉대가 떠날 명분을 주었다. 조직의 최전위 전투부대. 선봉대는 서울에서 부산까지 전국의 투쟁 사업 단위를 부루마블처럼 순회하며 싸웠다. 농성의 맨 앞자리에서 건설용 각목이나 쇠파이프 혹은 야구방망이를 휘두르며 전투력을 지원하는 일이었다. 대석 형도 전학협에서 이런 일을 했다. 그는 내가 아는 가장 뛰어난 군인이었다. 지금은 또 다른 군대에서 복무하고 있을 만큼.

나는 매일같이 몸을 축내고 싶은 갈증에 시달렸다. 그래야 정신을 지킬 수 있을 것 같았다. 생각은 정신을 축냈다. 나는 생각하는 시간을 갖지 않으려고 애썼다. 하지만 어쩔 수 없이 몸이 휴식하는 시간이 오면, 나는 저항할 수 없는 생각에 무력하게 사로잡혔다.

나는 왜 혼자 여기에 있는가.

내가 남아 있을 이유가 없다.

이제 학생운동을 내려놓아야 한다.

투쟁선봉대에서 나에게 인간이 선택할 수 있는 또 다른 삶의 가능성을 제시해준 사람을 만났다. 선봉대장이다. 부산 출신인 그는 대학에서 국문학을 전공했고, 졸업하지 않았다. 고정된 직업을 갖는 대신 운동에 삶을 투신했다. 그리하여 먼지처럼 떠다니는 인간이 됐다. 그는 노동시를 썼다. 자기가 쓴 노동시를 읽는 독자보다 투고하는 작가가 더 많은 문예지에 꼬박꼬박 보냈고, 생활비가 떨어지면 공사장을 찾아가 막일로 며칠을 때웠다. 그리고 공사장에서 겪은 일을 소재로 다시 노동시를 썼다. 그의 삶은 지구에 딸린 달처럼 영원히 빠져나올 수 없는 닫힌 궤도를 묵묵히 도는 것이었다. 내가 그와 비슷한 느낌의 선배를 한 명 안다고 하자, 그는 웃으며 대답했다.

"현승이 말이가?"

"아세요?"

"알제. 훌륭한 라이벌이었지."

그리고 그는 잠시 회상에 젖어들었다.

"시는 내가 좀 더 잘 썼고 싸움은 금마가 조금 잘했을 기야. 요즘 뭐 하고 지내노?"

선봉대원들은 그를 아버지처럼 따랐다. 무리 가운데 가장 강한 남자였기 때문이다. 삶을 쌓아 올리는 기교가 아닌, 무너뜨리는 용기로써 그는 강함을 증명했다. 그것은 누구도 흉내 낼 수 없는 힘이었다.

인간에 대한 이해

투쟁선봉대는 관광버스를 대절해서 타고 전국을 돌아다녔다. 여름 내내 땀범벅이 되도록 전투했고 제대로 씻지 않았기 때문에, 차 안의 공기는 짐승처럼 진하고 고약한 사내들의 체취가 뒤섞여 혼탁했다. 한낮에는 기온이 40도 가까이 올랐지만 기름값을 아끼려고 에어컨은 틀지 않았다. 버스는 창문을 연 채로 흙먼지가 엉켜 날리는 국도를 내달렸다. 대원들은 저마다의 무기를 품에 껴안은 채로, 차창 밖에 벗은 맨발을 내밀고 잠들었다. 싸우러 가는 길이었다.

내 무기는 대석 형에게 받은 야구방망이였다. 정말로 그걸 쓸 날이 온 것이다. 나무 독이 오르지 않도록 방망이 손잡이에 반창고를 둘둘 감아 붙였다. 그립은 곧 손에 익었다. 허공을 가르는 속도, 충돌하면 돌아오는 반발력, 목표물이 박살 나는 감각. 나는 검객처럼 눈을 감고도 그것을 휘둘러 싸울 수 있게 됐다.

당진에서 철강회사 파업 농성이 벌어졌을 때는 전투가 벌써 벌어지고 있는 가운데 차가 전장에 도착했다. 나는 잠들어 있었고, 별안간의 소란에 놀라 깼다. 버스 문이 열리고 대원들이 줄을 서서 다급하게 뛰어내렸다. 먼저 내린 선봉대장이 바깥에서 성난 손짓으로 얼른 내리라며 나를 다그쳤다. 운동화를 신을 겨를이 없어서 야구방망이만 챙겨 들고 맨발로 달려나갔다. 적은 회사가 고용한 용역이었다. 인상이 험악했다. 깡패였다. 평생을 주먹 값으로 살아온 전문적인 싸움꾼들. 우리는 격렬하게 맞붙었다. 나는 그들을 전혀 겁내지 않았다. 전투의 경험이 쌓이면서 인간에 대한 이해도 깊어졌다. 인간의 생물학적 위력은 격차가 미미하다. 무기로 다투는 전쟁에서는 모두가 약자다. 때리면 살고, 맞으면 죽는다. 제아무리 전설적인 건달이라 한들 애송이 대학생인 내가 휘두르는 야구방망이에 뒤통수를 얻어맞으면 바로 골로 가는 것이다. 깡패는 살인할 배짱을 가졌기에 강한 사람일 뿐이었다. 살인할 배짱을 못 가진 사람들은 그 앞에 움츠러든다. 그건 불공평한 싸움이다. 하지만 우리의 싸움은 공평했다. 나는 움츠러들지 않았다. 나는 인생을 포기한 사람처럼 싸웠다. 나와 적이 가진 살의는 동등했다. 나와 적이 살인을 저지를 확률도 동등했다.

예상외로 전투가 치열해져 부상자가 속출하자 용역 깡패들은 당황하여 내뺐다. 겁을 먹어서는 아니었다. 그들이 전투를 위해 고용된 용병이 아니었기 때문이다. 그들은 겁을 주어서 농성을 해산시키려고 왔다. 회사가 쥐여준 몇 푼 안 되는 돈을 받고 목숨을 내건 전투를 벌일 이유가 없었다. 그들의 오야붕이 철강회사의 대표를 만나 따져

물을 것이다.

"깽값도 안 나오는 돈을 주고 이게 뭐요! 저 애새끼들 다 조지길 원하면 돈을 지금의 다섯 배는 더 내놓으시오!"

돈을 지키기 위해서는 폭력을 써야 하지만, 폭력을 쓰기 위해서는 돈을 내놓아야 한다. 다른 말로 자본주의라고도 한다. 회사에서는 오후 내내 돈 문제로 실랑이가 벌어지고, 화가 난 용역 깡패들이 손을 털고 철수해버린다. 그런 식으로 투쟁선봉대는 소기의 목적을 달성하게 되는 것이다.

무혈의 승전보가 날아든 저녁이었다. 보랏빛으로 물들어가는 서쪽 하늘을 바라보며, 외마디 시처럼 들리는 혼잣말을 중얼거리는 선봉대장의 모습을 나는 보았다.

"오늘도 자본주의가 이겼네……."

세상은 어떻게 망하는가?

벤처 거품이 절정이었다. 자본 한 푼 없이 창립한 회사들이 떼돈을 긁어모았다. 30대인 벤처 회사의 등기이사들이 법인카드를 받았다. 용도도 묻지 않고 금액 한도도 없는 백지수표와 같은 신용카드였다. 그들에게는 출근 시간도 퇴근 시간도 없었다. 그들의 일이란 기다림이었다. 그들은 코스닥 상장을 기다렸다. 곧 돈방석 위에 앉을 텐데 무슨 일을 더 하겠는가? 주식 상장만 하면 수백억 원이 주머니로 굴러들어올 터였다.

슈퍼스마트시스템은 전자상거래 프로토콜을 개발한 대전의 벤처기업으로, 정부로부터 방위산업체로 지정받았으며 대표이사는 지역경제인상까지 수상한 유망한 회사였다. 대표이사는 월급 50만 원을 주고 병역특례요원인 프로그래머들을 부렸다. 그는 아직 30대 중반이었고, 내 대학 선배였다. 서울대 공대를 졸업하고 카이스트에서 박사학위를 받았다. 그래서 그런지 지능적으로 몰상식한 사람이었다.

작년에 그가 상습적으로 성희롱한 여직원 두 명이 손해배상을 청구했다. 소액(訴額)은 도합 790만 원이었다. 대표이사는 회사가 어려운 시기에 여직원들이 소송을 거는 바람에 정신적 충격을 받았다면서 법원에 반소를 제기했는데, 그가 청구한 위자료는 795만 원이었다. 일종의 공학적 유머였는지도 모르지만 직원들을 웃기지 못했다. 격분한 직원들이 노동조합을 결성하려고 시도했다. 대표이사는 주동자들을 해고했다. 해고당한 직원들은 회사 건물 앞에 눌러앉아 농성을 이어갔다. 대표이사는 용역 깡패들을 불러들였다. 그리하여 우리 투쟁선봉대가 대전까지 원정을 오게 되었다. 전쟁은 전자상거래 프로토콜처럼 정교한 상호작용을 통해 진행된 셈이다.

대학생들로 구성된 원정군이 도착했다는 소식은 대표이사의 귀에도 들어갔다. 놀랍게도 그는 몸소 선봉대의 본진으로 불쑥 찾아왔다. 파란색 반팔 티셔츠에 무릎이 해진 청바지 차림이었고, 혼자였다. 정중한 인사와 함께 악수를 청해 다가온 손바닥을 내려다보는 선봉대장 역시 혼란스러운 눈치였다. 선봉대장의 손에는 묵직한 쇠파이프가 들려 있었는데 대표이사는 전혀 겁먹지 않은 듯했다. 그의 가슴속에는 결국 지성이 야만성을 물리치고 승리할 거라는 믿음이 깃들어 있었던 것이다.

"양식 있는 사람들끼리 대화로 풀어보면 안 되겠습니까?"

"대단한 모험을 하시네예. 용기 하나는 높이 삽니다."

"그게 바로 벤처란 거지요."

대표이사는 선봉대장의 면전에 대고 껄껄 웃고 나서 이야기를 이어나갔다.

“지역 벤처가 얼마나 어려운지 모르실 겁니다. 직원들 입장이 이해가 안 되는 건 아니지만, 회사로서는 감당하기가 어렵습니다. 노조가 생기면 투자를 유치하기가 어렵고, 투자를 유치하지 못하면 증권 상장에 문제가 생기지요. 증권 상장만 하면 직원들도 커다란 보상을 받게 될 텐데, 인내심이 부족해 장기적인 안목을 갖지 못하는 것 같아 많이 아쉽습니다.”

선봉대장은 대답하지 않았다. 대표이사의 말에 속도가 붙었다.

“노조 때문에 지역 창업자들이 위축되어 수도권으로 다 빠져나가면 어쩔 겁니까. 지역 벤처가 망하면 모두가 손해잖습니까. 우리 지역에는 아직 노조가 생긴 벤처 기업이 없습니다.”

“원래 벤처가 최초를 지향하고 그런 거 아입니까.”

선봉대장은 시큰둥하게 대꾸했다. 양식 있는 대화는 그렇게 끝났다. 대표이사가 돌아간 뒤 양식 없는 욕설과 함께 쇠파이프를 든 용역 깡패들이 들이닥쳤다.

시간은 말을 걸러낸다. 대표이사는 노조 때문에 창업자들이 위축되어 수도권으로 빠져나가면 지역 벤처가 망한다고 말했었다. 결국 벤처 산업은 망했다. 지역이고 수도권이고 할 것 없이 싸그리 망했다. 노동조합이 창업자들을 위축시켜서는 아니었다. 증권시장에서 우수수 빠져나가 IMF 사태를 불러일으켰던 자본이 벤처 업계로 옮겨 와 머물다 똑같이 빠져나갔기 때문이었다. 그다음 몰려간 곳은 부동산이었다.

벤처 거품이 꺼진 후 사상 최초의 기술을 보유한 벤처 회사는 모두 사상 최대의 대기업들이 소유하게 되었다. 운 좋은 창업자들은 회사를 팔면서 자신이 탈출했던 대기업의 악몽 같은 노동환경으로 다시 돌아갈 기회를 받았다. 운 좋은 창업자들은. 나머지는 백수였다.

슈퍼스마트시스템의 대표이사는 지금 뭘 하고 있는지. 그는 지금도 같은 대답을 할 수 있을지. "세상은 어떻게 망하는가?" 나는 몹시 궁금하다.

마르크스에 대한 생각 6

남양주의 가구공단에서 나는 마르크스를 떠올렸다. 현승 선배에게 받은 『자본론』. 진우를 위험에 빠뜨린 「공산당 선언」. 무엇보다 내 입문서였던 『정치경제학 비판을 위하여』. 내 책장 위에 나란히 꽂혀 있던 책들이었다. 특히 『정치경제학 비판을 위하여』는 본문보다 서문이 더 자주 인용되는 유일무이한 이론서다. 마르크스는 이 책의 서문에 그 유명한 변증법적 유물론과 하부구조 이론의 실마리를 남겼다.

> 인간은 그들 생활의 사회적 생산에서 물적 생산력의 발전 수준에 조응하는 일정하고 필연적이며 불가항력인 생산관계를 맺는다. 이 생산관계 전체가 사회의 경제적 구조, 즉 현실적 토대를 이루며, 이 위에 법적이고 정치적인 상부구조와 사회적 의식이 세워진다. 생산양식이 사회적, 정치적, 정신적 생활 과정 일체를 조건 짓는다.

그런데 마르크스의 말대로 인간의 의식에 현실적 토대가 존재한다면, 마르크스가 내세운 형이상학적 담론들의 현실적 토대는 무엇인가?

마르크스의 책이 꽂힌 책장이다. 싸구려 섬유 합판을 흰색 페인트로 도색하고 녹슨 나사로 꿰어 만든 책장. 나는 그것을 4만 원에 샀다. 배송비보다 쌌고, 거기 꽂힌 마르크스의 책보다도 훨씬 쌌다. 토대 이론의 위태로운 토대. 책장 한켠에는 'made in korea'라는 문장이 으스대듯 박혀 있었는데, 나는 어떻게 4만 원이라는 가격이 가능했는지 궁금하게 여긴 적이 없었다. 그런 가구를 만드는 곳이 바로 남양주의 가구공단이었다.

공단 곳곳에 세워진 작은 공장들은 폐건물이나 다름없었다. 페인트를 칠하지 않은 내벽은 콘크리트의 회색 속살 위로 푸른곰팡이가 덕지덕지 피어나 있었다. 바깥으로 난 것은 창이 아니라 구멍이라 불러야 했다. 창문은커녕 창틀조차 달려 있지 않았다. 실내에는 톱밥이 먼지처럼 날렸고 유독한 휘발성 가스와 페인트가 공기 중에 뒤섞여 있었다. 숨을 들이쉴 때마다 기관지가 긁혀 떨어져 나가는 느낌이었다. 환기 시설은 따로 없었다. 어떤 공장은 환기를 위해 건물의 한 면을 해머로 박살 내서 무너뜨려놓았다. 무너진 벽의 틈새로 철골 뼈대가 짐승의 내장처럼 흉하게 드러났고, 콘크리트 부스러기를 바위 그늘로 착각한 노란 돌양지꽃들이 바닥에서 민망하게 머리를 디밀고 있었다.

공장에서 하루 열다섯 시간씩 일했던 사람들은 깜빡 졸다가 대가를 치렀다. 불꽃을 튀기며 목판을 가르는 전기톱날에 손가락을 내주었던 것이다.

마르크스는 상품의 진정한 도량 화폐는 노동시간이어야만 한다고 주장했다. 책장을 만들어내는 데 쓰인 노동시간은 책장의 사용가치를 자명하게 함축한다. 책장의 사용가치에 비해 노동시간이 크게 소요된다면 굳이 만들 필요가 없을 것이기 때문이다. 그런데 자본주의 사회에서 상품은 사용가치가 아닌 교환가치로 줄곧 평가된다. 바로 가격이다. 책장의 경우에는 4만 원이다. 이때, 책장을 만드는 데 들어간 노동은 구체성과 특수성과 질적 차별성을 잃고 입에 넣어 우물거리는 한우 스테이크 한 점과 동등한 것으로 전락한다. 추상적 숫자가 상품 가치의 척도가 되는 순간, 우리 세계에서 노동과 노동하는 인간의 주인성은 박탈된다. 그들은 마르크스의 역사적 저작물을 아름답게 전시해놓을 의미 있는 물건을 만들기 위해 일하는 것이 아니라, 딱 한우 스테이크 한 접시만큼의 일을 하는 것이 된다. 하루 열다섯 시간. 먼지처럼 날리는 톱밥. 유독한 휘발성 가스. 전기톱날이 앗아간 손가락. 그 모든 것이.

한우 스테이크 한 접시와 같다.

남양주의 파업은 임금 체불 때문에 일어났다. 공장주들은 서너 달치의 임금을 지불하지 않았다. 파업한 노동자들과 교섭에 나선 공장주들의 태도는 내가 지금껏 보던 것과 사뭇 달랐다. 그들은 협상이 아니라 어리광에 가까운 하소연을 했다.

"돈을 주기 싫어서 안 주겠습니까? 가구를 팔아도 남는 돈이 없는데 어떻게 합니까."

그 말은 진실처럼 들렸다. 임금을 제대로 주려면 가구의 판매 가격을 좀 더 높여야 할지도 모른다. 반드시 그래야 할 것이다. 문제는 그들 바깥에 있었다. 나는 진심으로 바라는가? 마르크스의 책들을 보기 좋게 진열할 수 있는 4만 원짜리 책장이 이 세상에서 사라지는 것을?

그날의 농성은 비교적 평화로웠다. 투쟁선봉대는 할 일이 없었다. 해가 질 때까지 파수꾼처럼 자리를 지키고 서 있다가 숙소로 돌아왔다. 노동자 기숙사였다. 우리는 거기서 파업에 가담하지 않은 수많은 사람들을 만났다. 그들은 창문이 달리지 않은 닭장처럼 좁은 방에 몸을 웅크리고 잤다. 파업에 가담하지 않은 이유를 물을 수 없었다. 말이 통하지 않아서였다. 이주노동자들이었다.

이주노동자들은 임금을 체불당하지 않았다. 체불당할 임금이 없었다. 그들은 무임금이나 다름없는 조건에서 일했다. 자신들이 불법적인 착취를 당하고 있다는 사실을 명확히 알지 못하는 것 같았다.

다음 날 이른 아침, 선봉대장이 긴급하게 회의를 소집했다.

"내 생각에는 여기에 필요한 건 파업이 아이고 노동조합인 것 같다."

이주노동자조합을 만들자는 안건은 이의 없이 통과됐다. 선봉대원들은 무기를 내려놓고 뿔뿔이 흩어져 각기 다른 국적의 이주노동자들을 찾아다녔다. 한국말을 할 줄 아는 이주노동자 한 명씩을 통역자로 앞세웠다. 나는 파키스탄을 맡았다. 내 통역자의 이름은 이므란이었다. 몸이 퉁퉁하고 눈썹이 짙은 30대 중반의 남자였다. 나는 그와 함께 돌아다니며 가구공단 곳곳의 파키스탄 노동자들을 만났고, 한 시간도 지나지 않아 이므란이 제대로 통역하고 있는지 의심하기 시작했다. 내가 몇 문장으로 표현하든지, 그는 딱 한 문장으로 바꿔냈다. 처음에는 이므란 스스로 노동조합의 개념을 전혀 이해하지 못했다. 그는 내게 되물었다.

"일은 혼자 해요. 우리가 모이면 왜 좋아요?"

나는 노동자들이 모여서 싸우면 공장주를 이길 수 있다고 대답했다. 이므란은 파키스탄 동료들에게 그 말을 그대로 통역했다고 한다. 그 말을 들은 사람들은 고개를 절레절레 젓거나 나를 빤히 쳐다보았다. 그러면 나는 고개를 돌려 이므란을 쳐다보았다. 뜻이 잘 전달됐는지 확인할 길이 없었다. 하루 종일 그런 일을 했다.

그날 우리는 2백여 명의 이주노동자들과 접촉했고, 노동조합을 만드는 데 참여할 생각이 있는 사람은 오후 아홉시에 공단 인근의 치킨집으로 찾아오라고 말했다. 약속 장소를 치킨집으로 고른 것은 우리의 무지 때문이었다. 그들이 우리가 꺼려는 금기를 이해하지 못했듯이, 우리는 그들의 금기를 다 파악하지 못했다. 그것이 소고기인지 돼지고기인지. 그래서 치킨을 골랐다. 몇 명이나 올지 어림잡을 수 없었기에 식당은 마흔 석을 예약해두었다. 오후 아홉시가 되었을 때, 단 한 사람도 나타나지 않았다.

선봉대는 한 시간 넘게 식당에서 기다렸다. 치킨 살이 다 식어 딱딱하게 굳고 나서야 다시 흩어져 이주노동자들의 숙소를 찾아다녔다. 나는 먼저 이므란을 불러냈다. 어쩔 줄 모르는 얼굴을 하고 이므란은 두 팔로 어둠을 크게 휘저으며 말했다.

"파키스탄에 가족 많아요. 나는 불법 사람입니다. 문제는 안 돼요."

그게 이유였다. 이주노동자는 허울이었다. 그들은 불법 체류자였다. 불법 체류자는 너무 어려운 단어였다. 그들은 불법 사람이었다. 공장주들이 그들의 노동력을 착취하는 것은 법률적으로 사소한 문제였다. 그들이 이 나라에 존재하는 것이야말로 법률적으로 심각한 문제였다. 공장주들은 불법 사람들이 이 땅에 존재하는 심각한 불법을 눈감아주는 대가로 노동법 위반이라는 사소한 불법을 수용하도록 요구한 것일 뿐이었다. 우리는 얼마나 순진했는가. 불법 사람들은 노동자 조합의 개념을 이해하지 못했던 게 아니라, 노동자의 개념을 이해하지 못했던 것이었다.

그들은 이 나라의 노예였다.

이른 아침에 선봉대는 짐을 챙겨 도망치듯 그곳을 떠났다.

란다우어의 원리

태양이 작열하는 낮의 열기가 식고 나면 벗어날 수 없는 밤이 매일같이 돌아왔다. 어둠이 세상을 거두어 가는 순간마다 나는 느꼈다. 사랑했던 사람을 완전히 벗겨내는 것이 얼마나 어려운 일인지. 나는 미쥬를 상상했다. 매일같이. 하루 종일.

그러던 어느 날 전화가 걸려왔다. 이상하게도 나는 확인하기도 전에 누가 전화를 걸었는지 알 수 있었다. 미쥬가 한국에 돌아온 것이다. 한참 동안 침묵하던 수화기 건너편에서 떨리는 목소리가 들렸다. 너무 보고 싶어서. 그것으로 충분했다. 나는 투쟁선봉대를 내팽개치고 단숨에 서울로 올라갔다. 만나자마자 미쥬의 손목을 잡아 끌고 모텔로 데려갔다. 우리는 방문을 닫자마자 숨이 멎을 듯 다급하게 서로의 옷을 벗겨냈다. 단추 몇 개가 떨어져 나갔다. 누구의 옷인지, 상의인지 혹은 하의인지 알 겨를도 없었다. 사랑하는 게 아니라 격투하는 것처럼 서로의 몸을 탐닉했다. 엉엉 목놓아 울고 짐승처럼 소리를 질렸다. 나는 미쥬의 등에 시퍼런 멍 자국을 남겼고 미쥬는 내 등에 시뻘건 손톱자국을 남겼다. 섹스를 마치고 그녀는 내 팔을 베고 내 가방에서 꺼낸 담배에 불을 붙였다. 미쥬는 귀에 닿을 듯 가까이 입을 대고 간지럽게 소근거렸다. 도저히 안 되겠더라. 널 떠날 수가 없어.

물론 다 상상이다. 매일같이. 하루 종일.

공대생인 진우가 이런 이야기를 해준 적이 있다.

"란다우어의 원리란 열역학 법칙이 있어. 열역학에서는 정보를 곧 에너지로 취급하는데, 통념과는 다르게 에너지는 정보를 조직할 때가 아니라 삭제할 때 사용된다는 거야. 이 원리에 따르면 아무리 복잡한 연산이라 해도 에너지를 전혀 사용하지 않아. 다만 연산장치의 용량에 한계가 있기 때문에 어쩔 수 없이 연산이 끝난 정보를 지워 초기화하는 과정이 필요하고, 에너지는 이 과정에서 전부 소모되는 거야."

나는 생각해보았다. 인간의 뇌 역시 전기화학적 연산장치이므로 란다우어의 원리가 똑같이 적용되어야 한다. 기억하기는 쉽다. 잊기는 어렵다. 사랑에 빠지기는 쉽다. 지우기는 어렵다. 그래서 나는 몸부림친다. 처음으로 되돌리려고. 얼마나 더 큰 에너지를 지나간 기억 위에 미련하게 쏟아부어야 할지는 알 수 없는 일이었다.

조자룡, 논개

진주의 금속가공공장 파업 농성에서는 경찰과 맞붙었다. 경찰은 용역 깡패보다 나약했고, 용역 깡패보다 위험했다. 용역 깡패들과의 싸움은 그날그날 끝났다. 경찰과의 싸움은 그렇지 않았다. 그들은 선봉대원을 죽이는 대신 생포하고 싶어 했다.

오전에 벌어진 전투 중에 나는 경찰이 내리친 곤봉에 이마를 맞고 쓰러졌다. 몸을 내려받은 땅이 크게 한 바퀴 돌았다. 손을 짚고 가까스로 일어나니 핏물이 흘러내려 눈앞을 가렸다. 선봉대장이 나를 힐끗 돌아보고, 손가락으로 이마를 가리키며 후방으로 빠지라고 외쳤다. 나는 대열을 이탈했다. 왼쪽 눈썹뼈 위쪽이 터졌다. 현승 선배의 이마 위의 흉터와 같은 자리였다. 거기가 내려치는 둔기에 맞기 딱 알맞은 자리인 모양이다. 노조 사무국장이 기름때 범벅인 흰 수건을 지혈하라고 내밀었다. 수건은 금세 염색한 것처럼 새빨갛게 물들었다. 피가 멈추지 않았고, 이마가 부풀어 오르기 시작했다.

"병원에 가보는 게 좋겠어."

사무국장은 차를 불러주려고 했다. 나는 사양하고 수건으로 이마를 누른 채 병원까지 걸어갔다.

이마에 고인 피를 뽑아내고 엑스레이를 찍었다. 의사는 뼈에는 이상이 없다고 했다. 일곱 바늘을 꿰매고 자리에서 일어섰다. 아버지뻘로 보이는 의사는 나를 무척 어려워했다. 그는 공손한 존댓말을 꼬박꼬박 붙여 올렸다. 나를 깡패로 여기는 눈치였다. 내가 고개를 가볍게 숙여 고맙다고 인사했을 때 그는 허리를 깊이 꺾어 답례했다. 허리를 다시 들었을 때, 그는 내 눈이 아니라 내가 얼른 나가야 할 문을 애타게 바라보고 있었다. 나는 수술실 문 앞에 기대 세워둔 야구방망이를 챙겨 들고 병원을 걸어 나와 바로 전장으로 복귀했다.

오후에 또 한 번의 전투가 벌어졌다. 시위대는 전선을 조금 물렸고 경찰은 무리하게 진압하려 들지 않았다. 소강기가 찾아왔다. 나는 바위에 걸터앉아 야구방망이를 땅에 짚어 기대고 거친 숨을 몰아쉬었다. 이마를 타고 비 오듯 흘러내리는 땀을 훔쳤더니 손등이 벌개졌다. 땀이 아니라 피였다. 실밥이 터진 모양이었다. 눈썹을 흥건하게 적신 핏방울이 땅으로 뚝뚝 떨어졌다. 나는 고개를 숙이고 검은 아스팔트 바닥에 점점이 찍힌 붉은 핏자국을 말없이 바라보았다. 차가운 우주의 빈 공간을 고독하게 떠도는 붉고 뜨거운 항성들.

사무국장이 혀를 내두르며 선봉대장에게 물었다고 한다.

"도대체 쟈는 누고?"

"박태의라고 우리 선봉대원인데예. 휴학한 대학생입니더."

"고마 조자룡이네."

그날 밤 선봉대장과 사무국장, 노조 집행부 사람들과 따로 술을 마셨다. 사람들은 앞다퉈 내 잔에 막걸리를 따랐다. 나는 사양 않고 벌컥벌컥 들이켰다. 사무국장이 물었다.

"그래, 대학에선 머 공부했노?"

호기심 어린 눈빛들이 나를 둘러쌌다. 듣길 바라는 답이 이미 있었다. 유도나 검도나 태권도라고 말할 수 있었으면 좋았겠지만, 그렇지 않았으므로 실망시킬 수밖에 없었다.

"미학을 전공했습니다."

"미학이 믄데?"

"아름다움을 공부해요."

나는 알아듣기 쉽게 대답했다. 사무국장은 쉽게 알아들었다.

"오늘 싸우는 거 딱 보이까 공부를 마이 했나 보네."

선봉대장은 먼저 숙소로 돌아갔다. 나는 노조원들과 어울려 늦게까지 마셨다. 사무국장이 2차를 가자고 제안했다. 우리는 공장 부지를 벗어나 진주 시내로 자리를 옮겼다. 도시는 뱀 허리처럼 굽은 강에 반으로 갈려 있었다. 강가의 절벽 위에 세워진 고성의 단청이 밤 조명을 받아 오색으로 반짝였다.

"진주가 참 오래된 도시인 기라. 역사적인 항쟁도 마이 일어났고. 임진왜란 때는 여서 큰 전투가 있었다 카더라. 왜놈들이 진주 관기들을 델꼬 질펀하게 놀았제. 그래가 논개가 정절을 지킬라고 적장을 품에 안아 바위에서 뛰어내렸다는 거 아이가."

사무국장은 성문 입구에 세워진 비석을 가리켰다. 비석에는 한 시인이 논개를 기려 쓴 시가 새겨져 있었다.

아! 강낭콩 꽃보다도 더 푸른
그 물결 위에 양귀비 꽃보다도 더 붉은
그 마음 흘러라

논개는 오로지 조선의 남자만이 소유할 수 있는 여자였다. 그 여자는 일본 남자에게 몸을 주느니 차라리 죽음을 택했던 것이다. 아! 양귀비 꽃보다도 더 붉은 그 마음. 사무국장은 나를 근처의 사창가로 이끌었다.

어두운 골목길을 몇 분 걷다 보니 백발 노인이 나타나 길을 가로막았다. 사무국장이 지갑을 꺼내 화대를 지불했다. 일인당 4만 원씩이었다. 4만 원. 그것은 내가 아는 교환가치였다. 입에서 사르르 녹는 한우 스테이크 한 점. 불법 사람들이 만들어낸 나무 책장. 양귀비 꽃보다도 더 붉은 여자의 마음.

방 안에서는 고약한 냄새가 났다. 침대에 앉자마자 여자가 문을 열고 들어왔다. 나이는 쉰이 넘는 듯했다. 길거리에서 마주쳤다면 망설이지 않고 할머니라 불렀을 것이다. 그녀는 말처럼 커다란 엉덩이와 곶감처럼 쭈그러든 가슴을 가진, 그러나 아직 생물학적 여성이었다. 안녕하세요, 내가 인사를 건네자 여자는 웃으며 말을 놓으라 했다. 나는 인사를 고쳤다. 안녕?

여자는 내 이마에 붙은 반창고를 힐끔거리며 왜 다쳤냐고 물었다. 길을 걷다 하늘에서 떨어진 돌에 맞았다고 둘러댔다.

"아이고야, 아팠겠네. 조심 좀 하지그랬노."

그녀는 혀를 차고 시선을 떨어뜨렸다. 안 벗나? 나는 우물쭈물했다. 그녀가 다가와 벨트를 풀어 바지를 벗겨 내리고 두 손으로 내 아랫도리를 거칠게 조몰락거렸다.

"아따, 어려서 그런지 아직 팔팔하네."

가까이 다가온 여자에게서는 냄새가 났다. 시간이 삭힌 살의 악취. 탄생보다 사멸이 가까운 길에 접어들면 풍기게 되는.

나는 검버섯이 군데군데 피어오른 여자의 등이 천장을 향하도록 뒤집어 눕히고 거대한 엉덩이를 두 손으로 쥐어 잡아 거칠게 범했다. 그녀는 으억, 으억, 하고 쉴 새 없이 가짜 비명을 내질렀다. 4만 원만큼이었다.

변하는 것

울산의 한 대학교에서 해고된 청소 노동자들이 복직 농성에 돌입했다. 교정 곳곳에 놓인 쓰레기통들이 며칠째 비워지지 않았다. 쓰레기통 위로 휴지, 깡통, 담배꽁초가 배가 불뚝하게 솟아 나왔다. 학생들은 그 위에 컵라면 국물을 마구 쏟아버렸다. 미풍이 일자 엉긴 쓰레기가 민들레 씨앗처럼 사방으로 흩날렸다. 코를 찌르는 냄새가 진동했다. 교정은 종말의 풍경을 닮아갔다. 학생들은 쓰레기통이 스스로 쓰레기를 소화하는 게 아니라는 사실을 깨달았다. 생태계의 자정작용이 멈춘 게 아니었다. 노동이 멈춘 것이었다. 청소 노동자들은 학교 안에서 농성을 벌였다.

투쟁선봉대가 도착했을 때는 농성자들이 이미 대학이 고용한 용역에 밀려 교정 바깥으로 쫓겨난 뒤였다. 그들은 정문 앞의 아스팔트 바닥에 어깨를 맞대고 주저앉아 있었다. 할 수 있는 게 그것뿐이었다. 수업을 끝내고 퇴근하던 교수 한 명이 그들에게 무슨 일이냐고 물었다. 사람들이 '김 씨 아지매'라고 부르는 농성단 대표가 청소 노동자들이 해고됐다고 대답했다. "뭐라고요? 어처구니가 없군." 교수는 대학으로부터 최대한의 거리를 확보하는 언어를 취했다. 그가 퇴근한 후로도 농성자들은 땅바닥에 앉아만 있었다.

해가 기울고 어둑한 하늘에 구름이 낮게 깔렸다. 대학 건물에 난 창문마다 형광등 불빛이 새어 나왔다. 대학 본부에서 직원 한 명을 내려 보냈다. 김 씨 아지매와 선봉대장이 대표로 나아가 대화를 나눴다. 직원은 대학의 입장을 간단하게 설명했다. 노동자들이 해고된 이유. 그들이 파견직이기 때문이었다. 대학은 시설 관리를 파견업체에 위탁했다. 따라서 시설 노동자들은 대학 소속이 아니다. 당신들을 채용한 것도 대학이 아니고 당신들에게 월급을 주는 것도 대학이 아니며 당신들을 해고한 것도 대학이 아니다. 당신들은 우리 대학에서 일할 뿐, 우리 대학과는 아무런 관련이 없는 사람들이다. 원하는 게 있다면 파견업체를 찾아가야지 우리한테 왜 이러는 거냐.

선봉대장은 이렇게 대답했다. 당신들은 시설 관리의 권한과 함께 피고용인에 대한 법률적 책임까지 팔아넘겼다는 말을 하고 있다. 당신들 스스로는 대놓고 저지르기 어려운 근로기준법과 노동법 위반을 떠넘기는 대가로 파견업체에 인력 사업을 허가해준 것이다. 따라서 이 문제는 당신들의 방식이 아닌 파견업체의 방식대로 해결되어야 마땅하다. 우리는 이 문제를 법이 아닌 힘으로 해결할 것이다.

대화가 아니라 대결이었다. 교섭은 더 나아가지 못하고 결렬되었다. 대학은 다시 문을 걸어 잠그고 침묵했다. 선봉대장이 백 리터짜리 검은색 비닐봉투 두 개를 어깨에 이고 쳐들어갔다. 그가 쓰레기통에서 꺼내 담은 온갖 오물들을 대학 본부 입구 앞에 쏟아내자 직원이 닫힌 문을 열고 헐레벌떡 뛰쳐나왔다.

"부끄럽지도 않습니까? 행패 좀 부리지 마세요."

선봉대장은 대답 대신 만 원 지폐 두 장을 내밀었다. 파견직 노동자들이 받는 일당이었다.

밤에 학교 앞의 허름한 중국음식점 2층을 통째로 빌려 해고 노동자들과 함께 저녁식사를 했다. 유리창 모서리에는 거미가 둥지를 틀었고, 빨간 나무 테이블은 모서리의 칠이 벗겨져 있었다. 네 명씩 앉은 테이블마다 탕수육 한 그릇과 고량주 한 병이 올랐다. 김 씨 아지매는 내 맞은편에 앉았는데, 내가 탕수육을 눈앞에 두고 기도를 올리는 모습을 보고 지독한 경상도 억양으로 물었다.

"니 기독교가?"

"아니요."

그녀는 더 묻지 않았다. 꽤 놀라운 일이었다. 내게 교인이냐 물었던 사람들 가운데, 아니라는 대답을 듣고 그런데 왜 기도를 하냐는 질문으로 나아가지 않은 사람은 없었기 때문이다.

"이상하지 않으세요? 왜 기도하냐고 안 물으시네요."

"사람은 원체 모순적인 기라."

그리고 김 씨 아지매는 자기 이야기를 해나갔다. 그녀의 이야기는 뒤엉킨 신화와 같아서 정치적으로나 논리적으로는 거의 설명이 불가능한 것이었다. 하지만 인간적으로는 완벽하게 납득할 수 있었다.

그녀는 경상도에서 태어났다. 부모님과 남편이 태어난 곳에서. 단

한 번도 세계의 구조를 의심해보지 않고 열심히 살았다. 20대에는 마침 유신시대가 열렸으므로 번거롭게 투표권을 사용해볼 일이 없었고, 직선제 이후로는 항상 1번만을 찍었다. 그것 역시 부모님과 남편이 찍었던 번호다. 그녀는 신한국당 당원이었고 반공자유회의 총무였다. 안기부에 간첩 신고를 찔러 넣은 것만 네 차례나 됐다. 그녀의 희생자 가운데는 단골 냉면집에 식사하러 갔다가 마주친 손님도 있었다. 외지 사람이었던 손님은 식당 주인에게 "평양냉면 맛이 뭐 이래요?"라고 함부로 불평했다가 뒷덜미를 붙들린 채 끌려가 취조당한 후 풀려났다. 안기부 요원들은 간첩으로 의심되는 사람이 있다는 전화만 받고 출동했지 이유를 묻지 않았던 것이다. 그건 취조로 알아내면 될 일이었다. 그녀가 내게 말한 이유는 이렇다.

"평양 갔다온 놈이니까 평양냉면 맛이 어떤지 알긋제. 안 글나?"

그녀가 청소 노동자로 일하던 대학에서 갑작스럽게 직원들을 해고했을 때 세상이 거꾸로 뒤집혔다. 그녀는 해고자 명단에 오른 자신의 이름을 보았다. 외로운 투쟁의 시작이었다. 그녀는 복직을 바랐을 뿐이었다. 편을 원하지는 않았지만 적이 생길 줄은 몰랐다. 먼저 10년간 몸담았던 반공자유회가 그녀를 제명했다. 집으로 꼬박꼬박 날아오던 신한국당의 당원 소식지가 끊겼다. 어느 날 농성을 마치고 돌아오는 길, 그녀는 평상에 둘러앉은 마을 사람들이 자신을 손가락질하며 수군대는 말을 듣고 말았다. 익숙한 무게와 익숙한 질감의 단어 하나가 날아와 가슴 깊숙이 박혔다. 빨갱이. 그녀는 벼락같은 충격을 받았다.

그때부터 복직 투쟁은 대학이 아닌 그녀를 둘러싼 세상과의 싸움으로 변했다. 그녀는 저문 태양을 지평선 위로 끌어올리려 하고 있었다. 직장을 되찾으면 세상도 다시 되돌릴 수 있다고 믿었다. 낮에는 직사광선이 소나기처럼 쏟아지는 땡볕에서 자신을 해고한 대학을 향해 부글거리는 욕설을 쏟아냈고, 서늘한 공기를 몸으로 젖히며 집에 돌아오는 길에는 단골 평양냉면집에서 강소주를 들이켰다. 그 시간 식당 텔레비전은 항상 아홉시 뉴스를 틀었다. 해고당한 그녀의 이야기가 나왔던 적은 없다. 앵커는 겁에 질린 목소리로 북한의 핵개발 소식을 전했다. 식당 주인은 혀끝을 찼다.

"아니, 김정일이 금마는 대체 믄 생각을 한답니꺼?"

그녀는 취했다. 해서는 안 될 거친 말을 입 밖에 냈다.

"김정일이가 아싸리 여따 핵이나 한 방 떨가뿌쓰면 좋것네!"

주인은 겁에 질린 눈을 커다랗게 뜨고 그녀를 돌아봤다. 다행히 안기부에 신고는 하지 않았다.

도무지 앞뒤가 맞지 않는 이야기였다. 한 사람이 빨갱이가 되는 과정에 관한 이야기라서 그렇다. 좀 더 그럴듯하게 바꾸려면 그녀의 출생지부터 한참 북쪽으로 손을 봐야 하겠지만, 그러면 이야기는 앞뒤가 딱 맞아떨어지는 거짓말이 돼버린다. 그런 이야기는 흔해빠졌다. 활자로. 텔레비전으로. 인터넷으로. 눈으로는 보려야 볼 수가 없지만.

김 씨 아지매는 고량주가 넘실거리는 술잔을 내밀어 내 잔과 부딪혔다.

"사람은 변하는 기라."

그리고 술잔을 기울여 완전히 비워냈다.

그로부터 10년이 지난 뒤의 일이다. 나는 텔레비전 토론회에서 김 씨 아지매의 얼굴을 다시 보았다. 그녀는 변하지 않았다. 그대로였다. 처음 봤을 때 그녀는 쉰 즈음이었고 쉰으로 보였다. 뉴스에서 본 그녀는 환갑이 넘었는데 여전히 쉰으로 보였다. 그녀는 진보 진영의 후보로 출마했다. 제18대 대통령 선거였다.

사람은 변하는 기라.

그 말이 지금까지 머릿속에 어지럽게 맴돈다. 왜냐하면 나는 김 씨 아지매에게 투표하지 않았기 때문이다.

밤에 빗댄 시 2

대구의 섬유염색공장으로 원정 갔던 날이다. 하루의 전쟁을 끝내고 숙소로 돌아온 밤은 낮과 다름없는 무더위로 후끈거렸다. 악명 높은 대구의 무더위는 적보다 더 어려웠다. 물리칠 수도 없었고 도망칠 수도 없었다. 아마 회사 입장에서는 선봉대가 지키는 파업 농성이 무더위와 비슷하게 느껴졌을 것이다.

땀이 줄줄 흘러 등판을 적셨다. 잠자리에는 아예 웃통을 벗고 누웠다. 젖은 등이 벽지처럼 장판에 들러붙었다. 그 온도에서 잠을 자는 것은 불가능했다. 나는 살금살금 걸어서 숙소를 빠져나왔다. 편의점에서 맥주 한 캔을 사 들고 근처의 공업용 저수지로 가서 수변의 잔디언덕에 자리를 잡아 팔을 베고 누웠다. 물바람이 선선하게 불어 훨씬 나았다. 나는 눈 감고 귀를 기울였다. 바람에 흔들린 들풀이 서걱댔다. 풀벌레들이 그 위에서 날개를 찡찡 비볐다. 개구리의 목 부푼 울음이 풀벌레를 쫓았다. 가끔씩 알 수 없는 소리가 끼어들었다. 모래를 흩뿌려 물이 사방으로 튀는 듯한 소리. 저수지에 떨어진 작은 별들이 내는 소리일까? 하늘의 별이 다 떨어지고 나면 우주는 텅 비게 될까? 문득 현승 선배가 불렀던 노래의 가사가 떠올랐다.

사연 없는 사물이 늘어갈 때마다
우주는 거꾸로 가벼워진다
그러다 텅 비고 만다
견딜 수 없는 일 그래서
거짓말은 모두 젖어 있지
앙상하게 말라붙어 뼈만 남은 사실들
우리는 목이 너무 마르니까

대체 그때가 언제였던가. 나를 짓누르는 밤과 나를 둘러싼 우주는 그때만큼 아름다운 것 같지는 않았다. 오래된 날들. 머릿속에 노란 별들이 가득히 내려온 연천의 유채밭을 그려보았다. 내 옆에는 미쥬를 눕혔다. 미쥬의 옆에는 진우를. 손목을 타고 흘러내려오는 가늘고 길쭉한 손가락들. 다섯 손가락이 다섯 손가락 사이로 스민다. 일격을 당한 피부 세포들이 아우성친다. 하지만 두 사람은 곁을 떠났고 나는 지금 혼자 누워 있다. 감옥의 밤은 어떤 것일까? 헬싱키의 밤은?

지나간 시절은 이제 전생처럼 멀게 느껴진다. 내가 기억하는 일이되 내가 겪지 않은 일처럼. 감은 눈꺼풀의 사이로 풀 이슬처럼 눈물이 맺혔고 나는 잠들었다.

해가 뜬 뒤까지 잤다. 숙소에서 내가 사라진 것을 발견하고 찾아다닌 선봉대장이 잔디밭에서 뒹굴고 있는 나를 발견했다. 그는 이제 출발해야 한다며 나를 흔들어 깨웠다. 웃통을 벗고 잔디밭 위에 드러누워 잤더니 온몸에 좁쌀만 한 반점이 울긋불긋 돋아나 있었다.

"대장, 약국에 가서 벌레약을 좀 바르고 올 테니 잠깐만 기다려줘요."

"만다꼬. 그랄 필요 읍다."

그는 시인다운 처방을 내렸다.

"별빛에 그을려 생긴 반점이니까 햇빛 쐬면 지절로 나아질 기다."

화석

부산의 해운회사 파업 농성을 끝으로 투쟁선봉대는 해산했다. 불 꺼진 선창가에서 뒤풀이가 열렸다. 손전등 10여 개를 하늘을 향하게 뒤집어서 바닥에 세워두었다. 촛불처럼. 넓게 퍼진 빛 꼬리의 너머에서 겹겹이 쌓인 항만의 컨테이너 무덤이 바다를 내려다보고 있었다. 성처럼 거대한 높이였다. 어두운 밤바다는 수평선의 먼 끝보다 밑으로 더 깊어 보였다. 선봉대장이 양손에 치킨을 다섯 마리씩 들고 왔다. 죽을 만큼 소주를 마셨고 전부 토해냈다.

아침에 선봉대장은 막노동으로 다져진 우악스러운 팔뚝으로 대원들을 한 명씩 끌어안고 작별 인사를 건넸다. 나를 안아주고 나서, 그는 진주에서 경찰의 곤봉에 맞아 꿰맨 내 이마의 흉터를 바라보며 물었다.

"다 나았나. 인제 안 아프나."

"괜찮아요."

"서울로 돌아가는 기가?"

"그래야겠죠?"

"니 부산 구경하고 가라. 우리 집 오면 빈방 내주께."

바로 대답하지 않았다. 너무 갑작스러운 호의였다. 니가 개안타믄. 선봉대장은 다정한 목소리로 덧붙였다.

숙소로 돌아와 배낭에 옷가지를 쑤셔 넣고 어깨에 걸머멨다. 습관처럼 야구방망이를 집어 들었다가 손을 멈췄다. 가져가기는 이상했고, 두고 가기는 어색했다. 나는 손에 들린 야구방망이를 한참 동안 훑어보았다. 투 신. 여러 명의 주인이 몇만 번을 휘둘러 내리쳤을 텐데 그 두 글자는 지긋지긋하게도 방망이 끝에 들러붙어 있었다. 손잡이에 말아 붙인 반창고 위로는 손때의 문양이 적나라하게 찍혀 있었다. 내 삶의 한 국면이, 그리고 대석 형을 거쳐 대석 형의 선배까지 이어지는 삶의 국면들이 지층처럼 겹겹이 쌓여 화석으로 남은 자리였다. 나는 방망이를 바닥에 조용히 내려두고 배낭만 챙겨 방을 빠져나왔다.

텅 빈 항만 주차장에 은회색 갤로퍼 한 대가 시동을 걸고 기다렸다. 운전석에 앉은 선봉대장은 창문을 내린 채 담배를 피우고 있었다. 나는 조수석 문을 열고 올라탔다. 차는 수동식 기어였다. 선봉대장은 담배꽁초를 손가락으로 튕겨내 길바닥에 버리고 기어를 바꿔 넣었다. 나는 그의 집으로 갔다.

훈육

평일에 선봉대장은 공사판 노가다를 뛰었다. 그를 따라 건축 노동 현장에 두 주 동안 다녔다. 햇볕이 무시무시할 정도로 뜨거워서 피부에서 땀이 마를 참이 없었다. 점심때마다 커다란 대접에 담긴 차갑고 투명한 콩나물국이 나왔다. 고봉밥과 배추김치를 몽땅 말고 들이마셨다. 유일한 방법인 것처럼 다들 그렇게 먹었다. 첫 주는 목재를 들어 나르며 어깨너머로 일을 배웠고 둘째 주부터 시멘트 모르타르 작업조에 들어갔다. 레미콘 차에서 흘러나오는 모르타르를 플라스틱 통에 받아 현장까지 가파른 언덕길 50여 미터를 이고 가야 했다. 십자가를 진 예수처럼. 오후에 돌부리를 걷어차고 넘어졌다. 그리스 석상처럼 끈적이는 모르타르를 온몸에 뒤집어썼다. 부리나케 달려온 십장은 내 따귀부터 올려붙였다.

"돌았나? 퍼뜩 퍼 담으래이!"

나는 얼얼한 볼을 두 손으로 붙잡고 바닥을 내려다보았다. 회색 액체는 벌써 거품만 남기고 땅에 스몄다. 뭉친 흙이 식사 시간마다 밥을 말아 먹던 콩나물국밥처럼 보였다. 선봉대장이 나타나 십장의 분노를 달랬다.

그날 저녁 사무소 앞에 줄을 서서 관리 상무에게 일당을 나누어 받았다. 7만 원. 지폐를 호주머니에 구겨 넣고 십장과 선봉대장을 따라 포장마차로 갔다. 십장은 안주로 삶은 문어를 주문하고 내 잔에 소주를 따랐다.

"첨엔 내도 그랬다. 한두 달 하다 보믄 개안을 끼다."

그도 시멘트 모르타르를 쏟아본 적이 있었다. 그도 따귀를 몇 번 맞아봤다. 그렇게 한 명의 숙련된 노동자가 탄생하고 그렇게 작은 조직의 우두머리로 성장하는 것이었다. 그리고 매와 술로 후배를 훈육하는 위치에 선다. 나도 잘 알고 있는 과정이다. 그러나 그들의 삶은 좀 더 단순 명쾌했다. 자기 자신의 육체와 부딪혀 싸우는 일. 나는 진심으로 그들의 삶을 동경했고, 나는 진심으로 그들처럼 살고 싶지 않았다. 십장에게 고개를 조아려 고맙다고 인사했다. 밤새도록 말끝에 형님을 붙여 올렸다. 그는 내 어깨에 두껍고 무거운 팔을 걸치고 술을 들이켰다.

집으로 돌아가는 길, 선봉대장한테 일을 그만 나가겠다고 말했다.

주필 2

주말이면 선봉대장은 방에 틀어박혀 글을 썼다. 그가 글을 쓰는 동안 방해가 되지 않도록 자리를 비워주었다. 스스로를 시인이라 생각하고 있었지만, 선봉대장은 온갖 글을 써서 온갖 곳에 실었다. 책장 한 줄에는 손으로 꾹꾹 눌러쓴 초고나 휘갈겨 쓴 메모를 아무렇게 모아서 꽂아두었다. 나는 선봉대장이 일하러 나간 동안 그의 금고에 몰래 손을 대곤 했다.

투쟁의 논리는 초(超)논리다. 논리학은 잠시 잊어라. 작정한 비논리에 경직된 논리로 대적하다가 패배한다면, 그것이 과연 논리적인 행동일까? 세상에 비논리가 횡행하는 것은, 그것이 논리보다 강력하기 때문이다. 논리에 입각한 목표를 달성하기 위해 비논리를 경유하는 수단을 염두에 두는 것, 그것이 바로 초논리다. 우리는 초논리적으로 투쟁해야 한다.

그가 쓴 글의 대부분은 꽤 옳아 보였고, 아주 위험해 보였다. 문자 그대로 초논리적이었다. 어쩌면 투쟁선봉대의 투쟁이 그런 것이었다. 우리는 이겼다. 법이 아닌 힘으로. 논리에 입각한 목표를 비논리를 경유해 달성한 덕분이었다. 초논리의 승리였다. 나는 그 승리의 정당성을 부정할 생각은 없다. 다만 그 승리의 방식을 이론화하는 데 심한 거부감을 느꼈다.

그러나 정작 나를 소스라치게 놀라게 한 글은 따로 있었다. 그 원고를 손에 들고 제목을 눈에 담자마자 나는 숨이 멎을 듯한 충격을 받았다.

「우리는 세상 바깥에 있다」

내가 다섯 번도 넘게 되읽었던 글의 원본이었다. 주인을 꼭 만나보고 싶었던 글이었다. 그가 남자라면 나보다 열 살이 어려도 스승으로 모실 수 있을 것 같았고, 그가 여자라면 나보다 열 살이 많아도 사랑에 빠질 것만 같았던 글이었다.

마침내 나는 '주필'을 찾아낸 것이다.

별의 여왕

선봉대장이 글을 쓰는 동안 부산 시내를 혼자 돌아다녔다. 보수동의 헌책방에서 먼지가 내려앉은 1980년대 만화를 뒤적이다가, 영도의 야트막한 산을 올라 무너진 회벽 사이로 시퍼렇게 넘실거리는 바다를 엿보았다. 햇살에 부서지는 드넓은 바다 위로는 늘 유조선과 화물선들이 고래 떼처럼 몰려다녔다. 늦은 오후 자갈치시장 거리의 좌판에서 할매가 구워내는 고등어구이 백반을 허겁지겁 먹어치우고, 동광동의 포장마차에서 혼자 소주병을 땄다. 산복도로를 따라 걸어 선봉대장의 집으로 되돌아가는 길에 하루는 급작스럽게 저물었다. 붉은 태양은 거대한 돔처럼 해안의 도시를 품에 끌어안고 장엄하게 바다로 침몰했다. 나는 산허리에 멈춰 서서 그 광경을 넋 놓고 구경했다. 매일매일, 이 도시는 서쪽 바다에서 종말하고 동쪽 바다에서 다시 시작하는 것이다. 하루를 무사히 끝낼 때마다 나는 부산이 더 좋아지는 것을 느꼈다. 어둠이 발 아래까지 깔리고 머리 위로 별이 떠오르면 다시 부지런하게 걸었다. 나는 부산에 눌러사는 것에 대해

진지하게 고민해보았다.

집에 돌아가면 선봉대장은 내가 나갈 때와 똑같은 자세로 책상 앞에 앉아 있었다. 재떨이에는 담배가 한 뼘 높이로 쌓여 있었다. 몸을 쓸 때는 노동자였고, 머리를 쓸 때는 시인이었지만, 정작 그의 생계를 해결해준 건 소설이었다. 선봉대장은 소설을 쓸 때는 '엘베레스'라는 필명을 사용했다.

"엘베레스는 『반지의 제왕』에서 별의 여왕으로 태어난 여신의 이름이다."

"왜 하필 여자 이름을 필명으로 써요?"

"이 바닥은 여자가 써야 차별화되니까."

그는 만화방에 가면 산더미처럼 쌓여 있는 판타지 양판 소설을 썼다. 엘베레스는 열 권이 넘는 판타지 소설을 썼고, 대표작인 『드래곤스 테일』 시리즈는 10만 권 가까이 팔렸다. 나는 엘베레스의 소설을 읽어본 적이 없었고, 그 후로도 읽지 않았다. 내가 아는 가장 찬란한 문학적 재능을 가진 사람인 '주필'이 만화방용 소설을 쓴다는 사실을 받아들이기 힘들었다. 후에 알게 되었지만 내 주변에서 『드래곤스 테일』을 읽어본 사람은, 내가 아는 가장 참혹한 문학적 취향을 가진 독자인 진우뿐이었다. 엘베레스의 작품에 대해 어떻게 생각하냐고 물었을 때 진우는 입에 담는 것조차 불쾌하다는 투로 대답했다.

"판타지 소설에도 천차만별의 수준이 있어. 엘베레스란 여자는 『반지의 제왕』의 세계관을 훔쳐다 변태적인 에로 신을 끼워 넣는 삼류 작가에 불과해."

결국 선봉대장은 자기 손끝에서 탄생한 모든 작품을 이름 없이 세상에 내보낸 셈이었다. 무명 시인으로서 아무도 읽지 않는 문예지에 노동시를 기고했고, 주필로서 연대회의 학습 커리큘럼에 기고문을 실었고, 엘베레스로서 만화방의 벽장을 채워 넣을 판타지 소설을 썼다. 심지어 노가다판에서 손으로 쌓아 올린 집에도 이름은 남기지 않았다. 그는 늘 공기처럼 투명하게 일했고, 그는 늘 공기처럼 투명한 익명이었다. 그가 누구이며 어떤 일을 하는지 아무도 몰랐다. 그런데 솔직히 말해서 나 역시 아직까지 모른다. 엘베레스, 아니 주필, 아니 선봉대장의 진짜 이름은 뭔가?

이름이 없어서 세상을 정처 없이 표류한 사람. 세상은 이름들이 만물을 남김없이 지배하는 곳이다. 부를 수 없는 사물은 존재하지 않는 사물과 같다. 이름 없는 존재는 자기 자신의 주인이 될 수 있을 뿐. 그를 떠올릴 때마다, 나는 정확히 설명하기는 어렵지만 가슴 언저리가 아려오는 슬픔을 느낀다. 여기에 엘베레스에게 바치는 『반지의 제왕』풍의 음유시를 짤막하게 남기고 싶다.

> 오, 별의 여왕 엘베레스! 자기 자신의 주인!
> 당신이 어떤 별의 여왕인지 내가 알 수 있다면!
> 수억의 별들이 밤하늘을 아름답게 수놓고 있건만
> 이름을 얻은 별이라곤 겨우 한 줌뿐이니

자유시장 2

폐장을 앞둔 해운대 해수욕장에 선봉대장을 따라 놀러 갔다. 바다와 하늘의 경계가 뒤섞여 흐트러진 날이었다. 우리는 다른 사람들처럼 백사장에 돗자리를 깔고 수영복 차림으로 드러누웠다. 막노동판에서 돈을 받아가며 만든 선봉대장의 몸은 군살 한 점 찾아볼 수 없었지만 거기에는 훨씬 좋은 몸을 가진 사람들이 많았다. 헬스장에 돈을 내고 몸을 만든 남자들. 그들은 비키니를 입은 여자들을 쫓아다니며 전화번호를 캐물었다.

오후에 우리 옆자리에서 소란스러운 다툼이 벌어졌다. 선글라스를 쓰고 비키니를 입은 젊은 여자와 동남아시아 남자 사이에서. 하늘색 비키니를 입은 젊은 여자는 자신의 몸을 끊임없이 훑어 내리는 외국인의 시선에서 불쾌함을 느꼈다고 주장했다. 남자는 어리숙한 한국말로 자신의 혐의를 부인했다. 자리가 가까웠을 뿐이라는 것이었다. 헬스장에서 몸을 만든 남자들이 여자의 편에 섰다. 작은 체구의 외국인은 잔뜩 겁에 질려 있었다. 신고를 받은 경찰이 해변으로 출동했다.

"저런 남자들이 왜 여기에 출입하게 놔두는 거예요?"

저런 남자들. 여자는 한 명을 지칭하며 복수형을 썼다. 그 순간 남자 한 사람이 인종 전체를 대변하게 되었다. 나는 떠올렸다. 자꾸 눈동자를 힐끗거리는 탓에 한국 남자들의 출입이 금지됐다는 지중해의 나체 해변을. 시선은 반사된 빛을 받아들이는 동공의 방향을 뜻한다. 그런데 시선이 힐끗거리는 방향을 판단하는 것 역시 또 다른 시선이다. 그렇다면 시선은 객관적인가? 동남아시아 남자는 경찰의 인도 아래 해변 바깥으로 쫓겨났다.

선봉대장과 나는 오후 늦게 자리에서 일어섰다. 몸이 벌겋게 익어 있었다. 샤워장에서 모래를 대충 씻어내고 식사를 하기 위해 해변 뒤편의 시가지로 들어갔다. 선봉대장은 보여줄 게 있다며 나를 좁은 골목으로 데려갔다. 빽빽하게 들어선 호텔과 모텔이 바다를 내려다보는 도심 한가운데, 붉은 등이 저녁을 어스름하게 밝힌 대로가 펼쳐져 있었다. 검은 생머리의 젊은 여자들. 생리대처럼 자그마한 수영복은 왕족의 봉분처럼 커다란 젖가슴을 전혀 가리지 못하고 있었다. 의자에 앉아 있던 여자들이 나를 보자마자 벌떡 일어나 손을 흔들었다.

"됐다 마. 아직 얼라다, 가시나야."

선봉대장이 코웃음을 쳤다. 여자들은 지지 않고 깔깔거리며 응수했다.

"그라믄 인자 어른이 돼야 안 되것나."

나는 관광객들로 북적이는 백사장 바로 뒤편에서 버젓이 사창가가 영업하는 것을 보고 깜짝 놀랐다. 선봉대장이 말했다.

"내 일부로 데꼬 왔다. 똑디 기억해라. 백사장 우에는 비키니를 입은 관광객들이 드러누워 있고, 백사장 뒤에는 비키니를 입은 창녀들이 드러누워 있다. 아까 금마도 돈만 내면 요서 환영받는 기다. 이기 바로 자본주의인 기라."

우리는 골목을 걸어서 빠져나와 근처의 돼지국밥집에서 저녁식사를 했다.

김대중 대통령은 취임사에서 이렇게 말했다.

"민주주의와 시장경제는 동전의 양면이고 수레의 양 바퀴와 같습니다. 결코 분리해서는 성공할 수 없습니다."

그가 해운대에서 반나절만 휴가를 보냈다면 그게 얼마나 옳은 말이었는지 알 수 있었을 터다. 그는 진실로 옳았다.

자유시장의 권리는 서로 다른 크기를 갖는다. 매매할 수 있기 때문이다. 시장에서 통용되는 자유의 개념에는 서로 다른 자유가 상충할 때 더 크고 강한 자유가 승리를 거둘 자유가 포함된다. 반면 민주적 권리는 모두 크기가 같다. 매매할 수가 없다. 불가침이다. 민주주의는 비키니를 입은 관광객과 비키니를 입은 성노동자에게 똑같은 만큼을 준다. 한 표씩만을. 그것은 민주적인 동시에 반자유적이다. 여전히 인류가 풀지 못한 자유의 딜레마. 소수가 독점할 자유가 보장되는 곳을 자유 사회라 불러야 하는가? 모두에게 공평한 자유가 강제되는 곳은 반자유 사회라 불러야 하는가?

민주주의와 시장경제.

동전의 양면.

수레의 양 바퀴.

결코 분리할 수 없다.

당연한 결론이 아닌가? 그렇다면 결코 만날 수도 없는 것이다.

갈림길

부산에서는 계절마저 파도에 실려 왔다. 가을이 되자 물의 빛깔이 가장 먼저 변했다. 바다가 눈에 띄게 짙고 깊어졌고, 제방에 부서지는 거품은 유난히 하얬다. 이유도 없이 항구를 떠난 갈매기들이 우르르 해변을 따라 몰려가는 날이 있었다. 그러면 스산한 바람이 뭍으로 들이쳤다. 산자락에 부딪힌 구름이 차가운 비를 뿌릴 때마다 기온이 뚝뚝 떨어졌다. 나는 적어도 그 해가 끝날 때까지는 부산에 머물 계획이었다. 집을 떠날 때는 배낭에 얇은 여름옷만을 챙겨 넣었기에, 겨울옷을 가지러 서울에 올라가는 고속버스를 잡아탔다. 서울까지의 거리를 나타내는 도로표지판의 숫자가 줄어들수록 심장박동 수가 늘어나는 기분이라 놀랐다.

나는 내가 그 도시를 떠난 게 아니라 도망친 것이었음을 기억해냈다.

낮도둑처럼 몰래 하숙집으로 들어갔다. 집 안에는 인기척이 없었다. 전부 학교에 나가 있을 시간이었다. 2층으로 올라갔다. 방문은 모두 닫혀 있었다. 나는 베란다로 나가 구석에 쌓아둔 내 짐을 뒤졌다. 종이 박스 하나에 겨울옷을 대충 모아 담고 읽을 책도 몇 권 집어넣었다. 두 팔로 박스를 품에 안고 살금살금 걸어 나올 때 진우의 방문이 덜컥 열렸다. 창백한 얼굴색의 키 큰 남자와 마주치고서 나는 놀라서 그만 주저앉을 뻔했다.

진우가 아니었다. 민효였다.

"태의 선배."

민효는 나만큼이나 놀란 표정을 지었다.

"왜 이렇게 새까맣게 탄 거야? 외국에 다녀왔어?"

"부산에 있었어."

나는 민효의 어깨에 걸린 가방을 보았다. 진우의 것이었다. 나는 물었다.

"출소했어?"

"벌써 꽤 됐는데 몰랐어? 진우 형한테 옷 가져다주려고 들렀어. 선거 때문에 정신이 없거든."

그리고 나는 민효에게 들었다. 진우는 연대회의 후보로 공대 학생회장 선거에 출마했다. 교도소를 나오자마자 아무 일도 없었다는 듯이 학생운동의 지도자로 되돌아온 것이다. 문 경사도, 공안 검사도, 김대중 정부도 헛수고를 한 셈이었다. 진우를 물리적으로 가두는 것은 아무런 의미도 없었다. 그는 세상 어디에 있든지 자기가 있을 곳을 스스로 결정할 수 있는 사람이었다.

민효와 작별 인사를 나누고 헤어졌다. 그는 대학으로, 나는 부산으로 떠났다. 나를 만났다는 말은 진우한테 하지 말아줘. 그렇게 말하려다 그냥 입안으로 삼켰다. 너무 이상하게 들려서였다.

고속버스터미널에서 진우의 전화를 받았다. 그는 지난 일부터 재회의 인사까지 전부 다 훌쩍 건너뛰었다.

"태의야, 일루 와라."

진우의 목소리는 평온하고 거리낌이 없었다. 우리가 만날 약속이라도 잡았던 것처럼.

"네가 필요해."

나는 겨우 입을 뗐다.

"미안해. 지금 부산으로 내려가는 길이야."

"언제 올라올 거야?"

"모르겠어. 당분간은 머물려고."

"얼른 돌아와."

진우는 똑같은 말을 반복했다. 네가 필요해.

전화를 끊고 버스에 올라탔다.

갈림길.

내가 '우리'에 속했던 동안, 우리를 떠나갔던 사람들을 나는 떠올렸다. 경수가 가장 먼저 떠나갔고, 현승 선배가 떠나갔고, 미쥬가 떠나갔다. 나는 한때 우리가 운명공동체라고 느꼈었다. 우리를 하나로 잇는 운명은 너무나 강력하고 지긋지긋한 것이라서, 끈이 떨어져 나가고 휑하게 남은 빈자리는 흉터처럼 메워지지 않았다. 빈자리는 영원히 비어 있었다. 새로 나타난 후배들은 빈자리가 아니라 새 자리에 들어앉았다. 이제 내가 빈자리를 하나 더 남긴다. 우리의 길은 여기서 갈라진다. 두 갈래로 나뉜 길의 사이는 점점 벌어질 것이다. 앞으로만 나아갈 수 있기에 서로의 거리를 더는 좁힐 수 없을 것이다. 다시 만났을 때, 우리는 여전히 친구일지도 모른다. 분명히 동지는 아닐 것이다. 바로 지금이다. 지금이 마지막이다.

버스가 출발했다. 해가 높이 떠 있었다. 차창에 드리운 두터운 모직 커튼 사이로 파고드는 햇살의 온기를 나는 느꼈다. 커튼 모서리를 걷어내니 경부고속도로 진입 표지판이 보였다. 고속국도 제1번. 부산까지 4백 킬로미터. 다섯 시간이 채 걸리지 않는 거리다. 그리고 8분. 태양을 떠난 빛이 어두운 우주를 통과해서 지구에 도달하는 시간이다. 1억 5천만 킬로미터 떨어진 거리. 거리의 측정은 오로지 숫자들의 일이다. 정작 우리는 손에 잡히는 것만을 헤아릴 수 있다. 그래서 우리가 통제할 수 있는 것은 갈림길의 방향일 뿐이다. 그것뿐이다.

나는 자리에서 일어섰다. 버스 기사에게 다가가 차를 세워달라고 큰 소리로 떼를 썼다. "서울에 애인이라도 남겼어요?" 그는 버스를 갓길에 세우고 웃었다.

내 유랑은 그렇게 끝났다. 고속도로 입구까지 갓길을 따라 걸어 나와 택시를 잡아탔다. 나는 대학으로 돌아갔다.

계란으로 바위 치기

공대는 재학 중인 학부생만 무려 4천 명에 달하는 학내 최대의 표밭이었다. 모든 학생운동 정파가 탐냈지만 공대의 운동 조직은 전통적으로 NL에서 장악하고 있었다. 공대 학생회장 역시 대개 그들에게서 나왔다. 다른 정파에서 뿌린 씨앗은 싹을 틔워보지 못하고 압사당하기 일쑤였다.

진우의 몇 안 되는 공대 친구들이 공대 학생회장 선거 본부를 꾸렸다. 선거 본부가 착수한 첫번째 작업은 예상 득표율을 조사해보는 것이었다. NL 후보로 나온 재료공학부의 윤구가 70퍼센트 이상을 득표하며 당선되는 결과가 예상됐다. 경쟁 상대가 너무 강력했다. 윤구는 재간둥이였다. 장난기가 많은 유쾌한 성격으로 인기가 높았다. NL 선배들은 훗날의 서울대학교 총학생회장 후보감으로 낙점하고 그를 키워왔다. 우리 연대회의에서는 미쥬가 그랬듯이. 그러나 윤구 스스로는 야심이 훨씬 컸다. "이제 한총련 의장석을 서울대로 가져올 때야." 그가 술자리에서 공공연하게 그렇게 말하고 다닌다는 소문이 있었다.

어쨌든 선거 본부는 예상 득표율을 확인하고도 전혀 실망하지 않았다. 그들의 조사는 마치 엄밀하고 객관적인 과학의 절차일 뿐인 듯이 보였다. 가설을 수립하고, 실험하고, 검증하고, 결론을 도출하기. 계란으로 바위를 치기 전에 계란으로 바위를 쳐보기.

선거 본부장은 진우와 친한 전자공학부 3학년 여학생이었고, 이름은 유미였다. 그녀가 윤구와 비교한 진우의 장단점을 정리해서 이메일로 보냈다. 진우는 하숙방에서 메일을 읽고 한참 동안 웃더니 나에게 내용을 보여주었다.

장점
— 더 잘생겼다.
— 더 키가 크다.
— 더 멋있다.
— 더 신선하다.
— 더 신뢰감을 준다.

단점
— 더 지지율이 낮다.

선거 본부의 머릿수가 한참 부족했기 때문에, 비록 공대생은 아니었지만 나는 유세 기간 동안 진우를 돕기 위해 합류했다. 아무도 선거를 치른 경험이 없었다. 나는 작년에 미쥬의 선거 본부에서 뛰었다. 거기서 내 업무를 충실하게 수행했고 그 결과로 사랑하는 사람을 잃었다.

윤구와 진우가 맞붙는 정책 간담회를 앞두고 공대의 빈 강의실에서 정책 회의가 열렸다. 상대 후보와 어떻게 차별화를 둘 것인가?

"저쪽의 약점은 김대중이야."

유미가 말했다. 김대중 정권이 남북공동선언이라는 외교의 쾌거를 이루었기에, '하나의 한국'을 기치로 내건 NL 진영은 딜레마에 처해 있었다. 국내 정치에서 저지른 치명적인 실책들에도 불구하고 대통령을 비난하기 어려워진 것이다. 대통령이 그들을 하나의 한국에 한 걸음 다가서게 해주었기 때문이었다. 유미는 그 점을 노려 '김대중 퇴진'을 정책으로 내걸자고 제안했다. 유미의 표정은 더할 나위 없이 진지했다. 이 제안의 결함을 지적하는 반박 역시 진지하게 돌아왔다. 첫째, 그것은 서울대학교 공대 학생회장의 힘으로 도저히 달성할 수 없는 정책이다. 둘째, 두 달 뒤에 열릴 제 16대 대통령 선거가 끝나면 김대중은 알아서 퇴진한다.

논쟁이 일어났다. 공대 2학년생 한 명이 비아냥거렸다.

"우주 평화도 정책으로 내걸면 어떻습니까?"

유미는 흔들리지도 굽히지도 않았다. 그녀는 정책의 상징성이 중요하다고 주장했다. '김대중 퇴진'이라는 구호를 통해 우리와 저들의 정치적 차이가 극명하게 드러난다는 것이었다. 이 선거 자체가 불가능에 도전하는 계란으로 바위 치기이므로, 정책의 현실성에 얽매일 필요는 없다. 우리가 가진 상상력의 가치를 증명하는 것으로 충분하다.

계란으로 바위 치기. 모두의 머릿속을 맴돌던 문장이 유미의 입을 통해 강의실에 울려 퍼지자 분위기가 무겁게 가라앉았다. 그 말은 조금도 상상력의 가치를 증명하는 뜻으로 들리지 않았다. 논쟁을 빠르게 수습하기 위해 사안이 투표에 부쳐졌다. 유미가 강의용 노트를 손으로 북북 뜯어 투표용지로 참여자들에게 돌렸다. 용지 뒷면에는 그녀가 전공하는 정교한 수학이 깨알같이 적혀 있었다. 걷어들인 투표용지들이 유미의 제안을 압도적 다수의 표결로 기각시켰다. 그것 역시 수학이었고, 그것 역시 계란으로 바위 치기였다.

나는 김대중 퇴진 공약에 반대했다. 나는 투표용지에 '반대'라고 쓰고, 그 아래 이유를 짧게 적었다.

'이미 깨진 바위에 내리친 계란으로 상상력의 가치가 증명되겠냐?'

패배

선거일은 날씨가 흐리고 바람이 세게 불었다. 진우는 아침부터 투표를 독려하기 위해 공대 교정을 바쁘게 돌아다니며 연설을 벌였다. 군인처럼 딱딱하고 부자연스러운 말투였다. 누구나 그렇게 한다. 상대 후보인 윤구도 그렇게 연설했다. 각 정파의 중앙조직이 운영하는 캠프에서 고학년생들이 배우게 되는 웅변법이었다. 나는 진우에게 물어봤다.

"꼭 악을 써야 하나? 자연스러운 말투가 훨씬 나을 것 같은데."

"한 사람에게 통하는 언어와 수많은 군중에게 통하는 언어는 완전히 다르대."

좋은 대답이 아니었다. 파시즘이 왜 생겼냐는 질문에도 똑같이 대답할 수 있으니까.

오후에 비가 내렸다. 진우는 커다란 골프우산을 썼지만 바람에 뒤엉켜 날린 빗발에 옷이 젖는 것을 피할 수 없었다. 바지 밑단에서 무릎까지 검푸른 색깔로 변했다. 선거자금으로 맞춘 정장. 15만 원짜리

한 벌이었다. 투표를 호소하는 진우의 목소리는 쇠창살 같은 빗줄기 사이에 꼼짝없이 갇혀 있었고, 얼굴은 우산에 가려 보이지 않았다. 교정이 온통 우산에 뒤덮였다. 하늘은 먹구름에 뒤덮였다.

투표소 지킴이들이 투표율이 매우 저조하다고 알려왔다. 투표 성사 마지노선인 반수에 미치지 못할 가능성이 있다는 것이었다. 투표 마감을 몇 시간 앞둔 때까지 선거인명부의 대부분이 지워지지 않은 채로 남아 있었다. 투표율이 선거 결과에 어떤 영향을 미칠지는 알 수 없었다. 아마 어떤 영향도 미치지 않을 것 같았다.

오후 일곱시 반, 공대 선거관리위원회에서 투표의 성사를 선언했다. 투표율은 50퍼센트를 간신히 넘겼다. 우리는 개표장으로 몰려갔다. 윤구의 선거 본부 학생들이 미리 도착해 있었다. 그들은 웃고 떠들었다. 승리를 확신했다. 늘 승리했기 때문이었다. 우리는 승리가 익숙하지 않았다. 그래서 우리는 승리를 조금도 확신하지 않았지만, 그렇다고 차마 패배를 확신할 수도 없었다. 그럴 수는 없는 일이었다.

개표가 시작되고 얼마 지나지 않아 당선이 확정됐다. 윤구는 60퍼센트 후반대의 득표율로 당선됐다. 진우의 득표율은 20퍼센트 초반이었다. 진우는 압도적으로 패배했다. 선거관리위원회에서 윤구의 공대학생회장 당선을 공고했다. 그날 밤, 진우는 선거운동원들에게 감사하기 위해 조촐한 자리를 마련했다. 막걸릿집에 서른 명 남짓이 모였다. 진우는 주전자를 들고 자리를 돌아다니며 그들의 잔을 하나하나 채워주었다. 진우는 자기 잔을 들고 맨 앞으로 나아가 섰다.

“패배는 예상한 일이야. 하지만 이렇게 많은 사람이 도와줄 거라고는 예상하지 못했어. 고맙다는 말이 나오질 않네. 미안하다고 말할게.

너희는 내 무리한 욕심을 이루기 위해 뛰어준 셈이야. 정말 미안해."

잔들이 공중에서 부딪쳤다. 잔을 입에 가져다 대기도 전에 유미가 울음을 터뜨렸다. 후배들이 잔을 내려놓고 하나씩 따라 울었다. 진우가 웃으며 달랬다.

"왜 그러는 거야. 울 필요가 없어."

우는 사람이 도리어 늘었다. 패배가 예정되어 있었기에, 눈물은 예정되지 않은 일이었다. 진우는 울지 않았다.

D-

재료공학부의 구민용 교수 이야기를 했던 적이 있다. 인간의 가치를 알파벳순으로 정렬한다는 전설적인 교수. 고분자화학의 전문가인 그는 안정적인 피라미드 구조를 선호했고, 수강생의 절반을 거리낌없이 재수강에 몰아넣곤 했다.

공대학생회장 당선자인 윤구는 이번 학기 구민용 교수의 수업을 들었다. 피하고 싶었겠지만 그럴 수가 없었다. 윤구는 재료공학부 학생이었고, 구민용 교수의 강의는 전공필수 수업이었다. 교수는 윤구에게 F를 선고했다. 그 학기 윤구가 받은 많은 F 가운데 하나였다. 다른 교수들은 학생운동에 모든 것을 쏟아붓느라 수업에 들어올 수 없었던 윤구의 성적을 D-로 올려주었다. 낙제에서 복권시킴으로써 정치적 신념을 위해 희생된 제자의 학업 혹은 문득 떠오른 젊은 날의 추억에 최소한의 존중과 경의를 표시한 것이다. 윤구는 부지런하게 교수 연구실을 돌아다니며 당면한 문제를 해결했지만 구민용만큼은 설득할 수 없었다.

"수업에 들어온 적도 없는 학생에게 D-를 줄 수는 없네."

30년 가까이 교단에 섰던 늙은 교수에게는 별다른 일이 아니었지만, 구민용의 결정은 공대는 물론 대학 전체에 커다란 파문을 일으켰다. 구민용 교수가 뚫어버린 구멍으로 말미암아 윤구의 학기 성적 평점은 학사 경고 영역으로 떨어졌다. 그가 입학 이래 받은 네번째 학사 경고였다. 학칙에 따라, 네 번의 학사 경고를 받은 윤구는 제적당하고 말았다. 그러면 그는 다음 학기가 시작될 때까지 서울대 학생이 아니었다. 그리고 선거 규정에 따라, 서울대 학생이 아닌 그는 서울대학교 공과대학 학생회장이 될 자격을 잃었다. 그것은 구민용 교수의 분야에서는 흔히 일어나는 일이었다. 화학적 연쇄작용이었다.

윤구는 구민용 교수의 방을 여러 번 찾아가 정중하지만 간곡하게 하소연했다. 그는 자신이 충실하지 못한 학생임을 인정했고, 자신이 F를 받아 마땅한 학생임을 인정했고, 자신이 파렴치한 부탁을 하고 있음을 인정했고, 자신이 공대 학생회장에 당선되었음을 알려 사정했다. 교수가 F를 D-로 바꿔준다면 그의 학기 평균 평점은 학사 경고 기준점 이상이 된다. 학사 경고를 피하면 제적도 피할 수 있다. 그러면 그는 여전히 공대 학생회장인 것이었다. 간단하고 명쾌한 논리라서 머리가 좋은 교수는 금방 납득했다. 교수 입장에선 어려운 일도 아니었다. 눈앞에 놓인 컴퓨터로 성적 관리 서버에 접속해서 알파벳 하나만 고쳐수면 되는 것이었다. 학생 입장에선 드문 일도 아니었다. 고개를 숙여 다음부턴 열심히 하겠습니다, 라고 사죄한 뒤 몇 분 동안 잔소리를 들으면 되는 것이었다. 당연히 그렇게 되어야 했다. 눈금 하나 차이로 제자를 절망의 구렁텅이로 밀어 넣고 싶어 하는 가학적인 스승이 세상에 있을 리 없었다.

그런데 구민용 교수는 정년 퇴임을 앞두고 있었다. 재임 마지막 해였다. 그는 윤구의 사정에 안쓰러움을 느꼈지만, 그보다 자신의 경력과 신념을 완성하고 싶은 욕망을 더 크게 느꼈다. 그는 교육자의 양심에 따른 결단을 내렸다.

“자네의 학창 시절을 파탄 내서 미안하네. 그래야 내 교수 생활에 후회가 남지 않을 것 같아.”

절벽 앞으로 내몰린 윤구는 정중함을 잃었다. 그는 울며불며 사정하고, 무릎을 바닥에 꿇은 채 교수의 바짓가랑이를 잡아당겼다. 교수의 결심은 완강했다.

윤구의 선거운동원들이 교수의 연구실 앞에 진을 쳤다. 그들은 사회의 불의와 맞서 싸웠던 방식으로 이 문제를 해결하려 들었다. 학생운동사를 통틀어 처음이자 마지막으로, 교수에게 성적을 올려달라고 요구하는 농성이 벌어졌다. 그 시도는 교수의 화를 돋울 뿐이었지만, 그들은 그만큼 절박했다. 그들은 몇 차례 꽉 쥔 주먹을 흔들다 지치면 손을 털고 내뺄 생각이 없었다. 이번만큼은 반드시 이겨야 했다.

D냐, F냐.

학생회장이냐, 제적이냐.

모두 갖느냐, 모두 잃느냐.

가로등만이 어둠을 밝힌 늦은 저녁, 퇴근하려고 건물을 나서던 구민용 교수는 시위대와 마주쳤다. 야유가 쏟아졌다. 교수는 안경을 고쳐 쓰고 자신을 비난하기 위해 공중에 세워진 팻말을 가늘게 뜬 눈으로 읽었다. 이렇게 쓰여 있었다.

'우리는 살아 있는 인간입니다. 만들고 분해하는 화합물이 아닙니다.'

그런가? 사실 그들은 교수의 능력으로 손쉽게 분해할 수 있는 화합물이었다. 그 팻말을, 그리고 그것을 손에 든 학생들을 자리에서 치워버리기는 쉬웠다. F 대신 D-의 성적을 내주면 됐다. 안개처럼 바로 흩어질 것들이었다. 뭐 그리 대단한 일인가. F와 D-는 종이 한 장 차이였다. 그 종이 한 장의 틈새에 한 학생의 운명과 한 교수의 자존심이 놓였다. 교수는 시위대 앞으로 뚜벅뚜벅 걸어갔다. 시위대는 순식간에 고요해졌다. 그들은 교수의 입에서 어떤 선언이 떨어지기를 기다렸다. 교수는 바로 말문을 트지 않았다. 조바심을 못 이긴 학생 한 명이 먼저 외쳤다. D-를 주세요, 교수님!

교수는 고개를 돌려 그 학생을 노려보았다. 그는 경찰과는 달리 무력을 전혀 동원하지 않고도 시위대를 제압할 수 있었다. 그는 무거운 입술을 열어 단호하게 대답했다.

"싫어."

당선

선거관리위원회에서 긴급회의를 소집했다. 당선자의 유고가 확정됐고, 보궐선거를 실시하기로 결정했다. 원래 후보가 두 명뿐이었고, 한 명이 사라졌기에 진우 혼자 출마하는 단독 선거였다.

진우는 서울대학교 공과대학 학생회장에 당선됐다.

거목 2

당선이 확정되고 며칠이 지난 늦은 저녁, 진우와 나는 학생식당에서 밥을 먹었다. 해가 짧아져서 날이 일찍 저물었다. 시험을 준비하던 학생들이 중앙 도서관에서, 단과대학 도서관에서, 학과 도서관에서 쏟아져 나왔다. 학생들이 몰린 식당은 혼잡하게 붐볐다. 진우는 육개장을, 나는 돈가스를 골랐다. 스테인리스 식판을 받아 든 채 한참을 헤매다 간신히 빈자리를 확보했을 때는 음식에서 더 이상 김이 솟지 않았다. 나는 두 손을 맞잡아 기도했다. 눈을 뜨니 숟가락을 든 진우가 나를 바라보며 미소 짓고 있었다.

"아직도 그거 못 고쳤구나."

나는 그를 보며 마주 웃었다. 못 고쳤다. 아직도. 그와 처음 밥을 먹던 날부터 지금까지. 나는 콧등에 도수 높은 금테 안경이 새둥지처럼 비스듬하게 걸린, 키가 크고 홀쭉하게 마른 몸의 남자애를 떠올렸다. 결국 진우와 나는 밥으로 이어진 사이였다. 우리는 밥을 먹으며 첫인사를 나눴고, 밥을 먹기 위해 함께 다녔고, 밥을 함께 먹다가 친구가 됐다. 떨어져서도 우리는 밥으로 이어졌다. 그가 교도소에서 간수가 내어주는 콩밥을 먹는 동안, 나는 청주에서 그의 어머니가 차린 쌀밥을 먹었다. 우리가 공유한 밥은 본래 미쥬가 원한 것이었다. 그녀는 나를 밥 동료로 진우 곁에 붙여 학생운동을 떠나지 못하도록 감시하게 했다. 사랑하는 여자의 명령이었으므로 충실하게 따랐다.

충실하게.

너무나 충실했던 나머지, 나는 미쥬의 곁보다 훨씬 오랫동안 진우의 곁을 지켰다.

학생회관에는 진우를 알아보는 공대생들이 많았다. 그는 이제 유명인사였다. 안녕하세요, 학생회장님! 장난기 어린 인사를 받을 때마다 진우는 밥을 씹어 우물거리던 볼에 미소를 머금고 손을 흔들어 답례했다. 살금살금 다가온 여학생 두 명이 말도 없이 진우의 식탁 위에 따뜻한 캔커피를 내려놓고 뒤돌아 달음질쳤다. 나는 웃었다. 진우는 으스대는 몸짓으로 캔커피 뚜껑을 따서 한 모금을 넘겼다.

"맛이 어때?"

"더할 나위 없이 달콤한걸."

권력을 성분으로 하는 것들이 으레 그렇듯.

총학생회 선거에서는 학생운동 진영 전체가 패배했다. 작년에 미쥬가 사퇴한 선거에서 인문대 학생회장에 당선됐던 준호 선배가 이번에도 승리하여 서울대학교 총학생회장이 됐다. 총학생회를 비운동권 조직에 빼앗겼기에, 이제 겨우 3학년인 진우가 서울대학교 최대 규모 자치 단위인 공대를 대표하는 동시에 연대회의 최대 규모 자치 단위인 서울대학교의 대표자로서 전국 의장단의 회원 자격을 얻었다. 진우는 이제 권력자였다. 사람을 가둘 수 있는 나라의 권력에 비하면 보잘것없는 힘이지만. 많은 사람을 대표한다는 것. 많은 사람이 알아본다는 것. 그의 지위는 권력이라 부를 수 있는 얼개를 가진 최소의 단위에 진입했다. 이제는 소식조차 들려오지 않는 선배들은 처음부터 알고 있었을까? 적어도 진우를 잃지 않으려고 나를 파수꾼으로 붙였던 미쥬는 알고 있었던 게 틀림없다. 진우를 반신반의했던 나에게 이렇게 호통쳤으니까.

—진우가 공대 전체를 집어삼킬 거목으로 자라날지 어떻게 알아? 우리의 미래가 걔한테 달려 있는 거야.

진우는 정말로 공대 전체를 집어삼킨 거목으로 자랐다.

그리고 그의 정치적 경력은 끝이 아니라 이제부터가 시작이었다.

승진

하숙집으로 돌아가는 길, 진우와 나는 두 손을 호주머니에 찔러 넣고 전봇대에 등을 비스듬히 기댄 채 서 있는 남자를 발견했다. 우리는 그 자리에 굳었다. 문 경사였다. 혼자였다. 언제나 한두 명씩 데리고 다니던 어깨가 넓게 벌어진 동료들은 보이지 않았다. 그는 우리를 발견하고 다가오라며 손짓을 했다. 다가가면? 또 그곳인가? 우리는 낚싯줄에 물려 끌려가듯 억지 걸음으로 그에게 다가갔다.

"양진우란 이름이 보안수사대 관찰 대상자 명단 상위권으로 승진했더라. 내가 네 담당이다. 앞으로 자주 얼굴을 봐야 할 거다."

문 경사는 친근한 척 진우의 어깨에 손을 올렸다.

"긴장 풀어. 그냥 어떻게 지내는지만 들으면 돼. 내 시야에서 사라지지만 마라."

그리고 그는 나를 돌아보았다.

"태의, 넌 먼저 들어가봐. 나는 진우랑 둘이서 술 한잔 해야겠다."

나는 진우 쪽을 돌아보았다. 진우는 조용히 고개를 끄덕였다. 나는 하숙집에 들어가서 진우를 기다렸다. 자정을 넘긴 시각까지. 연락이 없었다. 어디에 있는 걸까? 문 경사에게 또 속았다는 생각이 들었다. 진우에게 먼저 전화를 걸어볼까 잠시 고민했지만 그러지 못하리란 걸 알고 있었다. 내가 건 전화를 문 경사가 받을까 봐. 그가 물어볼지도 모른다. 너도 나랑 술 마실래?

만취한 진우는 비틀걸음으로 하숙집에 들어왔다. 나는 현관부터 그를 부축해 방까지 데려갔다. 이미 한 번 토해냈는지 입에서 견디기 어려운 냄새를 풍겼다. 나는 그를 침대에 눕히고 물었다.

"별일 없었어?"

"별일은 무슨."

진우는 실실 웃었다.

"요즘은 빨간 줄 하나 정도로는 사회생활하는 데 별 지장 없어."

문 경사는 투명한 유리잔 두 개를 맞붙여놓고 소주병을 기울여 한 번에 채웠다. 잔 하나를 진우에게 밀어주었다.

"네가 나였다고 해도 널 잡아넣어야 했을 거다. 나쁜 감정은 갖지 마라. 날 나쁜 놈으로 생각하진 마. 아니, 내가 널 나쁜 놈으로 생각하고 있다고 생각하진 마라. 그런 거랑은 상관없는 일이야. 무슨 말인지 알지?"

문 경사는 건배를 청했다. 진우는 가만히 있었다. 그는 문 경사를 빤히 쳐다보았다.

"왜?"

"지금까지 몇 명이나 잡아넣었어요?"

"진심으로 궁금해서 묻는 거냐?"

"네."

"안 듣는 게 좋을 텐데."

"죄책감은 안 느끼세요?"

"죄책감이라."

문 경사는 피식 웃었다.

"몇 명이나 잡아넣었는지는 다 알지 못해. 하지만 내가 잡아들인 놈 중에 몇 명이나 그 바닥에 남아 있는지는 잘 알지. 내가 잡아넣은 놈들이 지금 어떻게 살고 있을 것 같냐?"

진우가 답할 수 없는 질문이었다. 문 경사는 혼자서 잔을 꺾었다.

"아주 잘 살고 있지. 나보다 훨씬 잘 살고 있다. 난 말이다, 네가 생각하는 것 이상으로 너희 같은 종자를 훨씬 깊이 이해하고 있어. 너희가 어떻게 될지도. 얼굴에 다 쓰여 있지. 과거와 미래까지 다 쓰여 있어. 네 얼굴에도 쓰여 있어."

"뭐라고 쓰여 있습니까?"

"세상을 바꾸겠다고. 세상을 구원하겠다고 쓰여 있다. 꼬맹이 때는 다들 자기가 뭔가 할 수 있다고 믿지. 재미있는 이야기 하나 해주마. 내가 보안수사대에 들어온 게 1991년이야. 하필 그해 일이 아주 바빴다. 좀 있으면 임기가 끝나는 대통령을 끌어내리겠다고 딱 너만한 꼬맹이들이 봄부터 길거리에서 미쳐 날뛰던 때였지. 쇠파이프로 경찰차 유리창을 박살 낸 놈 하나를 내 사수가 붙잡아 대공분실로 데려왔다. 대체 왜 그랬냐? 저는 잘못이 없어요. 이 새끼야! 경찰차를 부순 게 잘못이 아니야? 그러니까 당당하게 이렇게 대답하는 거다.

그건 50년짜리 안목이라고. 자기는 5백 년, 5천 년 된 세상의 질서를 바꾸려고 싸우는데 50년 된 법을 어기는 것 따위가 무슨 대수냐고. 대답해봐, 너도 그렇게 생각하지?"

진우는 대답하지 않았다.

"하지만 결국에는 알게 되는 거다. 5천 년 된 세상을 그렇게 쉽게 뒤엎을 수는 없다는 걸. 그럼 어떤 일이 벌어질까? 세상을 바꾸려고 젊음을 다 쏟아부었는데, 뒤늦게 세상이 바뀌지 않는 곳이라는 사실을 깨닫게 되면? …… 차라리 세상이 되어버리는 거야. 아주 철저하게 세상이 되어 낭비한 젊음을 보상받는 거지. 그놈이 지금 국회의원을 하고 있다. 그리고 이제 너 같은 꼬맹이가 새로 나타나서 그놈이 만든 세상을 바꾸겠다고 날뛰지. 그런데 아까 뭐라고 물었지? 내가 죄책감을 느끼냐고?"

문 경사는 자기 잔을 다시 채우고 아직 입도 대지 않은 진우의 잔을 바라보며 말했다. 마셔. 진우는 잔을 입에 털었다. 문 경사가 빈 잔을 채워주었다.

"너희가 무엇과 싸우는지 정확히 말해주마. 너희는 세상과 싸우는 게 아냐. 세상이란 단어에는 아무 뜻도 없어. 너희는 선배들과 싸우고 있다. 너만 할 때는 딱 너랑 똑같은 눈빛을 가졌던 놈들. 그리고 언젠가 네 후배들이 너랑 똑같은 눈을 하고 너의 미래와 싸우게 될 거야. 끝이 없는 윤회 같은 거지. 나는 너희를 혐오한다. 너희는 역겨워. 너희에 비하면 무장강도가 차라리 순수하게 느껴질 지경이다."

문 경사는 다시 한 번 건배를 청했다.

"공대 학생회장 됐다며?"

"네."

"축하한다. 잘해봐라."

"고맙습니다, 문 경사님."

진우는 자기 잔을 문 경사의 것에 가져다 댔다.

"아, 이제 문 경사라 부르지 마라."

"그럼 뭐라고 부릅니까."

"문 경위라고 불러. 널 잡아넣은 덕분에 특진했거든."

문 경위는 잔을 기울여 들이켠 뒤, 얼빠진 얼굴을 하고 있는 진우를 다그쳤다. 마시라고, 인마.

미선이, 효순이

대한민국과 포르투갈의 월드컵 D조 예선 경기. 왼쪽 풀백 이영표가 올린 크로스는 경기장 오른쪽에 있던 미드필더 박지성에게 정확히 도달했다. 공을 가슴으로 받은 박지성은 속임수 동작으로 수비수 한 명을 벗겨내고 포르투갈 골대를 향해 슛을 꽂아 넣었다. 공은 골키퍼 가랑이 사이를 통과하여 골대에 들어갔다. 골인을 확인한 박지성은 감독인 히딩크를 향해 똑바로 달려갔다. 그는 껑충 뛰어올라 히딩크를 깔아뭉개듯 안겼다.

하루 전날. 두 여중생이 경기도 양주의 국도 갓길을 걷고 있었다. 여중생들의 뒤편에서 미군 궤도 차량이 운행 중이었고, 맞은편에서는 미군 전차가 다가오고 있었다. 궤도 차량의 폭은 국도의 폭보다 더 넓었다. 마주 보는 차량끼리의 충돌을 피하기 위해서, 궤도 차량은 갓길을 침범할 수밖에 없었다. 하필 두 소녀가 갓길을 걷고 있었다. 궤도 차량은 갓길을 걷던 그들을 깔아뭉갰다. 시신은 껌처럼 납작하게 바닥에 들러붙었다. '미선이 효순이' 사건이다.

피의자인 조종수들은 시야가 확보되지 않아 소녀들을 발견하지 못했다고 진술했다. 주한미군지위협정에 따라 피의자들에게 치외법권이 적용되었다. 그들은 대한민국 법원이 아닌 미군 법정에서 군사재판을 받았다. 무죄판결이 떨어졌다. 피의자들은 군사법정을 빠져나오자마자 이 땅을 떠나 연기처럼 증발했다.

학생 사회는 격분했다. 민족해방을 간판으로 건 NL은 심장을 찔린 것이나 다름없었다. 주한미군지위협정 폐기와 주한 미군 철수는 그들의 오래된 투쟁 과제였고, 사건은 그들의 주장에 토 달기 어려운 정당성을 보탰다. 그들은 무작정 거리로 뛰쳐나가 나약한 조국과 침략자들을 성토했다.

NL에서 연대회의에 공동 투쟁을 요청해 왔다. 전국의장단회의가 소집되었다. 진우가 참석한 첫번째 회의였다. 세 시간에 걸친 논의 끝에 공동 투쟁안은 부결되었다. 회의에서 돌아온 진우는 이런 말들을 전했다.

정치적으로 완벽한 구도는 정치적으로 위험하다.

연약한 소녀 피해자 대 잔악무도한 미군 가해자로 외화된 사건은 문제의 본질을 희석시킨다.

사안에 지나치게 'NL적인' 선정성이 엿보인다.

연대회의가 조심스러운 태도를 보이는 동안, 전국의 NL 조직들은 단합하여 사건을 공론화하는 데 총력을 기울였다. 계절이 두 번 바뀌어도 그들은 지칠 줄 몰랐다. 마침내 시민사회가 움직였다. 서울 시내 곳곳에 촛불이 나타나기 시작했다. 도시를 덮쳐 번지는 화재처럼 늘어난 촛불들이 넘실거리며 밤을 태양보다 밝게 밝혔다. 연말에는 나라 전체가 들썩였다. NL은 시민사회와 힘을 합쳐 그해 12월의 대통령 선거 결과에 커다란 영향을 미칠 정도로 판을 키워냈다.

투쟁의 논리는 초논리다. 나는 선봉대장이 쓴 글귀를 떠올렸다. 그때 처음으로, 나는 NL이 지향해온 대중조직 노선의 위력에 어떤 감동적인 인상을 받았다.

기계 2

옆방에서 진우와 수리는 크게 다퉜다. 수리는 미선이 효순이 투쟁에서 손을 놓고 있는 진우에게 화를 냈다. 진우는 이제 4천 명 공대생의 대표였다. 어마어마한 동원력을 가지고 있었다. 진우는 말했다.

"이 문제를 월드컵의 광기 어린 응원처럼 다뤄서는 안 돼."

그는 미선이 효순이 사건에 대한 시민들의 반응이 월드컵의 광적인 열기를 닮아 있다고 느꼈고, 축제의 광기에 파묻혔던 피해자가 된 경험을 아직 잊지 못하고 있었던 것이다. 그러나 수리의 기억은 정반대였다.

"오빠가 구속됐을 때 우리가 사로잡힌 분노는 광기가 아니었던 것 같아?"

언쟁이 거칠어졌다. 수리는 날카롭게 소리를 지르는 타입이 아니었고, 진우는 윽박지르는 타입이 아니었는데, 그날 두 사람은 서로를 향해 그렇게 했다. 한참을 다툰 끝에 진우는 딱 잘라서 대화를 끝냈다.

"나는 이 세계가 하나의 어젠다로 통일된 지옥이 되는 걸 바라지 않아. 우리는 촛불을 들지 않을 거야. 더 이야기하지 말자. 네가 촛불을 들고 싶다면 그것까지 말리지는 않을게."

"그게 문제였어? NL에 선점당한 어젠다라는 것."

진우는 대답하지 않았다. 수리가 말을 이었다.

"나는 누군가의 반대편에 서는 것으로 내 위치를 결정하진 않을래."

진우는 알았다고 말했다. 그뿐이었다. 수리는 자리에서 일어섰다. 그녀는 그렇게 진우의 방을 빠져나가 촛불의 물결에 합류했다.

수리는 지난 2년간 진우와 함께했고, 우리와 함께했다. 연대회의의 동급생 가운데 가장 돋보이는 재목이었다. 바닥이 보이지 않게 생각이 깊으면서도 놀랄 만큼 자의식이 희박했다. 가끔은 어린아이 같았고, 가끔은 고학번 선배 같았다. 그래서 별명이 기계였다. 기계처럼 똑똑하고 기계처럼 멍청해서. 그런데 이제 더 이상 기계처럼 멍청하지는 않았다.

누군가의 반대편에 서는 것으로 내 위치를 결정하진 않을래.

허무하게도, 그 문장은 우리에게 보내는 수리의 작별 인사가 되고 말았다. 다시 만났을 때 수리는 우리의 반대편에 서 있었다.

내 전부를 받아들일 수 있다는 걸 보여줘

예전만큼은 아니지만 종종 미쥬를 생각했다. 하루는 미쥬가 살았던 자취방을 찾아가보았다. 외벽에 노인의 주름처럼 실금이 잡힌 폭좁은 4층 건물. 건물을 관리하는 부동산 중개업소에 먼저 들렀다. 공인중개사는 마흔쯤 된 아주머니였다. 그 방이 비어 있냐고 물었다. 그녀는 침 바른 손가락으로 장부를 한참 동안 넘겨보고서는 벌써 누가 들어와 살고 있다고 대답했다.

"거기가 마음에 드세요? 3층에 빈방이 있는데 한번 둘러볼래요?"

"아니요, 괜찮습니다."

부동산 중개업소를 빠져나와 건물 입구로 들어갔다. 이가 빠진 돌계단을 빙빙 돌아올라 미쥬의 방 앞에 섰다. 초인종을 누를 수는 없었다. 사람이 산다고 했으므로. 그러나 초인종을 누르고 싶었다. 초인종을 누르면, 문이 덜컥 열리고 아는 사람이 나를 반길 것만 같았다. 왜 이제 온 거야? 심심했잖아, 라면서. 문턱을 넘고 현관문을 닫자마자 나는 미쥬를 번쩍 안아 든다. 모텔 침대보다 더러운 싱글 매트리스 위에 그녀를 내던진다. 언젠가 너무 세게 던져서 미쥬가 땅바닥에 굴러떨어진 적이 있다. 한 시간 가까이 빌며 사과해야 했다. 섹스를 재개하기까지. 미쥬를 생각하면 늘 섹스가 함께 떠오른다. 그게 곧 미쥬인 것처럼. 미쥬의 벗은 몸은 언제나 아름다웠다. 정말 아름다웠다. 물이 흘러내리며 빚어낸 곡선처럼. 그녀는 물에서 태어났다. 그녀 안에 빠져 허우적거리면서 우리가 수중발레를 하고 있다고 상상해본 적도 있다.

일을 마치면 미쥬는 팔을 베고 담배에 불을 붙였다. 흡연자도 아니면서 꼭 그때만 담배를 피웠다. 내 가방에서 꺼낸 내 담배였다. 영원히 반복될 거라 믿었던 일상. 영원히 살아보지도 않았으면서. 나는 고개를 숙여 소리 나지 않게 이마를 철문에 기댔다. 한참을 그 자세로 서 있었다.

철문에는 배달음식점 스티커가 덕지덕지 붙어 있었다. 다 아는 식당이었다. 미쥬의 방에서 그 모든 식당의 음식을 한 번씩은 주문했었다.

"이거 봐, 양념통닭의 튀김옷이 바삭하잖아. 보통 양념통닭은 대충 튀겨서 놔뒀다가 양념에 무쳐 내서 눅눅하거든. 여긴 정말 성의 있는 집이야."

그녀는 맨손으로 빨간 양념이 흘러내리는 닭다리를 집어 들고 말했다. 입가와 콧등까지 빨갛게 물들었지만 신경 쓰지 않고 닭다리를 우걱우걱 씹어 넘겼다. 우리는 선사시대의 수렵족 커플처럼 치킨을 먹다 말고 키스를 나눴다. 끈적한 양념이 묻은 손가락이 내 목덜미와 볼을 쓰다듬었다. 미쥬는 한참 씹어 짓무른 닭다리 살을 혀로 내 입안에 불쑥 밀어 넣었다. 나는 깜짝 놀라 입술을 뗐다. 미쥬는 엄숙한 표정을 지어 보였다.

"제발 삼켜. 뱉지 마. 뱉으면 우린 끝이야."

나는 눈을 둥그렇게 뜬 채 갈피를 못 잡고 있었다. 뱉지도 삼키지도 못했다. 미쥬는 눈이 맞닿는 거리까지 얼굴을 가까이 붙이고 말했다.

"부탁이야. 내 전부를 받아들일 수 있다는 걸 보여줘."

감히 거부할 수가 없었다. 나는 가래처럼 흐물흐물해져서 아무 맛도 느껴지지 않는 닭다리 살을 꿀꺽 삼켰다. 미쥬는 내 목을 와락 끌어안으며 날 정말 좋아하는 것 같다고 말했었다.

저녁에 하숙집으로 돌아왔다. 환기를 위해 창문을 열고 하늘을 물끄러미 바라보았다. 붉은 하늘은 저무는 태양에 붙들려 서쪽으로 질질 끌려가고 있었다. 미쥬는 지금 뭘 하고 있을까.

내 전부를 받아들일 수 있다는 걸 보여줘.

나는 소리 내서 대답했다. 정말로 그러고 싶었는데.

미쥬를 다시 만난 건 크리스마스를 며칠 앞둔 때였다. 자주 보던 미쥬의 부모님 집 앞 커피숍에서. 그녀는 약속 시간에 20분 정도 늦었다. 미쥬가 커피숍 정문을 열고 들어왔을 때 나는 꽤 놀랐다. 모습이 낯설었다. 살이 많이 올라 있었다. 얼굴이 작고 턱 선이 갸름해서 늘 말라 보였는데 이제는 얼굴만 봐도 통통하다는 느낌이 들 정도였다. 그녀는 핸드백을 옆에 내려놓고 의자를 끌어당겨 앉았다. 스스로도 알고 있었다.

"살 많이 쪘지?"

"전혀 모르겠는데."

나는 거짓말을 했다.

"9킬로그램이나 쪘어."

나는 한동안 말없이 그녀의 모습을 살폈다. 여중생 같던 단발머리가 다시 어깨까지 내려왔다. 미쥬는 머리카락을 노랑에 가까운 밝은 갈색으로 염색하고 웨이브를 넣었다. 유행하는 빛깔이었다. 문득 떠오르는 풍경이 있었다.

“혹시 어머니랑 같은 미용실 다녀?”

미쥬는 목을 뒤로 젖히고 웃었다. 유쾌한 소리가 쩌렁쩌렁하게 공기를 울렸다. 여전히 변하지 않은 것. 나를 사로잡은 것.

미쥬는 내게 묻지도 않고 커피를 두 잔 주문해 왔다. 커피 잔 속에는 황갈색 거품이 한쪽으로 몰려 있었다. 애인 생겼냐고 먼저 물은 쪽은 미쥬였다. 같은 질문을 되넘기진 않았다. 나는 뭐 하고 지내냐고 물었다.

“준비하고 있는 일이 있어.”

미쥬는 커피잔을 들어 입에 가져다 댔다. 더 캐묻지 않았다.

시간은 커피 잔이 바닥날 때까지 주어지는 것이었다. 모래시계처럼. 커피가 증발하도록 내버려두었다. 우리는 끊임없이 말을 했다. 묻고, 답했다. 내가 미쥬에게 던진 질문보다 미쥬가 나에게 던진 질문이 훨씬 많았다. 이야기를 듣는 동안 그녀의 시선은 내 눈동자 곁에 오래 머물렀다. 그녀의 입술은 담배를 물었다. 내 가방이 아니라 그녀의 가방에서 나온 담배. 말보로였다. 나는 미쥬의 손끝에서 피어오르는 회색 연기를 눈으로 가만히 좇았다. 내게 그 광경은 특별한 의미가 있었다. 이제 그녀는 혼자서도 담배를 피우는 것이다. 미쥬는 묻지 않아도 된다는 듯이 입꼬리를 올려 미소 지었다.

모르겠니? 되돌릴 수는 없는 거야. 미소는 그렇게 들렸다. 미쥬는 정말로 변해버렸다.

하지만.

미쥬는 여전히 미쥬였다. 소리 내 웃을 때. 그 웃음소리가 내가 꽉 붙들어야 할 좌표였다. 그 웃음소리 덕분에 나는 낯선 여자를 금방 떨쳐낼 수 있었다. 처음부터 새로 알아간다고 해도 미쥬는 여전히 사랑할 가치가 있는 사람일 것이다. 그것만큼은 의심할 여지가 없었다.

커피숍에서 나올 때 우리는 유채꽃밭에서 그랬던 것처럼 손을 깍지 껴 잡았다. 네온 간판에 새겨진 붉고 푸른 문자들이 요란하게 번쩍이는 밤거리를 걸었다. 그곳을 거니는 다리가 길고 몸이 매끈한 남녀들도 수려함을 으스대며 번쩍였다. 그들 각각은 어울리는 사람과 팔짱을 끼고 있었고, 아무것도 부끄럽지 않은 듯이 깔깔 떠들며 춤을 추는 듯한 걸음으로 네온 간판을 뒤집어쓴 건물 안에 들어갔다. 모텔로. 이제 미쥬는 애인의 담배로 섹스를 끝맺을 필요가 없을 것이다. 나는 미쥬를 돌아보았다.

"복학은 안 할 거야?"

미쥬는 대답하지 않았다. 우리는 번잡한 모텔촌을 지나쳐 대로로 빠져나왔다. 택시를 잡았다. 뒷문을 열 때까지 미쥬의 손은 내 손 안에 머물렀다. 잘 가. 나는 말했다. 그녀도 똑같이 말했다. 잘 가. 그녀가 내 손을 놓았고 나는 그 손으로 차 문을 닫아주었다.

택시가 떠났을 때 나는 안도했다. 내가 익히 알던 어떤 감정과 기억이 아무런 소란도 일으키지 않고 무사히 멸종해버린 날. 정확한 날짜는 역사는커녕 내 일기에도 기록되지 않을 것이다. 멸종이란 반드시 그래야 한다.

베티 2

미쥬는 새 학기에도 학교로 돌아오지 않았다. 그다음 학기에도 학교로 돌아오지 않았다. 그리고 그다음 학기에도. 영원히 돌아오지 않았다.

사실 미쥬는 멸종하지 않았다. 마음 한구석에 빈 다락방처럼 자리 잡았던 미쥬를 내가 완전히 단념한 건 그녀가 다시 베티가 되어 펜실베이니아 대학에 들어갔다는 소식을 들었을 때였다. 그녀는 차갑고 드넓은 바다를 건너 미국으로 떠났다.

그런데 그게 맞는 표현인지.

미쥬가 정말 미국으로 떠난 걸까? 아니면 베티가 드디어 미국으로 돌아간 걸까? 그녀는 전공마저 바꿨다. 경제학으로.

"미쥬한테는 훨씬 더 어울려."

내가 이야기해주자 진우는 무덤덤하게 대꾸했다. 나는 한때 미쥬가 쓰레기통에 버리고 싶다고 말했던 어마어마한 소유물들을 떠올렸다. 미국 국적. 캘리포니아 주 대표 수중발레 입상 기록. 무한해 보이는 경제적 풍요를 제공한 아버지. 세상을 위축시키는 아름다운 외모를 물려준 어머니. 강남의 고갯마루를 점령한 웅장한 저택. 건들바람에 잎새를 서걱대는 푸른 대나무 숲. 그리고. 비쉬! 북슬북슬한 황금빛 털에서 윤기가 주르르 흐르는. 그 가운데 몇 가지나 미쥬의 펜실베이니아 대학 입학에 도움이 됐을까? 전부? 어쩌면.

우리를 갈라놓은 불행한 사건들이 없었다면 미쥬는 정말로 가졌던 모든 걸 버릴 수 있었을지도 모른다. 기적같이 놀라운 일이겠지만, 내가 아는 미쥬가 바로 기적같이 놀라운 사람이었다. 혹은 미쥬가 언젠가 돌아가게 될 곳으로 조금 빨리 돌아간 것일 뿐인지도 모르고. 이쪽을 상상하면 더 자연스럽긴 하다. 그래도 나는 미쥬가 학생운동을 버렸다거나, 학생운동이 미쥬를 버렸다는 식으로 표현하고 싶지는 않다. 그렇게 간단한 문제가 아니다.

규범과 인간 사이의 비극적인 간극. 우리는 많은 것을 규정했다. 너무나도, 너무나도 많은 것을 규정했다. 하지만 우리 스스로는 우리가 규정하는 것들만큼 간단했던 적이 없었다. 어떻게 그럴 수가 있겠는가?

메리 크리스마스

크리스마스이브 새벽부터 눈이 쏟아져 내렸다. 교정은 발목 깊이까지 눈에 쌓였다. 방학이라 등교하는 학생이 많지 않았다. 하늘이 잠잠해졌을 때, 백색의 교정은 기묘한 정적에 잠겨 있었다. 길은 지워졌다. 모든 걸음이 새 길을 텄다.

인문대 학생회의 제안으로 이글루를 만들었다. 처음 세웠던 계획은 눈을 다진 벽돌을 쌓아 올리는 것이었으나, 결국 눈으로 무덤을 쌓고 가운데를 파내는 원초적인 방식에 의존하게 되었다. 각이 없이 둥글고, 죽음이 아닌 삶에 바쳐지고, 클수록 불리하고 작을수록 유리하며, 노동을 착취할 필요가 없는 건축물. 문학적 상상력에 기반한 이 구조물은 세 시간 만에 완성되었다. 자랑하려고 진우를 불렀다. 그걸 보고 돌아간 진우는 공대생 수십 명을 동원해서 한 변의 길이가 8미터쯤 되는 웅장한 기하학적 다면체를 만들어냈다. 피라미드였다. 눈을 어떻게 다졌냐고 물었더니, 진우는 아래서부터 다져 올린 게 아니라 높이를 먼저 계산하고 언덕의 정상을 쌓은 뒤 위에서부터 깎아 내려왔다고 대답했다. 학생회장으로서 그의 첫 업적이었다. 피라미드는 왕권을 증명하는 건축물이다. 보통 그 안에는 왕의 시체가 들어가고.

저녁에 과방에 모여 크리스마스 파티를 벌였다. 과방 구석에는 한 해 동안 여학생들에게 바쳐진 꽃다발이 갈색으로 말라붙은 채 쌓여 있었다. 남학생들이 마른 꽃가지를 이어 붙여 크리스마스트리를 만들어냈다. 전구를 엮어 불을 켜니 아주 근사해 보였다.

봉인도 뜯지 않은 구애 편지가 트리 사이에서 발견됐다. 편지를 개봉해 창틀 위로 올라간 민효가 낮게 깐 목소리로 읽어나갔다.

부끄럽지만 이 글을 끝까지 읽어주길 바란다…….

그는 고개를 절레절레 젓더니, 편지를 도로 접어 봉투에 집어넣고 검지와 중지 사이에 껴 창밖으로 휙 날려버렸다. 끝까지 읽히지 않은 고백은 빙글빙글 돌며 눈 쌓인 화단에 푹 꽂혀 영원히 읽히지 않은 고백이 되고 말았다. 누군가 외쳤다. 메리 크리스마스! 과방은 밤새도록 떠들썩했다.

객관성과 상대성

연말의 뉴스는 뒤죽박죽 섞였다. 촛불은 종묘공원에서 시청 앞 광장으로 번졌다. 북한이 핵 시설을 재가동했다. 대통령 선거가 코앞에 닥쳤고, 지지율의 선두가 엎치락뒤치락 바뀌었다. 화성에서 외계의 구조물처럼 보이는 흔적이 발견됐다. 우주 사진의 해상도가 낮아 판독이 어려웠다. 내년의 대학 등록금은 더욱 가파르게 인상할 계획이었는데, 그건 뉴스에서 들을 수 없는 이야기였다. 촛불이 광화문 대로마저 침범했다. 혁명이 일어날까? 공해에서 미국과 북한의 준군사적 충돌이 있었다. 전쟁이 일어날까? 선거 직전까지 서로 다른 성향의 후보들이 이합집산을 거듭했다. 모든 후보에게 가능성이 있어 보였다.

대통령 선거에서, NL은 민주노동당의 권영길을 지지했다. 전학협은 사회당의 김영규를 지지했다. 두 당은 상대적 우위를 확보하기 위해 다퉜다. 연대회의는 정치적 고아처럼 지지할 정당이 하나 없었다.

선거에 대해 할 말이 많지 않았다. 객관적으로 통치할 대통령을 상대적으로 지지할 수는 없었다.

민주당의 노무현은 김대중의 그림자에 가려 잘 보이지 않았다. 우리는 김대중 대통령을 적으로 여겼다. 그가 먼저 우리가 디딘 영토를 적대했기 때문이다. 또 누가 있었나? 한나라당의 대통령 후보에 대해서는 잘 기억이 나지 않는다. 그들의 정치는 난해해서 파악하기가 어려웠다. 표준 지성인들 사이에서는 좀처럼 언급되지 않았다. 그들은 언제나 화성의 구조물 같은 것을 정성 들여 만들고 있었다. 화성의 일 따위에 누가 신경을 쓴단 말인가?

진우는 노무현이 당선될 가능성은 전혀 없다고 못 박았다. 지난 대선에서 민주당의 승리는 행운이 따랐을 뿐이라는 것이었다. 기적 같은 행운이 따른 건 사실이었다. 진우를 공대 학생회장에 당선시킨 기적처럼. 냉소적 패배주의에 사로잡힌 우리는 결국 지구의 정권은 화성으로 되넘어갈 것으로 확신하고 있었다.

선거 결과, 노무현이 제 16대 대한민국 대통령에 당선됐다.

당선자가 된 노무현은 미선이 효순이 사건의 유족과 촛불 집회 주최자들을 만났다. 촛불 집회에 참여한 시민의 상당수가 그를 지지했다. 그들은 새 대통령이 주한 미군 문제를 해결해주리라는 바람에 부풀었다. 크리스마스 선물처럼. 어쩌면. 노무현 대통령은 산타클로스처럼 좌표를 종잡기 힘든 사람이었다. 그가 내려올 굴뚝은 예측할 수 없었다. 그래서 그는 뭐라고 말했는가? 북핵 문제를 먼저 해결해야 하니 촛불 집회를 자제해달라고 도리어 부탁했다.

"북핵은 생존의 문제이고, 주한미군지위협정은 자존심의 문제일 뿐입니다."

그가 밝힌 정치적 우선순위는 명확했다. 명확한 문장으로 국경처럼 움직이기 어려운 경계를 그어놓았다. 생존의 문제와 자존심의 문제. 잣대는 위험의 객관적인 크기였다.

임기를 끝낸 노무현 대통령이 고향의 절벽에서 뛰어내렸을 때, 광장은 다시 한 번 촛불로 뒤덮였다.

그는 삶을 추락시켜 스스로 그어놓은 명확한 경계를 좁혔다. 나는 그때 비로소 그의 눈에 비친 세계를 상상할 수 있었다. 하늘의 어귀를 붉게 말아 올리는 새벽 여명. 새들의 알 수 없는 울음. 발 앞으로 깎여 떨어지는 낭떠러지. 지평선을 향해 펼쳐진 세계의 까마득한 넓이. 짧고 낯설며 강렬한 무중력의 경험. 해소할 수 없는 인간의 외로움. 인간의 외로움. 인간의 외로움.

그러나 그의 외로움은 객관적이지 않았다. 그의 죽음이 객관적이었다. 생전에 대통령이 제기했던 경계의 문제가 그의 무덤까지 따라갔다. 그는 정치적으로 살해당했는가? 단지 자존심을 지키려고 자결했는가? 미선이 효순이 사건이 일어났을 때도 똑같은 논쟁이 벌어졌었다. 인간의 목숨을 짓밟은 살해인가? 단지 국가의 자존심을 짓밟은 사고인가?

살아 있는 대통령이었을 때, 그는 생존의 문제와 자존심의 문제에 순위를 뒀다. 그래서 그는 촛불을 거두어달라고 말했다.

죽은 대통령이었을 때, 그를 기리는 촛불은 생존의 문제와 자존심의 문제에 순위를 두지 않았다. 그랬다면 바로 거두어들여야 했을 것이다.

아름다움의 학문 2

새 학기에 석사과정에 진학한 대학원 선배 한 명이 행정실 조교로 왔다. 그녀는 음대를 졸업하고 미학과 대학원에 진학했다. 우아하고 고전적인 미녀였다. 눈처럼 새하얀 피부, 늘어뜨린 흑실처럼 찰랑거리는 생머리, 붓질해놓은 듯이 고운 눈썹, 미간에서부터 뚝 떨어지는 곧은 콧날. 그녀가 허리를 꼿꼿이 세운 걸음으로 교정을 거닐 때면, 남학생들의 목뼈가 옆으로 우두둑 뒤틀리는 소리가 들리는 듯했다.

개강일 저녁, 돼지갈빗집에서 개강 파티가 열렸다. 안민 교수는 손짓으로 조교 누나를 불렀다. 그녀는 교수들이 앉은 테이블에 합석했다. 두 손을 무릎 위에 다소곳하게 모으고. 안민 교수의 바로 옆자리였다. 안민이 직접 그녀의 면접을 보았고, 대학원에 합격시켰다. 그런데 안민은 면접 때보다 술자리에서 그녀가 더 궁금해진 모양이었다.

"왜 미학과 대학원에 왔지?"

그는 면접에서 물었을 질문을 또 물었다. 그녀는 면접에서 대답했던 대로 대답했다.

"미학 이론을 좀 더 깊이 공부해보고 싶었어요."

교수들이 앞다퉈 그녀에게 조언했다. 이야기는 그들의 대학원생 시절로 거슬러 올라갔다. 이르게는 1960년대였다. 안민도 뒤질세라 자신의 대학원생 시절을 끄집어냈다. 이미 학부생들도 다 아는 이야기. 그는 다시 또 마침내 프랑크푸르트 학파였다. 조교 누나는 고개를 끄덕이고 가끔씩 박장대소를 해가며 안민의 무용담을 경청했다. 회고를 마친 안민이 물었다.

"참, 음대에서 악기는 뭘 전공했나?"

"콘트라베이스를 전공했어요."

"그래? 나는 클래식 악기 중에서 콘트라베이스가 가장 좋더군."

"감사합니다. 저도 콘트라베이스가 가장 좋아요."

"섹시하잖아. 가랑이 사이에 꽉 물고 소리 내는 거대한 악기가 그거 말고도 또 있는가?"

그녀는 입술을 다물었다. 안민은 술을 따라주겠다고 했다. 그녀는 소주잔을 냉큼 비우고 안민을 향해 내밀었다.

"그냥 따르면 재미가 없지 않겠나? 내 좀 더 재미있게 따라보지."

건너편 테이블에서 몰래 지켜보던 학생들은 교수가 러브샷을 시도하려나 싶어 눈살을 찌푸렸다. 그러나 러브샷은 프랑크푸르트식 문화가 아니었다. 안민은 자리에서 벌떡 일어났다.

"내가 자네 전공대로 해보겠어."

안민은 소주병을 가랑이 사이에 끼고 조교를 향해 내밀었다. 그녀는 잔을 거둘 수 없었다. 잔을 든 손이 덜덜 떨렸다. 교수의 사타구니에서 졸졸 흘러내려오는 액체가 잔을 채웠다. 그것은 잔을 채우고도 한참 넘쳐 그녀의 손등을 타고 주르륵 흘러내렸다. 교수는 그녀의 하얀 손등이 알콜램프의 심지처럼 푹 젖을 때까지 술병을 기울였다.

원샷! 안민이 껄껄 웃으며 외쳤다. 조교 누나는 창백한 표정으로 고개를 돌리고 젖은 손등으로 입을 가린 채 잔을 넘겼다. 빈 잔을 내려놓은 그녀는 잠시 바깥에 나갔다 오겠다며 자리에서 일어섰다. 그리고 돌아오지 않았다.

10분쯤 뒤에 나는 화장실에 다녀오려고 바깥으로 나왔다. 식당의 화장실은 남녀 공용이었다. 화장실로 꺾어지는 복도 앞에 민효가 불침번처럼 뒷짐을 버티고 서 있었다. 다가서자 그는 내 손목을 힘주어 붙잡고 말없이 고개를 양쪽으로 내저었다. 문틈으로 서럽게 흐느끼는 여자의 울음소리가 새어 나왔다.

아름다움의 학문을 좀 더 깊이 있게 연구해보고자, 전공을 바꾸어 가면서까지 우리를 찾아온 여자의 첫날이었다. 나는 발소리를 죽이고 뒤돌아 그곳을 빠져나왔다.

대중예술

미학과에는 대중예술과 관련된 강의가 더러 개설되었다. 재학 중인 연예인들은 반드시 거쳐갔다. 그들은 현업인이고, 그들을 제자로 가르치는 선생은 대중예술을 책으로 배운 사람들이었기에 수업은 모양새가 좀 우스웠다.

민효는 이적과 함께 대중음악 수업을 들었다. 이적은 가수 활동을 하느라 학교를 10년째 다니고 있었는데, 수업은 빠짐없이 성실하게 출석했다고 한다. 단 한 번, 콘서트 때문에 결석했던 날이 있었다. 대신 그는 교수와 수강생들에게 콘서트 티켓을 보냈다. 학기말에 이적은 수강생 가운데 가장 좋은 성적을 받았다.

"탁월한 면이 있는 사람이었어. 공부를 했어도 뛰어났을 거야."

민효는 객관적이고 공정하게 판단을 내릴 수 있다는 것처럼 말했다. 그는 콘서트장 첫 줄에 앉았다.

아이돌 가수인 UN의 김정훈이 수강하던 대형 강의는 그가 출석하는 날마다 야단법석이었다. 그는 인쇄소 윤전기처럼 바쁜 손놀림으로 사인을 작성해야 했다. 강의는 박사과정을 밟고 있는 젊은 여자 강사가 맡았는데, 그녀는 김정훈에게 사인을 따로 요구하지는 않았다. 출석부에 출석 사인을 하도록 시켰고 학기말에는 수십 개를 챙겨 갔다.

나에게는 아주 특별한 추억이 있다. 봄기운을 못 이겨 책상에 꾸벅꾸벅 머리를 박아가며 졸던 날이었다. 연극 이론을 가르치던 강사는, 심사가 배배 꼬인 고등학교 교사처럼 야비하게 나를 지목하여 물었다.

"자, 이건 왜 그런지 우리 똑똑한 태의 씨가 한번 설명해볼까?"

잠기운이 가시지 않은 나는 당황했다. 하지만 대형 강의실 맨 뒷줄에 앉아 있던 예쁘장한 여학생은 나보다 훨씬 더 당황했던 것 같다.

"죄송합니다, 잘 모르겠어요."

김태희는 대답했다.

바그다드

여명이 터오는 조용한 새벽이었다. 바그다드의 하늘에서는 유성의 꼬리처럼 보이는 붉은 쌍곡선의 궤적을 볼 수 있었다. 도시 한복판에 떨어진 유성이 섬광과 함께 땅을 흔들었다. 연기가 가라앉았을 때는 도시의 일부가 잿더미가 되어 사라졌다. 이라크 전쟁이 발발했다.

개전 이튿날 아침, 노무현 대통령은 긴급하게 국무회의를 소집했다. 국무회의는 미국을 지원하기 위해 이라크 파병을 의결했다. 파병 동의안은 같은 날 오후 국회 국방위원회로 넘어갔다. 국방위원회는 즉석에서 파병 동의안을 인가했다. 파병 동의안은 바로 국회 본회로 넘어갔다. 국회 본회일까지는 6개월이 남아 있었다. 그래서 임시국회 일정이 잡혔다. 사흘 뒤로. 파병 동의안을 비준하기 위해서. 아시아 대륙 반대편에 위치한 나라와 전쟁을 치르는 결정이 단 사흘 만에 이루어졌다. 단 사흘 만이었다. 의제가 확산되는 속도보다 의제를 처리하는 속도가 빨라야만 했다. 정부는 한시바삐 이 일을 엎질러진 물로 만들고 싶어 했다.

노무현 대통령이 대국민 담화문을 발표했다. 참전은 국익을 위한 고민 끝에 내린 결정이며, 외교적으로 불가피한 선택이라는 것이었다. 비슷한 시각, 조지 부시 미국 대통령도 대국민 담화문을 발표했다. 미국 대통령이 발표한 담화문의 내용은 훨씬 선명해서 알아듣기 쉬웠다.

"우방국들은 우리와의 공동 방위에 봉사하는 영광을 누리고자 주어진 의무를 수행하는 것입니다."

대통령의 편이었던 시민단체들이 파병 결정에 반대한다고 선언했다. 대통령의 적이었던 언론들이 정부의 결정을 존중한다고 선언했다. 그리하여 끝을 알 수 없는 정치적 혼란이 시작되었다.

전쟁 2

총학생회가 비운동권인 프렌즈의 손에 들어갔기 때문에, 이라크 파병안에 대응하는 학생운동 정파들의 일정을 조율하고 협의할 기구가 없었다. 전쟁이 발발하고 며칠 뒤 비어 있는 자연대학의 소도서관에서 연석회의가 열렸다. 서가가 너무 작아서 도서관이라 부르기에는 민망한 장소였다. 내부 벽면에는 유리로 된 미닫이문이 달린 낡은 나무 책장이 세워져 있었고, 책장 안에는 논문집과 정기 발행되는 학술지들이 듬성듬성 꽂혀 있었다. 거기서는 시간조차 느리게 흐를 것 같았다.

오후 여섯시 정각이 되자 각 정파의 단과대학 대표자들이 하나둘씩 나타났다. 진우는 공과대학의 연대회의 대표로 참석했고, 나는 인문대학의 연대회의 대표였다. 여학생 한 명이 내 맞은편에 앉았을 때 나는 심장이 멎을 듯한 충격을 받았다. 그녀는 인문대학의 NL을 대표해서 왔다. 수리였다. 테이블 구석 자리에 앉아 있는 진우의 표정을 살폈다. 그는 아무런 감정의 동요도 없어 보였다. 반면, 나는 수리를 향해 느끼는 내 감정의 질감에 소스라치게 놀랐다. 그것은 내가 부평의 자동차 공장에서, 당진의 철강 공장에서, 대전의 벤처 기업에서, 남양주의 가구 공단에서, 진주의 금속 공장에서, 울산의 대학교에서, 대구의 염색 공장에서, 부산의 해운 회사에서, 심지어 대공분실의 내 맞은편에 앉은 문 경사에게 느꼈던 것과 완전히 똑같은 것이었다. 맹렬한 증오였다.

발언권이 돌아왔을 때 수리는 말했다.

"지금은 초정파적 연대가 필요한 시점입니다. 파병 반대 운동을 계기로 정치적 분열을 극복하고 전선체 투쟁의 영역을 확대하였으면 좋겠습니다."

수리는 발언 말미에 우리의 연정을 코민테른에 비유했다. 제법 NL처럼 말하고 있었다. 수리의 말이 끝나자 진우가 냉소적으로 받아쳤다. 너무 앞서 나가지 마세요.

우리는 그 주에 열릴 총운영위원회 정기회의에서 총학생회장인 준호 선배에게 서울대학교 전체 동맹휴업을 요구하기로 합의했다. 연석회의는 두 시간 뒤에 끝났다. 진우는 수리 쪽으로는 눈길도 주지 않고 냉큼 일어서서 복도로 나가버렸다.

도서관을 빠져나오면서 나는 궁금해졌다. 왜 전쟁은 이라크에서 일어났는가? 왜 전쟁은 모든 곳에서 일어나는가? 왜 전쟁은 우리 사이에서도 일어나는가? 적이 전쟁의 원인인가? 전쟁이 적의 원인인가? 나는 내가 거쳐온 전쟁들을 떠올렸다. 전선에서 이탈한 전우들을 떠올렸다. 그들을 쓰러뜨린 게 적이었다고 말한다면 딱히 반박하기 어렵지만, 그건 그들을 쓰러뜨린 게 전쟁이었다고 말해도 마찬가지다. 부평에서 나와 맞닥뜨린 전투경찰은 웃으며 살살해달라고 말하더니 곤봉을 치켜들고 성난 황소처럼 달려들었다. 나는 그를 쇠파이프로 무참하게 물리쳤다. 그 순간 나는 김대중 정부의 관료 전부를 합한 것보다 그 전경을 더 증오했다.

전쟁이란 결국 보병과 보병의 싸움이다. 전쟁의 무수한 가능성 중에 실현될 수 없는 단 한 가지 양상이 있다면, 그것은 증오가 없는 전쟁이다. 그런 싸움은 전쟁이 아니라 스포츠다.

좌파 성향

"오빠."

복도를 달려온 수리는 진우 앞을 가로막아 섰다. 진우는 잠시 멈춰 섰고, 수리를 냉랭하게 내려다보았고, 말없이 그녀를 지나쳐 걸어가 버렸다. 수리는 멀어지는 진우의 뒷모습을 바라보다 고개를 돌려 멋쩍은 표정을 지었다. 나는 말했다.

"내 눈으로 보고도 도저히 믿을 수가 없다. 이게 무슨 일인지."

"그래?"

"난 네가 좌파 이론가로 성장할 만한 사람이라고 믿었어. 누구나 그렇게 생각했을 거야."

"만약 내가 좌파 이론가가 된다면, 그게 내가 좌파란 뜻이야?"

그런 식으로는 생각해본 적이 없었다. 좌파가 아니면서 좌파 이론가가 될 수도 있는가?

"미안해, 선배. 난 내가 좌파인지 확신할 수 없었어."

수리는 조심스럽고 침착한 말투로 말했다. 어린아이처럼. 고학번 선배처럼.

“두렵진 않았니?”

“뭐가?”

“선배들이 그렇게 비웃고 위험하다고 경고했는데도 넌 NL로 갔잖아. 걔들이 무섭지 않았어?”

“그렇진 않았어. 선배들이 생각하는 거랑은 좀 다른 게…….”

나는 수리의 말을 잘라냈다.

“나한테 네 결정을 설명할 필요는 없어. 어쨌든 넌 여전히 좌파 성향이네. 알기 전에는 믿지 않는 것. 의심. 호기심. 반항심. 모두 좌파의 중요한 덕목이잖아. 난 솔직히 네가 그쪽에 어울리는지 잘 모르겠다.”

수리는 피식 웃었다. 진우 오빠한테 안부 좀 전해줘. 우리는 복도에서 등 돌리고 헤어져 제 갈 길을 갔다.

대연정

준호 선배는 동맹휴업안을 선뜻 받아들이고 전체 학생 총투표에 부쳤다. 그는 총투표가 과반 이하 참여로 무산되지 않도록 투표권을 행사해달라고 호소하는 연설까지 벌였다. 호응은 엄청났다. 만 명이 넘는 학생이 표를 던졌고 찬성표의 비율이 90퍼센트에 달했다. 대학은 사실상의 휴교 상태에 들어갔다. 전투 준비는 끝났다. 이제 수천 수만의 학생들이 세상으로 뛰쳐나가 거리를 뒤덮어버릴 일만 남은 것이었다.

준호 선배의 총학생회장직 수행은 절대적인 지지를 받고 있었다. 지방정권에 해당하는 단과대학들은 아직 학생운동 조직들의 영향 아래 있었으므로 그는 일종의 호족 정치를 하고 있는 셈이었다. 그는 학생운동의 가치를 부정하면서 당선됐지만, 학생운동을 때려부수는 대신 적절하게 활용했다. 우리가 하려던 모든 것을 똑같이 행하면서도 그는 "운동권 냄새가 나지 않아서 좋다"는 긍정적 평가를 받았다. 두런두런 교정에 퍼져 나가는 말들이 가슴을 아프게 후벼 팠다. 우리한테 진짜로 냄새가 나는가?

준호 선배는 17만 원짜리 실크 넥타이로 다 설명될 수 있는 부잣집 도련님이 아니었던 것이다. 절묘한 정치적 감각을 지닌 사람이었다. 수리가 옳았는지도. 다음 총학 선거에서도 저런 이와 맞서려면 정말로 우리에게 초정파적 연대가, 코민테른 같은 것이 필요한지도 모른다. 하지만 과연 그런 것이 유지될 수 있을까? 코민테른을 포함해 역사상의 모든 정치적 연정은 종국에는 권력 분쟁의 내압을 견디지 못하고 붕괴했다. 우리가 공동 선본을 꾸릴 수 있을까? 어떻게 NL과 연대회의의 정치적 입장을 한 사람이 대변할 수 있단 말인가? 그게 가능한 일일까? 나는 찬찬히 생각해보았다. 입장과 방향이 전혀 다른 두 정파를 아우를 후보는 예를 들어 이런 사람이어야 할 것이었다. 꾸준하고 신뢰감을 주며 인간적인 매력이 있는 사람. NL도 연대회의도 수긍할 만한 정치적 위치에 있는 사람. NL의 텃밭인 공대의 학생회장이면서 연대회의의 본산인 인문대생들의 절대적인 애정을 받는 사람. 우리의 진리를 가슴 깊이 간직하고 우리의 죄를 대신하여 십자가를 졌으며, 자신을 밀고한 배신자를 색출하는 대신 너그럽게 포용했고, 수감된 지 여덟 달 만에 우리 곁에 돌아온 사람. 아무리 생각해봐도 그런 사람은 단 한 명밖에 없었다.

다음 날 본부 앞 광장에 모인 재학생들은 행군을 시작했다. 여의도로. 국회의사당으로. 분노의 절대량으로써 의원들의 파병을 막을 수는 없었다. 우리는 의원들의 재신을 위협함으로써 파병을 막을 수 있었다.

여의도의 지하철역에서 전국의 대학생들이 합류했다. 연대회의와 NL과 전학협의 모든 계파, 운동권과는 거리를 두었던 학생들이 모두 운집했다. 광장 앞에서 전국의 노동조합이 합류했고, 국회의사당 앞에서 온갖 이름을 가진 시민단체들과 나머지 전체보다 많은 수의 시민이 합류했다. 그날, 내 학생운동가 경력을 통틀어 보았던 것을 다 합한 것보다 더 많은 깃발들이 땅 위에 나부꼈다. 사람의 무게를 못 견딘 여의도가 한강 밑으로 가라앉을 것만 같았다. 때맞춰 나타난 방송사 차량들은 진입을 포기했다. 카메라를 어깨에 멘 촬영 기자들이 바쁘게 달렸다. 의경들이 어깨를 맞대고 인간 띠를 만들었다. 서울시 주둔 병력을 다 털어 출동시킨 모양이었다. 그들은 국회의사당을 한 바퀴 감싸 돌아 보호하고 있었다. 처음이었다. 그들이 연약해 보인 것은. 그들은 추락하는 소행성을 두 손으로 쥐어 받으려는 어린아이처럼 잔뜩 겁에 질려 있었다.

지휘 계통이 없었으므로 각 단체들의 대표자들이 모여 다음 행동을 의논했다. 인파의 덩치로 밀어붙여 경찰의 통제선을 돌파하고 의사당에 진입할 것인가? 낯익은 동시에 낯선 방법이었다. 평소에는 그게 경찰의 진압 전략이었기 때문이다. 반대 의견이 많았다. 불특정 다수의 시민들이 모였기에 인명 사고가 일어날 가능성이 높았다. 의사당에 진입하면 또 어쩔 것인가? 의원들의 뒷덜미를 잡아 끌어낼 것인가? 무슨 의미가 있는가? 서로 다른 제안들이 간격을 좁히지 못했다. 말이 거칠어졌다.

그때 한총련 소속의 여학생 한 명이 인파 사이에 버려진 방송차의 사다리를 타고 지붕 위로 올라갔다. 그는 마이크를 손에 쥐고 끝이 보이지 않는 인간의 물결 위에 돌멩이 하나를 집어 던졌다.

"여러분, 저기 보이는 건물이 뭔지 아십니까?"

수만의 시선이 그녀의 손끝을 향했다.

"한나라당사입니다. 진군합시다. 우리의 힘을, 우리의 뜻을, 우리의 분노를 그들에게 보여줍시다!"

아찔한 환호성이 광장에 울려 퍼졌다. 당장이라도 한나라당사 건물을 벽돌 하나 남김 없이 해체할 듯했다. 나는 국회의사당 앞을 가로막고 서 있는 의경들의 헬멧을 벗기고 한숨 돌린 표정을 확인하고 싶었다. 중년 남자 한 사람이 방송차 위로 허겁지겁 따라 올라왔다. 그는 여학생의 마이크를 빼앗듯이 가져갔다. 남자는 자신이 연대급 시민단체의 간부라고 소개했다.

"여러분, 감정적으로 행동해서는 안 됩니다. 지금 여당이 어느 당입니까? 민주당입니다. 우리가 왜 한나라당으로 쳐들어갑니까? 꼭 그래야만 한다면 민주당사로 가야 하는 게 아닙니까?"

맞는 말이었다. 그 역시 호응이 컸다. 그의 뒤를 따라 서로 다른 정치적 의견을 가진 사람들이 줄지어 발언하기 시작했다. 사회당 상임위원이란 사람이 차분한 목소리로 앞선 두 의견을 반박했다.

"이라크 파병을 결정한 건 노무현 대통령입니다. 우리가 물을 책임이 왜 민주당에서 끝나야 합니까? 대통령 면책특권 때문입니까? 전범 노무현은 책임지고 대통령직에서 사퇴해야 합니다. 청와대로 갑시다!"

사람들의 표정이 혼란스러워지기 시작했다. 전학협의 대열에서 박수 소리가 쏟아져 나오고 깃발이 힘차게 펄럭였다. 마이크를 넘겨 받은 금속노조 위원장은 모든 논란을 원점으로 되돌렸다.

"여러분, 우리 사이에서 분란이 일어나서는 안 됩니다. 계획대로 국회의사당을 향해 진격합시다!"

그가 추가한 선택지로 말미암아 분란의 범위가 더욱 커졌다. 의경이 막아선 국회의사당을 강행 돌파하느냐. 한나라당사로 돌아서느냐. 아니면 민주당사를 덮치느냐. 아예 청와대로 돌진해서 이 시위를 혁명으로 격상시키느냐. 논쟁이 끝없이 거듭되었다. 시간이 흘렀다. 사람들의 표정이 어두워졌다. 날도 어두워졌다.

해가 떨어졌다. 시위대는 해산하여 각자의 집으로 되돌아갔다.

진실은 언젠가 만천하에 드러나는 법이다

진우에게 전화를 건 사람은 방송국 토론 프로그램의 작가였다. 이라크 파병안을 주제로 국회의원들이 모여서 토론을 하는데, 청중으로 학생운동 정파마다 한 사람씩을 보내줬으면 좋겠다는 것이었다. 진우는 국회의원들의 들러리가 될 생각은 없다는 말로 단칼에 거절했다.

"저의 제안을 끝까지 들어보지도 않으셨잖아요."

"들어볼 필요가 없을 것 같습니다."

"전학협과 민주노동당 학생위원회에서는 받아들였는데요. 아쉽네요."

"거짓말하지 마세요. 그럴 리가 없어요."

"1분 동안의 자유 발언을 보장했거든요. 연대회의에도 같은 시간을 드릴 거예요."

"다 합하면 3분인가요? 백 분 동안 하는 토론이잖습니까. 우리의 생각을 1분이란 시간 동안 충분히 표현할 수 있을 거라고 생각하지 않습니다."

"충분히 표현하실 수 있을 겁니다. 우리 프로그램은 생방송이거든요."

그는 자기가 한 말의 뜻을 분명히 했다.

"자유 발언입니다. 원고는 우리한테 미리 보여주실 필요가 없고요. 동시간대 시청률이 가장 높은 프로그램이란 건 아시죠?"

진우는 출연을 나에게 양보했다. 방송은 체질에 안 맞는다면서. 질리도록 방송을 해본 사람처럼. 내가 방송에 나가 1분 동안 하게 될 말을 연대회의 최고의 문장가 세 명이 사흘 동안 합숙해서 썼다. 마음에 딱 들지는 않았다. 수리가 없는 게 아쉬웠다. 그리고 두려웠다. 민주노동당 학생위원회에서는 누가 나올까? 그의 입에서 나올 말은 누구의 손으로 쓰였을까? 수리의 천부적인 재능이 우리의 앞을 가로막는 일은 앞으로 더욱 빈번하게 일어날 것이었다. 나는 토론회 당일까지 1분짜리 대사를 수천 번 반복해 읽고 입에 붙였다.

방송 시작 한 시간 전에 스튜디오에 도착했다. 청중은 수백 명이었지만 발언권을 가진 사람은 딱 열 명이었다. 내가 그중 하나였다. 방송 30분 전에 주토론자인 국회의원들이 나타났다. 한나라당과 민주당에서는 각각 국방위원회 소속 의원을 내보냈다. 의석이 없는 민주노동당에서는 사무총장을 내보냈다. 머리가 훌랑 벗겨진, 사람 좋아 보이는 얼굴의 남자였다. 내 옆자리에는 민주노동당 학생위원회를 대표해서 나온 또 다른 발언자가 앉아 있었다. 늦깎이 대학교 신입생. 그는 작년 서울대학교 공과대학 학생회장에 당선됐으나 제적당했고, 올해 1학년으로 재입학했다. 윤구였다. 끈질기게 정치적 생명을 이어가고 있었던 것이다. 우리는 미소 띤 얼굴로 짐짓 반가운 인사를 나누었다. 스튜디오 중앙에서는 한나라당과 민주당 의원이 마주 보고 서서 악수를 나누고 있었다. 그들은 우연히 길거리에서 마주친 고등학교 동창처럼 큰 소리로 껄껄 웃고 떠들었다. 외교관 출신이라는 젊은 한나라당 의원은 아주 잘생긴 남자였는데, 다만 키가 좀 작은 게 흠이었다. 윤구가 그를 가리키며 말했다.

"편법으로 병역을 제낀 새끼가 남의 나라까지 군대를 보내서 전쟁을 벌이겠다고? 아주 좆같은 일이 아니냐?"

윤구의 말에 따르면, 한나라당 의원은 대학 시절 입대를 앞두고 세 달 동안 겨드랑이 사이에 생삼겹살을 끼고 살았다는 것이다. 그는 지독한 암내를 풍기며 신체검사장에 나타났고 즉시 병역면제 판정을 받았다. 사유는 단체 생활 불가였다. 나는 물었다.

"저 사람이 겨드랑이로 삼겹살을 품었다는 걸 너는 어떻게 알아?"

"진실은 언젠가 만천하에 드러나는 법이지."

윤구의 목소리는 흔들림 없는 확신에 차 있었다. 그게 늘 우리가 달랐던 점이었다.

방송이 시작되었다. 그 순간부터 모든 게 달라졌다. 카메라에 달린 램프에 붉은 불이 떴고 웅성거리던 스튜디오는 고요해졌다. 그리고 한나라당과 민주당 의원은 외나무다리에서 맞닥뜨린 원수처럼 목에 핏대를 세우고 으르렁거리기 시작했다. 내 발언권은 청중 가운데 두

번째 순서였다. 첫번째 발언자는 30대 초반으로 보이는 여자였고, 자신을 논술 학원 강사라고 소개했다. 그녀는 조곤조곤한 목소리로 민주당 의원에게 따져 물었다.

"노무현 대통령은 인권 변호사로서 남긴 업적 덕분에 정치에 입문할 수 있었습니다. 이라크에서는 노무현 대통령이 변호사 경력을 통틀어 살려낸 시민의 수보다 더 많은 민간인들이 매일 죽어가고 있습니다. 이라크 파병은 대통령의 정치적 지지자들을 기만하는 것이 아닙니까?"

질문은 아주 단순했다. 너무 단순해서 복잡한 속임수를 부려 대답할 수 없었다. 뻔한 말을 되돌려주는 것 말고는 도리가 없었다. 민주당 의원은 말을 더듬었다.

"안타깝게도 현실의 국제정치는 그렇게 단순하게 돌아가지 않습니다. 대통령께서는 국익을 위해 불가피한 외교적 선택을 내렸을 거라고 생각합니다. 국민들께서 이해해주시기를 부탁드립니다."

그의 말을 맞은편에 앉은 한나라당 의원이 재빠르게 받았다.

"제가 외교관 출신이라 외교는 잘 알지요. 질문하신 분은 외교 문제에 대해 묻고 계신 게 아닙니다. 만약 노무현 대통령이 대선 공약으로 이라크 파병을 걸었다면 당선될 수 있었겠습니까? 그렇다면 파병은 국익뿐만 아니라 대통령 자신의 정치적 이익을 위해서도 불가피한 것이 아닙니까? 국익은 불변이지만 정치적 이익은 가변하는 것이니까요. 파병 결정이 대통령의 지지자들에 대한 정치적 배신이란 것은 명백한 사실로 보입니다."

민주당 의원이 입술을 질끈 깨물고 나서 되받아쳤다.

"그건 참 이상하게 들리는 말인데요. 혹시 의원님께서는 이라크 파병에 반대하는 입장입니까?"

"저는 파병 결정이 불가피한 외교적 선택이라는 노무현 대통령의 생각에 동의합니다. 따라서 저의 정치적 지지자들을 배신하지 않은 것이고요."

말을 마친 한나라당 의원은 씩 웃었다. 그때 윤구가 내 옆구리를 툭 찔렀다. 미안하지만 혹시 발언 순서를 바꾸지 않을래? 나 지금 꼭 하고 싶은 말이 있어서. 나는 얼떨결에 고개를 끄덕였다. 윤구가 손을 들었다. 사회자가 윤구의 질문을 받겠다고 선언했다. 카메라가 윤구를 향해 돌아섰고 마이크가 그에게 도착했다. 윤구는 자리에서 일어섰다.

"이라크 파병이 정치적 기만이냐, 불가피한 외교적 선택이냐는 전혀 문제가 아닙니다. 논쟁할 필요조차 없다고 봅니다. 각자 원하는 대로 부르면 되는 것입니다. 이름이야 붙이기 나름이니까요. 우주를 생쥐라고 부를 수도 있습니다. 중요한 사실은 그런다고 밤하늘에 별 대신 치즈가 뜨진 않는다는 것이겠죠."

방청석에서 웃음이 터졌고 박수갈채가 뒤따랐다. 학생회장 선거에서 이미 경험했지만, 여전히 윤구의 말솜씨는 깔끔하고 말쑥했다. 국회의원보다 더 국회의원처럼 들렸다. 이어서 윤구는 이라크 파병이 어떤 면에서 국익에 도움이 되냐고 물었다. 민주당 의원의 대답이 길어졌다. 한나라당 의원이 다시 끼어들어 비아냥거렸다. 두 사람은 길게 다투었다. 그리고 마침내, 윤구의 발언 차례가 돌아왔다. 발언 순서를 바꾸었으니 내 차례였다. 나는 심호흡을 하고 머릿속으로 긴 대사를 다시 한 번 읊어보았다. 그리고 카메라가 내 쪽으로 돌아왔을 때, 윤구는 약속을 깼다. 그는 나를 향해 손에서 손으로 전해진 마이크를 가로채 들고 자리에서 벌떡 일어났다. 그는 다시 한 번 발언했다. 깔끔하고 말쑥하게. 질문을 마치고 앉으면서 그는 또 한 번 박수갈채를 받았다. 생방송이라 손도 쓸 수 없이 당하고 말았다. 나를 위해 세 명의 문장가들이 지새운 밤과, 목이 잠길 때까지 반복했던 수천 번의 연습은 허공으로 흩어졌다. 자리에 앉은 윤구는 내 손 위에 자기 손을 슬며시 올려 포갰다. 정말 미안해, 하지만 꼭 해야만 하는 말이었어.

방송이 끝난 뒤 윤구와 방송국 앞의 호프집으로 자리를 옮겼다. 오늘 술은 내가 살게. 테이블 위에 맥주 두 잔이 놓였을 때 그는 말했다. 나는 입을 열지 않았다.

"뒤끝은 없는 거지? 그런 사람은 아닌 걸로 알고 있어."

그는 내 어깨를 툭 치며 웃었다.

윤구가 저돌적이고 창의적이며 어떤 면에서는 매력적이라고까지 할 수 있는 사고방식을 가진 사람이라는 것은 인정해야겠다. 이런저런 화제를 훑다가 우리는 국가보안법에 도달했다. 그것은 진우를 철창에 가둔 법이었고 윤구의 선배 수십 명을 철창에 가둔 법이었다. 하지만 국가보안법의 사악함과 부조리함과는 별개로, 나는 우리와 그들에 적용된 혐의를 같은 차원에서 다루는 것을 받아들일 수 없었다.

"너희가 두 손 들게 만들려면 대체 김정일이 무슨 짓을 더 저질러야 하는 거냐?"

"김정일이 뭐가 그리 나쁜데?"

윤구는 아무렇지도 않은 표정으로 되묻고는 기상천외한 논리를 펼쳤다.

"나는 세상이 종말을 맞았으면 좋겠다. 나는 악마가 되고 싶다. 나는 김정일이 나쁘지 않다고 생각한다. 이 셋 중 국가보안법이 처벌하는 유일한 문장이 뭐겠어? 김정일이 세상의 종말과 악마보다 나쁘냐? 그렇다면 국가보안법이야말로 김정일을 신격화하는 법이지. 국가보안법은 존재 그 자체로 국가보안법 위반인 거야."

어라, 이놈 봐라? 그러나 나는 멍한 표정을 지을 수밖에 없었는데, 술이 좀 취한 것도 사실이지만 반박할 논리가 즉시 떠오르지 않았기 때문이었다. 윤구는 이렇게 말을 맺었다.

"너희가 우리를 광신도 취급하는 거 알아. 하지만 반만 보아도 충분한 세상에는 종교조차 존재할 수 없는 거다. 신이 세상을 반만 만들지 않은 이유가 뭐겠냐?"

우리는 문 닫는 시간에 거기서 나왔다. 윤구는 혼자 걸을 수도 없을 만큼 취했다. 그는 적어도 약속한 대로 술을 사려고 시도는 했다. 혀 꼬인 말로 가방에서 자기 지갑을 꺼내 술값을 내달라고 나에게 부탁했다. 낡아서 모서리에 구멍이 뚫린 가죽 지갑에는 카드도 없이 덜렁 만 원짜리 한 장만이 들어 있었다. 술값은 내가 냈다.

그로부터 10년이 흘러 통합진보당 비례대표 국회의원 경선 부정 사태가 터졌다. 부정 행위 공모자들은 혐의를 부인했다. 당 중앙위원회에서 비례대표 국회의원 사퇴를 안건으로 올리려고 하자, 일부 당원들이 회의장에 난입하여 대표 위원들을 흠씬 두들겨 팼다. 현장을 담은 수십 장의 사진이 유출되어 뉴스와 신문의 헤드라인을 장식했다. 그때, 나는 오래도록 잊고 지냈던 윤구의 얼굴을 다시 보게 되었다. 그는 신문에 실린 사진 맨 앞쪽에서 입술을 비죽 내민 채 누군가의 멱살을 잡아 흔들고 있었다. 머리에 새치가 돋았고 이마에 주름도 잡혔는데 여전히 전과 똑같은 짓을 하고 있었다. 담력은 전보다 훨씬 커졌다. 이번엔 훔친 물건이 생방송 발언권이나 맥줏값이 아니라 무려 국회의원 경선표였던 것이다. 그의 얼굴을 한참 바라보며 옛 추억을 더듬다가 문득 그 말이 떠올랐다.

진실은 언젠가 만천하에 드러나는 법이다.

1982, 1989, 2003

1989년, 한총련의 전신인 전대협 소속 대학생들이 주한미국 대사관을 기습적으로 점거했다. 학생들은 한미 관계 개선을 요구하는 구호를 외쳤다. 점거 상태는 한 시간 만에 해제되었다. 주동자들은 수감됐다.

1982년, 부산의 대학생들이 군사정권을 비호하는 미국을 비난하며 미국문화원에 불을 질렀다. 사건 공모자뿐만 아니라 관련자들과 그들을 은닉한 종교인들까지 모조리 수감됐다. 이 사건의 변호사는 훗날 대통령이 된 노무현이었고, 판사는 그의 경쟁 후보였던 이회창이었다.

국회의사당 앞 시위 이틀 뒤, 각 학생운동 정파의 중앙급 간담이 이뤄졌다. 그들은 대중집회와는 별도로 좀 더 급진적인 투쟁 전략이 필요하다는 데 뜻을 모았다. 그때 비좁은 나무 탁자 위로 1989년과 1982년이 소환되었다. 그들은 공모했다. 미국 대사관 습격을.

대사관을 물리적으로 점령하기는 불가능하다. 정예 선발대가 내부로 침투해서 성조기를 불태우는 정도로 끝내자.

결정은 쉬운 일이었다. 선택이 어려웠다. 누가 고양이 목에 방울을 거느냐? 탈출구가 없는 작전이었다. 회의는 무거운 침묵으로 끝났다.

언제나 몸을 사리지 않았던 사람들이 또 몸을 사리지 않았다. 연대회의에서는 진우와 선봉대장이 자원했다. 거사 이틀 전, 나는 선봉대장의 전화를 받았다.

"내 오늘 서울 간다. 재워줄래?"

나는 그의 집에서 두 달이 넘게 머물렀다. 그는 내게 이틀을 머물게 해달라고 부탁하고 있었다. 하지만 나는 거절하고 싶었다.

"이제 체포당하는 일은 그냥 후배들한테 양보하세요."

"그라믄. 니가 할 끼가?"

"대장."

"이제 내 갈 차례다. 나는 체포된 적 한 번도 없다."

"그런 걸 순서 매기고 있을 거라고는 상상도 못 했는데요. …… 그런데 정말 체포당한 적이 없어요? 선봉대를 그렇게 오래 했으면서?"

"현승이 금마 이기적이라 양보를 안 했다이가. 역으로 마중 온나."

나는 서울역으로 선봉대장을 마중 나갔다. 일곱시. 도착 예정 시간이 한참 지나도 그는 나타나지 않았다. 전화를 걸어보았다. 휴대전화가 꺼져 있었다. 나는 역 앞 패스트푸드 식당에 들어갔다. 햄버거 세트를 주문해 받아 광장이 내다보이는 창가 자리에 앉았다. 해가 곧 기울어 떨어졌다. 다시 전화를 걸었다. 휴대전화는 여전히 꺼져 있었다. 빈 쟁반을 치우고 집행국장에게 문자메시지를 보냈다. 두 시간 뒤 답장 대신 전화가 걸려왔다.

부산역에서 선봉대장은 잠복 중인 형사들에게 붙들렸다. 가방 안에서 둘둘 말린 성조기와 휘발유통, 그리고 파병 반대 유인물 묶음이 나왔다. 선봉대장은 그 자리에서 체포당했다. 투쟁가 경력 10년 동안 그는 극단적 범법 행위를 무수히 저지르면서도 아무 탈이 없었다. 그리고 오늘 첫번째 체포를 경험한 것이었다. 아무것도 해보지 못한 채로.

긴급한 소식을 전하고자 진우에게 전화를 걸었다. 진우도 받지 않았다. 휴대전화가 꺼져 있었다. 그때, 진우는 문 경위와 함께 있었다.

대가리를 반쪽으로

문 경위는 유리 술잔 두 개를 붙여 소주를 따르고 잔 하나를 진우 쪽으로 밀어주었다. 그는 말없이 진우를 바라보았다. 한참 동안 바라보았다. 진우는 고개를 돌려 시선을 피했다.

"너도 가냐."

"네?"

"미국 대사관으로 갈 거냐고."

진우는 애써 태연한 척 대답했다.

"무슨 말씀을 하시는지 모르겠는데요."

"넌 내가 나랏밥을 공짜로 먹는다고 생각하냐? 너희가 미국 대사관에 쳐들어갈 계획이란 건 알고 있어. 너도 거기 들어가냐고 묻는 거다."

진우는 입을 꽉 다물었다.

"넌 나오지 마라."

"제 걱정을 해주시는 겁니까, 지금?"

"정의로운 환상을 꾸고 싶으냐? 그럼 환상이 깨어지지 않는 범위에서 까불어. 미국 대사관 침략은 길거리에서 난동 피우는 거랑은 완전히 다른 일이다. 범죄가 아니라 반역이야. 일단 저지르고 나면 네 편은 아무도 없을 거다. 아무도 널 철부지 대학생이라 생각하지 않을 거다. 검사도 판사도 널 봐주지 않을 거야. 물론 나도 그렇고."

문 경위는 잔을 들이켜고 다시 채웠다.

"이제 너는 초범이 아니야. 정상참작을 받을 여지도 없어. 나오지 마. 이번만 나오지 마라. 졸업할 때까지 지랄을 떨 기회는 얼마든지 있잖냐."

진우는 자기 앞에 놓인 술잔을 입에 털고 문 경위를 마주 노려보았다.

"그 방법이 잘 통해왔나요?"

"뭐?"

"감방에 일단 한 번 처넣고 나중에 삼촌 시늉 좀 해주면 다들 눈물이라도 주르르 흘리면서 고마워하던가요? 지랄은 너나 떨어."

진우는 부릅뜬 눈으로 한마디 더 나갔다. 개새끼야. 문 경위의 얼굴에 무시무시한 표정이 스쳐 지나갔다. 그는 억지웃음으로 감정을 억눌렀다.

"나도 대사관에 간다."

문 경위는 한 잔 더 마셨다.

"너는 보안수사대 관찰 대상이야. 그리고 나는 네 얼굴을 알지. 내 시야에 잡히는 순간 너는 어디로 도망칠 수조차 없게 된다."

진우는 잠자코 있었다. 문 경위는 테이블에 쾅 소리가 나도록 잔을 거칠게 내려놓았다. 놀란 손님들의 시선이 한데 모였다. 문 경위는 조금도 신경 쓰지 않았다.

"대공분실에서는 내가 너한테 손을 못 댔지. 거기서 만나면 니 대가리를 반쪽으로 쪼개놓을 수도 있어. 법이 그걸 허용하는 때거든. 알아들었어? 그러니까 좆같은 면상 들이밀지 말고 집에 얌전히 처박혀 있으라고."

문 경사는 한마디 더 나갔다. 개새끼야, 응? 제발 좀.

국경을 넘는 사다리

오전 아홉시. 날씨는 더없이 화창했다. 광화문 대로에 위치한 미국 대사관의 높다란 장벽 앞에 수십 명의 학생들이 나타났다. 목청껏 파병 반대를 외치는 그들의 요란한 시위는 시선을 끌었다. 시위대보다 훨씬 더 많은 수의 전투경찰 병력이 금세 우르르 몰려왔다. 경찰은 시위대의 동태를 주시하며 주변을 그물처럼 겹겹이 둘러쌌다. 경찰은 시위대가 무엇을 감행할 계획인지 이미 알았다. 시위대는 경찰이 그들의 계획을 알고 있다는 사실을 알았다. 시위대는 더욱 큰 소란을 피웠다. 감시의 시선이 분산되지 않도록.

경찰 지휘관은 고민했을 것이다. 저 가운데 누가 대사관을 넘을 것인가? 확신할 수 없다면 모두 잡아들여야 했다. 한 시간 뒤 연행 명령이 떨어졌다. 전경이 손을 뻗치자 마침내 몸싸움이 벌어졌다. 진압 대열이 더욱 조밀해졌다. 경찰은 시위대를 그물처럼 옭아맸다. 단 한 명도 빠져나갈 수 없도록. 나는 시위대 사이에 있었다. 그 안에 진우는 없었다.

같은 시각, 종로 소방서 뒤쪽 골목에서 낡은 승합차가 급정거했다. 차 문이 열렸다. 마술사의 상자처럼 열 명 가까운 학생들이 비좁은 차 안에서 튀어나왔다. 그들은 우리를 튀어나온 맹수처럼 맹렬하게 차도를 건너 소방서 맞은편 대사관 건물을 향해 달렸다. 상황을 파악한 순찰 병력이 담장 앞으로 전투 대열을 갖춰 섰다. 학생들은 속도를 늦추지 않았다. 불과 10미터 거리였다. 세상이 갈리려 하고 있었다. 단 몇 걸음, 단 몇 초 차이로. 쇄도하는 주자들과 단단한 각오로 버티고 선 포수들. 주자의 절반은 살고 절반은 죽을 운명이었다. 이때 삶과 죽음은 야구용어가 아니었다. 야구의 아웃카운트는 세 개이지만 이 경우에는 하나뿐이었다. 그러니 부디, 홈으로! 홈으로!

팔을 날갯짓하듯 커다랗게 휘두르던 앞줄의 학생들이 어깨로 경찰 대열을 들이받았다. 대충돌과 함께 모든 사람이 볼링 핀처럼 바닥으로 튕겨 나가 쓰러졌다. 2열에서 달리던 진우는 철제 사다리를 대사관 담장에 집어 던지듯 걸치고 아등바등 올라섰다. 김우중 가택에 쳐들어갈 때 나도 똑같은 사다리를 올라보았다. 그때와는 달리, 진우의 물건은 국경을 넘는 사다리였다. 담 너머는 법률적으로 미국 땅이었다. 넘어가면 미국을 침략하는 것이었다. 미국이 이라크를 침략한 것처럼.

사다리 난간을 밟던 학생들은 경찰에게 발목이 잡혀 우수수 떨어졌다. 경찰은 학생들을 바닥에 눕히고 즉시 쇠고랑을 채웠다. 학생들은 작살 맞은 돌고래처럼 발광했다. 무사히 정상을 밟은 사람은 진우뿐이었다. 몸이 날렵한 경찰 두 명이 진우의 양쪽을 포위하며 담벽 위로 따라 올라왔다. 진우는 품속에서 세 번 접은 성조기를 꺼냈다. 붉은 줄이 달리고 하얀 별이 돋아난 예쁜 깃발은 휘발유에 흠뻑 젖어 번들거렸다. 진우 좌우의 경찰은 망설임 없이 바지춤에서 곤봉을 꺼냈다. 검은 몽둥이의 매끈한 표면이 햇빛을 받아 반짝거렸다.

"전부 멈춰! 양진우!"

뛰어내리려던 진우는 본능적으로 멈춰 섰다. 문 경위였다.

망명

"진우야, 내려와."

분대 병력을 꼬리에 달고 달려온 문 경위는 거친 숨을 몰아 내쉬고 있었다. 그는 앞으로 터벅터벅 걸어 나와 담장 아래 섰다. 진우는 발밑의 문 경위를 힐끗 내려다보았고, 자신의 양쪽을 포위하고 있는 두 명의 전투경찰을 둘러보았다. 그는 궁지에 몰렸다. 담장은 3미터 높이였다. 담장 위의 두 경찰은 먹잇감을 발견한 맹수처럼 진우를 향해 으르렁거렸고, 담장 아래에는 분대 단위의 경찰 병력이 아귀를 벌리고 있었다. 그리고 곧 훨씬 불어날 터였다. 진우는 몸을 돌려 대사관 쪽을 바라보았다. 그가 습격할 계획이었던 목표지점. 동시에 그가 안전할 수 있는 유일한 정치적 성소였다. 대사관은 치외법권이 적용되는 장소여서 한국 경찰은 들어갈 수 없었다.

진우의 몸은 암갈색 벽돌 타일과 초록의 잔디밭 사이에 놓였다. 한쪽은 한국 영토였고 다른 한쪽은 미국 영토였다. 그의 절반은 쫓기는 국민이었고 그의 절반은 침략군이었다. 그는 국경의 경계이자 생명의 경계 위에 서 있었다. 하지만 영원히 거기 서 있을 수는 없는 일이었다. 높다란 갈림길. 안쪽이냐, 바깥쪽이냐. 침략이냐, 투항이냐. 문 경위가 다시 진우를 타일렀다.

"그 정도면 됐잖냐. 일 크게 만들지 말고 내려와라."

부드러운 목소리였다. 진우는 문 경위를 바라보았다.

"이제 어떻게 되는 거죠?"

"괜찮아, 그만 돌아가자."

"이제 어떻게 되냐고요."

"내려와, 인마."

"나를 또 잡아가나요?"

문 경위는 침묵했다.

"나를 다시 감옥에 넣을 거예요?"

"내려오라니까."

진우의 시선이 대사관 건물을 향했다. 곱슬머리의 키가 큰 외교관들이 창문마다 고개를 비죽 내밀고 있었다. 진우의 손에 들려 펄럭이는 성조기가 그들의 관심을 끌었다. 외교관들은 진우를 손가락으로 가리키며 웃고 있었다. 웃음은 침략당한 자가 짓는 표정이 아니었다. 그들은 그저…… 구경꾼이었다. 그들은 진우의 말로가 어떨지 궁금해하고 있었다. 그들은 서커스를 관람하는 기분을 느끼고 있었다. 사고의 가능성이 있을 때 서커스가 성립한다는 점에서. 위태롭게 높다란 담벽 위에서 진우는 침략군은커녕 줄을 타는 광대였다.

진우는 절망했다. 성조기를 쥔 손에서 힘이 풀렸다. 깃발은 나풀거리면서 문 경위의 발 앞에 떨어졌다. 문 경위는 잽싸게 깃발을 주워 흙먼지를 털어냈다. 진우는 담장 너머 대사관 쪽 바닥을 내려다보았다. 벽에 붙어 폭이 좁은 화단이 길게 이어지고 있었다. 화단의 몽실한 진흙은 봄 꽃망울을 넉넉하게 품었다. 조심히 뛰면 뼈가 부러지진 않을 것 같았다. 훗날 회고하기를, 진우가 마지막으로 중얼거린 혼잣말은 이런 것이었다고 한다.

"이게 뭐야. 쳐들어와서 망명을 하게 됐잖아……."

문 경위는 심상찮은 낌새를 챘다.

"그러지 마라, 진우야. 이쪽으로 와."

문 경위가 말을 마치기도 전에 진우는 무릎을 굽혀 도약을 준비하는 동작을 취했다. 진우는 전자공학을 전공했다. 페르미-디랙 통계역학 이론을 빌려 손톱만 한 트랜지스터 내부의 전자와 정공의 농도를 계산하고 근사적으로 위치까지 추정할 수 있었다. 그에 비하면 화단까지 날아야 할 궤도는 중학생도 계산할 수 있는 것이었다. 간단한 이차포물선이었다. 그리고 바로 하필 그 순간, 야만이 지배하는 세계는 진우가 배운 중립적인 과학을 비정하게 배신하며 인간 지성의 하잘것없음을 만천하에 드러냈다. 진우가 무릎을 웅크리자 그의 왼편에 서 있던 경찰은 반사적으로 달려들어 곤봉으로 진우의 머리를 내리쳤다. 중심을 잃은 진우의 몸이 한 바퀴 빙글 돌며 허공에 그린 불길한 궤적은 계산과는 한참 어긋나 있었다. 진우는 3미터를 자유낙하 했고 운석처럼 불시착했다. 그는 벽돌로 쌓은 화단의 모서리에 얼굴을 그대로 들이박고 의식을 잃었다. 깜짝 놀란 관저의 외교관들이 입을 모아 마치 탄성처럼 들리는 비명을 내질렀다.

워우!

담장 너머 북적이는 종로 거리에서도 그 소리를 똑똑히 들을 수 있었다.

눈물

진우는 뇌진탕을 일으켰고 손목뼈가 골절됐다. 가장 심각한 손상은 화단에 박은 얼굴이었다. 안와(眼窩)가 무너져 내리면서 안구가 으깨졌다. 안면 복원 전문의가 긴급 호출을 받고 달려와 열 시간이 넘는 대수술을 집도했다. 그는 액체로 흐르는 파열된 수정체를 남김없이 긁어내고 무너진 얼굴 윤곽을 최대한 복원하려고 애썼다. 하지만 의사는 신이 아니었다. 진우가 의식을 되찾는 데는 나흘이 걸렸다.

진우가 남은 한쪽 눈을 떴을 때 입원실에는 어머니 혼자 있었다. 진우의 어머니가 안도의 통곡을 쏟아내는 소리를 듣고 복도에 앉아 있던 수리가 입원실로 달려들어갔다. 진우의 어머니는 아들의 손을 붙잡고 울었다. 수리가 깁스 안에 갇힌 다른 한 손을 붙잡고 따라 울었다. 두 여자는 끝없이 눈물을 쏟아냈다. 진우는 말이 없었다. 피떡이 된 눈알을 적출한 자리에서 푹 꺼져버린 얼굴을 붕대가 칭칭 둘러 감고 있었다. 눈물처럼 흘러나와 밴 피가 짙은 갈색으로 변해 있었다.

한 시간 뒤 진우가 깨어났다는 연락을 받은 사람들이 입원실로 몰려왔다. 연대회의의 동지들. NL과 전학협의 경쟁자들. 공대 후배들. 진우의 처참한 모습을 눈에 담은 사람들은 모두 반사적인 울음을 터뜨렸다. 눈물이 눈물을 불렀다. 간신히 울음을 삼킨 진우의 어머니와 수리가 다시 울기 시작했다. 입원실은 눈물에 깊게 잠겼다.

끝까지 눈물을 흘리지 않은 사람은 진우뿐이었다. 그의 오른쪽 눈은 메말랐다. 왼쪽 눈은 수술실 쓰레기통에 들어간 지 오래였다.

애꾸눈

문 경위는 입원실에 얼굴을 들이밀자마자 수리에게 따귀를 맞았다. 손에 들린 과일 바구니가 바닥에 떨어졌다. 사과와 배와 키위가 또르르 굴러 사방으로 흩어졌다. 민효가 팔을 걷어붙이고 그에게 다가갔다.

"여기가 어디라고 기어들어와."

민효는 문 경위의 멱살을 잡고 고래고래 소리를 질렀다.

"어떻게 해줄까. 니 눈깔도 칼로 도려내줄까?"

문 경위는 아무 말도 하지 않았다. 영문을 모르는 진우의 어머니가 누구인지 물었다. 경찰이에요. 나는 작은 목소리로 대답했다. 진우의 어머니는 그 말을 듣자마자 한달음에 달려가서 문 경위를 마구잡이로 때리기 시작했다. 문 경위는 무릎을 꿇었다. 진우의 어머니는 그를 발부리로 걷어찼다. 문 경위는 굳은 표정으로 묵묵히 매를 맞았다. 제풀에 지친 진우의 어머니가 또 눈물을 흘리기 시작했다. 그녀가 울자 수리도 다시 손바닥에 얼굴을 파묻고 흐느꼈다. 민효도 울었다. 때린 사람들은 모두 울고 맞은 사람은 울지 않았다. 문 경위는 꼴이 엉망이 되었다. 그는 대공분실에서도 나와 진우를 때리지 않은 형사였다. 그가 아무리 사악한 개새끼라 해도, 그것만큼은 사실이다. 사실이다. 간호사가 소란스러운 방으로 경비원 두 명을 데리고 왔다. 그들은 문간에 서서 비탄에 빠진 방 안을 둘러보고 어쩔 줄 몰라 했다.

잠에서 깨어난 진우는 차분한 목소리로 요구했다. 모두 나가달라고. 문 경위만 빼고. 진우는 얼굴을 반쯤 가리는 알이 커다란 선글라스를 쓰고 있었다.

문 경위는 바닥에 떨어진 과일을 바구니에 주워 담아 침대 맡에 올리고 의자에 앉았다. 진우는 침대를 세워 몸을 일으켰다.

"괜찮냐?"

"괜찮아 보입니까?"

"그 우스꽝스러운 선글라스는 꼭 쓰고 있어야 되냐? 치료에 도움이 되는 물건이냐?"

진우는 말없이 선글라스를 벗었다. 움푹 파인 분화구가 드러났다. 문 경위는 시선을 돌렸다.

"다시 쓰는 게 낫겠죠?"

"좆같이 됐다, 정말……."

문 경위는 입술을 깨물었다.

"정부에서 네가 대사관 담장에 올라간 것에 대한 책임은 묻지 않기로 했다고 들었다."

"왜요?"

"니가 불쌍해서 그런가 보다."

"미안해서가 아니라? 그냥 내가 애꾸눈이 되었기 때문에?"

문 경위는 힘 빠진 목소리로 대답했다.

"몰라, 인마."

"눈알 하나면 대가로는 충분하다, 뭐 그런 거겠죠. 하지만 이번엔 제가 책임을 물을 겁니다. 국가배상을 청구할 거예요."

"알아서 해라. 그래도 네가 나보다는 앞으로 훨씬 낫게 살 거다. 서울대학생이잖냐."

"문 경위님이 잡아들인 선배들처럼요? 지금 그게 위로인가요?"

"넌 크게 될 놈이다. 내가 알아. 이게 위로다."

"전에는 그렇게 말하지 않았잖아요. 얼굴에 과거부터 미래까지 다 써 있다면서요."

문 경위는 진우의 얼굴에 쓰인 기록을 물끄러미 읽었다. 과거, 현재와 미래. 그리고. 그는 한숨을 내쉬었다.

"이제 나도 모르겠다. 뭐가 뭔지. 어쩌면 너는 정말로 종자가 다른 놈인지도 모르고."

"우리가 사는 세상에 종자가 다른 인간은 없어요."

"그건 아닐 거다. 내가 아는 종자들은 감히 너처럼 말하지 않았거든."

문 경위는 자리에서 일어섰다. 그는 한때 문 경사였다. 진급하더니 진우에게 더는 문 경사라 부르지 말고 문 경위라 부르라고 요구했었다. 그는 자신의 호칭을 다시 한 번 정정했다.

"희성이 형이라고 불러도 된다. 원한다면. 부탁할 일 생기면 아무

때나 전화해라."

그리고 문 경위는 입원실을 나섰다.

진우는 그를 형이라고 부르지도, 그에게 전화를 걸지도 않았다. 그래서 그게 마지막 인사가 됐다. 싸구려 과일 바구니 하나를 선물로 내려놓고 내뺀 뒤로, 문 경위는 더 이상 진우 근처에 얼씬거리지 않았던 것이다. 어쩌면 그것이야말로 진우에게 남기는 진짜 선물이었는지도.

평범한 세상

교사인 진우의 어머니는 먼저 청주로 내려갔다. 학교를 더는 결근할 수가 없었다. 밤마다 친구들이 돌아가면서 진우 곁을 지켰다. 내가 그를 지키던 밤이었다. 나는 선글라스를 쓴 채 잠이 든 진우를 내려다보며 목을 조르는 듯한 죄책감에 사로잡혔다. 부평에서 사수대를 섰던 겨울날, 진우는 전투경찰에 둘러싸인 나를 목숨 걸고 구했다. 나는 그를 구하지 못했다. 대신 나는 그를 밀고했다. 나는 진우에게 미안하다고 말하지 않았다. 말하지 못했다. 때를 놓쳤다. 그런 말은 쓰잘데없어졌다. 그는 내 잘못이 아니라고 대답할 것이다. 내 잘못이 아니라고. 내 잘못인지 아닌지는 이제 중요하지 않다. 그 말을 듣는 순간 내 잘못의 무게는 끝없이 늘어날 게 틀림없었다.

"담배를 피우고 싶어."

잠에서 깨어난 진우가 조용히 말했다.

진우와 나는 병원 바깥으로 나와 담배를 입에 물었다. 우리는 왕벚

나무가 띄엄띄엄 들어선 산책로를 천천히 걸었다. 철을 보낸 새하얀 벚꽃잎들이 땅에 떨어져 길을 냈다. 봄의 회군을 알리는 임무를 마친 전병처럼. 병원 건물을 한 바퀴 감아 도는 백색의 융단은 진우의 왼쪽 눈을 휘감고 있는 붕대처럼 보였다. 진우가 입을 뗐다.

"다른 애들한테는 도저히 말을 못 하겠더라."

나한테는 말할 수 있다는 뜻이었다. 나는 어떤 말이든지 들을 준비가 되어 있었다. 그에게 해야 할 말은 하지 못했지만, 듣는 일은 용기를 필요로 하지 않으니까. 진우는 그 말을 덩그러니 내 앞에 내려놓았다.

"나는 이제 값을 다 치른 거 같아."

"그렇게 표현하지 않아도 돼. 네가 우리를 떠나도 누구도 탓하지 않아."

"나는 왜 여기에 있는 거지? 어느 순간부터인지는 모르겠어. 이 모든 것이 탈출할 방법이 없는 족쇄가 되어버린 느낌이야. 태의 너는 그렇게 느낀 적이 없니?"

나는 대답하지 않았다.

"책임이 막중하게 자라나서 덩굴처럼 발목을 칭칭 감고 올라와버린 것 같아. 어쩌면 진작 잘라내야 했는지도 몰라. 다 내 능력 바깥의 일들이었어."

"진심이 아니잖아."

"그럴까? 수술받고 깨어나서 거울에 비친 괴물을 처음으로 마주봤을 때, 내가 무슨 생각을 했는지 알아?"

"그만해, 제발."

"차라리 잘됐다고 생각했어. 차라리 이렇게 되어서 홀가분하고 편하게 떠날 수 있게 됐다고."

"거짓말하지 마."

"정말이야."

"어떻게 그럴 수가 있어."

나는 진우를 보면서 목이 멘 목소리로 간신히 말을 이었다.

"어떻게 그럴 수가 있냐고."

진우는 입으로 내뿜은 담배 연기를 좇아 고개를 들었다. 연기는 적막한 밤하늘로 쉽게 스몄다. 우리가 사는 세상. 내 눈이 별과 별 사이의 거리를 가늠할 수 없듯이, 이제 진우의 눈은 사물들이 떠도는 세계를 영원토록 평면으로만 인식할 것이었다. 진우는 입체로 구성된 세계의 한 축을 잃은 대가로 누구도 비난하지 못할 자유의 권리를 얻었다.

진우는 눈을 스르르 감아 밤하늘을 걷어냈다. 한쪽 눈꺼풀만 닫으면 되는 일.

"평범하게 살고 싶었어. 평범한 세상에서……."

이제, 그것은 그저 소망이 아니었다. 우리 세계에서 작별이 공식화되는 건 아주 드문 일이었다. 아무도 붙잡지 않고, 아무도 탓하지 않는 건 더욱 드문 일이었다. 진우는 그렇게 떠날 수 있었다. 모든 동지의 축복 속에서 짊어진 책무를 면제받아 해방될 수 있었다. 평범한 세상으로…….

병원을 한 바퀴 돌고 입원실로 돌아왔다. 진우는 침대에 눕자마자 죽은 사람처럼 잠들었다. 미동도 하지 않았다. 소리 나지 않게 미닫이문을 열어 방을 빠져나왔다. 나는 깜깜한 복도의 벤치 위에 침낭을 깔고 드러누워 온몸이 퍼지도록 펑펑 울었다.

출병

사랑하는 장병 여러분.

안전하고 건강하게 다녀오십시오. 이라크 국민의 가슴속에 한국 국민이 전하는 평화의 메시지를 심어주십시오.

노무현 대통령의 파병 환송사였다. 이틀 뒤 군인들은 이라크로 출병했다. 평화의 메시지를 전하려고. 부대는 '서희'로 명명되었다. 서희는 고려의 문관이었다. 성종 12년, 거란은 막무가내로 고려를 침략했다. 어떤 화의의 제안도 받아들일 기색이 없었다. 성종이 사신을 보내 침략한 이유를 묻자 거란의 장수는 이렇게 대답했다. "너희가 백성을 돌보지 않으므로 마땅한 벌을 내리려 한다." 그래서 입담 좋은 서희가 전장으로 달려가 교섭에 나섰고, 세 치 혀로 적장을 설득해 거란군을 고려 땅에서 물렸다. 그러므로 서희라는 부대의 이름은 후세인의 내정 실패를 벌하겠다는 명분으로 이라크를 침략한 미국을 몰래 희롱하는 정부의 외교적 언어유희와 같은 것이었다. 참으로 가상한 용기였다.

해외로 출병한 장병들의 빈자리를 누군가 메워야 했다. 서희 부대가 이라크로 떠나고 두 달 뒤, 나는 후배들이 모인 자리에서 태연한 척 환하게 웃으며 그 사실을 밝혔다. 나 군대 간다.

후배들은 순식간에 얼어붙었다. 언제? 민효가 물었다.

일주일 뒤였다.

후배들은 나를 열렬하게 비난했다. 나는 모든 말을 달게 받았다. 선배들을 군대에 보내봤으므로 그 기분을 이해했다. 선배를 군대에 빼앗긴다는 것. 사기의 추락. 지휘 계통의 공백. 조직의 약화. 하지만 무엇보다, 그것은 선배들의 꼬리를 붙잡고 따라다니며 쏟아부은 시간이 쓰잘데없는 인생의 낭비로 전락하고 마는 듯한 느낌이었다. 난 몇 년 해보고 그냥 떠날 계획이야. 우리를 여기에 끌어들인 선배들은 아무도 그렇게 말하지 않았다. 나도 후배들에게 그렇게 말하지 않았다. 하지만 결국 언젠가 우리는 떠나게 된다. 평범한 세상으로. 진우보다 내가 먼저였다.

입대 전날, 연대회의 소속 학생들이 함께하는 대단위의 송별회가 열렸다. 50여 명이 참석했다. 시끌벅적하고 촐싹거리는 가벼운 자리였다. 진우도 왔다. 선글라스를 쓰고. 그는 늘 그 선글라스를 쓰고 다녔다. 수업에 들어갈 때. 술 마실 때. 다시 합친 수리와 데이트할 때. 선글라스는 검고 커다랗고 초점이 없는 그의 새로운 눈동자였다. 어쩌면 나는 그 영혼 없는 눈을 도저히 마주 볼 수가 없어서 떠나는 건지도 몰랐다. 진우는 앉아 있는 동안 내게 말을 걸지 않았다. 내가 먼저 그에게 말을 걸었다.

"분위기가 어수선해질까 봐 미리 말하지 않았어. 미안해."

"총 맞은 이순신이 부하들을 전장에 내보낼 때처럼? 내 죽음을 알리지 말라."

"뭐 그런 거지."

"하지만 너는 날아온 총탄을 얼마든지 피할 수 있었지. 연기 신청만 하면 되는 거였잖아."

나는 대답하지 않았다. 코앞에 닥칠 때까지 입대를 숨겨온 이유가 바로 그것이었기 때문이다. 연기 신청할 수 있다는 것. 나는 하루라도 빨리 떠나고 싶었다.

"무책임하기 짝이 없는 변명 하지 말고 그냥 곱게 가라. 대한민국 남자라면 누구나 거기 끌려가서 썩어야 할 날이 오는 거야. 나만 빼고."

진우는 선글라스를 콧잔등으로 내려 안구가 훌렁 빠져나간 눈두덩을 보여주며 웃었다.

찌그러진 놋쇠 주전자의 주둥이에서 끊임없이 허연 막걸리가 쏟아졌다. 작별 인사도 없이 슬며시 비어가는 자리가 늘어날수록, 목소리는 두런두런 수그러들었다. 동이 푸르스름하게 텄을 때 남은 사람들은 열 명 남짓이었다. 지하철 새벽 첫차에 몸을 싣고 서울역으로 자리를 옮겼다. 역 앞 감자탕집에서 해장을 마친 뒤 저학년들을 돌려보냈고, 진우를 포함해 가까웠던 몇 명만 입영 열차에 올라탔다. 논산까지 가는 기차 안에서 우리는 단 한마디도 나누지 않았다. 각자 눈 붙인 시늉을 했다. 창밖으로 회색 전봇대가 땅을 짚어 달렸다.

담배 2

여자들은 운다. 남자들은 웃는다. 아무 일 아니라는 듯 짐짓 상스러운 입담을 늘어놓기도 한다. "사람 되어서 돌아와, 병신아!" 훈련소 근처에서 점심식사를 마치고 반드시 마지막 담배를 피운다. 사실 결코 마지막 담배가 아니다. 다들 그렇게 느낄 뿐. 혹은 누군가에게는 첫 담배이다. 첫 담배와 마지막 담배. 중간은 없다. 어쩔 수 없는 일이다. 차양 아래로 햇살이 허릴 숙여 기어드는 오후, 단층 상가에 나란히 들어선 식당마다 담배 연기가 굴뚝 연기처럼 피어오른다. 그 굴뚝은 논산의 경제를 돌린다.

훈련소 연병장에는 습한 안개가 희뿌옇게 깔려 있었다. 거기서 우리는 헤어졌다. 신병들이 훈련소를 향해 행군하는 동안 연병장 주변을 둘러싼 수천의 가족과 친지가 손을 흔들어 인사를 보냈다. 나는 그 틈에서 진우를 알아볼 수 있었다. 이 슬픈 작별의 자리에서 단 한 명뿐이었다. 우스꽝스럽기 짝이 없는 커다란 선글라스. 그게 우리가 함께했던 젊은 날 기억 속에서 진우의 마지막 모습이다.

"열 맞춰서 똑바로 걸어, 이 새끼야."

내 옆으로 바싹 다가온 교관이 윽박질렀다. 그는 세상에서 가장 엄숙한 표정을 짓고 있었다. 나에게 쥐어 터졌던 셀 수 없이 많은 전투경찰들의 표정. 나는 아무런 반항도 하지 않고 고분고분 열을 맞춰 걸었다. 진우는 식별할 수 없이 멀어졌다. 인파 속으로, 안개 속으로, 공간 속으로, 시간 속으로.

토마스 아퀴나스 1

군대 시절은 길게 이야기하지 않으려 한다. 내 자존심의 마지막 보루를 지키고 싶다. 시간이 참 더디게 흘렀다는 말만 해둔다. 내 삶에서 가장 길고 느렸던 날들을 단 몇 줄로 짧게 기록하게 되다니 아이러니가 아닐 수 없다. 나는 그곳에서 시간의 밀도에도 인플레이션, 디플레이션, 스태그플레이션, 가끔은 모라토리엄마저 적용된다는 사실을 배웠다.

우주는 밤마다 운행을 완전히 정지했다. 그런 밤이면 나는 뜬눈으로 이부자리를 뒤척였다. 어머니께 읽을 책을 좀 가져다달라고 부탁했다. 어린 시절 식전 기도를 거르면 밥을 굶기셨던 어머니는 여전히 나를 개종시키려는 미련을 버리지 못했다. 어머니는 중세 신학의 대부 토마스 아퀴나스가 쓴 『신학대전』 제1권을 가져다주었다. 누덕누덕 낡은 6백 페이지짜리 종이 더미 사이에 좀벌레의 시체 같은 활자들의 무게가 묵직하게 더해진 그 책은 무려 천 년 전에 쓰인 것이었다. 어머니는 빙긋 웃으며 먼저 1권을 다 읽으면 나머지 16권도 차례대로 가져다주겠다고 말했다. 나는 신의 위대한 크기 앞에 내 존재가 모래알처럼 한없이 작아지는 기분을 느꼈다.

초병 근무를 서는 어둡고 쌀쌀한 밤마다 별빛 아래서 『신학대전』을 읽었다. 초원의 양을 세는 기분으로 한 글자 한 글자를 정성스럽게 세어나갔다. 활자가 너무나 그리웠던 나머지 마지막 장에 도달하자마자 첫 장으로 돌아가 다시 글자를 곱씹기 시작했다. 전역할 때까지 『신학대전』을 두 번 읽었다.

아퀴나스는 주장했다.

모든 현상에는 반드시 원인이 있다. 그렇다면 원인에도 원인이 있을 것이다. 그는 이 인과의 고리를 거슬러 추적하면 더 이상 원인이 존재하지 않는 최초의 지점에서 만날 수 있으리라 확신했다.

신을.

이 신은 전지하고, 전능할 뿐만 아니라, 전선(全善)하다고 한다. 그래서 인간이 지었거나 지을 죄에 대한 벌을 처음부터 예정해두었다고 한다. 그 죄를 원죄라고 부른다.

희한한 일

복학했을 때 학교에는 아는 사람이 거의 남아 있지 않았다. 여학생들은 다 졸업했다. 남학생들은 다 군대에 갔다. 내가 수행했던 국방의 의무를 교대하듯이.

친구뿐만 아니라 적도 남아 있지 않았다. NL은 민주노동당 학생위원회 아래 모이며 대학 조직들을 대거 철수시켰다. 전학협은 아예 조직을 해소해버렸다. 그 소식을 들었을 때 나는 진심으로 슬펐다. 전학협의 소멸은 오래 묵혀둔 질문을 일깨웠다. 우리는 왜 그렇게 싸웠나. 우리는 같은 목적지로 향하는 갈림길에서 어느 길이 맞냐를 두고 서로를 잡아먹을 듯 싸웠다. 그 와중에 입은 상처를 극복하지 못하고 쓰러진 대석 형 같은 사람들은 길 끝까지 가보지도 못하고 하차했다.

해소 결의문에서 전학협은 선언했다. 학생회 운동의 시대가 종말을 고했으며, 이제 대중운동을 일구어나갈 때라고. 너무 익숙한 말이다. 모든 세대의 학생운동가들은 자신을 학생운동의 마지막 세대라고 불렀다. 1980년대에도. 1990년대에도. 스스로의 장엄한 소멸을 기리는 애도사. 그런 자신감은 세계의 의미 있는 변혁이 우리의 젊음과 함께 완료되었다는 자기중심적 사고방식에서 나온다. 그리고 우리는 무엇이 되는가? 마침내 변혁의 대상이 되고 만다. 나는 역사의 법칙을 부정할 생각이 없다. 그래서 이렇게 선언할 것이다.

내가 바로 학생운동의 마지막 세대였다. 나는 장엄하게 소멸했다.

어린 후배들은 나를 알지 못했다. 나는 그저 처음 보는 선배였다. 후배들은 정중한 말투로 이름을 빼고 나를 선배님, 하고만 불렀다. 자기들끼리 있을 때는 나를 '그 복학한 고학번 선배'로 지칭했다. 희한한 일이지만, 그들이 나를 부르는 것으로 들리지 않았다. 그들은 현승 선배를 부르는 것 같았다. 후배들에게 밥을 사면서 현승 선배 이야기를 들려준 적이 몇 번 있다. 호랑이 담배 피우던 시절 이야기처럼.

"내가 1학년일 때 이상한 고학번 선배가 한 명 있었어. 처음 만났을 때 악수하자고 손을 내밀면서 이렇게 인사하더라. 마르크스에 대해 어떻게 생각해?"

여자 후배들이 까르르 웃었다.

"그 선배는 술에 취하면 아무도 시키지 않았는데 벌떡 일어나서 자작시를 읊곤 했어. 그러면 다른 선배들은 화난 목소리로 소리쳤지. 저 인간한테 술 준 사람 누구야!"

이제 후배들은 식탁까지 두들겼다.

"그런데 어느 날 자기가 쓴 시로 노래를 부르는 가수가 되어버렸지 뭐냐."

"에이, 뻥이죠?"

여학생 한 명이 의심이 묻어나는 말투로 물었다. 나는 긍정도 부정도 하지 않고 미소를 지어 보였다.

"진짜예요? 누군데요?"

"…… 뻥이야!"

후배들은 다시 요란한 웃음을 터뜨렸다.

민효는 아직 학교를 다니고 있었다. 그는 애인과 함께 공개적으로 커밍아웃했다. 그리하여 그들을 둘러싼 세상은 어떻게 돌변했는가? 크게 달라진 점은 없었다. 전에는 없던 관심을 그들에게 쏟아부었을 뿐. 응급의학과 레지던트인 민효의 애인은 게이 의사로 유명해졌다. 나를 만나기 위해 학교 앞 술집으로 나타난 민효는 이제 옆구리에 스케치북 대신 두꺼운 법서를 끼고 다녔다. 그는 게이 고시생으로 유명해졌다.

"웬 고시냐? 너랑 하나도 안 어울려."

진로를 변호사로 정한 민효는 이미 변론을 착실하게 준비해두었다.

"작년에 정치학과 수업을 들었거든. 교과서가 무려 8백 페이지였어. 거기에 우리에 대해서도 나오더라. 우리가 세계의 모든 것인 줄 알았던 사건들이 단 한 페이지로 정리되어 있었어. 신사회 운동이라는 이름으로. 거인 같은 주류 학문의 숲이 우리가 세상의 끝이라고 생각했던 작은 공터의 경계를 둘러싸고 있었던 거야. 머리가 어질어질할 만큼 충격을 받았어. 나는 더 넓은 세계로 나가서 세상의 전부를 보고 싶었어. 그게 다야."

민효는 술잔을 후딱 들이켰다. 딱 한 가지만 제외하면 그의 논리는 완벽하게 들렸다. 나는 물었다.

"그러면 정치학 석사를 밟아야지. 왜 고시 공부를 하고 있어?"

민효는 우물쭈물하다 너털웃음을 터뜨렸다. 둘이서 새벽까지 소주 여섯 병을 마셨다. 취하지가 않았다. 희한한 일이었다.

미친 남자 2

대학 정문 앞은 매일같이 아주머니들로 구성된 시위대로 북적였다. 논문 조작으로 파면된 황우석 교수의 지지자들이었다. 학교를 나설 때마다 나는 어쩔 수 없는 연민을 느꼈다. 그들이 무엇을 요구하는가는 상관이 없었다. 그들이 무언가를 갈구하는 모습이 지난날들을 떠올리게 했다. 누군가의 눈에 비친 나 역시 저런 모습이었을까? 대부분의 학생들은 황우석을 미친 사람쯤으로 여기고 있었지만, 이 시위에 반대하는 뜻을 내비치지는 않았다. 그냥 아무런 관심이 없었다. 그래서 시위대는 학생들의 무관심에 분개했다.

"이 몹쓸 것들아! 황우석 교수님은 너희 대학의 상징이시다!"

그런데 시위가 절정에 다다를 때면 어김없이, 나이 든 남자 하나가 호주머니에 주먹을 찔러 넣은 자세로 어슬렁거리며 나타나곤 했다. 그가 쓴 안경의 왼쪽 렌즈는 거미줄처럼 금이 가 있었다. 늘 그랬듯이. 격렬한 투쟁의 광경이 그의 기억을 자극했다. 그에게는 모든 시위의 구호가 군사정권 타도로 들렸다. 그는 아우성치는 시위대가 청원경찰에 밀려 쫓겨날 때까지 악을 쓰며 응원했다.

"바로 그거야! 독재자의 개들을 물리쳐야만 해! 아예 끝장을 내지 않음 안 돼! 그들은 포기란 걸 모르니까!"

우리의 상징? 그런 게 꼭 존재해야 한다면 저 미친 남자였다. 황우석이 증명한 거라고는 논문 검증 체계가 얼마나 허술한지밖에 없다. 우리는 저 남자를 품어 우리가 추구하는 가치를 증명했다. 우리가 떠나도 미친 남자는 여기 남는다. 늘 그랬듯이. 미친 남자는 우리 가운데 변하지 않는 유일한 사람이었다. 그래서 그의 혁명은 언제까지고 멈추지 않을 터였다.

A+

입대 전에 들었던 수업들을 열심히 재수강했다. 학생운동이 지나간 흔적을 복구하는 작업이었다. D-를 받았던 과목들. 쉽지는 않았다. 군대에 가 있는 동안 학사관리 엄정화 제도란 것이 도입됐다. 성적 채점은 상대평가 방식으로 바뀌었다. 누군가는 반드시 꼴찌가 되어야 했다. 결석은 꿈도 꿀 수 없었고 낙제를 피하는 데도 공부가 필요했다. 시장 사회의 요구가 학문까지 삼투된 결과였다. 이미 대부분의 대학들이 수업에 경쟁 제도를 도입하고 있었다. 추세를 선도한 학교는 카이스트였다. 그곳 캠퍼스에서는 오리가 한 줄로 서서 횡단보도를 건너다녔다.

"상대평가를 시행하고 나니까 오리들마저 진화했군그래."

교수 한 명이 수업 도중 농담을 던졌다. 성적의 압박을 견디지 못한 카이스트 학생 한 명이 목을 매어 자살한 사건이 일어난 직후였다. 불같이 화가 난 학생들이 이런 대자보를 붙였다.

"오리가 사람으로 진화했는지 사람이 오리로 퇴화했는지 어디 실험으로 검증해보자."

새 학기에 나는 강정환 교수의 수업을 들었다. 그의 강의는 예전만큼 인기 있지 않았다. 모든 수강생에게 A+를 뿌려서 얻었던 드높은 평판은 다 잊혔다. 더는 있을 수 없는 일이었다. 그는 이제 세상 만물이 띄엄띄엄하다는 따위의 소리를 입 밖에 내지 않았고, 아무런 잡담 없이 책에 나온 그대로 가르쳤다. 순서대로. 빠짐없이. 학기말이면 강정환 역시 수강생들이 평가한 교수 능력 성적표를 받게 될 터였다.

중간고사가 끝나고 강정환이 나를 자신의 연구실로 불렀다. 낡은 모직 소파에 앉으라고 권한 뒤 그는 냉장고에서 꺼낸 오렌지 주스를 종이컵에 따라서 내놓았다. 머리가 좀 희끗해졌지만 그는 전과 똑같이 띄엄띄엄한 사람이었다. 안도감이 느껴져서 나는 놀랐다. 변하지 않은 무언가를 발견한 것만으로도. 사람은 그렇게 늙어가는 걸까?

"교수님, 물어볼 게 있어요."

나는 그가 띄엄띄엄의 철학자로 불렸던 시절의 이야기를 꺼냈다. 5년도 더 지난 일인데도 강정환은 잘 기억하고 있었다.

"그때 그러셨잖아요. 인간에 대한 최소한의 예의도 갖추지 못했으니 저한테 최악의 점수를 주실 거라고요. 그런데 B-를 주셨어요. 늘 이유가 궁금했어요."

"글쎄, 나도 그때 내가 왜 그랬는지 모르겠는데……. F를 줬어야 했나."

"F를 주셨어야죠, 당연히. 저는 수업에 거의 들어오지도 않았잖아요."

"자네의 시험 답안이 내 마음을 사로잡았던 게 아닐까?"

"제가 쓴 답안은 형편없었어요. 잘 기억은 안 나지만."

강정환은 껄껄 웃었다.

"자네 기억만큼 나쁘진 않았어. 사실은 성적을 줄 때 별생각이 없었던 것 같아. 아직까지도 마음에 담아두고 있다니 그게 더 놀라운데?"

내가 B-를 받았을 때, 미쥬는 강정환이 기억마저 띄엄띄엄한 사람이라고 비웃었다. 하지만 강정환의 기억은 결코 띄엄띄엄하지 않았다. 아마 그는 나에게 가르치고 싶었을 것이다. 인간에 대한 최소한의 예의가 무엇인지를.

나는 학기를 마칠 때까지 빠짐없이 출석했다. 그 학기 강정환 교수의 수업에서 A+를 받았다. 입학한 뒤 처음으로 받아본 성적이었다.

자본의 논리

한-칠레 FTA를 체결한 노무현 정부는 본격적으로 한-미 FTA를 준비하고 있었다. 정부는 전략 과제로 미국이 요구한 영화산업 개방을 추진했다. 문화예술학회의 후배들은 스크린쿼터 폐지 반대 집회에 열성이었다. 단체 티셔츠까지 맞춰 입었다. 노란 바탕에 빨간색의 커다란 고딕체로 이렇게 쓰여 있었다.

자본의 논리에 따른 영화산업 개방을 반대한다

집회에서 돌아온 다음 날, 후배들은 산뜩 신이 나 있었다. 집회를 이끈 유명 배우 P가 그들을 기특히 여겨 따로 술을 샀다. P는 심지어 자기도 입고 싶다며 단체 티셔츠까지 받아 갔다는 것이었다. 후배들은 들뜬 목소리로 지난밤을 되새겼다. 낮게 깔린 P의 목소리가 얼마나 매혹적이며, 예측할 수 없는 P의 유머감각이 얼마나 절묘하며, 또 P가 출연한 영화에는 얼마나 황홀한 명장면들이 많았는지…… 등등.

해외영화 배급사들이 역공을 펼쳤다. 영화 스태프의 박봉과 유명 배우의 고액 출연료를 공개하며 스크린쿼터 폐지 반대 운동에 뛰어든 배우들을 압박했다. 방송에 출연한 P는, 배우들이 열심히 노력한 만큼 출연료를 받을 뿐이라며 논란을 일축했다. 그런데 그는 거기서 끝내지 않고, 며칠 전 집회에서 배운 문장을 자기 나름의 방식으로 응용해 뽐내고 싶은 욕망에 굴하고 말았다.

"배우의 출연료는 자본의 논리에 따라 결정된 적절한 수준이라고 생각합니다."

P의 방송 인터뷰는 그가 출연한 어떤 영화 속 장면보다 전설적인 명장면으로 남아 길이길이 회자되었다. 환멸을 느낀 후배들은 다시는 스크린쿼터 폐지 반대 집회에 나가지 않았다.

나는 환멸을 느끼지 않았다. 이미 세상의 부조리에 무감각해졌다. 마르크스는 그것을 자본의 논리라고 불렀지만 나는 다윈이 사용한 용어가 더 와 닿는다. 다윈은 그것을 적응이라고 불렀다.

자살 2

졸업 마지막 학기에는 공강 시간의 대부분을 혼자 보냈다. 도서관에서 졸업논문을 썼고 쉬는 때는 인문대학의 연못 앞 벤치에 앉아 시간을 때웠다. 과방은 불편했다. 금연 공간이 되었기 때문이다. 전에는 금연일 수가 없던 공간이었다. 내가 입학했을 때 전 학년을 통틀어 미쥬 한 명만이 담배를 피우지 않았다. 미쥬도 가끔 담배를 피웠다. 섹스를 마친 매트리스 위에서.

나는 벤치에 앉아 허전한 마음으로 눈이 보는 풍경과 기억에 담긴 풍경을 대조하곤 했다. 틀린 그림을 찾듯이. 그렇게 멍하니 있다 보면 지나가던 후배들이 나를 발견하고 다가왔다. 선배님, 뭐 하세요? 나는 그들을 매점에 데려가 인스턴트 커피를 사주었다. 담배를 피우는 후배들에게는 커피담배 만드는 법을 시범 보이기도 했다. 현승 선배가 나에게 가르쳐준 대로. 후배들은 더럽다며 손사래를 쳤다. 내가 현승 선배에게 반응했던 대로. 전통이란 그렇게 이이지는 것이다.

여자 후배들은 화장을 했다. 눈두덩에는 스모키 아이섀도를 바르고 속눈썹에는 마스카라를 칠했다. 립스틱과 블러셔를 능숙하게 사용하는 아이들도 있었다. 짧은 치마와 하이힐도 심심찮게 볼 수 있었다. 내가 아는 여학생들은 그렇게 입지 않았다. 입을 줄 몰랐던 게 아니라 그렇게 입는 걸 부끄러워했다. 남성의 욕망을 따라 비스듬히 기울어진 세계의 비탈 위로 무기력하게 끌려가는 것처럼 느꼈기 때문이다. 더 거슬러 올라가면 억지로 팔자로 걷고 오빠를 형이라 불러서 해방의 시대를 열려고 했던 여자 선배들도 있었다. 여성이 자괴감을 느끼지 않고도 여성성을 긍정한다는 건 아주 좋은 신호인 것 같다. 우리가 원하는 대로 살면서도 화해와 평등에 도달할 가능성이 커졌다는 뜻이니까. 정말로 남성과 여성을 유니섹슈얼로 단일화하지 않고서는 해법이 보이지 않을 만큼 우리 두 종의 관계가 어그러져 있던 시절도 있었다. 그리 먼 옛날도 아니다. 하지만 그게 나에게도 좋은 일인지는……. 종이 바뀌었다는 것은, 세계가 바뀌었다는 것. 시대가 바뀌었다는 것. 우리가 꿈을 꾸던 시대는 이제 지나가버렸다. 부디 우리가 만들고자 꿈꿨던 세상에서 살게 되기를.

연못 위로 가을이 빠르게 지나갔다. 부쩍 차가워진 바람이 구름을 떠밀었다. 탁한 수면에 갈색 낙엽이 떠다녔다. 속이 들여다보이지 않는 연못은 가끔씩 헤아릴 수 없이 깊어 보였다. 내가 입학한 뒤로는 저기 뛰어들어 죽으려고 시도한 사람은 없었다. 붉은 석양이 드리운 물빛이 슬프게 반짝일 때면, 나는 연못의 깊이를 파악하기 위해 풍덩 뛰어들고 싶은 충동을 불현듯 느꼈다. 그러면 어떤 온화한 목소리가 내 발목을 붙잡아 끌며 타이르는 것이었다.

— 인간을 죽이는 건 깊은 물, 수면제, 면도칼, 아니면 중력가속도지. 스스로 죽지 못하니까 그런 것들의 힘을 빌려야 해. 전원을 끄거나 눈꺼풀을 닫듯이 죽음을 실행할 수는 없는 거야. 숨을 참아 죽으려 해도 마지막 순간에 불수의근이 작동해서 호흡을 되살려내거든. 인간은 스스로 죽을 수 없도록 설계됐어. 혹시 언젠가 목숨을 끊고 싶은 생각이 들면 내가 지금 한 말을 꼭 떠올리도록 해. 그건 스스로 죽는 게 아니야. 절대로.

아름다움의 학문 3

진로를 꽤 오랫동안 고민했다. 대학원 진학도 고려해보았다. 학부생들은 미학과 대학원에 잘 가지 않았다. 대학원은 다른 전공을 가진 사람들이 차지했다. 작년에는 현직 성형외과 의사가 미학 석사학위를 따내서 화제가 됐다. 병원 진료 때문에 수업은 자주 들어오지 못했지만 교수들은 양해해주었다. 그는 인기가 아주 좋았다. 학과의 모든 행사에 후원금을 냈고, 교수들의 세세한 가족사까지 챙겼다. 학생들에게는 술을 샀다. 그가 다른 대학원생들을 앞질러 석사학위를 취득했을 때, 누구도 대놓고 그를 비난하지 못했다. 누구나 그에게 신세를 졌기 때문이다. 나도 그에게 술을 몇 번 얻어먹었다. 안주로 소갈비를 구웠다.

미학 석사학위를 받아서 그의 삶은 어떻게 달라졌을까? 그는 미학 석사학위를 가진 성형외과 의사가 되었다. 명문대 의대와 대학원을 졸업하고 각종 미용성형학회의 정회원 자격을 수료한 그의 경력이 한줄 늘었다. 강남에 위치한 그의 성형외과 건물 전면에 커다란 현수

막이 걸렸다.

"수술을 잘하는 의사는 많습니다. 하지만 아름다움을 진정으로 이해하는 의사는 과연 몇 명이나 될까요?"

교수들이 배신감을 느꼈으리라고는 생각하지 않는다. 얼마 뒤 안민은 슈퍼모델 선발대회의 심사위원으로 나갔다. 그가 채점한 후보들의 군살은 제자가 흡입해주었을지도 모를 일이다. 서울대학교에 재학 중이라는 모델이 안민의 눈에 들었다. 안민은 그녀의 무르익은 몸을 잘 조리된 음식처럼 위아래로 자세히 훑어보며 감탄을 숨기지 않았다.

"플라톤은 지상에 완전한 것이 존재하지 않는다고 믿었습니다. 하지만 제 생각에는, 플라톤이 이 자리에 있었다면 그의 고집스러운 생각이 바뀌었을 것 같군요. 완벽하게 아름답습니다."

어마어마한 실언이었다. 그가 남긴 어록의 일 순위를 갈아치울. 그는 프랑크푸르트 학파의 이름에 먹칠을 한 것이었다. 화장품 회사의 대표이사, 패션잡지의 편집장 등등의 다른 심사위원들은 여체의 아름다움을 플라톤으로 설명해내는 안민 교수의 지성에 존경 어린 박수를 보냈다.

지상에 완전한 아름다움은 없다.

그래서 플라톤은 지상의 여자들도 완전하지 않다고 믿었다. 플라톤은 동성애자였다. 눈부시게 아름다운 외모를 가진 민효처럼. 하지만 대부분의 사람들은 이렇게 말한다. 동성애는 아름답지 않다! 더럽다!

아름다움이란 대체 무엇인가? 우리는 왜 무엇인지 알지도 못하는 아름다움을 좇는가? 나는 오래도록 생각했고, 내 나름의 결론에 도달했다. 우주는 질적 대칭과 양적 비대칭으로 유지되는 곳이다. 빛과 어둠. 질서와 무질서. 의미와 무의미. 아름다움과 추함도 마찬가지다. 우리가 아름다움을 선호하는 게 아니다. 우리가 선호하는 것들이 아름다워졌다. 하지만 이 논리에는 구멍이 있다. 우리가 왜 무언가를 선호하게 되는지를 다시 설명해야만 한다. 그냥 이렇게 반대로 말하는 쪽이 훨씬 편하다.

아름다움이 너무나도 드물기에 우리는 그것을 좇는다. 아름다움은 우리를 대번에 홀린다. 세상에 거의 없는 것이기에. 우리는 우주를 부유하는 작은 원소들처럼 그저 밀도가 높은 곳에서 낮은 곳으로 흘러갈 뿐이다. 플라톤에 한 표를 던진다. 지상에 완전한 아름다움은 없다. 그렇다면 나는 이미 다 배운 게 아닌가? 부질없이 존재하지 않는 것을 공부할 필요가 있을까? 나는 대학원 진학을 포기했다.

졸업의 마지막 관문은 논문 심사였다. 나는 심사일까지 쓰던 논문을 네 번이나 갈아엎었다. 한동안 손을 내려놓기도 했다. 취업 준비를 하다 보니 논문에 신경 쓸 여력이 없었다. 그건 거짓말이다. 여력은 늘 있었다. 공부와 영원히 작별한다고 생각하니 의욕이 없었다.

내가 제출한 논문의 제목은 『프로파간다의 미학: 제2차 세계대전 중 제작된 독일과 미국의 선전 영화 비교』였다. 독일과 미국의 대중문화가 각각의 선전 영화 구성에 어떤 영향을 미쳤는지 추적하는 내용이다. 아주 잘 쓴 글이었다. 사실 학부 졸업 논문으로 나오기는 불가능할 정도로 빼어난 글이었다. 프로의 냄새가 났다. 나는 그 논문을 베껴서 냈다.

인터넷에서 함부로 긁었다가는 발각될 위험이 있었다. 독일 대학들의 전자 라이브러리를 꼼꼼히 뒤져 열람 횟수가 적은 논문을 구입했고, 업자에게 번역을 의뢰했다. 나는 문장만 명료하게 손보았다.

다 합해서 25만 원이 들었다.

교수 세 명으로 구성된 심사단 앞에서 졸업 예정자들은 순서대로 논문을 발표했다. 안민은 거침없이 묻고, 꾸짖고, 헤집고, 윽박질렀다. 남학생들은 땀을 뻘뻘 흘렸고 여학생들은 당장 울음을 터뜨릴 것 같은 표정이었다. 그러나 그 모든 논문이 심사를 가뿐하게 통과했다. 박사 논문이 아니라 학부 논문이었다. 학문적 성취가 아니라 학위의 수료를 위한 형식적 절차였다. 제자를 고꾸라뜨릴 필요는 없었다. 차례가 돌아왔을 때 나는 발표를 20분 만에 깔끔하게 끝냈다. 교수들은 아무런 질문도 하지 않았다. 입을 다물고 경청했다. 안민마저 고개를 끄덕이는 관용을 보였다.

"프로파간다의 미학이라. 상당히 독창적인 접근이야."

"감사합니다."

"이 논문은 내가 찬찬히 뜯어보고 싶군. 좀 이따 연구실로 가져다 주게."

"그러겠습니다."

다른 교수 두 명이 도장을 찍어 내 논문을 통과시켰다. 마지막 도장을 손에 쥔 안민은 고개를 들어 나를 보았다.

"그런데 제2차 세계대전 선전 영화들은 어디서 구했나? 내가 프랑크푸르트에서 유학하던 시절에도 구할 수 없었는데……. 한번 보고 싶어서."

나는 입을 열지 못했다. 교수들, 졸업생들, 대학원생들의 시선이 조용히 나를 둘러쌌다. 그대로 시간이 한참 흘렀다.

"자네 이 영화들을 보긴 했나?"

"…… 아니요."

안민은 눈에 힘을 주고 나를 노려보았다. 나는 고개를 힘없이 떨어뜨렸다. 안민은 어깨를 으쓱 들어 올렸다.

"보지도 않은 영화들을 가지고 이렇게 훌륭한 논문을 써낼 수 있다니. 자네는 마술사를 해도 되겠어."

쾅! 그는 도장을 내려찍어 내 논문을 통과시켰다. 내가 미학 학위를 수료한 순간이었다.

저녁에 안민의 연구실을 찾아갔다. 그가 가져오라고 했던 논문은 가져가지 않았다. 매점에서 박카스를 한 상자 사서 가져갔다. 나는 책상 아래 상자를 내려놓고 허리를 푹 꺾었다.

"죄송합니다, 교수님."

"나한테 미안해하지 마. 자네는 평생 동안 미학을 공부했다고 말할 때마다 수치심을 느끼게 될 거야. 스스로에게 미안해하게."

"사회로 나갈 생각을 하니 머리가 복잡했습니다. 논문이 눈에 들어오지 않았어요."

"나는 말이야, 자네 나이 때 전 재산인 30만 원을 들고 무작정 프랑크푸르트로 날아갔어. 독일어는 한 마디도 할 줄 몰랐지. 공항에서 한국인처럼 보이는 사람을 골라 붙잡고 시내로 가려면 뭘 타야 하냐고 물었어. 그리고 5년 뒤에 나는 독일어로 쓴 논문으로 박사 학위를 받았네. 그해 최우수 논문이었지. 그건 중요한 게 아냐. 한국으로 돌아올 때도 여전히 내 지갑에는 30만 원이 들어 있었어. 내가 하고 싶은 말은 이거야. 30만 원으로 할 수 없는 일은 30억 원으로도 할 수 없어. 그러니 사회로 나가면 좀 더 아름답게 살려고 노력해보게."

말을 하는 동안 안민은 내 쪽을 쳐다보지도 않았다. 처음이자 마지막으로, 나는 프랑크푸르트 학파의 미학을 강렬하게 느꼈다. 다시 한 번 허리를 숙여 사과와 감사의 말을 올리고 연구실을 빠져나왔다.

자네 이 영화들을 보긴 했나?

네, 그럼요. 봤죠.

영화를 봤다고 거짓말을 했어도 안민은 모른 척 넘어가주었을 것이다. 공부를 계속할 생각이 없는 학생의 졸업을 막아봐야 서로 득될 게 없었다. 그런데 나는 거짓말을 못 하고 무너졌다. 마음이 무거워서 입이 떨어지지 않았다. 양심의 무게였다.

언제나 양심이 문제다. 아, 우리가 좀 더 뻔뻔해질 수만 있다면!

빨간색 양면 패딩 점퍼. 속은 폭신한 오리털로 두툼하게 채워져 있고, 둥그런 후드의 재봉선을 따라 부들거리는 여우 털이 사람의 치아 모양으로 가지런히 박힌 옷. 철학연구학회에 가입하던 날 미쥬는 왜 늦봄까지 그 두꺼운 옷을 입냐고 물었고, 부평 시위가 끝난 뒤 대석 형은 그 옷을 버리라고 경고했다. 나는 말을 듣지 않았다. 아직 기회는 남아 있었다. 대공분실에서 문 경사가 사진 한 장을 꺼내 내 쪽으로 밀었을 때까지. 무채색 톤이 지배하는 배경의 맨 앞줄에서 사수대원들이 쇠파이프를 휘두르고 있었다. 그는 빨간색 양면 패딩 점퍼를 가리키며 물었다.

— 맞지? 지금 입고 있는 옷.

사진은 초점이 맞지 않아 흐릿했다. 나는 얼굴에 마스크까지 덮어 쓰고 있었다. 세상에 빨간 점퍼는 하나가 아니었다. 아니라고 대답할 수 있었다. 쉬운 일이었다. 그게 어려우면 모르겠다고 시치미를 떼볼 수 있었다. 시치미를 처벌하는 법률은 없다. 끝까지 우겼으면 문 경사도 어쩔 수 없었을 터다. 그러면 나는 진우의 이름을 불 필요가 없었을 터다. 그러면 진우는 옥살이를 하지 않았을 터다. 그러면 문 경사는 진우를 감시하지 않았을 터다. 그러면 진우와 문 경사는 미국 대사관에서 마주치지 않았을 터다. 그러면 진우는 담벽에서 떨어지지 않았을 터다. 그러면 모든 것이 지금과는 다르게 바뀌었을 터다. 나를 둘러싼 세상의 모든 것이.

내가 고리를 끊을 수 있었던 마지막 기회였다. 문 경사에게 오리발을 내밀기만 하면 됐다. 내가 아니라고, 사진 속에 있는 사람은 내가 아니라고 대답하기만 하면 됐다. 그런데 그러지 못했다.

그럴 수가 없었다. 도저히 그럴 수가 없었다.

양면점퍼처럼 쉽게 진술의 겉과 속을 뒤집을 수가 없었다. 문 경사가 두려워서는 아니었다. 나는 무언가가 두려웠다. 무엇을 그렇게 두려워했을까? 나를? 내 거짓말을? 내 양심을? 아니면 나를 굽어보고 있을 그보다 위대한 존재를?

아퀴나스는 주장했다. 모든 현상에는 반드시 원인이 있다. 그렇다면 원인에도 원인이 있을 것이다. 그는 이 인과의 고리를 거슬러 추적하면 더 이상 원인이 존재하지 않는 최초의 지점에서 만날 수 있으리라 확신했다.

신을.

이 신은 전지하고, 전능할 뿐만 아니라, 전선하다고 한다. 그래서 인간이 지었거나 지을 죄에 대한 벌을 처음부터 예정해두었다고 한다. 그 죄를 원죄라고 부른다.

길 2

17대 대통령 선거에서 이명박이 당선됐다. 정권이 바뀌었다. 한나라당이 줄기차게 외쳐왔던 '잃어버린 10년'이 마침내 막을 내렸다. 그들의 잃어버린 10년 동안 우리는 훨씬 중요한 것들을 잃어버렸다. 변화는 슬금슬금 다가와서 눈치채지 못한 사람들이 많았다. 그 시간들이 다 지나갔을 때 세상은 영원히, 그리고 돌이킬 수 없이 바뀌었다. 대통령 선거 결과를 보고서야 사람들은 뒤늦게 그들이 잘못된 길로 들어선 것은 아닌지 걱정했다. 그러나 잃어버린 것들보다는 잃어버릴 것들을, 종말의 임박, 암울한 아우성, 그들도 머지않아 알게 될 터였다. 세상은 그렇게 쉽게 멸망하지 않는다. 미래의 몫으로 더 나빠질 여지를 언제나 남겨둔다.

나는 투표하지 않았다. 정권이 바뀌었다는 사실은 해가 바뀐 다음에야 알았다. 나는 한국에 없었다. 선거일과 크리스마스와 신정 연휴를 끼고 해외여행을 다녀왔다. 대학을 8년 동안 다니면서 한 번도 이국에 나가보지 못했다. 내 마지막 배낭 여행.

길.

산티아고 순례길을 하루 열 시간씩 한 달 동안 쉬지 않고 걸었다. 운동화 밑창이 닳아 떨어지고 엄지발톱이 흔들리다 빠지도록 걸었다.

차갑게 식은 바위에서 뿜어 나오는 옅은 안개에 잠긴 피레네 산맥을 넘어, 수도꼭지를 돌리면 와인이 물처럼 콸콸 쏟아지는 이라체 수도원의 와인 샘에서 목을 축이고, 보랏빛 동틀 녘부터 붉게 타오르는 해 질 녘까지 풍경의 변화가 없는 메세타의 메마른 평원을 지나, 마침내 유럽의 서쪽 땅끝 피니스테레의 까마득한 절벽 앞에 섰다. 나는 나무 지팡이에 몸을 기울여 기댄 채로 넘실거리는 바다를 한없이 내려다보았다. 광막하게 펼쳐진 대서양에 비하면 내가 걸어온 길은 여전히 보잘것없었다. 나는 상상했다. 끝이 보이지 않는 저 바다 맞은편 대륙의 초록 연안을 거닐고 있을 미쥬를.

곧 알게 됐지만, 그때 미쥬는 미국에 없었다.

베티 3

스페인에서 돌아오고 며칠이 지나 미쥬의 연락을 받았다. 석사 학위를 받은 그녀는 잠시 부모님을 뵈려고 한국에 돌아왔다. 그녀는 이제 어엿한 경제학자였다. 화폐금융이론을 전공했다고 한다. 그녀의 아버지가 앞서 걸었던 길이었다.

미쥬를 만났다. 오랜만에 학교가 구경하고 싶다기에 학교로 불렀다. 그녀는 귀 바로 밑까지 머리카락을 짧게 쳤고, 옆이 트인 스커트와 마름모꼴 패턴이 들어간 검은색 스타킹을 입었다. 굽이 꽤 높은 힐을 신고 있었다. 더 아름다워졌다. 그녀는 내가 알던 미쥬보다는 오히려 그녀의 어머니를 닮아 보였다.

"스커트 참 잘 어울린다."

미쥬는 자기 다리를 힐끗 내려다보았다.

"니 다리 예쁜 거 몰랐어?"

"뭔 소리야. 스커트를 칭찬했잖아. 치마 입은 거 처음 봐."

"잘 안 입었나? 벌써 기억이 가물가물해."

"단 한 번도. 힐도 한 번도 안 신었어."

"정말? 단 한 번도?"

"단 한 번도."

교정 이곳저곳을 거닐었다. 추억의 장소들을. 우리가 처음 만났던 버들골. 수십 번의 집회를 벌였던 광장. 미쥬가 지갑을 잃어버렸던 도서관. 미친 남자. 인문대 연못 앞에서 우르르 몰려다니는 남자 후배들을 마주쳤다. 그들은 눈을 둥그렇게 떴다.

"우와, 여자친구예요? 선배님 능력 좋으시네요. 그렇게 안 봤는데."

"선배님의 선배님이시다. 그러니까 너희한테는…… 선배지."

후배들은 바로 허리를 꺾어 미쥬에게 인사했다. 미쥬는 웃으며 고개를 숙여 마주 인사했다. 미쥬와 나는 학생식당으로 자리를 옮겨 식사했다. 내가 숟가락을 떠서 입에 넣고 우물거리는 모습을 미쥬는 가만히 지켜보고만 있었다.

"왜?"

"기도 안 하네?"

"응. 이제 내가 원할 때만 기도해."

"의사도 못 고치는 강박증이라며. 어떻게 고쳤어?"

"토마스 아퀴나스한테 설득당했거든."

"그게 무슨 말이야?"

"나 교회 다녀. 군대에 있을 때부터."

"하하하하하하. 잘도 그러겠다."

미쥬는 웃었다. 목젖을 떨어 듣기 좋은 울림을 내면서. 나도 그녀를 보며 빙긋이 웃었다. 미쥬는 웃음을 거두었다.

"정말이야?"

나는 고개를 위아래로 천천히 끄덕였다. 미쥬는 믿을 수 없다는 듯한 표정으로 나를 바라보았다. 그러다 다시 목젖을 떨며 웃었다.

학교를 빠져나와 한때 자주 다니던 막걸릿집으로 들어갔다. 대낮인데 벌써 학생들이 북적였다. 미쥬는 메뉴를 펼쳐보지도 않고 주방을 향해 큰 소리로 외쳤다. 두부김치랑 막걸리요! 그리고 내게 물었다.

"연애는 하니?"

"응."

"학교 사람?"

"아니."

"그럼? 어떻게 만났어? 선봤니?"

"남의 연애를 뭘 그렇게 자세하게 물어."

"왜, 뭐 어때서."

"그럼 미쥬는?"

미쥬는 나를 떠난 시간들을 고했다. 아주 자세하게. 그녀가 들려주는 모든 이야기가 나에게는 하얀 도화지처럼 새로웠다. 새로운 학문. 새로운 대학. 새로운 땅. 새로운 세계. 새로운 삶. 그리고 새로운 남자들. 마이애미에서 휴가를 보내고 돌아오던 길 우연히 차에 태웠던 한국인 히치하이커. '서울'이라는 단어조차 발음하지 못하는 교포 3세. 자동차를 너무나 사랑한 나머지 스무 대나 소유했지만 정작 여자 한 명 제대로 사랑하는 방법을 몰랐던 중국인 사업가. 대학에서 그녀를 가르쳤던, 이름이 '소크라테스'라는 그리스 수학자. 부에노스아이레스의 학회에서 만나 한 주 동안 목숨을 소진할 것처럼 사랑하고 다시는 연락이 없었던 아르헨티나 경제학자.

가장 최근에 만난 남자는 인도계 미국인 의사였다. 첫 인상이 별로라 그다지 마음에 두지 않았다고 한다. 남자는 끈질기게 미쥬를 쫓아다녔다. 재작년 미쥬가 잠시 한국에 돌아왔을 때였다. 강남의 부모님 저택 앞 조용한 골목에 베티! 오, 베티! 하는 외침이 쩌렁쩌렁 울려 퍼졌다. 문밖으로 나간 미쥬는 깜짝 놀랐다. 남자는 그녀 몰래 필라델피아에서 만 킬로미터를 날아온 것이었다. 미쥬는 그를 집으로 들였다. 황금빛 털을 휘날리는 비숴가 남자의 주변을 맴돌며 월월 짖었다. 정원에 걸어 나온 미쥬의 어머니는 느닷없는 인디언의 등장에 겁에 질려 있었다. 남자는 그런 미쥬의 어머니가 지켜보는 가운데 미쥬 앞에 한쪽 무릎을 꿇었다. 그의 손에서 파란색 벨벳 상자를 넘겨받아 열었을 때, 미쥬는 밤 조명을 받아 별처럼 반짝거리는 3캐럿 다이아몬드가 박힌 반지를 보았다.

미쥬는 청혼을 받아들였다.

"예쁘지?"

미쥬는 휴대전화에 저장된 사진을 보여주었다. 나는 사진을 가만히 내려다보았다. 방울처럼 큰 눈망울. 깊고 짙은 쌍꺼풀. 길고 가는 속눈썹은 둥글게 말려 올라가 있었다. 고불고불한 머리칼은 짙은 갈색이었다. 예쁜 남자 아이였다. 인간이 하나의 생김새를 갖는다는 것은 무시무시한 숙명이다. 미쥬는 미쥬의 어머니를 닮았다. 미쥬의 아이는 미쥬를 닮을 것이었다. 미쥬의 머리칼과, 미쥬의 속눈썹과, 미쥬의 콧날과, 미쥬의 입술과, 미쥬의 턱을. 그런데 미쥬의 아이가 미쥬를 닮았는지는 잘 모르겠다. 내 눈엔 그냥 인도 아이처럼 보였다. 나는 이름이 뭐냐고 물었다. 이름이 여러 개였다. 아이의 영어 이름은 제이크였다. 인도 이름은 프라샨트였다. 한국 이름은 없었다.

테이블 위에 두부김치가 놓였다. 미쥬는 김이 피어오르는 두부를 젓가락으로 집어 허겁지겁 입속에 넣었다.

"그럼 집에서는 뭘 먹는 거야?"

"남편 입맛이 보수적이라서 인도 요리를 배워야 했어. 나 만들 줄 아는 인도 요리가 스무 가지가 넘는다. 그런데 한국에 오니까 그걸 다 커리라 부르고 있더라?"

미쥬는 으깨진 두부가 사방에 튈 만큼 크게 웃었다.

그 여름. 연천. 나는 오리 뼈다귀를 냄비에 쓸어 넣고 백숙 라면을 끓였다. 미쥬가 명령을 내려서였다. 요리는 남자들의 몫이어야 한다고.

졸업식 2

별 볼 일 없으니 올라오지 말라고 말렸다. 그래도 어머니는 졸업식에 참석하기 위해 상경했다. 식은 금방 끝났다. 버들골로 올라가서 졸업 동기들과 기념사진을 찍었다. 똑같은 학사복을 입고 학사모를 쓴 사람들이 한 줄로 나란히 섰다. 사진 기사가 숫자를 셌다. 셋, 둘, 하나. 던지세요! 우리는 학사모를 벗어 하늘 높이 던졌다. 찰칵.

하늘로 솟아 빙글빙글 회전하는 사각 모자는 마치 연처럼 보였다. 나는 떠올렸다. 버들골에서 커다란 연에 몸을 싣고 날았던 공대생을. 끈에 묶인 연은 땅에 구속된다. 하지만 연이 하늘을 날 수 있는 건 끈에 묶인 동안뿐이다. 그 끈이 끊어지는 순간 다시 땅으로 추락할 운명이다. 공대생은 언덕 아래로 떨어졌다. 모자들은 잔디밭 곳곳에 흩어져 떨어졌다. 나를 구속하고 보호해온 이 거대한 탁아 시설 바깥에는 또 어떤 세상이 기다리고 있을지.

어머니는 나를 끌어안고 떨리는 목소리로 말했다.

정말 자랑스럽구나.

청첩장

진우의 청첩장을 받았다. 인쇄된 편지 아래 손 글씨로 또박또박 적혀 있었다. '태의야, 보고 싶다. 진심으로. 꼭 와줘.' 바로 결정을 내리지 못했다. 청첩장은 현관 앞 협탁 위에 잘 보이게 두었다. 매일 집을 나서거나 돌아올 때마다 망설였다. 가야 할까? 갈 수 있을까?

그러다 결혼식 날짜가 훌쩍 지나가버렸다. 그렇게 되기를 내심 바랐는지도. 진우가 보낸 청첩장은 그대로 올려져 있었다. 그 후로도 오랫동안. 하얀 청첩장 위에 노란 가스 요금 고지서를 올려두었고, 가스 요금 고지서 위에 하드커버 책 한 권을 던져두었다. 그 위로는 돌탑처럼 삐뚤빼뚤 다른 책이 쌓였다. 습관이다. 어느 날 그 책들을 묶어 이삿짐을 싸고, 새집에 이삿짐을 풀고, 나도 결혼하고, 더 큰 집으로 또 이사하고, 아내와 내 짐이 한 덩어리로 뒤섞이고, 자라나는 아이의 짐이 빠른 속도로 불어났다. 모든 삶에는 이자가 붙는다. 보잘것없는 삶에도 보잘것없는 이자가. 은행 잔고와 똑같다. 줄어든 짐은 몇 개 안 된다. 총각 때 쓰던 1인용 밥솥. 좌식 밥상. 플라스틱 접시. 진우의 청첩장.

혹시 이 집 구석 어딘가에 여전히 진우의 청첩장이 남아 있지 않을까? 창고에 들어간 살 빠진 우산들 사이에 누렇게 바랜 채 끼어 있다든지. 분명히 내 손으로 버리진 않았는데. 아예 잊고 지냈다. 기억은 버릴 수 없는 것이니까. 사진처럼 편리하게 구겨버리거나 도려낼 수도 없다. 기억은 스스로 사라진다. 파괴는 불가능하고 분실이 최선이다. 왜 잊으려 애쓰는가? 잊지 못했기 때문이다. 어떻게 잊었음을 깨닫는가? 되찾을 때가 왔기 때문이다. 기억의 종말은 앞뒤가 맞지 않는 우스개와 같다.

나는 진우의 결혼식에 가지 않았다. 내 결혼식에는 진우를 초청하지 않았다.

담배 3

진우와 내가 추억을 더듬어 긴 이야기의 퍼즐 조각들을 다 이어 맞췄을 때는 재떨이에 꽁초가 수북이 쌓여 있었다. 모두 내가 피운 담배였다.

진우는 수리와 결혼했다. 수리는 철학 박사 학위를 받은 뒤 민주노동당 정책위원회에 들어갔다. 통합진보당이 분당하면서 수리는 탈당했고 연구소로 돌아가 두꺼운 책 사이에 파묻혔다. 가장 잘하고 또 좋아하는 일이었다. 수리는 몇 권의 철학서와 사회과학서를 번역하고 집필했다. 진짜 좌파 이론가로 성장한 것이다. 사실 나는 여태껏 수리가 쓴 책을 다 읽어보았다. 내가 기억하는, 기계처럼 똑똑하고 기계처럼 바보 같은 자그마한 체구의 소녀는 그 안에서 발견할 수 없었다. 그것은 지구보다 키가 큰 거인이 써 내려간 책들이었다. 그녀는 방황하는 세계 전체를 품에 끌어안아 따뜻한 손길로 보듬고 있었다.

수리는 내게 이렇게 물었다.

—만약 내가 좌파 이론가가 된다면, 그게 내가 좌파란 뜻이야?

좌파는 세상 많은 것을 의심하지만, 수리처럼 자기 자신이 무엇인지까지는 의심하지 않는다. 수리는 여느 좌파와는 완전히 달랐다. 바로 그런 점으로 인하여 그 누구보다도 좌파 성향이었다. 수리는 말이 아닌 길로써 가치를 증명했다. 그것이 바로 좌파 이론을 단 한마디로 압축한 핵심이며, 대부분의 좌파가 달성에 실패하는 과업이다.

진우의 길은 나와 엇갈렸다. 평범한 세상으로 뛰쳐나간 건 나였다. 진우는 학생운동을 포기하기는커녕 전우의 시체처럼 사회 바깥까지 질질 끌고 나왔다. 사회진보연대에 들어간 진우는 지난 몇 년간 백혈병에 걸린 반도체 공장 노동자들의 편에 서서 삼성전자와 싸웠다. 화가 나면 선글라스를 벗어 들고 가늘게 뜬 한쪽 눈으로 섬뜩하게 째려보는 '애꾸눈'은 이미 경찰들 사이에서도 유명한 존재가 되었다.

미쥬의 눈썰미가 옳았던 것이다. 미쥬는 우리 정파의 미래가 진우에게 걸렸다고 말했다. 진우는 우리 정파가 아니라 운동권의 미래를 어깨에 걸머졌다. 전우들은 싹 전멸하거나 전장 바깥으로 달아났고, 어둑한 PC방에서 밤새워 스타크래프트 하길 즐기던 창백한 얼굴의 공대생 한 명이 홀로 남았다. 그렇게 모두에게 잊힌 채로 그는 외로운 걸음을 뚜벅뚜벅 이어가고 있었던 것이다. 지나간 모든 일, 그 모든 일이 진우라는 상속인 한 명을 키워내기 위한 거대한 시험이었던 셈이다. 오직 진우만이 그 시험을 통과했다. 오직 진우만이.

공학도인 진우가 삼성전자와 맞서 싸우는 동안, 인문학도인 나는 무얼 했는가? 나는 삼성전자를 위해 일했다. 해마다 달력의 행사처럼 백혈병 환자가 발생하는 반도체 공장에서 만들어진 물건을 열심히 세상에 알렸다. 세계의 부조리를 거칠게 꾸짖던 손으로 세계 최고의 제품을 칭찬하는 유려한 문구를 썼다. 그런 나에게 진우는 실망하지 않았다. 아이처럼 좋아했다.

"그거 참 잘됐다. 너 우리 후원 좀 해줄래?"

"삼성전자 홍보실 직원한테 돈을 받고 싶냐? 진심으로?"

"삼성전자 홍보실에서 나온 돈으로 삼성전자의 목을 조르는 것만큼 의미 있는 일이 세상에 어디 있겠어, 안 그래?"

한참 동안 넋 놓고 웃었다. 진우다운 발상이었다. 확답은 하지 않았다.

새벽에 이자카야에서 나왔다. 방심한 사이에 진우가 계산을 저질러버렸다. 우리는 불이 켜진 술집을 찾아 한참을 헤맸다. 거리는 어둡고 조용하고 잠겨 있었다. 골목 안쪽으로 기울어진 간판 하나가 건물에 대롱대롱 매달려 있는 게 보였다. PC방. 나는 말했다.

"오랜만에 스타크래프트나 한판 할래?"

"요즘 누가 스타크래프트를 해?"

"그럼 요즘엔 뭘 하냐?"

"월드 오브 워크래프트 안 해봤어?"

진우는 왼쪽 대륙 칼림도어의 오크 전사로서 얼라이언스의 폭정에 대항하는 호드의 기나긴 투쟁을 이끌었다고 한다. 무슨 소린지는 모르지만 물을 필요가 없었다. 왠지 다 이해할 것 같았다. 그가 늘 해온 일. 나는 담배를 꺼내 빼물었다.

"진우야, 궁금한 게 있다. 내가 대공분실에서 너 이름 분 거 알고 있었지?"

그는 얼어붙은 것처럼 걸음을 멈추었다. 나는 진우를 돌아봤다. 그는 내 멱살을 잡아 흔들었다.

"드디어 찾았다, 이 자식. 그 못된 새끼가 바로 너였구나."

딱딱히 굳은 내 표정을 충분히 감상하고 나서 진우는 멱살 쥔 손에 힘을 풀고 낄낄 웃었다. 그는 되물었다.

"나도 궁금하다. 딸한테 종교를 선택할 자유를 줬니?"

"내가 신을 믿게 되니까 그럴 수가 없더라."

"교회에 끌고 다니는구나."

"응."

"참 나, 진짜 못된 놈이네 이거. 넌 내가 만난 최악의 인간이다."

나는 담배에 불을 붙였다. 진우는 말했다.

"그래 봐야 결국에는 그 아이가 선택하게 될 날이 올 거야."

"그렇겠지."

밤거리를 쭉 걸었다. 벌써 겨울이 다가오는지 공기가 찼다. 골목을 빠져나오니 취객으로 벅적이는 불 밝은 번화가가 나타났다. 실내 포장마차의 문 앞에서 손가락으로 꽁초를 튕겨 바닥에 내버렸다.

2차는 내가 샀다.

연표: "잃어버린 10년"

1997년

12월 3일 대한민국, IMF에 구제금융 요청.

12월 19일 김대중 대통령 당선.

1998년

3월 31일 블리자드, 게임 〈스타크래프트〉 출시.

2000년

6월 29일 경찰, 롯데 호텔 노조 파업 폭력 진압 사건.

11월 3일 대우자동차 부도.

2001년

2월 9일 전학협, 김우중 전 대우 회장 자택 점거.

2월 10일 부평 거리 점거 시위 개시.

2월 16일 대우자동차, 1750명 정리해고.

4월 8일 대검찰청 공안부, 화염병 사범 특별수사단 설치 지시.

4월 10일 경찰, 부평 시위 폭력 진압 사건. 95명 부상.

9월 11일 9·11 테러 사건.

9월 21일 GM, 대우자동차 인수.

2002년

1월~6월 월드컵 공안. 한총련 의장 김형주 씨, 연대회의 김진환 씨, 민주노동당원 전지윤 씨, 노들 장애인 야학장 박경석 씨, 민족민주혁명당 이석기 씨, 전국공무원노조 차본천 위원장, 발전노조 이호동 위원장, 발전노조 김순섭 수석 부위원장, 경북대학교 부총학생회장, 대우자동차 노조원 4명, 보건의료노조 간부 24명, 금속노조 지도부 22명 외 다수 구속.

5월 7일 국제노동기구(ILO), 김대중 정부에 구속 노동자 석방을 촉구하는 결의문 채택.

5월 31일 한-일 월드컵 개막. 국제자유노동조합연맹(ICFTU), 한국의 구속 노동자 석방을 위한 캠페인 개시.

6월 13일 미선이 효순이 사건.

11월 26일 촛불 시위 개시.

12월 19일 노무현 대통령 당선.

2003년

3월 20일 미국, 이라크 침략.

3월 21일 노무현 대통령, 이라크 파병 결정.

3월 23일 국회의사당 앞 시위 개시.

3월 26일 연대회의, 한총련, 전학협의 미국 대사관 합동 진격. 경찰 진압 중 연대회의 오기형 씨 추락상 사건.

4월 30일 국군, 이라크 출병.

7월 20일　전학협 해소.

2004년

4월 1일　한-칠레 FTA 체결.

2006년

2월 3일　노무현 대통령, 미국의 한-미 FTA 선결 요구 조건 수용.

3월 20일　서울대학교, 황우석 교수 파면.

7월 13일　카이스트 서남표 총장 체제 발족. 이후 6년간 학생 10여 명 자살.

2007년

4월 2일　한-미 FTA 협상 타결.

11월　삼성반도체 백혈병 진상규명 대책위원회 발족. 이후 노동자 60여 명 사망 보고.

12월 19일　이명박 대통령 당선.

작가의 말

1.

역사 애호가들은 언제나 자신의 탄생 이전에만 관심이 있다. 그들 스스로는 역사적이지 않다고 믿기 때문이다. 그래서 후대의 역사 애호가들이 관심 갖는 역사 속에는 역사 애호가들의 일화가 몽땅 빠지곤 한다.

2.

한 청춘이자 한 시대의 일지를 기록하고 싶었다. 한 인간이자 한 세계의 모형을 창조하고 싶었다. 그래서 이야기 하나에 대한민국을 다 담으려는 탐욕을 부렸다. 느슨하게 말하자면 이 이야기는 수십 명의 사람들에 의해 쓰였다. 엄밀하게 말하자면 이 이야기는 결코 소설이 아니다.

3.

이것은 나의 자전적인 회고록이 아니다. 한 세계의 성격을 온전히 파악할 수 있는 유일한 방법은 가깝되 바깥인 곳에서 바라보는 것뿐이라고 스스로를 여러 차례 속였다. 공은 그들의 것, 허물은 나의 것이다. 그들이 만들고자 꿈꿨던 세상에서 살게 되기를.

내용을 감수하고 의견을 보태준 서울문화재단의 김진환 씨, 미디어스 한윤형 기자, 하재민 변호사, 한성실 씨에게 특별히 감사의 말을 전한다.

디 마이너스

초판 1쇄 발행일 2014년 12월 30일
초판 6쇄 발행일 2018년 11월 15일

지은이 손아람
펴낸이 강병철

펴낸곳 자음과모음
출판등록 1997년 10월 30일 제1997-000129호
주소 04047 서울시 마포구 양화로6길 49
전화 편집부 02) 324-2347 경영지원부 02) 325-6047
팩스 편집부 02) 324-2348 경영지원부 02) 2648-1311
이메일 munhak@jamobook.com

ISBN 978-89-5707-830-3 (03810)

이 도서의 국립중앙도서관 출판시도서목록(CIP)은 서지정보유통지원시스템 홈페이지(http://seoji.nl.go.kr)와 국가자료공동목록시스템(http://www.nl.go.kr/kolisnet)에서 이용하실 수 있습니다.(CIP제어번호: CIP2014036636)